MICHELLE BEATTIE

Stürmisches Paradies

Buch

Nach dem Tod ihres geliebten Vaters im Jahre 1657 erfährt die schöne Alicia Davidson, dass sie als kleines Mädchen nach einem Piratenangriff ihr Gedächtnis verlor und adoptiert wurde. Auf der Suche nach ihren Wurzeln und ihrer verschollenen Schwester kann ihr nur ein Mann helfen: Kapitän Blake Merritt. Doch der zerstört ihren Hoffnungsschimmer und versagt ihr seine Hilfe. Vor Jahren hat er den Haushalt der Davidsons verlassen und sich vorgenommen, nie wieder etwas mit ihnen zu tun zu haben. Heimlich schleicht Alicia sich trotzdem auf sein Schiff, da der Gedanke an ihre Schwester sie nicht mehr loslässt. Als Blake die blinde Passagierin entdeckt, hat er nur ein Ziel: das verführerische Weibsbild so schnell wie möglich wieder loszuwerden. Denn der entschlossene Wildfang weckt ungebetene Gefühle und eine Flut des Begehrens in dem sonst so beherrschten Freibeuter …

Autorin

Michelle Beattie lebt im kanadischen Alberta, wo sie mit ihrem Ehemann und ihren beiden Töchtern das Leben auf dem Land genießt. Neben dem Schreiben ist Golf ihre größte Leidenschaft.
Mehr über die Autorin auf ihrer Website: www.michellebeattie.com

Von Michelle Beattie bei Blanvalet lieferbar:

Freibeuterin der Liebe (37432)

Michelle Beattie

Stürmisches Paradies

Roman

Aus dem Amerikanischen
von Nicole Otte

blanvalet

Die Originalausgabe erschien 2009 unter dem Titel
»Romancing the Pirate« bei Berkley Books, published
by The Berkley Publishing Group,
a division of Penguin Group (USA) Inc., New York

FSC
Mix
Produktgruppe aus vorbildlich
bewirtschafteten Wäldern und
anderen kontrollierten Herkünften

Zert.-Nr. SGS-COC-001940
www.fsc.org
© 1996 Forest Stewardship Council

Verlagsgruppe Random House FSC-DEU-0100
Das FSC-zertifizierte Papier *München Super*
für dieses Buch liefert Mochenwangen.

2. Auflage
Deutsche Erstausgabe September 2010
bei Blanvalet Verlag, einem Unternehmen der
Verlagsgruppe Random House GmbH, München

This edition published by arrangement with
The Berkley Publishing Group,
a member of Penguin Group (USA), Inc.
Umschlaggestaltung: © HildenDesign, München, unter
Verwendung eines Motivs von Pino Daeni
via Agentur Schlück GmbH
Redaktion: Sabine Wiermann
LH · Herstellung: sam
Satz: DTP Service Apel, Hannover
Druck und Bindung: GGP Media GmbH, Pößneck
Printed in Germany
ISBN: 978-3-442-37550-9

www.blanvalet.de

Für Bryan, von dem ich alles bekommen habe, was in dieser Welt zählt: zwei bemerkenswerte Töchter, ein wunderbares neues Heim und einen Partner, auf den ich mich verlassen kann. Es war nicht immer alles so einfach, aber ganz gewiss war es das wert. Vielen Dank für Deine Schufterei, die es mir ermöglicht hat, Vollzeitmutter zu bleiben und meine Träume zu verfolgen, Schriftstellerin zu sein. Du bist mein Fels in der Brandung und ich liebe Dich sehr.

1

Port Royal 1657

Alicia Davidson spürte die Verachtung durch die kleine Menschenmenge hindurch, die sich um die aufgeschüttete Erde neben dem Grab ihres Vaters versammelt hatte. Sie war wie die kalte Klinge eines Dolches, die über ihr Genick glitt. Obwohl die Sonne auf die Ansammlung von Menschen, die sich unbehaglich hin und her bewegte, herunterbrannte, fröstelte Alicia. Während sie sich die feuchten Wangen abwischte, riss sie ihre Aufmerksamkeit von der Erde los, die aus vollen Schaufeln auf die robuste Holzkiste unter ihren Füßen fiel, und musterte die Menge. Wer war es, der sie mit solcher Feindseligkeit betrachtete?

Sie sah die Gesichter vieler Freunde und Kunden ihres Vaters, der einer von nur zwei Hufschmieden auf der Insel gewesen war. Einige dieser Leute hatten Tränen in den Augen; andere schauten bloß feierlich zu, wie der Geistliche das letzte Gebet vortrug, bevor sie sich heimlich verdrücken würden. Alicias Blick wandte sich nach rechts, wo sich ein paar Leute in einem kleinen Kreis zusammendrängten. Erst als sie sich trennten und davongingen, kreuzte sich ihr Blick mit dem des Fremden, der alleine am Rand der Trauergemeinde stand. Seine Augen verengten sich und seine Verachtung traf sie mit voller Wucht.

Sein dunkelbraunes Haar war lang und offen und umrahmte ein Gesicht, das wie aus Stein gemeißelt zu sein schien. In seinen Augen war kein Funken Anteilnahme zu sehen, noch konnte man eine Andeutung von Mitgefühl in seinem Gesichtsausdruck erkennen. Sie hatte nicht die geringste Ahnung, wer er war, und angesichts seiner fest zusammengepressten Lippen und den Wellen der Bitterkeit, die weiterhin von ihm ausgingen, hatte sie auch nicht die Absicht, es herauszufinden.

Alicia zwang ihre Aufmerksamkeit wieder auf die einzige Sache zurück, die wichtig war, kniete nieder, senkte den Kopf und hoffte dabei, alle würden ihre Geste als das Zeichen deuten, das es war. Sie wollte ihr letztes Lebewohl dringend alleine sprechen. Einige Frauen gingen davon, ihre Röcke raschelten im Gras. Ein paar Hände drückten aufmunternd Alicias Schulter. Jede Anteilnahme war sowohl ein Trost als auch eine herbe Ermahnung daran, dass ihr teurer Vater, der geliebt und respektiert worden war, sich nunmehr zu ihrer verstorbenen Mutter gesellt hatte. Tränen, die schon längst vergossen hätten sein sollen, füllten ihre Augen. Ein tiefes Gefühl des Verlustes schnürte ihr das Herz zusammen.

Ein Schatten fiel auf den Boden neben ihr, und einen Augenblick später hörte sie die Stimme ihrer Tante.

»Alicia, Liebes, komm' mit zurück zum Haus und iss etwas.«

»Ich werde noch ein bisschen länger bleiben.«

Ihre Tante Margaret war beinahe sechzig Jahre alt und hatte ihr Missfallen über den Mann, den ihre Schwester gewählt hatte, immer klar zum Ausdruck gebracht. Selbst jetzt, bemerkte Alicia, waren die grauen Augen ihrer Tante ebenso trocken wie die Erde, die zu ihren Füßen lag.

Tante Margaret schnalzte mit der Zunge. »Kind, er ist fort. Es ist besser, nach vorne zu schauen.«

Weil sie an die Kälte der Frau gewöhnt war, reagierte sie gar nicht darauf. »Ich brauche noch einen Augenblick«, wiederholte Alicia.

»Schön. Aber bleib nicht zu lange. Es ist schrecklich heiß, und außerdem gibt es keinen Grund, hier draußen zu verwelken. Es gehört sich ganz einfach, dass du dich sehen lässt. Ich habe das Haus voller Leute, die dir ihr Beileid aussprechen wollen.« Margaret fächelte sich Luft zu, als ob sie ihrem Argument damit Nachdruck verleihen wollte. »In der Zwischenzeit werde ich deine Sachen zu mir nach Hause bringen lassen.«

Alicia stand auf und drehte sich ein wenig zur Seite, damit die Sonne ihr nicht direkt in die Augen schien. »Ich dachte, ich hätte klargemacht, wohin ich gehöre.«

»Wirklich, Kind. Du kannst nicht alleine in dieser kleinen Hütte bleiben. Es schickt sich nicht.«

»Es ist mein Zuhause, Tante Margaret. Ich werde es nicht verlassen.«

Die andere Frau atmete tief ein und blähte ihren ohnehin schon eindrucksvollen Busen auf. Ihre winzigen Hände umklammerten den Griff ihres Sonnenschirms. »Ich werde nicht zulassen, dass irgendeine meiner Nichten alleine lebt, ohne angemessene Begleitung. Du wirst mit mir kommen, wirst eine Zofe kriegen, und ich werde jemanden finden, der dir Etikette und Anstand beibringt. Du wirst nicht in dieser dreckigen Schmiedewerkstatt arbeiten, und selbst wenn es uns drei Wochen kostet, werden wir deine Hände so lange schrubben, bis sie nicht mehr voller schwarzer Flecken sind. Wenn wir fertig sind, wirst du kein Objekt des Mitleids und der Verachtung mehr sein, so wie du es gewesen bist, seit Jakob dir erlaubt hat, in der Werkstatt zu arbeiten. Und«, fügte sie mit abgehärmtem Mund hinzu, »du wirst die feinsten Kleider bekommen.« Die letzten Worte sagte sie mit einem vielsagenden Blick auf das einfache Kleid, das Alicia anhatte.

»Dies ist nicht der geeignete Ort, Tante Margaret. Wir können das später diskutieren.«

Die Tante heuchelte ihre Reue gut. »Gewiss, Kind. Wir können später reden.« Als sie davonging, hörte Alicia, wie ihre Tante murmelte: »Der besitzt eine Frechheit, hierher zu kommen.«

Alicia ignorierte die Bemerkung. Ihre Tante ärgerte sich immerzu über irgendetwas oder beschwerte sich über irgendjemanden. Früher war es ihr Vater gewesen. Sie wartete, bis ihre Tante ganz an der Reihe von Grabsteinen vorbei war, und dann knöpfte sie sich den Kragen ihres Kleides auf. Die Brise, die vom Meer herüberwehte, trug den Geruch von Salz mit sich. Alicia holte einmal tief Luft, jetzt, wo sie frei atmen konnte, ohne das Gefühl zu haben, gleich von ihrem Kragen erstickt zu werden.

Die Atempause von der unangenehmen Hitze fühlte sich fantastisch an, und sie seufzte. Sie nahm sich Zeit, Lebewohl zu sagen und überließ sich ihren Tränen und ihren

Erinnerungen. Sie sprach mit ihrem Vater, als ob er noch da wäre, und als sie schließlich wieder aufstand und sich den Staub von den Röcken strich, war der Schmerz in ihrem Herzen leichter geworden.

Erst als sie sich aufrichtete und einen Schritt nach vorn machte, um wegzugehen, bemerkte sie, dass der Fremde immer noch da war.

Sein Gesichtsausdruck war nicht freundlicher geworden, und ein verstohlener Seitenblick bestätigte Alicia, dass sie ganz und gar alleine auf dem Friedhof waren. Was wollte er? Sie war zwar nicht hilflos, jedenfalls nicht auf jene Art, wie es ihre Tante glaubte, aber ganz gewiss konnte sie es mit der Körperkraft des Fremden nicht aufnehmen.

Alicias Mund wurde staubtrocken, als er auf sie zuging. Obwohl ihr Herz raste, rührte sie sich nicht. Er war auf der Beerdigung ihres Vaters gewesen. Gewiss musste Jacob Davidson diesen Fremden gekannt haben. Sein starrer Blick wich ihrem nicht aus, und als er auf der gegenüberliegenden Seite des Grabes stehenblieb, konnte sie sehen, dass seine Augen dunkelbraun waren und von schwarzen Wimpern und scharf geschnittenen schwarzen Brauen umrahmt wurden.

Er sagte nichts, doch schließlich richtete er seinen Blick auf das Grab zwischen ihnen. Nichts weiter als ein Knirschen seiner kniehohen Stiefel war zu hören, als er sich niederkniete, eine Handvoll Erde ergriff und diese über dem Sarg durch die Finger rieseln ließ. Dann, mit einem letzten vernichtenden Blick auf sie, stand er auf und ging ebenso schweigend wieder fort, wie er gekommen war.

2

»Du kannst doch nicht im Ernst vorhaben, diese Werkstatt ganz alleine zu führen, Alicia. Das ist Wahnsinn!«

»Vielen Dank für die Unterstützung, Charles. Ich habe immer gewusst, dass ich auf dich zählen kann«, antwortete Alicia ironisch. Sie betrachtete prüfend die glühenden Kohlen im Schmiedeofen, ergriff den Blasebalg und pumpte zischend Luft ins Feuer, sodass die Kohlen hellrot aufleuchteten. Es war erst mitten am Vormittag, doch ihr Hemd hing ihr schon schweißnass am Rücken, und ein paar Haarsträhnen, die aus ihrem Zopf entwischt waren, klebten an ihren Wangen. Das Atmen wurde immer schwerer, und Alicia wusste, bis zum Ende des Tages würden ihr die Lungen vom Luftholen weh tun.

Sie wollte es aber nicht anders haben.

»Du weißt doch, ich habe es nicht so gemeint, wie es sich vielleicht angehört hat. Es bedeutet ja nicht, dass du dazu nicht fähig wärst. Das Problem ist, mein liebes Mädchen, dass du nur allzu sehr dazu in der Lage bist.«

Alicia hängte den Blasebalg wieder auf den Haken zurück, den ihr Vater am Rand des langen Arbeitstisches befestigt hatte.

»Für mich war Tüchtigkeit noch nie eine negative Eigenschaft.«

»Das wäre sie auch nicht, wenn du eine Schneiderin wärst.«

»Du weißt, das wird niemals passieren.«

»Du bist erst achtzehn. Du solltest dich nicht darum sorgen müssen, ein Geschäft über Wasser zu halten.«

»Meine Mutter hat mir Rechnen und Buchführung beigebracht. Ich weiß, wie man die Schmiede verwalten muss.«

»Du glaubst, die Marine wird weiterhin Schwerter bei dir kaufen, jetzt, wo dein Vater tot ist? Es war eine Sache, dass du mit deinem Vater gearbeitet hast – es gelang ihnen, dabei aus Respekt für Jacob ein Auge zuzudrücken. Es wird aber etwas völlig anderes sein, wenn du die alleinige Besitzerin bist.«

Alicia antwortete gereizt: »Ich versuche Geduld mit dir zu haben, weil ich dich schätze und respektiere, aber ich bin deine ständigen Entmutigungen leid. Du erzählst mir nun schon seit einer Woche nichts anderes.«

»Und ich werde es dir solange sagen, bis es endlich in deinen dicken Schädel geht. Du wählst einen unmöglichen Weg. Er wird dir nichts als Kummer einbringen.«

Alicia setzte sich auf den Tisch. Trotz der schmutzigen Beschaffenheit ihrer Arbeit war dessen Oberfläche sauber und ordentlich. Das Werkzeug wurde nach der Benutzung immer wieder an seinen Platz zurückgelegt. Ihr Blick traf den von Charles.

Charles war Vater von drei wilden Buben und einer süßen, aber schüchternen Tochter. Er hatte beinahe so lange in der Werkstatt gearbeitet, wie Alicia sich zurückerinnern konnte. Wenn man den Sturz bedachte, der ihr Gesicht mit einer Narbe verunstaltet und ihr Gedächtnis ausgelöscht hatte, hieß das, seit gut sechs Jahren. Er war loyal und fleißig gewesen und teilte ebenso wie ihre Tante die Ansicht, dass eine Schmiedewerkstatt kein geeigneter Ort für Alicia war. Anders als ihre Tante jedoch, bestritt Charles wenigstens nicht ihre Fachkenntnis.

»Ich habe mich noch nie darum gekümmert, was die Leute von mir dachten.« Das war zwar ein wenig gelogen, doch sie würde Charles nicht noch mehr Munition liefern. Wenn er wüsste, dass Alicia sich manchmal wünschte, sie wäre in die geselligen Aktivitäten ihrer Altersgenossen eingeschlossen, sich wünschte, die Leute würden nicht in die andere Richtung schauen, wenn sie ihr auf der Straße begegneten, dann würde Charles sich gewiss auf diesen Umstand stürzen. Dann würde er sich mit ihrer Tante zusammentun, und sie würden ihr das beide noch ewig vorhalten.

»Was die Arbeit anbelangt, der Marine wird es bloß darum gehen, dass ihre Schwerter besser sind als die ihrer Feinde. Diese Werkstatt kann ihnen das bieten, ich kann ihnen das bieten.« Und das hatte sie bereits in den vergangenen beiden Jahren. Sie gab sich viel Mühe bei der Herstellung ihrer Schwerter, und es erfüllte sie jedes Mal mit solchem Stolz, wenn sie einen Offizier vorbeigehen sah, der eine ihrer Klingen an seiner Seite trug.

Charles rieb sich den rauen Backenbart. »Ich glaube nicht, dass dein Vater ihnen jemals gesagt hat, dass du diese Schwerter geschmiedet hast. Genau darauf wollte ich hinaus. Sie werden darüber nicht begeistert sein.«

»Sie sollten sich besser daran gewöhnen, oder sie können zu jemand anderem gehen.«

Er runzelte die Stirn. »So zu denken ist schlecht für dieses Geschäft. Die Marine ist unser größter Abnehmer. Wenn wir sie verlieren, können wir zumachen.«

Jetzt war es an Alicia, zu seufzen. »Was sonst sollte ich deiner Meinung nach denn tun?«

Charles schöpfte sich einen Becher Wasser aus dem Fass bei der Tür und kippte es in einem großen Schluck hinunter. Er wich ihrem Blick aus. »Irgendetwas anderes. Du solltest zu deiner Tante ziehen. Du hättest ein leichteres Leben bei ihr.«

»Ich interessiere mich nicht für das Einfache, Charles. Ich muss mir selbst treu bleiben. Ich würde unglücklich werden, wenn ich mit Tante Margaret gehen würde. Außerdem, ein schickes Kleid anzuziehen und mir die Haare zu frisieren verändert doch nicht das, was ich in meinem Innern bin. Kannst du dir ehrlich vorstellen, wie ich meine Tage damit verbringe, Tee zu trinken und über all die heiratsfähigen Junggesellen zu plaudern?«

Er schüttelte den Kopf. »Aber wenigstens ist es damenhafter. Und wenn du bei ihr lebst, hättest du wenigstens die Chance zu heiraten.«

»Selbst hiermit?«, fragte Alicia und fuhr sich mit dem Finger über die Narbe, die ihr vom rechten Ohrläppchen bis zur Mitte der Wange reichte.

»Seit wann kümmerst du dich darum?«

Sie zuckte mit den Schultern. »Tue ich ja nicht.« Was die Wahrheit war. Meistens war sie mit der Arbeit viel zu beschäftigt, um auch nur daran zu denken.

»Außerdem, es ist nicht die Narbe, Alicia, es ist mehr der Geruch von Asche und Qualm, der abschreckend wirkt.«

Alicia grinste. »Ist der etwa nicht normal?«

»Du meine Güte, du bist mir vielleicht eine. Ich gebe auf«, antwortete er und streckte die Hände in die Höhe. »Ich habe gesagt, was ich sagen wollte und glaube nicht, dass du auf mich mehr hören wirst, als auf deine Tante.«

»Ich weiß deine Sorge zu schätzen, aber nein. Ich habe mich entschlossen, die Werkstatt meines Vaters weiterzuführen.«

»Deine Mutter hätte das nicht gewollt«, meinte Charles.

Der Hieb fand sein Ziel und traf Alicia mitten ins Herz. »Vielleicht nicht. Aber sie hat mich nie daran gehindert, mit ihm hierher zu gehen. Sie wusste, wie sehr ich es geliebt habe, an seiner Seite zu arbeiten. Charles, Jacob hat mir dies alles beigebracht.«

»Weil er seine Söhne verloren hat«, erinnerte er sie behutsam.

Alicia schnappte scharf nach Luft. »Falls du sagst, dass er es mir nie erlaubt hätte, wenn Daniel und Eric hier gewesen wären, dann irrst du dich. Diese Werkstatt *war sein Leben* und er war stolz darauf, mich hier zu haben. Es gab nichts, was ihm lieber gewesen wäre, als wenn all seine Kinder gemeinsam mit ihm gearbeitet hätten. Er nahm sich immer Zeit, um etwas zu erklären und zu unterrichten. Dein Sohn Jack ist der lebende Beweis, da er so viele Stunden an der Seite meines Vaters hier drinnen verbracht hat.«

Charles senkte den Blick, weil sie ihn mit ihren Worten genau an jenen Mann erinnerte, mit dem er jahrelang gearbeitet hatte.

»Und es bleibt die Tatsache, Charles, dass Daniel und Eric fort *sind*. Diese Werkstatt ist nicht nur das Erbe meines Vaters, sie ist alles, was mir von ihm geblieben ist und indirekt auch alles, was mir von meinen Brüdern geblieben ist, an die ich mich nicht erinnere.

Vom ersten Mal an, als ich meinem Vater dabei zusah, wie er Stahl formte, sah, wie er aus Nichts etwas Schönes erschuf, da wusste ich, dass ich das auch machen wollte. Hat es meiner Mutter gefallen? Nein, aber sie hat es verstanden. Du wirst meine Meinung nicht ändern, Charles. Niemand kann das. Mir das Herz herauszureißen, solange ich noch atme, wäre leichter.«

Er sah ihr lange und tief in die Augen. Lange genug, dass die halb verbrannten Holzscheite umfielen und im Schmiedeofen Funken sprühten. Lange genug, dass Alicia spürte, wie ihr der Schweiß in einer klebrigen Spur über die Schläfe lief. Dann nickte er und ging wieder an die Arbeit. Sie sagten nichts mehr, obwohl ihre Worte wie der Geruch von heißem Stahl in der Luft hingen.

Während der letzten sieben Tage waren ihre Tante und ein paar andere, wohlmeinende Bekannte ihres Vaters vorbeigekommen, um ihr denselben Ratschlag zu geben. Nun ja, die anderen hatten es vorgeschlagen, ihre Tante hatte Alicia schlichtweg befohlen, bei ihr zu wohnen. Doch sie alle hatten genauso wie Charles herausgefunden, dass sie nicht die einzigen Sturköpfe waren. Das kleine Haus und die Werkstatt waren alles, was Alicia geblieben war, und sie würde sie nicht zurücklassen, nur damit jemand anderes durchsetzte, darüber zu entscheiden, was schicklich war und was nicht.

Als sie später an jenem Abend nach Hause ging, war die Stadt fast still. Ein paar Kinder rannten an ihr vorbei, den jugendlichen Geruch von Schweiß und Energie im Gefolge. Die Lampen waren noch nicht angezündet worden, und lange Schatten fielen quer über die Straße. Durch die Fenster sah sie die Lichter schimmern und konnte das Familienleben der Bewohner beobachten. Ihre Schritte verhielten, und Alicia bemerkte, wie sie die Menschen neidisch beobachtete. Was würde sie dafür geben, das wiederzuhaben.

»Geh weiter«, befahl eine barsche Stimme hinter ihr.

Alicia wirbelte herum. »Verzeihung bitte?«

»Ich habe gesagt, du sollst weitergehen. Dies sind gepflegte Häuser, und die Leute hier sind anständig. Geh dahin zurück, wo du hingehörst.«

Erst als der Mann eine Grimasse schnitt und auf ihre Kleider und das Gesicht deutete, erinnerte sie sich daran, dass sie immer noch dreckig war. Ihre Hände trugen trotz des Scheuerns die Spuren ihrer Arbeit an sich, und ihr Gesicht war zweifellos ebenso schmutzig wie ihre Kleidung.

Der Mann rührte sich nicht von der Stelle, daher tat es Alicia. Obwohl sie den Kopf hochhielt – denn sie würde sich nicht dafür entschuldigen, wer oder was sie war – ging sie dennoch weiter. Sie ging eine Straße hinunter, dann noch eine, bis ihr kleines Haus in Sicht kam. Es war dunkel und verlassen. Die Wahrheit, der sie mit aller

Kraft versucht hatte auszuweichen, traf sie plötzlich mit voller Wucht. Niemand wartete auf sie, noch würde jemals wieder jemand auf sie warten, wenn man jenem Fremden, Charles oder ihrer Tante glauben durfte. Sie war jetzt ein Hufschmied. Und so sehr sie dieses Leben auch wollte, sie wusste, sie würde einen hohen Preis dafür zahlen müssen.

Ein Gefühl der Leere wuchs in ihr und schien sie zu verschlingen, und Alicia suchte Zuflucht in dem Zimmer, das ihre Eltern sich früher geteilt hatten. Sie war seit dem Tod ihres Vaters nur einmal dort gewesen, als sie gekommen war, um seine Kleider für die Beisetzung zu holen. Jetzt, während sie sich in dem winzigen Raum umsah, fühlte sie das überwältigende Bedürfnis, ihnen nahe zu sein. Sie wollte den Menschen nahe sein, die sie so geliebt hatten, wie sie war, und die nicht versucht hatten, sie zu etwas anderem zu machen.

Am Fußende des Bettes lag ein einfacher Koffer. Sie hatte ihn noch nie offen gesehen und sich auch noch nie gefragt, was darin war. Aber jetzt, als sie verzweifelt versuchte, eine Verbindung zu ihren Eltern zu spüren, zündete Alicia einen Kerzenleuchter an, stellte ihn auf den Boden und kniete sich vor den Koffer.

Der Deckel öffnete sich leicht, und gleichzeitig strömte der Geruch ihrer Mutter und ihres Vaters heraus, ein Hauch von Rauch durchmischt mit Lavendel. Laut schniefend begann sie den Inhalt durchzusehen. Es gab verschiedene billige Schmuckstücke, verschlissene Decken und ein paar Kleider ihrer Mutter, die in Papier eingeschlagen waren. Alicia wickelte eines aus und zog ein gelbes Kleid hervor, mit einfachem Schnitt, aber dennoch schön in seiner Schlichtheit. Sie erinnerte sich daran, dass es Anna Davidsons Lieblingskleid gewesen war, bevor sie im letzten Frühjahr gestorben war. Stehend hielt Alicia das Kleid an sich hoch, um zu sehen, ob es ihr passen würde. Vielleicht konnte sie es zur Kirche tragen, um den Leuten zu beweisen, dass sie hübsch sein konnte, wenn sie nur wollte.

Ein kleines, eingewickeltes Päckchen fiel aus dem Kleid und plumpste auf den Holzfußboden.

Neugierig legte Alicia das Kleid auf das Bett und hob das Bündel auf. Als sie es umdrehte, las sie ihren Namen, der in der Handschrift ihres Vaters auf der Vorderseite geschrieben stand. Stirnrunzelnd setzte sie sich aufs Bett und zog an der Kordel, die das Päckchen verschnürte.

Drinnen waren zwei Briefe. Ihr Name stand auf dem ersten, der zweite trug das Siegel ihres Vaters und in der Mitte den Namen »Blake Merritt« in ordentlicher Schrift. Wer war Blake Merritt?, fragte sie sich. Doch sie legte den Umschlag beiseite und öffnete vorsichtig ihren eigenen Brief.

Meine herzallerliebste Tochter,

Während sie die Worte las, hörte Alicia die Stimme ihres Vaters und musste gegen die Tränen ankämpfen, die ihr in den Augen brannten.

Wenn du dies hier liest, bedeutet das, dass ich fortgegangen bin, um bei deiner Mutter zu sein. Bevor ich dir alles erkläre, bitte sei versichert, du warst eine unserer größten Freuden. Wir hätten dich nicht mehr lieben können.

Wie auch immer, du warst nicht schon immer unser Kind. Als du etwa zwölf warst, fanden wir dich und deine leibliche Mutter am Strand angeschwemmt. Ihr wart beide verletzt. Deine Mutter war völlig verzweifelt und du, mein liebes Mädchen, warst bewusstlos. Bevor deine Mutter starb, flehte sie uns an, dich zu beschützen. Sie hatte Angst, dass die Piraten, die euer Schiff angegriffen hatten, von eurer Flucht erfahren und dich suchen würden. Dein Name und der Name »Samantha«, waren die letzten Worte, die sie sprach.

Du warst verletzt und hast geblutet, und so nahmen wir dich sofort mit zu uns nach Hause. Du hattest eine große Schnittwunde quer über deiner Wange, die wir so gut wir konnten versorgt haben. Doch wie du weißt, blieb eine tiefe Narbe zurück. Wir haben uns tagelang Sorgen um dich gemacht, und als du endlich aufgewacht bist, hast du dich an nichts erinnert, nicht einmal an deinen Namen.

Wenn ich nun zurücksehe, erkenne ich, dass es selbstsüchtig war, dir nicht die Wahrheit zu erzählen, aber dein Gedächtnis kehrte nie zurück, und wir hatten deiner Mutter versprochen, dich zu beschützen. Wir beschlossen, es wäre das Beste, wenn du glauben würdest, du wärst als Kind gestürzt und die Narbe und der Gedächtnisverlust wären eine Folge dieses Unfalls. Wir wollten dir den Schmerz ersparen, zu wissen, dass deine Familie von Piraten umgebracht worden ist.

Es gibt eine Plantage auf der anderen Seite der Insel, und der Besitzer, Oliver Grant, hat ungefähr zur gleichen Zeit, als wir dich fanden, drei Schiffbrüchige aufgenommen. Erst als sie ein Jahr später flohen und dabei sein Schiff stahlen, ahnte ich die Wahrheit. Unter ihnen war eine junge Frau mit Namen Samantha. Ich kann nur annehmen, dass es dieselbe Samantha war, von der deine Mutter gesprochen hatte.

Es tut mir schrecklich leid, Alicia, und ich hoffe, du kannst uns unsere Selbstsucht vergeben. Weißt du, wir hatten bereits Eric und Daniel verloren, und als wir von den anderen Überlebenden erfuhren, warst du bereits so sehr unser Kind, wie du es nur sein konntest.

Solltest du Samantha suchen wollen, dann bring den anderen Brief zu Blake Merritt. Er ist ein guter Mann, und du kannst ihm vertrauen. Er kommt nicht nach Port Royal, aber in Tortuga sollte es dir möglich sein, ihn zu finden oder etwas von ihm zu erfahren.

Du hast mich oft gefragt, weshalb auf dem Hügel hinter dem Haus ein weißes Kreuz steht und zu wem es gehört. Es war feige zu lügen, aber dort ruht deine Mutter.

Ich bete darum, dass du uns unsere Täuschung vergeben kannst.

In Liebe,
Dein Vater

Alicia starrte benommen und schockiert auf das Pergament. Schon seit Jahren schossen ihr Bruchstücke von Bildern oder Geräuschen durch den Kopf. Sie hatte sich aus ihnen nie etwas zusammenreimen können, denn sie waren so flüchtig und wirr. Waren es ihre Erinnerungen, die versucht hatten, wieder aufzutauchen? Sie hatte angenommen, es seien bloß Träume.

Sie sprang auf die Füße, den Brief fest in der Hand. Ihr Kopf drehte sich. Samantha. Der Name hallte in ihr nach, doch sie konnte nicht sagen, ob es tatsächlich daran lag, dass sie sich erinnerte. Er klang einfach vertraut. War es möglich, dass sie eine Cousine hatte? Konnte es gar sein, dass es eine Schwester gab?

Und das Grab ihrer Mutter lag hinter dem Haus? Ihrer *Mutter*? Das bedeutete, dass sie nicht Alicia Davidson war. Ihre Knie zitterten heftig. Wer war sie? Sie versuchte verzweifelt, sich an irgendetwas von dem zu erinnern, wovon ihr Vater gesprochen hatte, doch sie konnte sich weder an eine Schwester, noch an eine Cousine oder eine Mutter entsinnen, die nicht diejenige war, die sie vor fünf Monaten beerdigt hatte.

Alicia legte sich ihre eiskalte Hand auf die Stirn, ihr Atem kam stoßweise. Wer konnte sich nicht an seine eigene Mutter erinnern? *Ich bin nicht diejenige, die ich immer zu sein geglaubt habe.* Und diese Gewissheit traf sie tief. Sie ließ sich aufs Bett fallen. Warum hatten sie es ihr nicht früher erzählt, solange sie noch da waren, um sie in den Arm zu nehmen und ihr alles zu erklären? Solange ihre Eltern sie noch auf der Suche hätten begleiten können. Solange sie noch nicht gar so viel Verantwortung trug.

Sie musste eine Werkstatt führen. Sie konnte sie nicht,

nein, sie würde sie nicht im Stich lassen. Sie hatte ihre Worte zu Charles ernst gemeint – die Werkstatt war ihr Leben. Dort hatte sie gespielt, dort hatte sie gearbeitet, dort hatte sie neben ihrem Vater gestanden und ihm geduldig und gleichzeitig ehrfürchtig zugehört, als er ihr das Schwertschmieden beigebracht hatte.

Alicia nahm nicht an, dass es einfach werden würde, Samantha zu finden. Es musste hunderte von Frauen mit diesem Namen in der Karibik verstreut geben. Wie sollte man eine Suche wie diese bloß anfangen? Es war ja auch nicht so, als ob sie einen Brunnen mit Geld hätte, in den sie eintauchen konnte. Die Werkstatt sorgte für ihren Lebensunterhalt, warf aber nicht viel mehr ab. Außerdem war sie noch niemals – jedenfalls nicht, soweit sie sich daran erinnerte, dachte sie bitter – auf See gewesen. Sie wusste nichts über Schiffe und das Segeln. Eigentlich hatte sie das Segeln nie wirklich gemocht. War es, weil sie es hasste, auf See zu sein, oder weil sie tief in ihrem Innern doch wusste, was die Seefahrt sie dereinst gekostet hatte?

Ihr Herz begann zu hämmern, und das heftige Verlangen, alles herauszufinden, was sie verloren hatte, wurde immer stärker. Sie fand ja gerade erst ein Bruchstück davon, wie konnte sie da nicht nach dem Rest suchen? Ihre herumwirbelnden Gedanken wandten sich der Werkstatt zu und was sie damit machen würde, direkt gefolgt von ihrer Tante und was sie zu all diesem sagen würde.

Margaret würde es nicht gutheißen, wenn Alicia ganz allein in der Karibik umherzog, doch ihre Tante war ihr egal. Was die Werkstatt betraf – ihr Herz setzte einen Schlag lang aus –, so konnte sie mit Charles reden. Sie würde dafür sorgen, dass er es verstand. Und es wäre ja auch nur vorübergehend.

Alicia seufzte. Sie musste es wissen. Sie musste ihre Geschichte herausfinden. Es nicht zu wissen wäre viel schlimmer. Mit einem leichten Zittern der Hand ergriff Alicia den anderen Brief.

Blake Merritt.

»Nun, Mr. Merritt, ich hoffe, ihr seid leicht zu finden.«

3

Alicia erwachte am nächsten Morgen, nach herzlich wenig Schlaf, mit einem sehr klaren Plan im Kopf. Es war lächerlich, loszuziehen und nach Samantha zu suchen, solange sie nicht so viele Informationen wie möglich hatte. Und die einzige Person, die ihr diese liefern konnte, war Oliver Grant. Weil Sonntag war und die Werkstatt geschlossen blieb, hatte Alicia den ganzen Tag für sich. Sie packte ein kleines Mittagessen in ihren Tornister, warf obendrein noch einen Dolch hinein und ging, weil sie Charles noch nicht auf ihre Absichten aufmerksam machen wollte, zunächst zum Haus des Anwalts ihres Vaters.

Es war nicht weit, aber die Straße bot keinerlei Schutz vor der prallen Sonne, und schon bald klebte ihr das Kleid am Rücken. Ihre Wangen waren rot, und ganz gewiss würde sie einen Sonnenbrand bekommen. Wieder etwas, wofür ihre Tante sie kritisieren würde, dachte Alicia und trat einen Stein beiseite, der über den Staub ins dichte Unterholz rollte, das den Weg säumte. Obwohl sie sich wegen des Vorhabens, Samantha wiederzufinden, noch unsicher war, gab es da doch eine Sache, derer sie sich gewiss war. Eine Atempause von ihrer Tante war mehr als angebracht.

Als sie schließlich bei dem schmucken Haus des Anwaltes ankam, klopfte Alicia an die schwere Tür. Er öffnete umgehend und bat sie hinein, trotz der Überraschung auf seinem Gesicht. Dankbar trat sie in die Kühle seines Heims.

»Ich dachte, unsere Verabredung wegen des Testaments sei erst morgen.«

Sie hob die Hand. »Ja, Mr. Fritz, so ist es. Oder so war es. Ich hatte gehofft, wir könnten das verschieben. Jedenfalls für eine Weile«, fügte sie hinzu.

Er runzelte die Stirn. »Aus welchem Grund? Euer Vater hat einige Bestimmungen hinterlassen, und es ist am besten, wenn wir diese so schnell wie möglich regeln. Es gibt da Dinge bezüglich der Schmiedewerkstatt, über die Ihr Bescheid wissen müsst.«

Alicias Hand flog erschrocken zu ihrem Hals. »Ich habe sie nicht verloren, nicht wahr? Ich nahm an, sie würde mir gehören und –«

»Liebes Mädchen, sie gehört Euch. Aber es gibt da jemand anderen, der –«

Alicia stieß einen erleichterten Seufzer aus. Nun, wenn es etwas mit Charles zu tun hatte, er hätte wohl nichts dagegen, wenn sie noch ein paar Wochen warteten.

»Gott sei Dank. Ihr habt mich einen Moment lang erschreckt. Nun, dann denke ich, kann es warten. Weshalb ich eigentlich hier bin, ist, weil ich Euch fragen wollte, ob Ihr wisst, wo die Plantage von Oliver Grant ist.«

Mr. Fritz legte verwirrt die Stirn in Falten. »Ja, aber das ist ziemlich weit weg. Warum wollt Ihr dorthin?«

»Es ist etwas, das mein Vater vorgeschlagen hat. Ich kann im Augenblick nichts weiter dazu erklären.«

»Seid Ihr allein?«, fragte er.

»Ja.«

Er schüttelte den Kopf. »Liebes Mädchen, Ihr könnt da nicht ganz allein hingehen. Weiß Eure Tante, dass Ihr hier seid?«

»Nein, und ich würde es vorziehen, wenn es auch so bliebe.«

Eine Andeutung eines Lächelns umspielte seine Lippen. »Nun, ich kann nicht sagen, dass ich Euch das vorwerfe.« Er hielt inne und betrachtete Alicia eindringlich. »Ihr sagt, Euer Vater wollte, dass Ihr zu Oliver Grant geht?«

»Ja.« Das war ohne Frage eine Lüge, doch wenn sie Samantha finden wollte, und damit wiederum ihre Vergangenheit, dann würde sie tun, was nötig war, um ihr Ziel zu erreichen.

Er nickte. »Wartet hier. Ich werde jemanden holen, der Euch hinbringen kann.«

Es war ein stattliches Haus, groß und imposant, mit einer geschnitzten Eingangstür. Ein Sortiment von Körben voller farbenprächtiger Blüten säumte die Veranda. Die Außenanlage mit ihrem Teppich aus smaragdgrünem Gras, das nicht von einem einzigen Unkraut verunziert wurde, war eindrucksvoll. Die Stille war ebenso beeindruckend. Mit Ausnahme der leichten Brise, die die Palmwedel kräuselte, oder dem gelegentlichen Schrei eines Vogels, war die Stille beinahe greifbar.

Gewiss war das Haus bewohnt, da es so gepflegt war, und doch konnte man von der Stelle, wo Alicia am Fuß der Verandatreppe stand, keine Menschenseele sehen.

Sie warf einen Blick ans Ende der Straße, wo sie den Fahrer gebeten hatte zu warten. Das Pferd stand geduldig, wedelte träge mit seinem Schwanz, und der Fahrer war wohl in der Kutsche geblieben, wo es kühler war. Alicia betrachtete die Tür noch einmal, atmete dann tief durch, legte sich die Hand auf ihren verkrampften Magen und stieg sodann die drei Treppenstufen hinauf.

Alicias Klopfen wurde von einer großen, schwarzen Frau beantwortet, die bei ihrem Anblick ihre breite Stirn runzelte.

»Ja?«

»Hallo. Ich – nun ja, es ist so …« Alicia schüttelte den Kopf. Sie hatte zwar nicht angenommen, dass es einfach werden würde, ihr Anliegen vorzutragen, aber dennoch hatte sie nicht erwartet, dass ihr die Worte im Hals stecken bleiben würden. Falls Samantha tatsächlich hier gewesen war und ein Schiff gestohlen hatte, um zu fliehen, dann war sich Alicia allerdings nicht sicher, wie ihr Empfang wohl ausfallen würde, wenn sie nun nach ihr fragte.

»Es tut mir leid«, sagte sie, zwang sich zu einem Lächeln und wischte sich die feuchten Hände an ihrem Rock ab. Das Gesicht der Dienerin blieb ausdruckslos. »Ich hatte gehofft, ich könnte mit Oliver Grant sprechen.«

Ihre großen braunen Augen zwinkerten nicht mal, als die Frau antwortete: »Das könnt Ihr nicht. Er ist tot.«

Alicia rutschte vor Enttäuschung das Herz in die Hose. »Oh, das tut mir sehr leid. Das wusste ich nicht.«

Die Frau zuckte mit den Schultern, beinahe so, als ob es ihr egal wäre.

»Könnte ich dann vielleicht mit Mrs. Grant sprechen?«,

fragte Alicia und hoffte, ihre Reise wäre nicht völlig umsonst gewesen.

»Die gnädige Frau empfängt niemanden mehr.«

Alicia seufzte. Dies klappte nicht so, wie sie es gehofft hatte. Aber wen gab es sonst noch, mit dem sie reden konnte, der ihr etwas über Samantha erzählen konnte? Sie rang die Hände und war nicht sicher, nach wem sie als Nächstes fragen sollte. Oliver Grant war ihre einzige Hoffnung gewesen, möglicherweise eine Verbindung zu ihrer Vergangenheit zu finden und zu ihrer Familie.

»Was wollt Ihr denn?«

»Ich hatte gehofft, dass ich mit jemandem reden könnte, der mir etwas über eine Frau sagen kann, die hier gearbeitet hat. Ihr Name war Samantha, und soweit ich weiß, ist sie geflohen –«

»Was wollt Ihr von ihr?«, fragte die Frau.

Von der Grobheit ihrer Frage verblüfft, hielt Alicia kurz inne. »Es ist eine lange Geschichte, aber ich glaube, sie ist Teil meiner Familie oder wenigstens könnte sie es sein.« Sie zuckte mit den Schultern. »Ich wollte mich nur nach ihr erkundigen.«

Die plötzliche Veränderung im Verhalten der Frau faszinierte Alicia, denn deren Augen wurden warm und freundlich, und ihr Lächeln umschlang Alicia ebenso, wie ihre starken Arme es taten.

»Kind, komm mit mir. Ich mache dir ein kühles Getränk zurecht, und dann werden wir beide uns draußen im Garten ausgiebig unterhalten.« Sie zerrte Alicia an der Hand hinter sich her und ließ ihr keine andere Wahl, als zu folgen. Sie zog sie in die Empfangshalle aus Marmor und dann einen Korridor hinunter bis in die große und makellose Küche auf der Rückseite des Hauses.

Bevor sie wusste, wie ihr geschah, saß Alicia im Garten, mit einem Glas süßen Tee in der Hand und inmitten duftender Blumen. Fanny, wie die Frau sich vorgestellt hatte, als sie den Tee machte, saß ihr gegenüber, und ihre Augen funkelten vor Entzücken.

»Erzähl mir, woher du Samantha kennst«, sagte sie.

Weil sie nunmehr beträchtlich freundlicher war, erzählte Alicia Fanny alles, was sie wusste und beendete ihre Erzählung mit ihrem Entschluss, heute hierher zu kommen, in der Hoffnung, noch ein wenig mehr zu erfahren. Als sie fertig war, liefen Fanny Tränen über die dunklen Wangen.

»Was stimmt denn nicht?«, fragte Alicia schnell. Hoffentlich nicht noch mehr schlechte Nachrichten.

Fanny putzte sich ihre Nase in ein Taschentuch, das sie aus ihrer Schürzentasche zog. »Sie wird so glücklich sein, dass du lebst.«

Alicias Magen vollführte einen Salto, und sie beugte sich in ihrem Stuhl nach vorne. Hinter dem Mieder ihres Kleides trommelte ihr Herz wie verrückt.

»Sie hat sich an mich erinnert?«

»Natürlich hat sie das, Kind. Sie ist deine Schwester, nicht wahr?«

»Ich habe eine Schwester?« Ein flüchtiges Bild schoss ihr durch den Kopf. Es blieb nicht lange genug, um es gänzlich zu erfassen, aber sie konnte ein paar Dinge erkennen. »Sie hat hellbraunes Haar?«

Fanny nickte, und bald darauf weinten beide hemmungslos.

»Ja, Kind. Und sie ist wunderbar.« Fanny zog die Nase hoch. »Sie hat oft von dir gesprochen. Sie liebt dich sehr. Es hat ihr das Herz gebrochen, zu denken, du wärst gestorben, und sie war hilflos und konnte es nicht verhindern.«

»Aber es waren Piraten. Was hätte sie schon tun können?«

Fanny schlug sich auf die dicken Schenkel. »Das habe ich ihr auch jedes Mal gesagt. Aber es war egal. Sie glaubte, sie hätte etwas tun können.«

Alicia nahm das Taschentuch entgegen, das Fanny aus ihrer anderen Tasche zog, und versuchte ihre Gefühle in den Griff zu bekommen. Obwohl ihre Tränen immer noch kullerten, gelang es ihr schließlich doch, ihr rasendes Herz ein wenig zu besänftigen.

»Wirst du mir alles erzählen?«

Fanny nickte, und bald darauf verebbten auch ihre Freudentränen.

»Er hat sie am Strand gefunden, hat ihnen Arbeit und Obdach versprochen.« Sie grunzte. »Aber das haben sie nicht bekommen, das ist gewiss.«

»Waren da noch mehr bei ihr?«

»Zwei Männer vom Schiff deines Vaters. Joe und Willy.« Sie hob das Kinn. »Gute Männer, alle beide. Sie sind zusammen geflohen.«

Alicia durchforstete ihr Gedächtnis, aber sie konnte sich nicht an die Männer erinnern. »Wir fünf waren die Einzigen, die vom Schiff entkommen sind?«

»Soweit sie wusste, waren es nur drei. Sie sagte, sie habe dich in jener Nacht nicht gesehen. Etwas Schreckliches fraß sie schier auf.«

Alicia schüttelte den Kopf, es war alles so unglaublich. Sie konnte sich vage daran erinnern, dass ihr kalt gewesen war und sie große Angst hatte, aber an sonst nichts weiter. Sie hörte Fanny aufmerksam zu, als diese weitere Einzelheiten über den Piratenangriff berichtete. So etwa, dass es Joe gewesen war, der Samantha über Bord geworfen hatte, um sie zu retten. Sie waren von Oliver Grant gefunden und zur Plantage gebracht worden.

»Es war ein großartiger Tag«, erklärte Fanny lächelnd, »als sie geflohen sind. Gab uns allen etwas zu lachen, zu wissen, sie waren frei und das mit Grants eigenem Schiff.«

»Du hast ihn nicht gemocht?«

Fanny kniff die Augen zusammen. »Er war böse. Der Teufel selbst hätte nicht boshafter sein können. Wir sind alle froh, dass er tot ist.«

»Und du hast nie wieder etwas von Samantha gehört?«

»Nein. Aber wo auch immer sie ist, Kind, es kann nicht schlimmer sein, als hier zu leben.«

»Vielen Dank, Fanny, dass du mir alles erzählt hast. Ich bin froh, dass sie eine Freundin hatte, als sie hier war.«

»Samantha hatte hier viele Freunde, Kind. Jeder, der sie kannte, mochte sie.«

»Hat sie irgendjemand mal Sam genannt?« Die Worte waren ihr so in den Sinn gekommen, und Alicia war bestürzt, weil sie sich plötzlich ganz sicher war, dass sie ihre Schwester Sam genannt hatte.

Fanny lächelte und lehnte sich in ihrem Stuhl zurück. »Joe nannte sie Sam. Ich habe immer gedacht, dass es zu ihr passt.«

Alicias Herz bebte vor Freude. Sie hatte eine Schwester. Sam. Sie presste sich die zitternden Finger an die Lippen.

»Ich habe noch ein paar Geschichten, wenn du Zeit hast, sie anzuhören.«

»Bitte«, antwortete Alicia.

Im Obergeschoss, direkt über dem Garten, saß Lewis Grant im Arbeitszimmer seines Vaters – ein Arbeitszimmer, in dem er sich nicht aufhalten durfte, als sein Vater noch lebte – und begann dem Gespräch zuzuhören, das durch das offene Fenster hereindrang.

Es kratzte an seinen ohnehin schon blank liegenden Nerven, dass ihm als Olivers einzigem Sohn der Titel des Aufsehers versagt worden war. Obwohl er als Erbe betrachtet wurde, war er es doch nur dem Namen nach. Lewis hatte beim Tod seines Vaters vor beinahe einem Jahr nichts weiter gewonnen, als eine größere finanzielle Unterstützung. Der Respekt seines Vaters, die verdammte Anerkennung, dass Lewis würdig und tüchtig war, die war zusammen mit dem Mann auf Barbados gestorben, der seinen Sohn Zeit seines Lebens nur mit Verdruss betrachtet hatte.

Es war Oliver immer egal gewesen, dass sein Sohn gut mit Zahlen umgehen konnte oder den tiefen Wunsch hatte, alles über die Plantage zu lernen. Das Einzige, was Oliver gesehen hatte, war, dass sein Sohn körperlich nicht zu dem Mann herangewachsen war, wie es sein Vater gewollt hatte. Es war nicht Lewis' Schuld, dass er nie größer als seine Mutter wurde. Oder dass seine Knochenstruktur schmächtig war und eher zu einer Frau als zu einem Mann passte.

Aber da Oliver selbst sich auch nur selten selbst die

Hände schmutzig gemacht hatte, wenn es darum ging, die Plantagenarbeiter zu bestrafen, hatte Lewis nie verstanden, weshalb seine Statur für seinen Vater ein Problem war. Konnte Nathaniel die Arbeiter nicht weiterhin bestrafen, so wie er es immer getan hatte? Und konnte Lewis dann nicht den Rest erledigen? Unglücklicherweise hatte Oliver sich geweigert, auf die Stimme der Vernunft zu hören.

Die Abfuhr hatte Lewis jedoch nur bedingt aufgehalten. An Tagen wie diesem, wenn Nathaniel – der testamentarisch bestimmte Aufseher – auf den Feldern beschäftigt war, kam Lewis ins Büro, studierte die Bücher und saugte alles in sich auf, was er über seinen verstorbenen Vater und das Geschäft herausfinden konnte, das man ihm zuvor verweigert hatte. Mit nunmehr zwanzig war er mehr als fähig, die Plantage selbst zu verwalten. Doch das Testament war hieb- und stichfest gewesen.

Dennoch, diese heimlichen Besuche hatten mehr als bloßes Wissen über die Plantage erbracht. Es war während eines solchen Besuches gewesen, in jener Nacht, als er vom Tod seines Vaters erfahren hatte, dass er die Tagebücher mit den Eintragungen über Samantha gefunden hatte. Jeder Tag, seit Oliver sie am Strand gefunden hatte, war präzise vermerkt worden. Ihre Schönheit, ihr Verstand, ihre Ablehnung gegenüber Olivers Annäherungsversuchen, die dazu geführt hatte, dass sein Vater sie vergewaltigte. Die Wut, die er gespürt hatte, als er es ein zweites Mal versuchte, sie ihn jedoch dabei abwehrte, seinen Sklaven zur Flucht verhalf und sein Schiff nahm, tropfte schier aus den Buchseiten hervor. Er hatte beinahe zwei Tagebücher der Suche nach ihr und dem Schiff gewidmet, nur um am Ende doch zu scheitern. Das Schiff und Samantha wurden immer noch vermisst.

Das Versagen seines Vaters bereitete Lewis extremes Vergnügen. Oliver hatte niemals den Wert seines einzigen Sohnes wahrgenommen. Er hatte angeheuerten Männern vertraut, ließ sie als seine Ratgeber fungieren und in seine Fußstapfen treten, als er aufbrach, um nach Samantha zu suchen, und er hatte dieselben Männer auch in seinem Testament bedacht.

Aber Oliver hatte sich in seinem Sohn geirrt. Lewis war würdig und gerissen. Und er hatte soeben etwas gehört, das ihm schließlich die Chance geben würde, es auch zu beweisen. Die fette Fanny hatte soeben etwas gesagt, was seine Aufmerksamkeit geweckt hatte.

Sam.

Samantha war vor fünf Jahren geflohen. Nicht lange danach begannen die Gerüchte. Es gab eine neue Macht in den karibischen Gewässern, einen Piraten, der so geschickt war, dass niemand wusste, wie er aussah. Sam Steele. Zwar hatte seit fast einem Jahr niemand mehr Sam erwähnt, doch Lewis fragte sich, ob es möglich war, dass Samantha und Sam dieselbe Person waren. Immerhin hatte sie es geschafft, seinen Vater anzugreifen, ein Dutzend oder mehr Sklaven zu befreien und ein Schiff zu stehlen und das alles in einer Nacht. Wenn sie das konnte, war es gewiss auch denkbar, dass sie ein Pirat sein konnte. Und, dachte Lewis, Sam Steele war bekannt dafür, eine Schaluppe als Flaggschiff zu benutzen. Da das Schiff, das Samantha von seinem Vater gestohlen hatte, ebenfalls eine Schaluppe war, schien alles fast zu gut zusammenzupassen.

Dies war seine Chance. Seine Gelegenheit, das Schiff zurückzubekommen und allen zu zeigen, dass Lewis etwas gelungen war, an dem Oliver gescheitert war.

Aber seine Bestrebungen endeten damit noch nicht. Gewiss waren der Schatz und die Reichtümer, die sie angehäuft hatte, beträchtlich. Eine kleine Spritztour durch die Karibik war eine Erpressung schon wert, mit der er davon profitieren konnte, falls Samantha tatsächlich Steele war. Er würde nicht nur mit dem Schiff seines Vaters zurückkehren, sondern mit dem Respekt, den er verdiente.

Und nach dem zu urteilen, was diese nutzlose Fanny erzählte, musste er dazu bloß dem Mädchen Alicia folgen.

Charles ließ das Schwert fallen, an dem er gerade arbeitete. Es schepperte auf den Fußboden.

»Bist du wahnsinnig?«, wollte er wissen.

»Ich kann das machen«, versuchte es Alicia wieder. Im Nachhinein hätte sie ihm das Thema etwas behutsamer beibringen sollen, anstatt ihn einfach zu fragen, ob er die Werkstatt allein führen könne, während sie loszog, um jemanden zu suchen, von dem sie selbst bis vor zwei Tagen nichts gewusst hatte.

»Nein«, erklärte er und hob den Stahl auf. »Nein, kannst du nicht. Du bist viel zu jung und naiv für diese Art von Vorhaben.«

»Ich bin kein Kind, Charles. Ich kann selbst auf mich aufpassen.«

Ihm traten die Augen hervor. »Hier vielleicht, wo du die Leute kennst und alles bekannt ist, aber dort draußen?« Er gestikulierte in Richtung Fenster, und sein Arm fuchtelte dabei wie wild hin und her. »Ich werde krank vor Sorge um dich werden.« Er wischte sich den Schweiß von den Augenbrauen. »Dein Vater dreht sich bestimmt im Grabe herum, während wir sprechen.«

Alicia seufzte. »Er war derjenige, der es mir geraten hat, erinnerst du dich?«

»Ich bin sicher, er hatte nicht angenommen, du würdest alleine losziehen. Wie willst du überhaupt nach Tortuga kommen?«

»Ich habe mir die Überfahrt organisiert«, antwortete sie. Er zog fragend die Augenbraue hoch und sie fügte hinzu: »Ich werde Geld dafür brauchen, und ich kann wenig erübrigen. Du kannst es dir nicht leisten, mit mir zu gehen, und ich kann mir keine Anstandsdame leisten.«

»Ich bin mir sicher, deine Tante würde für eine aufkommen.«

Alicia lachte. »Wenn sie davon wüsste, würde sie mich in ihrem Haus einsperren und mich nie mehr laufen lassen.«

»Keine schlechte Idee«, grummelte Charles und strich mit der Hand über die Klinge.

»Es wird mir gut gehen. Tagein, tagaus auf Stahl einzuhämmern hat mir Kraft verliehen. Außerdem, ich habe nicht jahrelang in dieser Werkstatt gearbeitet, ohne gelernt zu haben, jede einzelne dieser Waffen auch zu benutzen.«

Er seufzte schwer. »Und du wirst mindestens fünf von jeder Sorte mitnehmen?«

Sie lächelte liebevoll. »Ich verspreche, dich zu benachrichtigen, so schnell ich kann.«

Charles lehnte sich mit seinem ganzen Gewicht gegen

die Werkbank. »Ausgerechnet Tortuga. Das ist kein Ort, an dem eine junge Frau sich aufhalten sollte, ganz besonders nicht ohne Begleitung.«

»Ich werde nicht lange dort bleiben. Nur so lange, bis ich Mr. Merritt finde.«

Er rieb sich sein stoppeliges Kinn. »Es kommt mir merkwürdig vor, dass dich dein Vater zu jemandem schickt, von dem ich noch nie etwas gehört habe.«

Alicia zuckte die Schultern, begutachtete die Reihe von Messern und nahm dann zwei, die klein genug waren, dass sie sie verstecken konnte. Sie schob sie in den Bund ihrer Hose. Sie wählte eine kleine Pistole aus, die man ebenfalls leicht verbergen konnte und ignorierte dabei Charles' gequältes Ächzen.

»Nun gut, es muss jemand sein, dem er vertraut, sonst hätte er es nicht getan.« Sie nahm ein Schwert, streckte es aus, ließ es hin und her sausen und fügte es ihrem Waffenlager hinzu.

»Hier«, sagte Charles und nahm eine größere Pistole aus einem Regal. »Diese nimmst du wohl besser auch noch mit.«

4

Der Rum hatte nicht die gewünschte Wirkung, und das lag nicht daran, dass Blake Merritt es nicht ausgiebig probierte. Er brüllte nach einem weiteren und wusste, er war in einer Notlage, als das Frauenzimmer, das den Rum brachte, nicht die geringste Reaktion bei ihm auslöste, ganz gleich, wie viel Busen ihrem Mieder auch entwischte. Normalerweise hätte er auf ihr Zwinkern und ihr verführerisches Lachen reagiert. Er wäre ihr nach oben gefolgt und hätte seine Probleme in bedeutungslosem Sex vergraben. Aber nichts war normal und war es auch schon seit beinahe einer Woche nicht mehr gewesen. Nicht, seit er davon gehört hatte.

Er stürzte den halben Becher in einem langen Zug hinunter.

»Blake, Junge«, donnerte eine Stimme über die Flüche und Zecherei hinweg, sodass die Mauern der *Dublone* bebten. »Wo bist du gewesen? Hab dich seit Monaten nicht gesehen.«

Blake hob den Kopf, sein Blick maß den Körper des Riesen ab, bis er das Gesicht des Mannes erreichte. »Nun ja, Kapitän, ich nehme an, du warst in letzter Zeit nicht oft da, denn ich sitze hier schon seit Tagen.«

Der Kapitän setzte sich hin und bewahrte Blake so vor einer Genickstarre. Als er sich vorbeugte, bedeckte seine große Hand ein gutes Stück des Tisches.

»Nein, kann ich nicht behaupten. Ich war ein wenig … beschäftigt.« Er grinste.

Ganz genau zu wissen, was er meinte, half Blake nicht im Geringsten, sich selbst besser zu fühlen. Er konnte in letzter Zeit keine Lust auf etwas anderes als Schnaps verspüren.

»Also«, sagte der Kapitän, schlug auf den Tisch und ließ ihn dabei erzittern. »Was treibt dich her? Ist ja nicht so, als ob du gern länger irgendwo bleiben würdest.«

Blake zuckte mit den Schultern, war aber nicht in der Stimmung, seine Probleme zu diskutieren.

Die dröhnende Stimme vom Kapitän ließ Blake zusammenzucken. »Es ist ’n Frauenzimmer. Ist ja immer eins, nicht wahr? Welche wollte dich denn diesmal heiraten?«

Trotz seiner schlechten Laune musste Blake lachen. Der Kapitän hatte recht. Jedes Mal, wenn er nach Tortuga kam, schien er einen Heiratsantrag zu bekommen.

»Diesmal nicht. Obwohl ich sagen muss, so sehr ich diese Anträge hasse, im Augenblick würde ich sogar vorziehen, wenn es einer wäre.«

Die Augen des Kapitäns funkelten belustigt, und er lehnte sich in seinem Stuhl zurück, der unter dieser Anstrengung ächzte. »Nun denn, lass mal sehen, ob wir dein Glück nicht ändern können.«

Kopfschüttelnd kehrte Blake wieder zum Trinken zurück. Der Kapitän jedoch war entschlossen bei der Suche. Er durchstreifte den Raum mit seinem Blick und führte

Gründe an, weshalb keine der Frauen, die er entdeckte, geeignet war. »Nein, sie bedeutet nur Ärger, wahrscheinlich schneidet sie dir in den letzten Zügen der Leidenschaft die Kehle durch, wenn du nicht vorsichtig bist. Diese da ist zu alt, jene zu jung. Bei ihr hast du schon mindestens zwei Mal nein gesagt.« Er drehte sich zu Blake zurück, seine grauen Augen lachten. »Jetzt sehe ich, weshalb du alleine bist.«

Blake prostete ihm mit seinem Becher zu und nahm noch einen tiefen Zug. Er verschluckte sich beinahe daran, als ihm der Kapitän feste auf den Rücken schlug.

»Bei Gott, Junge! Da ist eine für dich! Und wenn du sie nicht willst, nehm ich sie mir!«, erklärte er begeistert.

Blake hätte nicht hinsehen sollen. Er hätte auf die Alarmglocke hören sollen, die in dem Augenblick in seinem Kopf ertönte, als er diesen hob, um zu sehen, wen der Kapitän erspäht hatte. Stattdessen begegnete sein Blick dem der besagten Frau – dem Mädchen –, und er stöhnte auf und wünschte sich abermals, dass der verdammte Rum ihn alles hätte vergessen lassen.

Alicia Davidson. Sie hielt kurz inne, als sie ihn wiedererkannte, aber nachdem sie sich wieder gefangen hatte, drehte sie sich von Blake weg und ging weiter auf den Barmann zu. Perfekt, dachte Blake. Nicht genug, dass der Rum wirkungslos blieb, sondern nun stand ihm einer der Gründe, weshalb er den Alkohol überhaupt benötigt hatte, auf der anderen Seite des Raumes gegenüber.

»Herrje, Junge, wie machst du das bloß? Die Frau ist kaum durch die Tür getreten, und schon hat sie dich auf dem Kieker?« Der Kapitän schüttelte ungläubig den Kopf.

»Egal welchen Zauberspruch du für die Frauenzimmer hast, könntest du ihn mir bitte beibringen?«

»Im Augenblick ist es kein Zauberspruch, Kapitän, es ist ein Fluch. Und du kannst sie haben, ich bin nicht interessiert.«

Sein Freund leckte sich über die vollen Lippen. »Dein Pech. Wünsch mir Glück«, sagte der Kapitän und scharrte beim Aufstehen mit seinem Stuhl über den zerkratzten Holzfußboden.

Blake verzog das Gesicht. Glück. Er konnte sich nicht mehr daran erinnern. Während er sich in seinem eigenen Stuhl zurücklehnte, beobachtete er, wie der Kapitän zu Alicia stampfte und musste gegen seinen Willen grinsen, als sie daraufhin einen Schritt zurückwich. Der Kapitän war mehrere Kopf größer als irgendjemand sonst, und wegen seines mächtigen Körperumfangs und seiner donnernden Stimme hatten die meisten Leute anfänglich ein wenig Angst vor ihm, jedenfalls so lange, bis sie ihn kennenlernten und ihnen klar wurde, dass er mehr einer Qualle als einem Hai ähnelte.

Obwohl ihre Anwesenheit dazu führte, dass sich seine gesamte Nackenmuskulatur verspannte, bemerkte Blake, dass er Alicia und den Kapitän beobachtete. Worüber konnten sie bloß reden?, fragte er sich. Gewiss machte sie keine Geschäfte in Tortuga. Sollte sie nicht zu Hause sein und um ihren heiß geliebten Vater trauern?

Plötzlich leuchtete das Gesicht des Kapitäns heller auf als die Kerzen, die verstreut auf den Tischen standen. Er drehte sich zu Blake um, wobei er von einem Ohr zum anderen grinste. Blakes Magen verkrampfte sich. Was wurde da gespielt? Bevor er noch mehr Zeit hatte darüber nachzugrübeln, nahm der Kapitän Alicia beim Arm und führte sie direkt zu seinem Tisch. War er jetzt völlig übergeschnappt?

»Blake, Junge«, grölte der Kapitän und legte einen Arm um Alicias Schultern, sodass diese unter dem Gewicht ins Stolpern geriet. »Du hast es schon wieder getan. Sie ist auf der Suche nach dir.«

»Fantastisch«, murmelte Blake. »Mein Glück wird immer besser.«

Sie sah keineswegs glücklicher aus als er, was ein klein wenig tröstlich war.

»*Ihr seid* Blake Merritt?«, fragte sie.

»Jedenfalls beim letzten Mal, als ich nachgesehen habe.«

Alicia atmete schwer aus. »Nun ja, das ist unerwartet.«

»Ebenso wie Eure Anwesenheit hier.« Er warf einen Blick auf ihre braune Hose und das weiße Hemd. »Die Trauerzeit scheint immer kürzer zu werden.«

Sie presste die Lippen aufeinander, und er sah, dass sie ihre Fäuste ballte. »Ich *trauere* noch, aber es ist einfach nicht praktisch, in einem schweren Rock zu reisen. Und ich bin hier, weil ich Eure Hilfe benötige.«

Blake kreuzte die Arme vor der Brust. »Mir war nicht bewusst, dass ich Euch den Eindruck vermittelt habe, ich wäre jemand, den das interessiert.«

»Verdammt, Blake«, flüsterte der Kapitän, oder wenigstens versuchte er es. Beim Kapitän hatte sogar sein Flüstern ein Echo.

»Das habt Ihr nicht«, antwortete sie. »Und hätte ich gewusst, dass Ihr es seid, zu dem er mich geschickt hat, dann hätte ich es mir vielleicht überlegt.«

Blake deutete auf die Tür. »Es ist nie zu spät.«

»Das könnte Euch so passen.«

»Nun, lasst uns einfach sagen, ich bin nicht in Geberlaune. Was auch immer Ihr bei mir sucht, Ihr werdet es woanders finden müssen.«

»Was sucht Ihr denn?«, fragte der Kapitän.

Blake war froh, als Alicia ihren Blick von ihm abwandte. Es gab ihm die Gelegenheit, sie genau zu betrachten. Sie war wie ein Mann gekleidet. Sie hatte ihr Haar zu einem Zopf geflochten, der ihr wie ein dickes Tau halb über den Rücken fiel. An der Grabstätte hatte er sich hauptsächlich auf seine Abscheu ihr gegenüber konzentriert und auf die Bitterkeit, die er für Jakob empfand. Er hatte nicht auf die Einzelheiten geachtet. Jetzt, im Schein des Kerzenlichtes, sah er, dass ihr Haar die Farbe von frischem Honig hatte. Die Tatsache, dass er das bemerkte, trug nicht zur Verbesserung seiner ohnehin schon schlechten Stimmung bei.

»Ich suche nach jemandem. Ihr Name ist Samantha. Sie wurde zuletzt vor fünf Jahren gesehen, als sie Port Royal auf einer gestohlenen Schaluppe verließ.«

»Nun, jetzt, wo wir schon so viel wissen, lasst uns nicht noch mehr Zeit vergeuden. Ich meine, nur fünf Jahre. Also, sie ist ja praktisch gerade erst um die Ecke verschwunden«, spottete Blake.

Alicias Wangen liefen hellrot an. Blake rief nach einem weiteren Glas Rum. Das Mädchen war verrückt, wenn es glaubte, er würde ziellos lossegeln, um ausgerechnet *ihr* zu helfen. »Nur über meine Leiche«, murrte er.

»Samantha …«, sagte der Kapitän nachdenklich. »Seid Ihr verwandt?«

Alicia nickte. »Sie ist meine Schwester. Aber ich weiß nicht, wo sie ist.«

»Viel Glück«, antwortete Blake. Als ihm sein Rum gebracht wurde, lächelte er sein freundlichstes Lächeln und flirtete mit dem Barmädchen. Es bereitete ihm höchste Befriedigung zu sehen, dass Alicia daraufhin die Stirn runzelte.

»Und sie ist auf einer Schaluppe, habt Ihr gesagt?«

»Nein«, korrigierte Blake und wischte sich den Mund ab. »Das war sie vor fünf Jahren.«

Alicia starrte Blake wütend an, ihre blauen Augen funkelten. Er lächelte zurück.

»So wurde es mir wenigstens erzählt«, antwortete sie und sprach wieder zum Kapitän.

»Hm …«, meinte der Kapitän und rieb sich den vorstehenden Bauch. »Ich weiß nicht, ob es Euch etwas bringt, aber ich kenne eine Samantha.«

»Oh, gut. Ich werde gleich gehen und das Schiff bereit machen«, murmelte Blake.

»Sie hat etwa Ihre Größe, ein wenig älter. Ihr Haar ist dunkler als Ihres, aber ich weiß, sie und Luke besitzen eine Schaluppe.« Er zuckte die Achseln. »Vielleicht ist es dasselbe Mädchen.«

»Du erwartest, dass ich lossegele nach …«

Der Kapitän drehte sich schließlich von Alicia zu Blake um und sagte: »St. Kitts.«

Blake schnappte nach Luft. »Du willst, dass ich nach St. Kitts segle bloß auf die *Möglichkeit* hin, dass es dieselbe Frau ist?« Er schaute vom Kapitän zu Alicia und war sich nicht sicher, wer von beiden verrückter war. »Ich werde weder meine kostbare Zeit vergeuden, noch die meiner Mannschaft.«

»Wie lange wird es denn dauern, nach St. Kitts zu segeln?«, fragte Alicia.

»Mindestens sechs Tage per Schiff, länger, wenn man schlechtes Wetter hat.«

Alicia erbleichte, und ihre Hand fuhr erschrocken zu ihrem Bauch. Sie schluckte heftig. »So lange?«

Blake stürzte seinen Rum hinunter und war froh, als ihm leicht schwindelig wurde. Vielleicht begann der Alkohol endlich Wirkung zu zeigen.

»Es ist ganz egal, wie lange es dauert, weil ich Euch nicht mitnehmen werde.«

Sie ließ ihre Hand wieder sinken. »Wir haben uns nie zuvor getroffen. Weshalb hasst Ihr mich dann so?«

Obwohl der Rum zu wirken begonnen hatte, war es nicht genug, um ihre Worte einfach zu ignorieren. Und ganz gewiss reichte der Alkohol nicht aus, um ihr den Grund für seinen Hass zu offenbaren.

»Ich habe von Euch gehört, belassen wir es dabei. Und ich werde Euch nirgendwohin segeln. Folglich scheint es so, als ob Ihr Eure Zeit vergeudet habt.«

»Mir gefällt der Gedanke ebenfalls nicht, mit Piraten zu segeln, Mr. Merritt, aber ich wurde zu Euch geschickt.«

Als er den Ausdruck hörte, knirschte Blake mit den Zähnen. Vielleicht gab es für andere wenig Unterschied zwischen Piraten und Freibeutern, aber für Blake war der Unterschied gewaltig. Er betrachtete sich selbst als ehrenhaften Mann, und in seiner Vorstellung war an der Piraterie nichts Ehrenhaftes. Ja, er kaperte spanische Schiffe, aber bloß wegen des Goldes. Er übergab die Beute, mit Ausnahme seines Anteils und dem seiner Besatzung, derselben Regierung, die ihm seine Kaperbriefe ausstellte – die Papiere, die ihm erklärten, dass das, was er tat, innerhalb der Grenzen des Gesetzes lag.

Es war ihm wichtig, gerecht zu sein, und er vergewaltigte niemals Frauen oder brachte jemanden aus purer Lust am Töten um, obgleich einige Freibeuter ihre Papiere als Erlaubnis zur Piraterie benutzten. Obwohl Blake wusste, dass der Unterschied zwischen Freibeutern und Piraten fein war, war er nichtsdestotrotz stolz darauf, auf der richtigen Seite zu stehen.

»Ich segle ein Freibeuterschiff.« Er konnte es nicht ausstehen, dass er das Bedürfnis verspürte, sich gegenüber dieser kleinen Göre zu rechtfertigen.

Sie zuckte die Achseln, zog einen Briefumschlag aus ihrer Tasche und ließ ihn direkt vor seiner Nase auf den Tisch fallen.

»Dann wird dies vielleicht Eure Meinung ändern, Herr Freibeuter.«

Er erkannte den Schwung der Buchstaben wieder und wusste, wer seinen Namen geschrieben hatte.

»Woher habt Ihr das?«, wollte er wissen, und all sein Schwindel war auf einmal wie weggeblasen.

»Ich fand ihn im Nachlass meines Vaters. Dort war ebenfalls ein Brief für mich. Er war derjenige, der mir gesagt hat, dass ich um Eure Hilfe ersuchen sollte, falls ich mich entschließe, nach Samantha zu suchen.«

»Wie kommt es dann, dass du nicht weißt, wer sie ist?«, fragte der Kapitän.

Obwohl es ihr nicht gerade besonderes Vergnügen bereitete, Fremden intime Details über ihr Leben zu erzählen, hoffte Alicia doch, die Männer würden ihren Wunsch, Samantha zu finden, dann besser verstehen.

»Wir wurden vor Jahren getrennt. Ich kann mich an nichts mehr erinnern, bevor ich zwölf war, und das schließt Samantha ein.«

Blake lächelte höhnisch. »Lasst mich raten. Euer *liebender* Vater wusste die ganze Zeit, dass Ihr da draußen eine Familie hattet, und er hat sich entschlossen, es Euch erst nach seinem Tod mitzuteilen.«

Sie sah ihn eindringlich an, Farbe kehrte in ihr Gesicht zurück. »Das stimmt.«

»Warum bin ich darüber nicht überrascht?«, murmelte er.

»Er hat auch gesagt, Ihr wäret ein guter Mann, dem ich trauen könnte.«

Ihr Tonfall ließ keinen Zweifel daran, dass sie das komplette Gegenteil glaubte.

Blake öffnete den Brief nicht. Es war zu spät für Worte oder Entschuldigungen oder irgendetwas anderes, das auf dieses Pergament geschrieben sein konnte. Und ihre traurige Geschichte änderte nichts daran. Wenn überhaupt, machte es ihn nur noch wütender. Er weigerte sich, sich ausnutzen zu lassen.

»Nun?«, fragte der Kapitän, und sein Blick schoss zwischen Alicia und Blake hin und her. »Wie wird es nun laufen?«

Blake beugte sich nach vorne und schob den Brief dabei mit dem Ellenbogen beiseite. »Ich werde Euch sagen, wie es laufen wird«, antwortete er, und sein Blick durchbohrte den ihren. »Eher schneit es in der Hölle, bevor ich Euch irgendwohin bringe.«

Alicia biss die Zähne zusammen, und ihr Blick wurde hart. Sie stützte die Hände auf den Tisch und beugte sich ein wenig nach vorn. »Ich weiß nicht, wer Ihr seid oder woher Ihr meinen Vater kanntet, aber ganz offensichtlich hat er sich in Euch getäuscht.«

»Das, meine Liebe, ist das Erste, was Ihr gesagt habt, mit dem ich einverstanden bin.« Und weil die Wahrheit dieser Worte ihn tagtäglich verfolgte, hob er seinen Becher an die Lippen und trank.

Alicia stieß die Tür der Kneipe heftig auf und stapfte nach draußen. Dort war es auch nicht ruhiger. Männer pfiffen und brüllten den Frauen hinterher, während die Frauen spotteten und die Männer anschrien. Hunde bellten, und Pferde klapperten durch die Straßen. Pistolen wurden, so schien es, grundlos himmelwärts abgefeuert und trugen noch zu der Kakophonie bei. Alicia beneidete all die Leute, die offensichtlich keine Schwierigkeiten zu haben schienen.

Sie selbst war nun in einer ziemlich misslichen Lage. Das Schiff, welches sie nach Tortuga gebracht hatte, war weitergesegelt, kurz nachdem Alicia bestätigt bekam, dass Blake Merritt an Land war. Nun hatte derselbe verfluchte

Mann sich auch noch geweigert, ihr zu helfen. Sie saß ohne Unterkunft und ohne Transportmittel fest, mit dem sie nach Hause reisen konnte. Während sie einen Stein über das Kopfsteinpflaster der Straße kickte, konnte Alicia nicht anders als sich zu wünschen, es wäre Blakes Kopf.

»Dieser arrogante, abscheuliche Mann«, brummte sie. Weil ihr das Gewicht der Tasche, die sie trug, auf der Schulter zu schmerzen begann, setzte Alicia sie zu ihren Füßen ab. Sie hatte sie kaum abgesetzt, als diese auch schon beinahe von einem Säufer zertrampelt wurde, der aus der Tür der Kneipe taumelte. Sein widerlicher Atem schwappte über sie hinweg, und der Gestank von Haut, die schon zu lange nicht gebadet hatte, hüllte sie ein.

»'Tschuldigung«, murmelte der Betrunkene, bevor er davonwankte und einen lauten Rülpser ausstieß.

Alicia rümpfte die Nase, packte ihre Tasche und entschied weiterzugehen. Sie musste einen Platz für die Nacht finden, wo sie sich ausruhen und nachdenken konnte. Denn eines wusste sie bereits – auch ohne Blake Merritts Hilfe würde sie nicht einfach aufgeben. Falls sie eine Familie hatte, dann würde sie diese auch finden. Sie wusste im Augenblick nur ganz einfach nicht, wie ihr das gelingen sollte.

Gerade in diesem Augenblick öffnete sich die Tür wieder und spie den Lärm der Schänke in den Strom von Ausschweifungen, der durch die Straßen von Tortuga wogte. Wenn Alicia es nicht bereits bei Tageslicht für sich entschieden hätte, dann tat sie es jetzt. Tortuga war gewiss kein Ort, den sie jemals wiedersehen wollte.

»Ah, gut. Ich hatte befürchtet, Ihr wärt schon lange weg.«

Alicia drehte sich nach der Stimme um und lächelte kläglich. »Das wäre ich auch, wenn ich nur wüsste, wo ich hingehen soll.«

Der Riese grinste. »Das ist leicht gelöst. Ihr könnt bis zum Morgen bei mir bleiben.«

Alicia verschluckte beinahe ihre Zunge. »Und Charles dachte, *ich* wäre verrückt.«

Sein Lächeln verzog sich zu einem Knurren. »Ich bin nicht verrückt, Missy. Aber Ihr braucht einen Platz, an dem Ihr bleiben könnt, oder etwa nicht?«

»Nun …«

»Ja oder nein?«, fragte er.

»Nun, ja, aber –«

»Also los dann.«

Er schickte sich an loszugehen, in der Annahme, Alicia würde ihm folgen. Sie packte seinen Arm.

»Ich kann nicht mit Euch gehen. Ich kenne Euch ja gar nicht.«

»Nun, wie lange dauert das? Ich werde nicht die ganze Nacht hier draußen bei den Säufern warten, Missy. Hier würden wir bloß erschossen oder niedergetrampelt werden.«

Gerade als er das sagte, taumelten zwei kämpfende Männer um die Ecke direkt auf sie zu. Der Riese schüttelte bloß den Kopf, streckte einen kräftigen Arm vor Alicia aus und schubste beide Männer mit wenig mehr als einem Stoß zu Boden.

»Nun? Habt Ihr es Euch überlegt?«

Sie seufzte. »Es ist ja nicht so, als ob ich das Angebot nicht zu schätzen wüsste …«

»Kapitän. Und ich glaube nicht, dass ihr ein besseres bekommt.«

»Ich glaube nicht, dass ich es annehmen würde, selbst wenn ich es bekäme.«

»Ihr könnt mir trauen.« Er lächelte, und Alicia freute sich, als sie sah, dass seine Augen weder von Rum vernebelt noch bösartig waren. »Ich kann Euch erzählen, was ich von Samantha weiß.«

Alicia kaute auf ihrer Lippe herum. Nun, sie hatte sich bei einem Fremden die Schiffspassage organisiert, und wenn Blake bereit gewesen wäre, ihr zu helfen, dann wäre sie mit ihm gegangen, obwohl er ein Fremder war. War der Kapitän wirklich etwas anderes?

Plötzlich knallte ein Pistolenschuss so nahe neben ihr, dass es Alicia in den Ohren gellte. Sie schrie kurz auf und duckte sich. Bevor sie wusste, wie ihr geschah, hatte der Riese sie am Arm gepackt und sie wieder auf die Füße gerissen.

»Kommt Ihr jetzt oder nicht?«

Sie konnte nicht sprechen, ihr Herz schlug zu schnell und zu laut in ihrer Brust. Stattdessen nickte sie.

»Gut. Und wenn Ihr kochen könnt, betrachten wir das Frühstück als Eure Bezahlung. Kommt, Missy, hier entlang.«

Er führte sie durch die rauchgeschwängerte Luft, vorbei am Tohuwabohu der Kneipen an den hinteren Rand der Stadt. Sein Zuhause war nicht viel mehr als eine grobe Bretterbude, die zwischen ein paar Bäumen errichtet war, was gut war, denn die ärmliche Konstruktion sah aus, als ob ein kräftigerer Wind sie zusammenbrechen lassen würde. Wie auch immer, es war ein Unterschlupf, und trotz der Körpergröße des Kapitäns spürte Alicia, dass sie von ihm nichts zu befürchten hatte.

Der Kapitän zündete ein Feuer auf der winzigen Herdstelle an, und dieses half, den Schimmelgeruch zu vertreiben, der an den Wänden haftete. Aus einer Truhe zog er dicke Decken hervor und legte sie vor den Herd. Kurz darauf saß Alicia mit einer Tasse in den Händen darauf und war froh, dass sie relativ sauber rochen.

Der Riese hatte sich den einzigen Stuhl in der Hütte ausgesucht und setzte sich nun mit einem zufriedenen Seufzen darauf.

»Wann habt Ihr Samantha zum letzten Mal gesehen?«

»Ich hab sie nur zweimal getroffen. Beim ersten Mal marschierte sie in die *Dublone* hinein, wo ich gerade mit Luke redete.«

»Ihr habt Luke bereits mal erwähnt. Wer ist das?«

Der Kapitän verschluckte sich beinahe an seinem Getränk und musste sich auf die Brust klopfen, um wieder durchatmen zu können.

»Ihr habt noch nie von Luke Bradley gehört?«

»Nein, warum?«

»Du meine Güte, Missy, er ist bloß der beste Pirat, den die Karibik je gesehen hat!«

»Aber Ihr habt gesagt, Samantha gehöre zu Luke. Sind sie … sie können doch nicht … sie hat einen Piraten geheiratet?«

Er setzte seinen Becher heftig auf den wackeligen Tisch neben seinem linken Ellenbogen. »Jetzt schaut doch nicht so schockiert. Luke ist ein verdammt guter Mann, und das letzte Mal, als ich die beiden gesehen habe, sahen sie ziemlich glücklich aus.«

»In Ordnung, tut mir leid. Also, Samantha kam in die *Dublone* und …«

Er nickte, ein Lächeln machte sein Gesicht weicher. »Sie war schon ein Anblick. Ganz in Rot gekleidet, hatte sie sofort jeden der anwesenden Männer, mich eingeschlossen, um den Finger gewickelt. Luke nahm erst daran Anstoß, als ich etwas zu ihr sagte. Er meinte, er habe sie zuerst gesehen. Ich hab ihr aber nichtsdestotrotz gefallen, glaub ich. Sie sagte, sie suche nach einem anderen Piraten mit Namen Dervish. Gewiss, direkt im Anschluss nahm Luke sie mit nach draußen. Ich hab sie danach nicht mehr gesehen bis vor ein paar Monaten.«

»In St. Kitts?«

»Ja.«

»Hat sie diesen anderen Piraten je gefunden?«

»Hm«, antwortete er und schluckte noch mehr Rum runter. Er wischte sich mit dem Handrücken über den Mund und setzte den Becher ab. »Luke hat ihn getötet.«

Der Kapitän hatte das so beiläufig erwähnt, als ob er bloß über das Wetter redete. Alicia biss sich auf die Lippe. Wo geriet sie da hinein? Sie suchte nach einer Frau, die sie nicht kannte und die mit einem Mann verheiratet war, der eine andere Person umbringen konnte. Und ihr gemeinsamer Bekannter, ein Bekannter, bei dem zu übernachten sie zugestimmt hatte, hielt dies nicht für falsch. Charles hatte recht – sie war verrückt.

»Nun, bevor Ihr ein Urteil fällt, lasst mich Euch was erzählen. Luke war ein großartiger Pirat, aber er war nicht gemein. Er war zwar auch hinter Beute her, aber nicht so wie andere. Er benutzte gern seinen Verstand und spielte ein wenig damit herum. Wenn ich so drüber nachdenke, glaube ich, er bevorzugte die Jagd. Aber nach dem, was ich über Samantha weiß, hätte sie ihn nicht geheiratet, wenn er kein guter Mann wäre. Er ist einer der wenigen, denen ich mein eigenes Leben anvertrauen würde.«

»Ihr sagtet ›war‹. Ist er kein Pirat mehr?«

»Nein. Er bat um Pardon.« Das Gesicht des Kapitäns teilte sich zu einem Grinsen, das so breit war wie sein Bauch. »Gewiss, wenn du der beste Schiffsbauer in dieser Region bist und du der Marine die schnellsten und stärksten Schiffe verkaufst, dann ist die wohl eher geneigt, dir ziemlich schnell zu vergeben.«

Alicia probierte ihren Tee, der aber eher wie Moorwasser schmeckte und stellte die noch volle Tasse zur Seite.

»Es ist eigentlich egal, wirklich. Mr. Merritt will mir nicht helfen, und ich weiß nicht, wo ich sonst noch nachsehen soll. Als Frau alleine kann ich nicht so einfach auf irgendein Schiff hüpfen. Ich hatte schon Glück, hierher zu kommen.«

»Was Ihr über Blake wissen müsst«, begann der Kapitän, während er sich über den Bauch rieb, »ist, dass er sehr stur sein kann. Und wenn er böse wird, dann wird's nur noch schlimmer. Der schnellste Weg, Blake dazu zu bekommen, nach Norden zu gehen, ist es, ihn nach Süden zu befehlen.«

»Er ist doch kein Pirat, nicht wahr?«

»Ein Freibeuter, aber das ist in Wahrheit alles dasselbe. Nur dass Blake die Marine auf seiner Seite hat und die nicht versucht, ihn aufzuknüpfen, seht Ihr?«

»So oder so, ich muss mir einen anderen Plan ausdenken.«

Der Kapitän beugte sich nach vorn und fixierte Alicia mit seinen grauen Augen. »Wisst Ihr, was ich denke? Ich sage, Ihr lasst ihm gar keine Wahl.«

»Aber der einzige Weg wäre zu –«

»Das stimmt, Missy.« Der Kapitän nickte. »Das ist der einzige Weg.«

Alicias Magen vollführte einen Salto. »Warum würdet Ihr mir raten, das zu tun? Ihr mögt Blake.«

»Ja. Tue ich. Aber Blake braucht ein wenig Spaß in seinem Leben. Er ist zu ernsthaft.«

Sie wusste nicht, was der Umstand, dass Mr. Merritt sie wiedersah, daran ändern würde.

»Sagt mir, Kapitän. Mein Vater hat offensichtlich gedacht, Blake sei ein anständiger Mann, dem ich trauen kann. Bisher war meine Erfahrung mit ihm aber eine andere. Was haltet Ihr von ihm?«

»Missy, wenn ich den Mann nicht leiden könnte oder ihm nicht vertrauen würde, dann würde ich Euch doch wohl kaum zu ihm schicken. Mein einziger Rat? Bleibt so lange versteckt, bis Ihr weit genug vom Hafen entfernt seid.«

5

Lewis Grant lächelte in der Dunkelheit. Er spürte die Steine gar nicht mehr, die ihm in die Schuhsohlen drückten. Es machte ihm auch nichts mehr aus, die Mücken zu verscheuchen, die um sein Gesicht schwirrten und ihn so lange piesackten, bis seine Haut kribbelte. Das Einzige, was er spürte, war ein enormes Gefühl der Befriedigung.

Dank der Angewohnheit des hünenhaften Trottels, die Fenster offen zu lassen, hatte Lewis jedes Wort gehört. Jetzt wusste er nicht nur, wo Samantha war, sondern er wusste auch schon, wie er zu ihr gelangen würde. Lewis leckte sich über die Lippen.

Jetzt musste er nur noch auf Blake Merritts Schiff kommen – das würde weniger Verdacht erregen, als wenn er ihn verfolgen würde – und dem kleinen Plappermaul folgen, bis sie ihn zu Samantha führte. Oliver hatte dieser Hure mehr Zeit und Aufmerksamkeit gewidmet, als er für seinen einzigen Sohn übrig gehabt hatte. Lewis hatte die Absicht, dafür zu sorgen, dass Samantha dafür ebenfalls bezahlen musste.

Er kroch aus seinem Versteck unter dem Fenster und spazierte aus dem Wäldchen und zurück zur Kneipe. Er würde sie finden und ihr drohen, dass er sie der Obrigkeit übergeben würde, sollte sie ihm nicht das Schiff seines Vaters zurückgeben und außerdem alles, was sie sich als Sam Steele angeeignet hatte.

Und sobald er das Schiff mit unsäglichem Reichtum beladen hatte und zurück in Port Royal war, würde er die Marine mit Freuden wissen lassen, wo sie war. Sie verdiente es nicht besser.

Blake rollte sich gerade aus seiner Koje, als sich die Sonne aus dem saphirblauen Wasser in den purpurnen Himmel schob. Er nahm sich einen Moment, um sie zu betrachten, doch seine übliche Freude darüber, den Sonnenaufgang zu sehen, wurde von denselben Gedanken verdorben, die ihn auch schon während der vergangenen Nacht und der davor gequält hatten. Er zog seine Hose an und warf sich das Hemd über, ließ es aber offen. Barfuß tappte er zum Tisch und starrte auf den versiegelten Umschlag hinab. Er hätte ihn verbrennen sollen. Wenigstens hätte er ihn in der *Dublone* lassen sollen, wo man ihn hätte benutzen können, um verschütteten Rum aufzuwischen oder den Fußboden zu reinigen. Er wusste nicht, welcher Teufel ihn geritten hatte, den Umschlag in seine Jackentasche zu stecken, aber er wünschte sich, er hätte es nicht getan.

Wie er jetzt so die Knitter betrachtete, die den Umschlag dank seiner groben Reise in der Jackentasche bedeckten, war Blake immer noch ebenso zornig wie beim ersten Mal, als man ihm diesen Umschlag unter die Nase gehalten hatte. Wer zum Teufel nochmal glaubte sie eigentlich, wer sie war?

»Alicia Davidson.«

Er sprach ihren Namen wie einen Fluch aus. Für ihn war er das auch. Seit er zum ersten Mal gehört hatte, dass man sie gefunden und aufgenommen hatte, war sie für ihn eine schwärende Wunde, die nicht heilen wollte. Es war ganz besonders unangenehm, weil er wusste, wer sie zu ihm geschickt hatte. Ihr helfen? Gewiss, er würde ihr helfen und zwar auf dieselbe Art und Weise, wie Jacob Davidson ihm geholfen hatte. Indem er ihr den Rücken zudrehte und vorgab, dass sie nicht existierte.

Blake vermutete, dass er bereits eine volle Stunde vor sich hingeschmort hatte, als er sich schließlich zusammenriss. Er würde nicht einen Moment länger über die ganze Sache nachgrübeln. Er hatte ihretwegen bereits zwei schlaflose Nächte verbracht. Die eine, als sie vor Tortuga ankerten und er sich ihre kleine Rede immer wieder ins Gedächtnis gerufen hatte, bis er furchtbare Kopfschmerzen bekam, und vergangene Nacht wieder, nachdem sie das Schiff beladen und Tortuga anschließend verlassen hatten. Er hatte angenommen, das Wissen, Alicia hinter sich gelassen zu haben, würde ihm wieder seinen Seelenfrieden verschaffen.

»Nun, das hat es aber nicht, verdammt nochmal«, murmelte Blake, knöpfte sein Hemd zu und zog seine kniehohen Stiefel an. In der Hoffnung, die Ruhe an Deck würde ihm helfen, bevor der Rest der Besatzung erwachte. Also ging er nach oben.

Das Meer war ruhig und still, und sein Schiff schlief ebenso wie der Rest seiner Männer. Blake füllte sich die Lungen mit kühler Luft und ging ans Steuerruder. Vincent, einer seiner Bootsmänner, stand am Ruder.

»Morgen, Kapitän.«

»Morgen. Nichts am Horizont?«, fragte Blake und nahm das Fernrohr. So weit das Auge sehen konnte, gab es nichts außer einer plätschernden Decke aus blaugrünem Wasser. Blake konnte sich nichts Schöneres vorstellen. Die Knoten in seinen Schultern lockerten sich. Hier war sein Zuhause. Hier musste er sich nicht rechtfertigen, musste nicht erklären, wie es in seinem Herzen aussah. Hier konnte er einfach nur sein, und hier war der Ort, an den er gehörte.

»Nichts. Die See ist ruhig.«

»Gut. Los, ruh dich aus.«

Vincent sprang von der Kiste, auf der er gestanden hatte, und schob sie zur Seite. Als Zwerg brauchte er diese Box, um über das Steuerruder sehen zu können, aber das war auch das Einzige, was er benötigte, um der beste Bootsmann zu sein, den Blake je gehabt hatte. Nate, sein anderer Bootsmann, war im Augenblick unter Deck. Beide hatten eine natürliche Begabung für Strategie, und viele der Schlachten, die sie gewonnen hatten, verdankten sie der Geschicklichkeit von Vincent und Nate. Aus diesem Grund behandelte der Rest der Mannschaft Vincent auch als gleichberechtigt, und seine Größe war niemals ein Problem. Falls es das jemals werden sollte, dann würden sie sich Blake gegenüber rechtfertigen müssen.

Vincent gähnte und rieb sich das runde Gesicht und sah dabei eher wie ein junger Bursche aus, als wie ein Mann, der beinahe ebenso alt war wie Blake.

»Gott sei Dank. Ich habe letzte Nacht vor meiner Schicht versucht an Deck zu schlafen, aber der Grünschnabel, den du in Tortuga angeheuert hast, hat sich ständig übergeben. Ich habe in meinem ganzen Leben noch nie von so einem schweren Fall von Seekrankheit gehört.«

Blakes Hand erstarrte mitten in der Luft vor dem Ruder. »Du hast jemanden angeheuert. Ich nicht.«

»Der Mann, den ich angeheuert habe, heißt Lewis. Diesen hier habe ich noch nie zuvor gesehen. Er kam in Tortuga an Bord. Hat gesagt, du hättest ihm 'nen Job gegeben.«

Tief unten in seinem Bauch machte sich ein sehr unbehagliches Gefühl breit, und auch Blakes Schultern verspannten sich wieder.

»Wo ist er?«

»Unten, leistet den Hühnern Gesellschaft.«

Perfekt. »Kannst du das Schiff noch einen Augenblick lang steuern?«, fragte Blake.

Vincent schob die Kiste einfach wieder in Position.

»Danke. Ich sollte nicht lange brauchen, und dann kannst du etwas schlafen.«

»Solange du diesen Jungen davon abhältst, sich ständig zu übergeben, übernehme ich das.«

»Nun, je nachdem, weshalb er sich auf meinem Schiff versteckt hat, werde ich ihn vielleicht ganz einfach über Bord werfen.«

Vincent lächelte. »So gemein bist du nicht.«

Blake grinste spöttisch und ging unter Deck. Er marschierte an den Hängematten voll schnarchender Männer vorbei und folgte dem Gestank eine weitere Ebene hinab, dorthin, wo sie ihren Viehbestand hielten. Die Ziegen reckten die Hälse, als er vorbeiging, auf der Suche nach irgendetwas, was sie anknabbern konnten. Die Hühner beobachteten ihn schweigend aus ihren Drahtkäfigen. Er wich dem schlimmsten Dreckstrom aus, der den Durchgang zwischen den Käfigen und den Laufställen kreuzte und fragte sich, weshalb jemand, der seekrank war, sich entschließen sollte, sich ausgerechnet im stinkendsten Teil des Schiffes aufzuhalten. Es sei denn, es wäre jemand, der nicht gefunden werden wollte.

Blake musste nicht lange suchen. Er musste nur ganz einfach dem Stöhnen des kranken Jungen folgen. Blake fand ihn auf der Seite in einem sauberen Haufen Stroh liegend. Es war ein dünner Junge, der ein Paar abgewetzte braune Hosen und eine Kappe trug und der einen Eimer neben dem Gesicht hatte und Blake den Rücken zukehrte.

»Hast du Schwierigkeiten, Sohn?«, fragte Blake ohne Mitgefühl.

Ein langgezogenes Stöhnen antwortete ihm, und der Junge zog sich die Krempe seiner Kappe tiefer ins Gesicht.

»Ein bisschen spät, um sich zu verstecken, Junge.« Blake trat gegen seinen Stiefel. »Steh auf.«

Für eine Weile glaubte Blake nicht, dass der Junge sich fügen würde. Aber schließlich bewegte er sich, drehte Blake beim Aufstehen aber weiterhin den Rücken zu und umklammerte den Eimer dabei fest. Er schwankte ein wenig, und Blake fluchte. Dies war niemand, der auf seinem Schiff irgendwie von Nutzen sein konnte.

»Dreh dich um.«

Der Junge senkte den Eimer und zog, während er sich umdrehte, die Kappe vom Kopf. Ein langer Zopf fiel über das, was die Schulter eines Jungen hätte sein sollen. Nur war es kein Junge, der ihn mit einem Gesicht ansah, das so bleich war, wie die Leinwand seiner Segel.

Blake fühlte sich, als ob er heftig in den Magen geboxt worden wäre.

»Hallo, Herr Freibeuter.«

»Alicia? Was zum Teufel nochmal macht Ihr auf meinem Schiff?«

6

Sie antwortete nicht. Er konnte sehen, dass sie es wollte, aber jedes Mal, wenn sie den Mund öffnete, um zu sprechen, klappte sie ihn wieder zu, schloss die Augen und schluckte mehrmals. Sie schwankte und taumelte gegen die Wand, dann sank sie nieder, bis ihr Hinterteil auf dem Boden ankam. Sie stellte den Eimer zwischen ihre angewinkelten Knie.

»Bringt mich an Land, Ihr würdet mir damit einen Gefallen tun«, murmelte sie.

Er hätte gelogen, wenn er behauptet hätte, dass er nicht versucht war, genau das zu tun.

»Ihr habt Euch in Tortuga an Bord geschmuggelt?«

Sie nickte.

»Seitdem seid ihr krank?«

Ein weiteres Nicken.

»Verdammt, Alicia, das war vor anderthalb Tagen!«

Sie würgte wieder, obwohl nichts mehr da war, was hochkommen konnte. Dann wischte sie sich übers Gesicht, lehnte sich zurück und sah ebenso zerbrechlich aus, wie ein neugeborenes Lamm.

»Ich bin mir der Stunden, die vergangen sind, ziemlich

bewusst, denn sie haben sich unerträglich in die Länge gezogen.«

Ihren bleichen Wangen und den dunklen Ringen unter den Augen nach zu urteilen, hatte Blake keinen Zweifel daran, dass sie jede Sekunde mitgezählt hatte. Doch er weigerte sich, sich davon anrühren zu lassen. Seit er Port Royal vor sieben Jahren verlassen hatte, hatte Blake immer genau gewusst, was er wollte, und er hatte ein Ziel gehabt. Er hatte Freibeuter werden wollen, und von dem Augenblick an, als er sein Schiff erworben und seine ersten Kaperbriefe bekommen hatte, hatte er gespürt, dass zum ersten Mal in seinem Leben alle Aspekte seines Daseins perfekt zusammenpassten. Er hatte ein Ziel gehabt, und zwar keines, das ihm von seinem Vater vorgegeben worden war, sondern vielmehr eines, das er sich selbst gewählt hatte. Obwohl dieses Mädchen das natürlich nicht gefährden konnte, reagierte er auf ihre Anwesenheit dennoch.

»Falls ich Euch zurück nach Port Royal brächte, was würdet Ihr dann tun?«

In ihren Augen entdeckte er plötzlich mehr Tatkraft, als er es in ihrem Zustand für möglich gehalten hätte.

»Ich würde versuchen, einen anderen Weg nach St. Kitts zu finden.«

»Um jemanden wiederzufinden, an den Ihr Euch nicht erinnert? Seid Ihr so dumm?«

»Warum fragt Ihr?«, wollte sie wissen. »Habt Ihr Euch denn nicht bereits entschieden, dass Ihr mir nicht helfen wollt?«

Krank oder nicht, Blake starrte sie wütend an. Sie hatte sich auf seinem Schiff als blinder Passagier versteckt. Sie hätte um sein Mitleid, sein Verständnis betteln sollen. Das erwartete er von ihr. Der Umstand, dass sie zwar nicht mehr genügend Kraft besaß, sich aufrecht zu halten, ihn aber dennoch so einfach herausfordern konnte, zeigte ganz schön viel Mumm. Und seiner Verärgerung zum Trotz hatte er diesen Wesenszug einer Person schon immer respektiert. Er biss die Zähne zusammen.

»Wahrscheinlich würdet Ihr dabei umkommen. Falls es dem Flüssigkeitsverlust nicht gelingt, dann wird es ein Piratenangriff gewiss schaffen.«

Sie schloss die Augen. »Eure Besorgnis ist überwältigend.«

Er ging zu ihr und kniete nieder. Er wartete, bis sie die Augen öffnete. »Ich werde Euch in meine Kabine bringen und Euch etwas zu essen geben. Aber versteht das nicht falsch, ich tue es nicht aus Sorge um Euch. Ich will bloß keine Leiche, die mein Schiff vollstinkt.«

»Ihr meint noch mehr, als es das ohnehin schon tut?«

»Wenn es Euch nicht passt, steht es Euch frei, zu gehen. Ich habe keine Einwände, falls Ihr nicht bereit seid, zu warten, bis wir es in den nächsten Hafen schaffen.«

»Ich nehme an, Ihr seid nicht verheiratet.« Trotz ihrer Blässe und der eingefallenen Wangen verzog sie den Mund zu einem spöttischen Lächeln.

»Nein, bin ich nicht.«

»Schockierend«, antwortete sie.

Weil ein Teil von ihm von ihrer Frechheit beeindruckt war, wurde er zornig. Er sollte nicht beeindruckt sein. Er sollte böse sein, einmal auf sie, weil sie hier war, und auch auf sich selbst, weil er etwas an Alicia Davidson für bewundernswert erachtete.

»Seid Ihr immer so undankbar für Hilfe?«, fragte er.

»Seid Ihr immer so unfreundlich?«, fragte sie zurück.

Normalerweise nicht, doch es hatte ihn wütend gemacht, sie an diesem Grab gesehen zu haben, wie sie um einen Mann weinte, um den man nicht hätte weinen sollen. Aber andererseits hatte sie anscheinend eine Seite an Jacob Davidson gekannt, die Blake offensichtlich verborgen geblieben war.

»Zur Kabine geht es da lang«, murmelte er.

Sie rappelte sich hoch und folgte ihm, den Eimer immer noch fest umklammert. Dieses Mal achtete er nicht darauf, wohin er trat. Er nahm jeweils zwei Stufen auf einmal und war bereits auf das nächste Deck geklettert, als er sie wieder würgen hörte.

»Gütiger Gott.« Da er in der Nähe der Kombüse war, ging er hinein und bat den Koch, etwas Tee zu machen und diesen mit etwas trockenem Brot in seine Kabine zu schicken. Dann ging er zurück, um Alicia zu holen.

»Kommt Ihr?«

Sie hatte auf den Stufen gesessen, und jetzt, da sie sich weiter oben im Schiff befand, erregte sie die Aufmerksamkeit einiger Besatzungsmitglieder. Sie schauten über die Reling und fragten sich, wann und wie eine Frau an Bord gekommen war. Blake fragte sich das ebenfalls.

Alicia schien sich jedoch nicht an den zusammengelaufenen Männern zu stören. Vielmehr schien sie mit ihrem gegen die Wand gelehnten Kopf und den locker auf den Knien liegenden Händen beinahe –

»Verdammter Mist«, fluchte er und nahm die Stufen ebenso schnell abwärts, wie er sie hinaufgeeilt war. Tatsächlich, da war sie, den Eimer im Schoss, und schlief fest.

»Wir können sie in meine Hängematte legen«, bot ein Mannschaftsmitglied bereitwillig an.

»Oder in meine«, sagte ein anderer.

Daraufhin folgte ein hitziger Streit darüber, wer denn nun Alicia bekommen solle. Und das war der zweite Moment, in dem Blake klar wurde, dass er nunmehr Probleme hatte. Das erste Mal war gewesen, als er sie gesehen und gemerkt hatte, welche Reaktion sie bei ihm selbst auslöste. Er hatte keine Zeit gehabt, darüber nachzudenken, was seine Besatzung wohl tun würde. Dank ihr wusste er es jetzt ganz genau. Während er spürte, wie sich die Kopfschmerzen bereits hinter seinem rechten Auge zusammenbrauten, brachte Blake seine Mannschaft mit einem zornigen Blick zum Schweigen.

»Sie wird in meiner Kabine sein, jedenfalls für den Augenblick, und ich will kein weiteres Wort über sie hören. Nate«, rief er, als er seinen anderen Bootsmann durch die Menge kommen sah, »bring einen Eimer mit warmem Wasser und ein Handtuch in meine Kabine.« Blake reichte Nate den schmutzigen Kübel und ignorierte dessen fragenden Blick. »Mach den auch sauber und bring ihn wieder mit. Der Rest von euch hat Aufgaben, um die ihr euch kümmern müsst. Und vergesst nicht, dort unten aufzuwischen. Es stinkt verdammt da drunten.«

Die Männer wussten genau, dass es keinen Sinn hatte, darüber zu debattieren oder zu trödeln, und bald war der Gang wieder sauber. Als Blake auf Alicia herabsah, brachte er es nicht übers Herz, sie zu wecken, trotz seiner Gefühle für sie. Er wollte sich die lange Nacht ihrer Krankheit gar nicht vorstellen und wusste, wenn er sie mit so wenig Schuldgefühlen wie möglich von seinem Schiff runter haben wollte, dann musste Alicia schnell wieder gesund werden. Andernfalls würde es ihm keine Ruhe lassen.

Er beugte sich nach vorn und schob sie in seine Arme. Fluchend, weil sie so wenig wog, trug er Alicia die Treppe hinauf, an Deck und quer darüber, bis er zu der Luke kam, die zu seiner Kabine führte. Vincents Augen sahen aus, als ob sie ihm gleich im Kopf explodieren würden.

»Eine Frau?«, keuchte er. »Wie konnte mir das entgehen?«

Blake wollte nicht über ihr Geschlecht nachdenken oder darüber, wie sie ihren Kopf an seine Brust lehnte und sich an ihn kuschelte. Er wollte nicht mitbekommen, wie die Sonne ihr Haar beschien und es glänzen ließ, oder die Sommersprossen beachten, die er auf ihren Wangen bemerkte, als er auf sie hinabsah.

»Ich weiß es nicht, aber wir müssen darüber reden. Danke«, fügte er hinzu, als Vincent die Lukentür für ihn öffnete. »Nate wird gleich etwas Wasser herbringen. Wenn er das tut, dann möchte ich euch beide in meiner Kabine sprechen. Lass Billy das Steuerruder übernehmen. Hoffentlich dauert es nicht lange.«

»Aye, Kapitän.« Vincent lächelte und deutete auf Alicia, die immer noch tief und fest in Blakes Armen schlief. »Weißt du, ritterliches Benehmen steht dir gut.«

Blake blickte finster drein. »Du scheinst wirklich Schlaf zu benötigen, du redest ja schon wirres Zeug.«

Vincents Kichern verfolgte Blake in seine Kabine. Blake redete sich ein, er wäre nicht absichtlich behutsam mit ihr, als er Alicia auf sein Bett legte und sie dann mit einer leichten Decke zudeckte. Es war bloß sein gesunder Menschenverstand. Solange sie schlief, ärgerte sie ihn nicht und sah ihn auch nicht mit diesen unergründlichen blauen Augen an.

Sie seufzte, dann drehte sie den Kopf auf seinem Kissen, sodass er ihr direkt ins Gesicht schauen konnte. Sie war jung, kaum mehr als ein Mädchen, doch obwohl sie wie ein Junge gekleidet war, war sie unbestreitbar hübsch. Sein Blick glitt von ihren dunklen, goldenen Wimpern, die sich fächerförmig über ihre bleichen Wangen ausbreiteten, zu den leicht geöffneten Lippen. Deren Fülle und blassrosa Farbe fesselten seine Aufmerksamkeit. Wäre sie jemand anderes gewesen, dann hätte es ihn ernsthaft in Versuchung geführt, herauszufinden, ob ihre Lippen wirklich so weich und süß waren, wie sie schienen.

Doch sie war niemand anderes. Er holte einmal tief Luft, schüttelte den Kopf und drehte sich von ihr fort, bevor ihn seine Augen noch weiter verraten konnten. Ja, in der Tat, je früher sie sein Schiff verließ, desto besser.

Alicia wachte beim Klang von gedämpften Stimmen auf und hatte keine Ahnung, wo sie war. Sie öffnete die Augen und sah sich um. Licht strömte durch ein kleines Bullauge zu ihrer Linken und schien direkt auf die drei flüsternden Männer. Sie erkannte Blake wieder. Der zweite Mann war größer, und der dritte war ein Zwerg, den sie gesehen hatte, kurz nachdem sie an Bord gekommen war.

Der große Tisch, neben dem sie standen, und das bequeme Bett unter ihr ließen keinen Zweifel daran, dass sie in Blakes Kabine war. Und im Augenblick hörte er wohl jede der Lügen, die sie erzählt hatte, um an Bord seines Schiffes zu gelangen. Wenn man Blakes Gefühle für sie bedachte – etwas, das sie immer noch nicht ganz verstand –, dann würde ihm das sicher nicht dabei helfen, sie in einem besseren Licht zu sehen. Da sie aber noch nie jemand gewesen war, der einer Aufgabe ausgewichen wäre, selbst einer unangenehmen, nahm Alicia all ihren Mut zusammen und warf die leichte Decke ab, die sie bedeckte. Dann hielt sie in ihrer Bewegung inne. Hatte er sie etwa zugedeckt?

Ein Gefühl, das sie noch nie zuvor empfunden hatte, bescherte ihr Schmetterlinge im Bauch und wärmte ihr das Herz. Hatte sich Blake etwa die Zeit genommen, ja sogar so viel Mitgefühl besessen, die Decke über sie zu legen? Noch nie hatte jemand sie so fürsorglich behandelt. Frauen wandten sich normalerweise von ihr ab, selbst wenn sie nicht für die Arbeit gekleidet war, weil sie in ihren Augen nicht »normal« war. Die Reaktionen der Männer variierten. Einige nahmen es ihr übel, dass sie eine Arbeit ausübte, bei der sie sich nicht bloß auszeichnete, sondern die meisten von ihnen sogar noch übertraf. Andere konnten nicht glauben, dass eine schmale Frau wie sie solch harte Arbeit leisten konnte. Die restlichen behandelten sie wie einen Mann, da sie einfach nicht durch ihre Kleidung und ihren Beruf auf die Frau darunter schauten.

Als Alicia aufsah, begegnete sie Blakes kaltem Gesichtsausdruck, und all ihre warmen Gedanken schwanden dahin.

»Gut, Ihr seid wach.«

Der Zwerg und der andere Mann drehten sich ebenfalls zu ihr um, beide mit einem neugierigen Ausdruck auf dem Gesicht.

»So scheint es«, antwortete sie, schob die Kränkung beiseite und schwang ihre Beine aus dem Bett.

»Ich werde später mit euch reden«, sagte Blake zu seinen Männern.

»Die Männer haben sie schon gesehen«, meinte der groß gewachsene Mann.

»Dessen bin ich mir sehr wohl bewusst«, murmelte Blake.

»Es wird Gerede geben.«

Bei Blakes verblüfftem Gesichtsausdruck biss sich Alicia auf ihre Lippe, um sich ein Lächeln zu verkneifen. Es gab keinen Grund, sich über diese Art Gerede Sorgen zu machen, wenn man bedachte, wie Blake sie zu hassen schien. Er blinzelte und sah von seinen Besatzungsmitgliedern zu ihr hin. Alicia musste sich gar nicht mehr zwingen, jede Spur von Belustigung aus ihrem Gesicht zu verbannen. Sie verschwand schon von alleine, als Blakes Blick auf sie fiel. Sein angewiderter Ausdruck und das anschließende verächtliche Grinsen hätten sie nicht verletzen sollen, jedenfalls nicht nach der Vielzahl solcher Blicke, die über die Jahre auf sie gerichtet gewesen waren. Dennoch taten sie genau das.

Blake drehte ihr den Rücken zu.

»Wenn die Männer auf diesem Schiff bleiben wollen, dann werden sie ihre Meinungen für sich behalten.«

Der groß gewachsene Mann betrachtete Alicia, und in seinem Gesicht konnte man immer noch Besorgnis erkennen. Weil es nicht schön war, wenn man sich Sorgen machte, schenkte sie dem Mann ein Lächeln und dankte ihm damit quasi wortlos für seine Sorge um ihren guten Ruf.

Er nickte und wollte gerade gehen, hielt aber nochmal am Fuß der Treppe inne, um sie erneut zu betrachten. Er zwinkerte ihr zu, und wenn sie seine Lippen richtig las, wünschte er ihr stumm »Viel Glück«, bevor er Richtung Schiffsdeck verschwand. Der Zwerg folgte und warf ihr ein kaum merkliches Lächeln zu, bevor er ging. Erst als sich die Luke hinter ihnen geschlossen hatte, sah Blake Alicia an.

»Der Eimer steht neben Euren Füßen. Wenn Ihr die Absicht habt, Euch wieder zu übergeben, dann wäre es mir lieber, Ihr tätet es nicht auf meinem Bett.«

»Ich werde mir das merken.«

Weil sein Blick nicht von ihr wich, konnte Alicia etwas bemerken, was ihr bisher entgangen war, nämlich, dass seine Augen beinahe ebenso dunkel waren wie sein Haar, das er mit einem Stück Leder zurückgebunden hatte. Er beobachtete sie genau, als sie vom Bett zum Tisch ging und den Kübel mit sich nahm. Alicia fragte sich, wie seine Augen wohl aussehen mochten, wenn er nicht wütend war. Eigentlich fragte sie sich, welche Veränderungen man wohl in seinem Gesicht sehen würde, falls er wirklich einmal lächelte. Aber wenn sie ihn jetzt so sah, so ernst und ungerührt, hatte sie Schwierigkeiten sich vorzustellen, dass dies überhaupt möglich war.

»Ich habe dafür gesorgt, dass etwas Tee gebracht wird«, meinte Blake und griff nach dem Tablett, das ihr bis dahin entgangen war. »Es ist Ingwertee. Er lindert die Seekrankheit. Wenn der drinnen bleibt, dann gibt es hier auch noch etwas Brot. Es ist trocken, aber man sollte am besten damit beginnen.« Er schob das Tablett vor sie hin.

»Vielen Dank.«

Die Antwort blieb ihm zweifellos im Hals stecken, also nickte er stattdessen. Anstatt sich zu ihr an den Tisch zu setzen, lehnte er sich an einen Stützpfosten. Er verschränkte die Arme vor der Brust und starrte sie weiter an. Plötzlich war sie sich der Tatsache nur allzu sehr bewusst, dass sie sich die letzten beiden Tage ständig übergeben hatte. Ihre Kleider waren schmutzig und zerknittert, und sie wollte nicht einmal daran denken, wonach sie wohl roch. Trotzdem wagte sie nicht, nach einem Bad zu fragen. Vielleicht wäre aber ein Kleiderwechsel in Ordnung.

»Wo ist meine Tasche?«

»Welche Tasche?«, fragte er.

»Die Tasche, die ich bei mir hatte. Da waren meine Sachen drin.«

»Sie muss dort unten sein, wo Ihr Euch versteckt habt. Ich werde sie später holen.«

Später. Wenn es ihm passte und keinen Moment eher, dachte sie. Aber er hatte ihr Tee gebracht, und trotz ihrer sonstigen Gefühle wusste sie das zu schätzen. Sie führte die Tasse zu den Lippen. Er war kalt und ein wenig bitter, aber trinkbar.

Es herrschte Stille, während Alicia ihren Tee schlürfte und mit den Fingern kleine Brotstückchen abbrach. Blakes tiefe und gleichmäßige Atmung war neben den Fußtritten und gedämpften Stimmen der Mannschaft oben an Deck das einzige Geräusch. Die Kabine selbst war ziemlich groß, bemerkte sie, mit dem rechteckigen Tisch umgeben von acht Stühlen und dem Bett, das eine Ecke völlig ausfüllte. Aber als sie Blake betrachtete, seine Körpergröße und die Breite seiner Schultern wahrnahm, dann weiter runter auf seine Brust sah und auf die muskulösen Arme, die er darüber verschränkt hatte, zu seinen schmalen Hüften und dem –

Alicia spürte, dass ihre Ohren brannten. Sie leckte sich die Lippen. Nun, *daran* vorbei, hin zu seinen langen Beinen, da war ihr klar, dass er eine große Koje brauchte. Sie räusperte sich und sah ihn wieder direkt an. Zorn ließ seine Augen beinahe schwarz erscheinen. Sein Puls pochte sichtbar im Kiefer direkt unter den Ohren. Sie wusste weder, was sie vom Ausdruck in seinen Augen halten sollte, noch von ihrer ungewohnten Reaktion auf ihn. Ihr Herz stolperte, die Hände schwitzten, die Gedanken streiften umher. Warum, fragte sie sich, musste es ausgerechnet Blake sein, bei dem sie sich endlich fragte, was genau eigentlich zwischen einem Mann und einer Frau passierte?

»Was machen wir jetzt?«, fragte sie und schämte sich, als ihre Frage in einem piepsigen Tonfall herauskam, wie sie ihn in ihren achtzehn Lebensjahren noch nie produziert hatte.

»*Wir*«, antwortete er und lehnte sich über den Tisch, bis sein Gesicht bloß wenige Zentimeter von ihrem entfernt war, »machen gar nichts. Ich habe beschlossen, dass der beste Ort für Euch hier unten ist. Es wird die Männer davon abhalten, sich ablenken zu lassen und sich wie ein Haufen Idioten aufzuführen, bloß um Eure Aufmerksamkeit zu erregen.«

»Ihr wollt, dass ich in dieser Kabine bleibe? Die ganze Zeit?«

»Es ist besser als die Alternative.«

»Welche ist?«

Er zwinkerte nicht. »Das erste Stück Land, das ich sehe. Ihr könnt den restlichen Weg nach Hause mit welchem Transportmittel auch immer bestreiten.«

»Und falls ich auf Eure Bedingungen eingehe, werdet Ihr mich nach St. Kitts bringen?«

»Ihr kennt noch nicht all meine Bedingungen.«

Alicia dachte, sie sollte wohl besser aufstehen, um die weiteren Forderungen anzuhören. Das Letzte, was sie wollte, war, dass Blake dachte, er würde sie einschüchtern. Sie schob ihren Stuhl nach hinten und stand auf.

»Nun gut, welche Bedingungen habt Ihr sonst noch?«

»Am Tag werdet Ihr drinnen bleiben. Nachts, wenn die Männer sich zurückgezogen haben, könnt Ihr an Deck gehen. Das Bett gehört mir. Nate soll eine Hängematte für Euch aufhängen. Wenn Ihr meine Kabine mit mir teilen wollt, dann würde ich es vorziehen, wenn Ihr besser riechen würdet.«

»Sonst noch etwas?«

»Wenn wir nach St. Kitts kommen, sehe ich Euch nicht wieder. Niemals.«

Sie lächelte süß. »Ist das alles?«

Er rieb sich die rechte Augenbraue. »Haben wir eine Abmachung oder nicht?«

Alicia streckte die Hand aus. Blake atmete scharf ein, seine Augen wanderten von ihrer offenen Handfläche hin zu ihren Augen. Wenn er nicht so beeindruckend ausgesehen hätte, dann hätte sie gedacht, er habe Angst, sie zu berühren. Doch nach einer beachtlichen Pause packte er ihre Hand mit seiner.

Falls er das Beben zwischen ihnen ebenso intensiv spürte wie Alicia, dann zeigte er es nicht.

»Ihr müsst Euch besser fühlen.«

Alicia schrie kurz auf und ließ den Becher fallen, den sie gehalten hatte. Er zerschellte zu ihren Füßen. Sie wirbelte herum. Der groß gewachsene Mann aus Blakes Kabine füllte den Türeingang zur Kombüse aus.

»Gott, Ihr habt mich erschreckt«, keuchte sie.

»Entschuldigung. Ich bin normalerweise nicht für mein Anschleichen bekannt«, antwortete er mit einem Grinsen und deutete auf seine großen Füße. »Sie neigen dazu, meine Anwesenheit anzukündigen, ganz egal wie leise ich zu sein versuche.«

Alicia spürte, wie ihre Angst dahinschmolz wie Kerzenwachs und stattdessen nur noch Wärme übrig blieb. Der Mann war groß, da gab es keinen Zweifel. Seine Schultern sahen aus, als ob er einen ausgewachsenen Mann ohne die geringste Mühe tragen konnte. Die Arme, die er über der Brust verschränkt hatte, waren voller Muskelstränge. Zusammen mit dem tiefen Timbre seiner Stimme hätte er eigentlich bedrohlich wirken sollen. Doch aus einem kantigen Gesicht guckten die fröhlichsten und nettesten grünen Augen, die Alicia je gesehen hatte.

»Nun ja, Ihr seid leiser als Ihr denkt. Ich habe nicht das Geringste gehört.«

Er nickte, als er die Geschirrscherben sah, die den Boden zu ihren Füßen übersäten. »Was wolltet Ihr gerade tun?«

»Ich wollte mehr von dem Ingwertee. Solange ich den schlürfe, bleibt mein Magen ruhig.«

Er nahm noch einen Becher und reichte ihn ihr, dann zog er etwas Ingwer aus einer kleinen Tasche auf dem Tresen. Alicia sah zu, damit sie beim nächsten Mal wusste, wo er war. Das Wasser, auf das sie gewartet hatte, begann im Topf zu sprudeln, und während der Mann es vom Herd nahm, wischte sie die zerbrochenen Stücke des Bechers vom Fußboden auf. Als sie fertig war, reichte er ihr den dampfenden Becher.

»Vielen Dank. Es tut mir leid, ich weiß nicht, wie Ihr heißt.«

»Nate.«

»Freut mich, Euch kennenzulernen. Seid Ihr schon lange auf diesem Schiff?«

»Lange genug.«

»Und Euch gefällt Eure Arbeit?«

»Meistens.«

»Ich sehe, Ihr seid kein Mann vieler Worte.«

Sein Lächeln kam zögernd, und er sagte: »So sehr ich Eure Gesellschaft auch genieße, denke ich doch, Ihr solltet jetzt besser wieder rauf gehen. Nicht alle schlafen. Wenn die Männer sehen, wie Ihr mit mir sprecht, könnten sie falsche Vorstellungen von Euch bekommen, und dann würden sie Euch wahrscheinlich massenhaft umschwärmen.«

Alicia nickte, drehte sich um und murmelte: »Ich bin sicher, meine bloße Anwesenheit würde jeden Mann an Bord in Ohnmacht fallen oder sich mir vor die Füße werfen lassen. Wenn sie nicht aufpassen, dann werden sie in ihrer Betäubung über Bord stolpern und ertrinken.« Sie erkannte am Kichern hinter sich, dass er sie gehört hatte. Grinsend trat sie an Deck.

Der Wind war so sachte, dass er beinahe nicht vorhanden war. Nichtsdestotrotz kostete Alicia das Gefühl von frischer Luft auf ihrem Gesicht aus. Es war ein langer, langweiliger Nachmittag unter Deck gewesen, und sie genoss das Flüstern der Brise, die mit einem salzigen Kuss über ihr Gesicht strich. Das Schiff selbst war ruhig, wofür Alicia dankbar war. Laternen leuchteten entlang der Seiten des Schiffes und spendeten mehr als genug Licht, damit Alicia die Hindernisse sehen konnte, die ihr im Weg lagen. Den Becher fest in der Hand haltend, stieg sie über aufgewickelte Taue, alle Arten verschiedener Leinen und arbeitete sich bis zum Bug vor.

Alicia lehnte sich an die Reling des Schiffes und beobachtete, wie sich das Licht des Halbmondes auf dem dunklen, sich kräuselnden Wasser widerspiegelte. Von der sanften Bewegung wie hypnotisiert, studierte sie das Spiel des Lichtes, sah, wie der Mond mit den Wellen wogte.

»Mädel, du solltest besser ins Bett verschwinden, bevor deine Mutter merkt, dass du nicht da bist, wo du sein solltest.«

»Aber Joe, nur noch eine Minute.«

Alicia keuchte. Sie hatte sich erinnert. Tränen stiegen ihr in die Augen. Sie hatte eine echte Erinnerung gehabt. Bevor sie Jacobs Brief gelesen hatte, hatte sie geglaubt, sie wäre noch niemals auf See gewesen. Jetzt *wusste* sie es nicht nur besser, sie konnte sich sogar daran *erinnern*. Aufregung jagte durch sie hindurch, und sie schloss die Augen, wollte noch mehr Erinnerungen erzwingen.

Keine kam.

Eine Hand auf die Augen gepresst, bekämpfte sie ihre Enttäuschung. Es war nicht so schlimm, sagte sie sich. Es war mehr, als sie noch vor ein paar Minuten gehabt hatte. Und hoffentlich würde das Wiedersehen mit Samantha weitere Erinnerungen zurückbringen. Sie atmete zitternd ein und trank einen Schluck Ingwertee.

Sie fühlte sich traurig, setzte den Becher ab und legte sich auf das Deck. Es fühlte sich hart unter ihrem Rücken an, aber das war ihr egal. Sie musste an etwas anderes denken und nicht bloß an die Tatsache, dass ihr so viele Stücke aus ihrer Vergangenheit fehlten.

Durch die Dreiecke der Segel hindurch hatte sie einen ungetrübten Blick auf die Sterne. Der Himmel schien für sie alleine zu glitzern. Sie hatte noch niemals etwas so Schönes gesehen. Die schiere Menge an Sternen war atemberaubend, und bald ließ ihre Traurigkeit nach, und sie konnte die Nacht genießen.

Sie hörte Schritte herannahen und bereitete sich auf eine weitere Runde des verbalen Schlagabtausches vor, der nach dem langen Tag des Eingesperrtseins mehr Reiz auf sie ausübte, als er sollte.

»Was macht Ihr da?«

Sie legte den Kopf in den Nacken. Selbst kopfüber konnte sie Blakes Stirnrunzeln erkennen.

»Ihr seid heute Nacht schon der zweite Mann, der mich das fragt. Ich schaue in die Sterne. Es gibt so viele davon.«

»Auch nicht mehr, als Ihr hättet sehen können, wenn Ihr in Port Royal geblieben wärt.«

»Aber das bin ich nicht, nicht wahr?«

Er rieb sich ein Auge. »Bedauerlicherweise nicht.«

»Habt Ihr es nie versucht?«, fragte sie, als sie sich an die Worte des Kapitäns erinnerte, dass Blake zu ernsthaft sei.

»Flach auf dem Rücken zu liegen und auf etwas zu schauen, was ich ebenso leicht sehen kann, wenn ich stehe?«

»Ja.«

»Nein.«

»Warum nicht?«

Sein genervtes Seufzen ließ sie lächeln.

»Ich kann den Zweck nicht erkennen.«

Sie drehte sich schnell auf den Bauch und stützte sich auf die Ellenbogen, damit sie zu ihm hinaufsehen konnte. »Wäre es nicht viel bequemer, sich hinzulegen?«

Blakes Mund wurde plötzlich staubtrocken. Gütiger Gott, er wusste, sie sprach über die Sterne, aber sein Verstand hatte einen gefährlichen Weg in düstere Gewässer eingeschlagen. Sie trug ein anderes Paar Hosen und ein Männerhemd, dessen Ärmel bis zu den Ellenbogen aufgekrempelt waren. Ihr Haar war wieder zu einem Zopf geflochten. Eigentlich hätte sie in seinem Innern nichts erregen sollen. Aber seit er sie an diesem Nachmittag berührt hatte, konnte er nicht aufhören, darüber nachzudenken, wie weich sie war und wie sie sich in seinen Armen angefühlt hatte. Und jetzt, verdammt nochmal, wo sie auf dem Bauch lag, ein paar Knöpfe am Kragen geöffnet, konnte er gerade genug cremefarbene Haut sehen, um ihn zu reizen. Würde die ebenso weich sein, wie ihre Hand es gewesen war?

»Nun?«

Er schüttelte den Kopf und räusperte sich. »Nun was?«

»Ist es nicht bequemer, sich hinzulegen?«

Er lockerte ein paar seiner eigenen Knöpfe, damit er besser atmen konnte. »Es, äh, kommt darauf an.«

»Worauf denn?«

Sein Blick sank wieder auf ihre Brüste hinab. Er hatte sie nie zuvor bemerkt, dank der weiten Hemden, die sie trug, und seiner Gefühle für Alicia, doch er wusste, er würde ihnen gegenüber nie wieder blind sein.

»Blake?« Nates Stimme erscholl vom Heck herüber. »Bist du beschäftigt?«

Blake strich sich unschlüssig mit der Hand übers Gesicht. »Nein, ich bin gleich da.«

»Ruft die Pflicht?«, fragte Alicia.

Er nickte. »Geht zurück zu Euren Sternen.«

»Danke, das werde ich.«

Und ohne weitere Umstände drehte sie sich wieder auf den Rücken und nahm keine Notiz mehr von ihm, so als ob er gar nicht dort gewesen wäre.

Er schlenderte davon, alles in ihm heißer, als es hätte

sein sollen, wenn man bedachte, dass sich die Temperatur doch beträchtlich abgekühlt hatte. Und Blake wusste, und zwar noch bevor er nochmal zu ihr zurücksah, dass er nicht in der Lage sein würde, ebenso leicht keine Notiz mehr von ihr zu nehmen, wie sie es mit ihm getan hatte.

7

»Gibt es ein Problem?«, fragte Blake, als er zum Heck zurückkehrte.

Sein Freund Nate lehnte sich gegen eine Kanone, die Arme vor der Brust verschränkt. »Die Hängematte ist fertig.«

Blake seufzte. »Wir haben doch darüber gesprochen. Sie ist dort sicherer als beim Rest der Mannschaft.«

»Da stimme ich dir zu. Aber niemand hat gesagt, dass du nicht bei denen schlafen könntest.«

»Hast du den Verstand verloren?«, brüllte Blake, senkte dann aber sofort wieder die Stimme. »Ich lass mich doch nicht von jemandem wie ihr aus meiner Kabine schmeißen.«

»Alle werden annehmen, sie sei deine Geliebte.«

Weil er sich nicht erinnern konnte, dass Nate jemals mit ihm gestritten hätte, geschweige denn wegen eines Mädchens, stutzte Blake.

»Dann kann ich es auch nicht ändern, Nate.«

»Mit ihr in einer Kabine zu schlafen wird ihren guten Ruf beschädigen.«

»Welchen guten Ruf? Niemand hier kennt sie oder wird

sie jemals wiedersehen. Überdies glaube ich nicht, dass ein Mädchen, das als blinder Passagier auf dem Schiff eines Fremden reist, die Sorte Mädchen ist, die sich um ihren guten Ruf sorgt.«

»Du sagtest, sie wollte deine Hilfe haben.«

»Ja.«

»Also geht es bloß darum? Ihr zu helfen?«

»Ich habe es mir nicht ausgesucht, Nate.«

»Hm.«

Blake starrte ihn zornig an. »Was?«

»Ich habe nichts gesagt. Ich habe einfach nur deine Bemerkung zur Kenntnis genommen.«

»Nicht ganz. Du hast etwas anderes damit ausgedrückt.«

Nate lachte. »Hab ich das? Dann bin ich doch mal neugierig, was das sein soll.«

Ein gleichmäßiges Pochen, den Trommeln der Marine nicht unähnlich, begann hinter Blakes rechtem Auge zu hämmern. Er seufzte tief.

»Es ist schwer zu entscheiden, wer von euch mich mehr ärgert«, murmelte er.

»Das wär wohl besser ich«, antwortete Nate. »Ich mach das schließlich schon viel länger.«

Trotz der Last, die Alicias Anwesenheit seinem Gemüt aufbürdete, lächelte Blake. »Nun, jetzt, da du es erwähnst.«

Nate betrachtete ihn einen Moment lang prüfend. »Ich hatte schon befürchtet, dass dieses Stirnrunzeln, das du schon den ganzen Tag lang im Gesicht trägst, noch dauerhaft werden würde.«

»Möglicherweise stimmt das ja.«

»Doch meine einnehmende Persönlichkeit hat die Situation in Ordnung gebracht?«

»Eigentlich nicht.«

»Schade. Vorhin bei Alicia schien es zu funktionieren.«

Blake wurde plötzlich ganz ruhig. »Wann hast du sie gesehen?«

»Ich hab sie in der Kombüse gefunden. Wir hatten ein nettes Gespräch.«

»Worüber?«

»Nun ja, ein Gentleman genießt und schweigt.«

Blake runzelte die Stirn. »Du bist kein Gentleman.«

»Sie schien das aber zu denken«, antwortete Nate.

»Noch vor einer Minute hast du dir um ihren guten Ruf Sorgen gemacht«, knurrte Blake, der sich nicht ganz sicher war, weshalb er sich eigentlich so aufregte.

»Mache ich auch. Aber sie ist hübsch und unschuldig. Das macht sie doppelt verführerisch.«

Etwas Glitschiges drehte sich in Blakes Magen um. »Sprichst du von der Mannschaft oder von dir selbst?«

Nate lächelte gelassen. »Von beiden. Warum? Willst du dich etwa ihretwegen duellieren?«

Blake ging zum Steuerruder rüber, nicht weil das Schiff eine Kurskorrektur brauchte, sondern weil er etwas mit seinen Händen tun musste. Etwas anderes, als mit den Fäusten das selbstsichere Grinsen aus dem Gesicht seines Freundes zu radieren. Die Tatsache, dass er überhaupt daran dachte, Nate zu schlagen, verknotete ihm schier den Magen. Nate war sein Freund – was zum Teufel war nur mit ihm los?

»Ich werde mich nicht wegen eines Mädchens mit dir schlagen.«

»Mädchen? Zur Hölle, Blake, sie ist eine Frau, und wenn du das nicht sehen kannst, ich kann es ganz gewiss.«

»Sie ist zu jung«, presste Blake zwischen den Zähnen hervor.

»Viele Frauen, die jünger sind als sie, sind verheiratet und haben schon eigene Kinder.« Nate legte den Kopf schief. »Willst du mir etwa einreden, du hättest die Verlockung nicht bemerkt, die du in deiner Kabine eingesperrt hältst?«

Blake trommelte auf das Steuerrad. »Sie ist keine Verlockung. Sie ist von der Seekrankheit ganz grün, riecht wie etwas, was du in einer Straße von Tortuga auf dem Boden findest und zieht sich wie ein Junge an. Wo liegt darin die Verlockung?«

»Die *Frau*, die ich in der Kombüse sah, war sauber, sie roch nach Seife, und auch wenn sie die Kleidung eines Mannes trug, gab es keinen Zweifel daran, dass sie keiner war.«

Wütend ließ Blake das Steuerruder im Stich und stampfte ans Schandeck. Das Schiff machte kaum Fahrt, und die Stille war irritierend. Wo war ein anständiger Sturm, wenn er einen brauchte? Zur Hölle, er würde sogar einen Piratenangriff nehmen. Irgendetwas, was ihn von Alicia ablenkte und dem Umstand, dass sein bester Freund sich für sie interessierte.

»Halt dich von ihr fern«, warnte Blake.

»Ich dachte, du könntest sie nicht leiden.«

»Tue ich auch nicht.«

Nate beugte sich vor. »Weshalb bist du dann bereit ihr zu helfen, wenn du sie angeblich so sehr hasst?«

»Wir sind ohnehin in diese Richtung gesegelt.«

»Wir wollten nach St. Lucia, nicht nach St. Kitts.«

»Das ist es nicht –«

Sie wurden unterbrochen, als Vincent an Deck kletterte. Er schlurfte auf sie zu, dann griff er sich seine Kiste und schob sie neben Nate.

»Was habe ich verpasst?«, fragte er und zog sich auf die Kiste hoch. Selbst wenn er darauf stand, reichte sein Kopf nicht einmal bis an Blakes Schulter heran.

»Blake wollte gerade sagen, weshalb wir eine *Frau,* die er verachtet, nach St. Kitts bringen.«

»Aha, der Rest der Geschichte. Ich wusste ja, da steckt mehr dahinter.« Vincent rieb eifrig seine kleinen Hände aneinander.

»Ich habe es euch beiden doch schon früher erzählt. Ich kannte ihre Familie, als ich noch in Port Royal lebte.«

Vincent drehte sich zu Nate um. »Sehe ich bescheuert aus? Denn ich habe nie geglaubt, dass ich es tue.«

Nate grinste. »Nö, tust du nicht. Und mach über ihre Schönheit besser auch keine Bemerkung, da wird Blake bloß sauer.«

Der Zwerg drehte sich zu Blake hin. »Nun, das wird ja immer besser. Also, fahre fort. Wer ist sie wirklich?«

Blake taxierte seine Freunde und seufzte dann schwer. Sie verdienten mehr, als er ihnen vorher gesagt hatte.

»Ihr Vater hat ihr einen Brief hinterlassen. Sie fand ihn nach seinem Tod. In diesem Brief wies er sie an, nach mir zu suchen. Er sagte, sie könne mir vertrauen, sie dorthin zu bringen, wohin auch immer sie gehen muss, was anscheinend St. Kitts ist.«

»Wo diese Samantha-Frau ist?«, fragte Nate.

»Ja.«

»Und wer ist diese Samantha?«

»Ihre Schwester. Alicia wusste nicht, dass sie eine hatte, bis sie den Brief las.«

»Wie ist das möglich?«, fragte Vincent.

»Weil sie ihr Gedächtnis verlor als sie zwölf war. Der Mann, den sie Vater nannte, war nicht ihr wirklicher Vater, und offensichtlich hatte er sich ebenfalls nicht die Mühe gemacht, Alicia zu erzählen, dass sie eine Schwester hat.«

Beiden Männer klappte der Unterkiefer runter. Nate erholte sich als Erster. Er pfiff.

»Das ist ein übler Schlag. Wie ist sie denn überhaupt an ihn geraten?«

Weil Blake Port Royal schon vor Alicias Ankunft verlassen hatte, konnte er es seinen Freunden nicht sagen. Die Tatsache, dass Jacob Davidson eine Fremde einfach so aufgenommen hatte, war alles, was er wissen musste.

»Ich kenne die Einzelheiten nicht. Da war ich bereits fort.«

»Nun, offensichtlich hielt er genug von dir, um sie zu dir zu schicken. Tust du es deshalb?«

»Ich tue diesem Mann keinerlei Gefallen. Und wie ich euch schon vorher erzählt habe, hatte ich ihre Bitte bereits abgelehnt. Doch jetzt, wo sie hier ist –« er zuckte die Achseln – »Ich will sie bloß loswerden. Sie dorthin zu bringen, wo sie hin will, scheint die schnellste Möglichkeit zu sein, genau das zu erreichen.«

Vincent drehte sich zu Nate um. Sein Lächeln war so breit, dass seine Augen beinahe in seinen Wangen verschwanden.

»Ich kaufe ihm diesen Haufen Mist nicht ab, du etwa?«

Nate versuchte wenigstens sein Grinsen hinter einer seiner großen Hände zu verbergen. »Nicht für eine Sekunde«, antwortete er. »Außerdem hat er mir beinahe den Kopf abgerissen, als ich ihm erzählte, dass ich in der Kombüse mit ihr geredet habe.«

»Das habe ich nicht«, widersprach Blake.

»Doch, das hast du.«

Blake schüttelte den Kopf, aber er widersprach nicht weiter. Er warf stattdessen einen schnellen Blick das Deck hinunter, aber Alicia lag immer noch auf dem Rücken und bemerkte gar nicht, dass über sie geredet wurde.

»Er kann sie nicht mal aus den Augen lassen«, spottete Vincent. »Da zeigt sich wieder seine Ritterlichkeit. Die Maid braucht Hilfe, und unser Blake reitet los, um sie zu retten.«

»Erinnere mich daran, dir mehr Arbeit zu geben, Vincent. Dann wirst du weniger Zeit haben, dir das Maul zu zerreißen.«

»Da braucht es schon etwas anderes«, kicherte Nate.

Blake grinste Nate an, und die Anspannung, die er vorher gespürt hatte, ließ nach. Sie waren gemeinsam schon durch zu Vieles gegangen, als dass sich ein Mädchen – oder eine Frau – zwischen sie stellen konnte.

Vincent ignorierte die Beleidigung. »Wie ist sie denn so?«, fragte er Nate.

»Das erzähl ich dir später«, antwortete dieser grinsend. Dann legte er beruhigend seine Hand auf Blakes Schulter und sagte: »Falls du heute Nacht irgendwie Hilfe brauchst mit ihr, dann bin ich mehr als bereit dazu, dir behilflich zu sein.«

Blake sah zu, wie Nate mit ausgreifenden Schritten zur Hauptluke ging. Er wusste, Nate hatte diese letzte Bemerkung absichtlich gemacht, um ihn zu reizen, doch er gab sich redliche Mühe, sich nicht anmerken zu lassen, dass es auch funktioniert hatte. Blake wusste, es war ihm nicht gelungen, denn Vincents Schultern zuckten verdächtig vor Vergnügen, als dieser sein Lachen unterdrückte.

»Schieß los! Ich weiß doch, du willst gewiss noch etwas loswerden.«

»Ich doch nicht«, antwortete Vincent. Aber er brauchte ein paar Minuten, bis seine Belustigung verebbte und er wieder ernst wurde.

»Port Royal birgt bittere Erinnerungen für dich.«

Blake machte sich gar nicht die Mühe, zu antworten. Sie hatten gewusst, dass Blake nur ungern dort war, als er zu Jacobs Beerdigung nach Port Royal gereist war.

»Du hast nie erzählt warum, aber Alicia spielt dabei eine Rolle, oder irre ich mich da?«

Blake presste sich die Hand auf die Augen. »Nicht in dem Maße, wie du glaubst.«

»Aber sie ist darin verwickelt?«

»Ja.«

»Und daran erinnert sie sich ebenfalls nicht?«

Blake schüttelte den Kopf.

»Dann solltest du es ihr vielleicht erzählen.«

»Warum, in Gottes Namen, sollte ich das tun?«, widersprach Blake.

»Weil ich glaube, du willst dich in St. Kitts nicht nur von Alicia befreien, sondern auch von den Erinnerungen, die du zu vergessen versuchst.«

Mit einem letzten vielsagenden Blick kletterte auch Vincent durch die Hauptluke hinab.

Wieder allein gelassen, kehrte Blake zum Heck zurück und packte fest das Steuerruder. Seine Gedanken waren aufgewühlt. Er wollte nicht mit Alicia über ihren heiß geliebten Vater sprechen. Er hatte Port Royal aus einem bestimmten Grund verlassen und hatte kein Bedürfnis, sich jetzt damit zu befassen. Welchem Zweck würde das auch dienen? Der Mann war schließlich tot. Es war ein wenig spät, um für Erklärungen und Entschuldigungen zurückzukehren. Und verdammt nochmal, viel zu spät, um die Vergangenheit zu ändern.

Blake war sich selbst gegenüber ehrlich genug, um zuzugeben, dass der Knoten, den er in seiner Brust spürte, daher kam, dass er etwas bedauerte. Es war ihm nicht recht, er wusste, der Mann hatte es nicht verdient, doch dieses Bedauern war ebenso existent, wie es das glatte Holz in seinen Händen war.

Alicia rührte sich jetzt und ging zum Bug. Im Mondlicht leuchtete ihr Hemd und erinnerte ihn an Nates Worte – und seine eigene Reaktion darauf –, dass Alicia unschuldig war. Sie griff nach ihrem Zopf und löste mit flinken Fingern die langen Haarsträhnen, bis ihre Haare nur noch eine glänzende Verlockung waren, die ihr über den Rücken floss.

Blake fluchte leise vor sich hin, nannte sich einen Narren, aber seine Augen ließen sie nicht los. Er zählte sich die Gründe auf, weshalb er sie hassen sollte, doch das ärgerte ihn bloß noch mehr. Er sollte ihr gegenüber nichts empfinden, nicht das Geringste, am allerwenigsten Lust. Und trotz seines früheren Arguments hätte er auch nicht eifersüchtig sein sollen. Aber so sicher, wie die Brise über sein erhitztes Gesicht strich, so sicher wusste Blake, dass er beides empfunden hatte.

Verdammt sollte sie sein, dachte er und schlug mit der Handfläche auf das Steuerruder. Warum hatte sie nicht in Port Royal bleiben und ihn in Ruhe lassen können?

Die Luke schlug wieder zu, und Alicia stieß einen Seufzer der Erleichterung aus. Obwohl sie die Sterne und die frische Luft genossen hatte, war Blakes Feindseligkeit an Deck doch ständig spürbar und machte sie unruhig. Deshalb blieb sie vorne im Schiff und beobachtete, wie sich das Wasser am Bug teilte, anstatt Blake die Fragen zu stellen, die an ihr nagten.

Woher hatte er ihren Vater gekannt? Warum war Blake so böse auf ihn und auf sie? Hatte er die ganze Zeit gewusst, dass sie nicht wirklich Jacobs Tochter war? Hatte es die ganze Stadt gewusst?

»Darf ich mich zu Euch stellen?«, fragte eine fremde Stimme hinter ihr.

Alicia wirbelte herum und legte sich erschrocken die Hand an den Hals.

»Es tut mir leid. Ich wollte Euch nicht erschrecken«, sagte der Mann.

»Nein, nein. Ist schon in Ordnung.« Sie atmete einmal tief durch und versuchte, ihr rasendes Herz zu beruhigen. »Ich hatte Euch nicht kommen hören, das ist alles.«

Er lächelte und zeigte dabei sein wulstiges Zahnfleisch und kleine, gelbe Zähne. Er streckte ihr eine kleine, eher feingliedrig aussehende Hand entgegen. »Erlaubt mir, dass ich mich vorstelle. Ich heiße Lewis.«

Da war etwas in seinem Eifer, das Alicia stutzen ließ. Seine Augen waren wie kleine Dolche, die auf unnatürliche Art und Weise auf sie fixiert zu sein schienen. Er stand zu nahe, und Alicia trat bewusst einen Schritt nach hinten. Da sie gut erzogen war, schüttelte sie ihm dennoch die Hand. Diese fühlte sich ziemlich genauso an, wie Alicia sich eine Schlange vorstellte, nämlich feucht und kalt.

»Alicia.«

»Erfreut, Euch kennenzulernen«, antwortete er und hielt ihre Hand weiter fest. »Mir war nicht bewusst, dass wir eine Frau an Bord haben. Ist Euer Ehemann ein Besatzungsmitglied oder vielleicht sogar der Kapitän?«

Sie entzog ihm die Hand und wischte sie diskret an ihrem Schenkel ab. »Weder noch, eigentlich.«

»Auch keine Reisebegleitung?«

Sie reckte das Kinn. »Meine Reisepläne gehen nur mich etwas an.«

Sein Lächeln erlosch. »Gewiss. Bitte vergebt mir meine Unhöflichkeit.«

Da sie sich sehr unwohl fühlte, überlegte Alicia bereits, wie sie sich wohl am besten würde entschuldigen können, als das Auftauchen von Blake ihr diesen Ärger ersparte.

»Lewis, nicht wahr?«, fragte Blake.

»Ja«, antwortete der deutlich kleinere Mann, und Alicia freute sich, als sie sah, wie dessen Dreistigkeit in Blakes Gegenwart verschwand.

»Ein bisschen spät, um noch draußen zu sein. Die anderen schlafen schon alle da unten.«

»Ich wollte gerade selbst runtergehen.«

Blake nickte und blieb, wo er war. Lewis sah zurück zu Alicia.

»Es war nett, Euch kennenzulernen, Alicia. Vielleicht sehe ich Euch ja morgen.«

Blakes Mund wurde ganz schmal, und das gab ihm ein sehr eindrucksvolles Aussehen. »Nicht sehr wahrscheinlich. Sie wird in meiner Kabine sein.«

Lewis' Augen weiteten sich. »Nun, dann, vielleicht ein anderes Mal. Gute Nacht.«

Weder Blake noch Alicia sprachen ein Wort, bis Lewis fort und sie wieder alleine an Deck waren. Dann drehte sich Blake zu ihr um, sein Blick ebenso hart wie sein Mund.

»Ihr seid nicht hier, damit Ihr mit meiner Mannschaft scherzt. Ich dachte, ich hätte mich da klar ausgedrückt.«

»Das habe ich ja gar nicht gemacht!«, entrüstete sich Alicia, die von seinen Worten und dem wütenden Tonfall gleichermaßen überrascht wurde.

»Ich bin nicht blind, Alicia. Ich habe gesehen, wie er Euch angeschaut hat und von da, wo ich stand, schien es, als ob Ihr ihn nicht entmutigt hättet.«

»Ich habe ihn gerade erst getroffen!«

»Ich hatte Euch erlaubt, an Deck zu gehen, damit Ihr eine Verschnaufpause habt. Hätte ich gewusst, dass Ihr mir bei der ersten Gelegenheit nicht gehorchen würdet, dann wäre ich nicht so großzügig gewesen.«

Sie starrte ihn an und stemmte empört die Faust in die Taille. »Ihr nennt es ›großzügig‹, mich stundenlang in Eurer Kabine einzusperren?«, fragte sie und vergaß dabei, dass es nicht klug war, ihn gegen sich aufzubringen.

Sein Kiefer spannte sich an. »Ihr wollt wissen, was ich normalerweise mit blinden Passagieren mache?«

»Ich hoffe, Ihr behandelt sie deutlich besser als Ihr mich behandelt habt«, antwortete sie, und ihr Blick wich dem seinen keinen Augenblick lang aus.

»Du undankbares Frauenzimmer«, knirschte er zwischen den Zähnen hervor.

Bevor sie auch nur nachdenken konnte, flog ihre Hand zu seinem Gesicht. Mit einer blitzartigen Bewegung packte er ihr Handgelenk und hielt es fest. Alicia war fassungslos. Sie hatte noch niemals einen anderen Menschen geschlagen und schämte sich, dass sie es jetzt versucht hatte. Dass es Blake war, der Mann, auf dessen Hilfe sie zählte, machte ihren Fehler nur noch schwerwiegender.

»Hebt niemals wieder Eure Hand gegen mich«, knurrte er, und seine dunklen Augen blitzten.

Alicia wusste, sie sollte sich entschuldigen, aber seine selbstgerechte Art machte sie wütend. Er hatte das Schlimmste angenommen und anstatt sie zu fragen, was passiert war, hatte er sie beleidigt.

»Dann hört auf, meinen Charakter infrage zu stellen. Ich bin mir Eurer Bedingungen sehr wohl bewusst und habe keine davon verletzt. Er war es, der zu mir gekommen ist.«

Blake ließ ihren Arm fallen.

»Dennoch seid Ihr nicht weggegangen. Es schien mir, als ob es Euch gefiel.«

»Lasst mich Euch versichern, Herr Freibeuter, der Moment muss erst noch kommen, der mir auf diesem Schiff gefallen wird.« Mit einem letzten schneidenden Blick rauschte sie an ihm vorbei und ging nach unten.

Wieder in seiner Kabine verfluchte sie ihn insgeheim, während sie wütend über den Holzboden hin- und hermarschierte. Er war unausstehlich! Er war eigensinnig, stur und arrogant.

»Ich werde froh sein, dass ich dich nicht mehr sehen muss, wenn wir St. Kitts erreichen«, murmelte sie und schlüpfte in ihr Nachthemd.

Erst als sie sich umgezogen hatte, drang die Realität des Schlafarrangements durch ihren Zorn hindurch. Sie stand in der Mitte der Kabine und schaute sich um. Ihre Augen fielen auf die Hängematte, die aufgehängt worden war, nachdem sie den Raum verlassen hatte. Die war für sie gedacht, ohne Zweifel.

Alicia drehte sich zum Bett. Es war groß und sah weich aus und weitaus einladender. Sie schaute zurück auf die Hängematte. Sie schwankte ein wenig. Oh nein, dachte sie und biss die Zähne zusammen. Ihr war schon die ganze letzte Nacht und beinahe auch den ganzen Tag lang übel gewesen. Sie hatte Blakes Zorn ertragen und seine schlechte Laune und war in der Kabine geblieben, weil der mächtige Kapitän ihr nicht traute und glaubte, sie würde seine Besatzung in einen Haufen sabbernder Idioten verwandeln. Sie war erschöpft, und ihre Augen fühlten sich an, als ob ihr jemand eine Handvoll Sand hineingestreut hätte. Das Mindeste, was sie verdiente, war eine anständige Nachtruhe.

Alicia ging zum Bett, zog die Bettdecke zurück, krabbelte hinein und zog sich die Laken bis zum Kinn hoch.

Wenn Blake ein solches Problem mit ihr hatte, dann sollte *er* doch gefälligst die verdammte Hängematte nehmen.

8

Als Blake aufwachte, wurden ihm drei deutlich bemerkbare Tatsachen bewusst. Erstens, dass er nicht alleine war. Zweitens, dass er ziemlich erregt war, und drittens, dass Alicia eine ziemliche Überraschung erleben würde, wenn sie auch nur ein kleines Stückchen näher rückte. Eine Überraschung, mit der sie wohl nicht gerechnet hatte, als sie beschloss, sich in sein Bett zu legen. Aber schließlich hatte er ebenfalls nicht damit gerechnet, als er vergangene Nacht runtergekommen war – immer noch verunsichert von Nates Stichelei und Vincents Behauptung, dass Blake Antworten brauche – und Alicia in seinem Bett vorgefunden hatte.

Hatte er Nate nicht extra gebeten, eine Hängematte aufzuhängen, um genau diese Möglichkeit zu vermeiden? Er hatte sie nicht in seinem Bett gewollt. Aber er war müde und frustriert gewesen. Er hatte bereits den Kurs seines Schiffes gewechselt, seine Kabine umgemodelt und ihretwegen die Sticheleien seines Freundes ertragen. Sie war dreist, undankbar und hatte es gewagt, nach ihm zu schlagen. Und dann hatte sie auch noch den Nerv besessen, sein Bett zu beschlagnahmen. Nun, er würde sich doch nicht aus seiner eigenen Kabine vertreiben lassen, nicht wahr? Also zog er sich bis auf die Unterwäsche aus und kletterte in sein Bett.

Blake wusste jetzt, dass das ein Fehler gewesen war.

Dennoch drehte er sich nicht von ihr weg. Stattdessen beobachtete er auf der Seite liegend, den Kopf auf einen angewinkelten Arm abgestützt, ihren Schlaf und wunderte sich dabei über den Sturm der Gefühle, den sie in ihm auslöste. Ärger, zweifellos, obwohl er wusste, dass das nicht rational war. Was Jacob getan hatte, war nicht ihre Schuld. Dennoch erinnerte Alicia ihn an eine Wunde, die einfach nicht heilen wollte.

Und doch, wenn er ihre bleichen Wangen und den weichen Mund so betrachtete, führte sie ihn in Versuchung. Er konnte dies ebenfalls nicht erklären, da sein Geschmack bezüglich Frauen normalerweise diejenigen bevorzugte, die erfahren darin waren, Männern gefällig zu sein. Keine von ihnen aber verweilte in seinen Gedanken je so, wie Alicia es tat, und leider konnte er nicht alles auf den Groll schieben. In Augenblicken wie diesem konnte er sie bloß anschauen und sich wundern.

Sein Blick glitt zu ihrem Hals hinab, wo ihr Nachthemd die weiche Wölbung ihrer Brüste enthüllte. Ihm stockte der Atem. Sie waren nicht die üppigsten, doch sie pressten sich aneinander und schufen so einen Spalt, den er am liebsten mit seiner Zunge erkunden wollte.

Sie atmete ruhig neben ihm, schlief einfach weiter und war sich seiner inneren Kämpfe gar nicht bewusst. Und Blake focht mehr als einen Kampf mit sich aus. Ja, sie erinnerte ihn an seine Vergangenheit, und ja, sie weckte seine sexuellen Bedürfnisse, aber es war die Eifersucht, die ihn gestern geplagt hatte, die ihn nun beunruhigte. Er mochte sie nicht. Es sollte ihm nichts ausmachen, dass Nate sie attraktiv fand, oder dass Lewis daran interessiert war, Zeit mit ihr zu verbringen. Es sollte ihn nicht kümmern. Aber der Gedanke, dass dieser mickrige Grünschnabel oder selbst Nate sie berührte, weckte bei Blake den Wunsch, Wache zu stehen und Alicia vor jedem zu beschützen, der ihre Unschuld ausnutzen konnte.

Blake grunzte und schloss die Augen. Er war vielleicht ein schöner Beschützer. Sehnte er sich nicht auch nach ihr, selbst jetzt, und das trotz ihrer Unschuld?

»Blake?«

Er spürte ihre Hand auf seinem Unterarm und sprang beinahe aus der Haut vor Schreck. Er öffnete die Augen und nannte sich insgeheim selbst einen Narren, während sein Blick sie schier verschlang. Sie hatte ihr Haar nicht wie die meisten Frauen für die Nacht zu einem Zopf geflochten. Es fiel ihr nun als verworrene Mähne um das Gesicht und über die Schultern. Klare blaue Augen betrachteten ihn von oben herab voller Sorge. Da sie sich auf den linken Ellenbogen abgestützt hatte und mit ihrer rechten Hand auf seinem Arm, erledigte die Schwerkraft den Rest.

Ihr Nachthemd klaffte weit auseinander. Ihre Brüste bewegten sich sachte hin und her, ohne jede Art von Halterung. Und wenn sie nochmal so tief einatmete, wie sie es gerade getan hatte, dann hätte er alles gesehen, was er brauchte, um direkt zur Hölle zu fahren. Dennoch konnte er seinen Blick nicht abwenden.

»Blake?«

Sie beugte sich näher herüber, und er sah das, was er zwar einerseits sehen wollte und vor dem er zugleich doch Angst hatte. Ein perfekter Nippel, rosa und fest, bereit, gepflückt zu werden. Sein Blut schoss ihm in die Leistengegend.

Stöhnend legte er sich einen Arm über die Augen und drehte sich auf den Rücken.

»Was ist denn?«, fragte sie.

Er erkannte an der Kuhle, die das Bett bildete, dass sie näher zu ihm herangerückt war. Nate hatte recht – sie roch sauber und frisch. Er musste seine ganze Willenskraft aufbringen, nicht den Arm auszustrecken und sie zu berühren. Seine Hände krallten sich in die Laken. Er wagte es nicht zu sprechen, weil er befürchtete, sein Mund würde ihn verraten.

Erst als sie sich die Decke packte und er die kühle Luft über seinen Bauchnabel streichen spürte, ging ihm auf, was sie vorhatte. Er packte den Bettbezug, als ob er ein Strick wäre, den man mitten im Hurrikan einem Ertrinkenden zuwirft. Er riss die Augen auf und versuchte, sie auf ihrem Gesicht zu halten, denn wenn er wieder hinabsehen würde … Er atmete heftig ein.

»Lasst das«, knurrte er und hielt sich die Decke vor den Bauch.

»Warum, seid Ihr verletzt?« Ihr Blick wanderte über seine Brust, und er biss die Zähne zusammen, denn in seinen Gedanken sah er sie dasselbe mit ihrem Mund tun.

»Nein, ich bin nicht verletzt.«

Ihre Blicke trafen sich und er fühlte sich wie ein Schuft, als er die Besorgnis in ihren Augen las. Sie machte sich Sorgen um ihn und alles, was er wollte, war, sie nackt zu bekommen und sie wie einen reifen Pfirsich zu verschlingen. Blake schloss wieder die Augen. Zur Hölle, was war bloß mit ihm los?

»Seid Ihr sicher? Vielleicht kann ich helfen.«

Sie zog an der Decke.

»Alicia, sofern Ihr nicht die Überraschung Eures Lebens erleben wollt«, sagte Blake, die Augen immer noch geschlossen, »schlage ich vor, Ihr hört sofort damit auf.«

Einen Augenblick lang herrschte Stille, und Blake dachte, er hätte sich soweit wieder unter Kontrolle, bis sie ganz unschuldig fragte: »Warum? Was ist da drunter?«

Die Situation war alles andere als lustig, und dennoch konnte er ein Kichern nicht unterdrücken. Wie sollte ein Mann auf eine solche Frage denn antworten?

Er öffnete die Augen, sah ihren ernsthaften Gesichtsausdruck. War fast ein wenig gerührt.

»Nichts, wofür Ihr schon bereit seid«, antwortete er.

Sie runzelte die Stirn, dunkelblonde Augenbrauen schräg über atemberaubenden blauen Augen.

»Das verstehe ich nicht.«

»Und das, Alicia, ist der Grund, weshalb du besser in der Hängematte schläfst, bis wir St. Kitts erreichen.« Blake setzte sich im Bett auf, nahm die Decke mit und lehnte sich mit dem Rücken gegen die Wand. Alicia lehnte sich auf der anderen Seite an. Jetzt, da sie in gefahrlosem Abstand voneinander saßen, seufzte Blake tief und fühlte sich wieder mehr wie der Mann, der er gewesen war, als er vergangene Nacht zu Bett gegangen war.

Bis sie ihren Kopf zur Seite neigte, den Blick auf ihn gerichtet, und sagte: »Willst du etwa sagen, dass du mich begehrenswert findest?«

Zur Hölle.

Sein Schweigen jedenfalls schien ihr zu gefallen, und sie lächelte und zeigte dabei tiefe Grübchen auf ihren Wangen, die er vorher nie bemerkt hatte. Zusammen mit dem verwuschelten Haar und ihrem fragenden Blick ... Blake hatte sich noch nie schäbiger gefühlt. Christus, sie war doch noch ein Kind.

»Du bist zu jung, und ich mag dich nicht, weißt du noch?«, erinnerte er sie beide.

»Ich glaube, du änderst diesbezüglich gerade deine Meinung«, erklärte sie nüchtern. »Außerdem, ich bin achtzehn. Wie alt bist du?«

»Fünfundzwanzig.«

Er betrachtete sie vorsichtig, denn das Lächeln verschwand nicht.

»Was?«

Sie zuckte die Achseln, und Blake merkte, wie er wieder vom Heben und Senken ihrer Brüste angezogen wurde.

»Was?«, wollte er dieses Mal lauter wissen, da er sich noch nie so außer Kontrolle gefühlt hatte.

»Noch nie hat mich ein Mann begehrenswert gefunden. Es fühlt sich ...« Sie zuckte wieder mit den Achseln. »Nett. Es fühlt sich nett an.«

Nett. Seine Hände schwitzten, und er wagte aus Angst, sie beide zu beschämen, nicht, das Bett zu verlassen, und es fühlte sich für sie *nett* an?

»Du musst dich anziehen und aus meinem Bett verschwinden.«

Sie riss ihre blauen Augen auf. »Ich werde mich doch nicht vor dir umziehen.«

Er fluchte. »Nein, natürlich nicht!«

Sie beugte sich vor, und dieses Mal drehte er den Kopf weg.

»Was soll ich denn dann tun?«

Zieh dein Nachthemd aus. Küss mich. Berühre mich, und hör nicht auf, selbst nicht, wenn ich glaube, dass du es tun solltest. Blake hämmerte mit dem Kopf gegen die Wand und erklärte: »Dreh dich um. Ich werde mich anziehen.«

»Klingt vernünftig«, antwortete sie.

Ja, das tat es. Sehr vernünftig sogar. Warum auch nicht, schließlich verhielt er sich beinahe wie ein Heiliger.

Blake wartete, bis sie wieder unter die Bettdecke geschlüpft war und sich von ihm abgewendet hatte, bis er aus dem Bett stieg. Er konnte sich nicht daran erinnern, sich schon jemals so schnell angezogen zu haben. Erst als der letzte Knopf an seinem Hemd zugeknöpft war und die Stiefel fest an seinen Füßen saßen, sprach er wieder.

»Ich werde Frühstück bringen lassen. Möchtest du Wasser zum Waschen?«

Sie drehte sich um, damit sie ihn sehen konnte und antwortete: »Gern. Vielen Dank.«

Er nickte und drehte sich zur Luke, um zu gehen.

»Ich weiß das wirklich zu schätzen, was du alles für mich tust. Und ich schäme mich dafür, dass ich gestern die Hand gegen dich erhoben habe.«

Blake sah Alicia nicht direkt an, sondern fixierte eher einen Punkt an der Wand hinter ihr, als er antwortete: »Du kannst mir danken, indem du heute Abend die Hängematte nimmst.« Und bevor er sich noch tiefer verstricken konnte, als er es ohnehin schon getan hatte, rannte er die Treppe hinauf und so weit weg von Alicia Davidson, wie er nur konnte.

Es hätte nicht besser klappen können. Lächelnd nahm Vincent Billy den Frühstücksteller weg.

»Ich kann ihn nehmen«, bot er an.

Billy war ein gedrungener, stark behaarter Mann. Seine Haare ragten aus seinem Hemdkragen, wuchsen in kleinen Büscheln aus seinen Ohren, und Vincent wusste, wenn der Mann sein Hemd auszog, war seine Brust von einem wahren Teppich bedeckt. Billy runzelte bei Vincents Vorschlag die Stirn, und seine Augenbrauen schufen dabei einen langen, schwarzen Querstrich über den Augen, die beinahe ebenso dunkel waren.

»Ich glaube, ich sollte den Teller lieber nehmen, so wie er es mir aufgetragen hat. Der Kapitän ist heute Morgen in ziemlich übler Stimmung. Ich will nicht Schuld sein, wenn die noch mieser wird.«

So, so. Vincent leckte sich über die Lippen und wünschte sich aus ganzem Herzen, er hätte letzte Nacht in Blakes Kabine Mäuschen spielen können.

»Wo ist Blake?«

Billy deutete auf die Treppe, die in den Schiffsbauch führte. »Macht da unten irgendetwas.«

Noch besser. »Nun Billy, geh zurück an deine Arbeit, und lass mich das hier nehmen. Falls Blake böse wird, verspreche ich dir, ihm zu sagen, dass es meine Idee war.«

Billy zuckte die Achseln und ging davon. Nunmehr summend betrat Vincent das Deck, das Tablett in der einen Hand und einen dampfenden Becher Tee in der anderen.

»Sag mir, dass das nicht dein Ernst ist«, meinte Nate von seiner Position hinter dem Steuerruder aus.

»Was? Ich bringe der Dame bloß ihr Frühstück.«

»Hm. Dann erwarte ich dich also schnurstracks wieder zurück.«

Als Vincent innehielt, fuhr Nate fort: »Nun, es dauert bloß eine Minute, das Essen abzusetzen. Soll ich die Luke festhalten, während du es auf den Tisch stellst?«

Vincent trat einen Schritt nach vorn und senkte die Stimme. »Du weißt doch ganz genau, dass ich mit ihr reden will.«

»Tue ich das?«

»Mach einfach die verdammte Luke auf. Mach dich wenigstens nützlich.«

Nate sah zum Horizont und blinzelte wegen der prallen Sonne mit den Augen. »Ich mache mich schon nützlich. Ich steuere das Schiff.«

Vincent dachte schon darüber nach, das Essen abzustellen und seinen Freund zu erschießen, als dieser lächelnd das Ruder verließ und die Luke öffnete.

»Denk daran, ich mache bei dieser Sache nicht mit.«

»Verdammt schwer das zu vergessen, wenn du mich ständig daran erinnerst«, murmelte Vincent. Er rief zunächst nach unten, und als er Alicias leise Antwort hörte, begann er die Trittleiter hinabzusteigen. Beinahe wäre er gestürzt und hätte den Tee fallen lassen, als Nate die Luke zuschlug und dabei Vincents Kopf nur knapp verfehlte.

»Guten Morgen.«

»Guten Morgen«, antwortete Alicia.

Vincent stellte das Essen und Trinken auf den Tisch. »Gut geschlafen?«, fragte er und warf einen kurzen Seitenblick auf die Hängematte. Es lagen keine Decken darin. Während er sich zwang, ein völlig ausdrucksloses Gesicht zu machen, drehte er sich zu ihr um und erhaschte dabei einen schnellen Blick auf das Bett. Die Bettdecken waren zerwühlt, und nach den Kopfkissen zu urteilen, hatten *zwei* Köpfe das Bett benutzt. Vincent konnte ein Lächeln nicht unterdrücken.

»Habe ich, vielen Dank. Und Danke auch für das Frühstück. Ich fragte mich gerade, ob ich selbst hochgehen sollte.«

»Blake erlaubt Euch an Deck zu gehen?« Zur Hölle, letzte Nacht muss schon etwas ziemlich Besonderes gewesen sein.

Alicia schüttelte den Kopf. »Das glaube ich nicht. Als er mir das Wasser zum Waschen brachte, hat er gesagt, dass er bald mit dem Essen zurückkommen würde.«

»Das wollte er auch, aber er musste sich um etwas anderes kümmern. Deshalb bat er mich, es Euch an seiner Stelle zu bringen.«

»Hat er das?«

Vincent beobachtete staunend, wie ihre Wangen rot wurden und ihre Hände an ihrem Kragen nestelten. Weil er annahm, dass sein Vorhaben nun viel einfacher geworden war, zog Vincent sich einen Stuhl heran.

»Bitte setzt Euch und esst, solange es noch heiß ist. Und darf ich so kühn sein zu fragen, ob ich Euch Gesellschaft leisten darf?«

Alicias Augen glitzerten ebenso strahlend wie das Meer.

»Bitte tut das. Es ist schön, ein wenig Gesellschaft zu haben.«

Weil er wusste, dass seine Zeit begrenzt war, vergeudete Vincent auch keinen Augenblick davon.

»Blake ist nicht besonders gesprächig.«

Sie lächelte, während sie in ein Stück Ananas biss. »Es sei denn, er ist verärgert.«

»Manchmal kann er ein wenig unzivilisiert sein.«

»Das ist mir aufgefallen.« Sie aß ihre Frucht zu Ende und begann die Eier zu essen.

»Gewöhnt er sich, ähm, nicht ein wenig an Euch?«

Alicia verschluckte sich fast an den Eiern. Sie hustete, und ihr stiegen die Tränen in die Augen. Oh, Hölle! Vincent stellte sich auf seinen Stuhl und klopfte ihr auf den Rücken. Sie hustete noch heftiger. Er war kurz davor, in Panik zu geraten, als sie sich in ihrem Stuhl umdrehte und ihn am Handgelenk packte.

»Es geht mir gut«, keuchte sie.

Mit einem Seufzer der Erleichterung setzte Vincent sich wieder hin. »Nun, Gott sei Dank. Ich dachte schon, ich hätte Euch umgebracht!«

Sie sahen sich gegenseitig an und schwiegen, bis Alicia plötzlich laut loslachte und sich tiefe Grübchen in ihre Wangen gruben. Trotz seiner Verlegenheit stimmte Vincent in ihr Lachen ein. Bald wischten sich beide die Lachtränen aus den Augen.

»So sehr habe ich schon seit Monaten nicht mehr gelacht«, erklärte Alicia. »Vielen Dank.«

»Mir hat es ebenfalls Spaß gemacht. Ihr erinnert mich an Vivian, eine meiner Schwestern.«

Als sie ihr Mahl beendet hatte, schob Alicia den Teller zur Seite und nippte an ihrem Tee. »Habt Ihr viele Schwestern?«

»Fünf. Und einen Bruder. Aber Cale ist der Älteste und war beinahe schon erwachsen, als ich hinzukam.« Er zuckte die Achseln. »Ich habe ihn nicht oft gesehen und stattdessen die meiste Zeit mit meinen Schwestern verbracht. Vivian ist mir altersmäßig am nächsten.«

Alicia sah aus dem Fenster der Kabine hinaus. »Ich beneide Euch um Eure Erinnerungen. Das Einzige, was ich von meiner Schwester noch weiß, ist, dass sie braunes Haar hat und ich sie früher Sam genannt habe.«

»Aber Ihr werdet sie finden, und dann kann sie Euch alles erzählen, was Ihr wissen wollt. Seid Ihr nicht aufgeregt?«

Alicia drehte sich zu Vincent um, und ihr trauriges Lächeln rührte sein Herz.

»Es fühlt sich an, als ob man eine Fremde trifft, denn das ist sie ja in Wirklichkeit für mich.«

Als Vincent die schweren Stiefel und ein grummelndes Gespräch über ihren Köpfen hörte, wusste er, dass seine Zeit abgelaufen war. Blake würde bald nach ihm suchen.

»Hat Blake mit Euch über Eure Familie gesprochen, nun ja, die, an die Ihr Euch erinnert?«

»Ich weiß, er hasste meinen Vater.«

Da es nun spannend wurde, schob Vincent seinen Stuhl näher an Alicia heran. »Habt Ihr ihn denn nicht gefragt, weshalb er das tut?«

»Ich glaube nicht, dass er es mir sagen würde.«

»Nun, das könnt Ihr solange nicht wissen, bis Ihr es versucht, nicht wahr?«

Und mit diesen Worten nahm er ihren leeren Teller und überließ sie ihren Gedanken.

Alicia wurde beinahe verrückt. Sie war nun schon den ganzen gestrigen und den Großteil des heutigen Tages in der Kabine eingesperrt gewesen und wusste nicht mehr, was sie noch tun konnte. Die Bettbezüge waren glatt gestrichen, die Stühle gleichmäßig verteilt und an den Tisch geschoben. Da niemand gekommen war, um ihr Waschwasser zu holen, und da es nicht sehr schmutzig war, hatte sie es benutzt, um den Boden der Kabine damit zu wischen. Nirgendwo lag Staub herum.

Sie hätte am liebsten gebrüllt.

In der Schmiede herrschte immer ein ziemlicher Lärm durch das Scheppern von Metall, das auf Metall schlug und dem Schwatzen, mit dem Charles und sie sich die langen Stunden der harten Arbeit verkürzten. Alicia ließ die Stirn gegen das Glas des kleinen, runden Fensters sinken und spürte die Wärme auf ihrer Haut.

Sie vermisste die Werkstatt. Von dem Zugehörigkeitsgefühl, das sie jedes Mal verspürte, wenn sie in das rauchige Innere trat, bis zur Befriedigung, ein fertiges Werkstück im Sonnenlicht glänzen zu sehen. Und sie vermisste ihren Vater.

Sie schloss die Augen vor den Wellenbewegungen des Meeres und sah Jacob in der Werkstatt, die dicke Schürze über den Kleidern, sein Gesicht verschwitzt und die braunen Augen warm wie Kaffee, wenn er sie betrachtete. Seine Stimme und seine Berührung waren immer behutsam, wenn er den Arm um ihre Schultern legte, um sie zu fragen, wie ihr Tag gewesen war und wenn er sie bei der Arbeit anleitete, niemals urteilend und niemals ungeduldig. Seine Liebe hatte die Werkstatt ebenso mit Wärme erfüllt, wie der Schmiedeofen es tat.

Er war so ein guter Mann, so ein wunderbarer Vater gewesen. Sie fragte sich, weshalb Blake ihn so sehr hasste. Vincent hatte recht – sie sollte ihn wirklich fragen. Alicia riss die Augen auf.

Der Brief. Blake hatte den Brief.

Wenn sie ihn finden konnte, dann würde sie vielleicht erfahren, weshalb Blake solch negative Gefühle für ihren Vater empfand. Sie war doch in Blakes privater Kabine, und falls der Brief irgendwo war, dann wohl innerhalb dieser vier Wände. Aufgeregt machte sich Alicia auf die Suche.

Es war überraschend und enttäuschend einfach. Beinahe hatte sie gehofft, es würde länger dauern, den Brief zu finden, denn dann wäre die Zeit schneller verstrichen, die langen Stunden, die sie alleine und eingesperrt verbringen musste. Doch leider stellte sich heraus, dass die Sonne noch hoch am Himmel stand und der Brief an dem Platz war, wo sie als Erstes nachgesehen hatte. In der Ecke neben dem Tisch war eine Reihe breiter Regale, wo Blake seine Karten und Logbücher aufbewahrte. Darunter gab es zwei schmale Schubladen nebeneinander. Als sie die rechte Schublade öffnete, starrte der Brief sie daraus an.

Mit klopfendem Herzen ließ Alicia die Schublade offen

stehen und huschte zur Leiter. Sie kletterte so weit nach oben, wie sie konnte, bevor ihr Kopf die Luke berührte. Dann spähte sie hinaus. Sie konnte Stiefel erkennen, weiter nichts. Sie erkannte Blakes Stiefel wieder, ebenso wie die von Vincent. Da keiner von beiden in ihre Richtung ging, rannte sie zurück zur Schublade und nahm den Umschlag heraus. Als sie ihn umdrehte, rutschte ihr das Herz in die Hose.

Blake hatte ihn nicht geöffnet. Das rote Siegel war unversehrt. Warum zum Teufel hatte er es nicht geöffnet? Sie atmete heftig ein. Ihr Vater hatte sich die Zeit genommen, diesem Mann einen Brief zu schreiben, und Blake machte sich nicht einmal die Mühe, ihn zu *lesen*?

Den Brief fest in der rechten Hand rannte Alicia die Stufen hinauf und warf die Luke auf. Sie sah, wie Blake sich nach ihr umdrehte, sah seinen fragenden Blick zu Wut erstarren, als ihm klar wurde, dass sie ihm nicht gehorchte, weil sie am helllichten Tag an Deck kam. Sie wusste, da waren noch andere Männer, konnte ihre fragenden Seitenblicke spüren, aber ihre Augen waren nur auf Blake fixiert.

»Was machst du an Deck?«, wollte er wissen und trat etwas vom Ruder weg.

Sie ignorierte ihn und klatschte ihm den Briefumschlag vor die Brust.

»Du hast ihn nicht einmal *gelesen*?«

Aus den beiden obersten Knöpfen seines Hemdes kroch ihm die Zornesröte den Hals hinauf und überzog sein Gesicht. Alicia wusste trotz der unerbittlichen prallen Sonne, dass dies nichts mit der Hitze zu tun hatte. An Deck war es bedrohlich still. Man hörte nur das Knarzen der Segel und Schiffstaue und das Ächzen des Holzes.

»Wo hast du den gefunden?« Er riss ihr den Brief aus der Hand.

»Warum hast du ihn nicht gelesen?«, konterte sie.

»Das geht dich nichts an«, knurrte er zwischen den Zähnen hervor.

Sie starrte ihn an. »Er wurde von meinem Vater geschrieben! Er hat mich gebeten, ihn dir zu geben. Es geht mich sehr wohl etwas an!«

Blake knurrte wütend. Dann brüllte er einen Befehl über seine Schulter, packte Alicia am Handgelenk und schmiss sie beinahe die Leiter hinab in seine Kabine. Seine Stiefel hämmerten über die Sprossen. Die Luke schlug donnernd zu. Das Geräusch klingelte ihr immer noch in den Ohren, als sie herumwirbelte, um ihm entgegenzutreten.

»Warum hast du ihn nicht geöffnet?«

»Weil es mir verdammt nochmal egal ist, was darin steht!«

»Warum nicht?«

Er kniff die Augenbrauen zusammen. »Ich habe dir erlaubt, an Bord zu bleiben. Ich habe meinen Kurs geändert, dich in meine Kabine gelassen, und du dankst es mir, indem du meine Sachen durchwühlst?«

»Ich versuche nur, ein paar Antworten zu bekommen, Blake. Nichts hiervon ergibt Sinn. Warum hat mich mein Vater zu dir geschickt? Warum hasst du ihn so sehr?«

»Ich werde das nur noch einmal sagen. Ich werde dich zu deiner Schwester bringen. Mehr schulde ich dir nicht.« Er wirbelte herum, warf den Brief wieder zurück in die

Schublade und schlug diese zu. Dieses Mal nahm er einen kleinen Schlüssel und schloss sie ab. Er steckte den Schlüssel in seine Tasche und kam wieder zu ihr zurück. »Bleib von meinen Sachen weg oder du wirst wieder da schlafen, wo ich dich gefunden habe.«

Seine Worte taten weh, besonders nach dem Gefühl der Nähe, welches sie heute Morgen zu spüren begonnen hatte, als sie das Bett miteinander geteilt hatten. Alicia wollte nicht, dass ihre Beziehung wieder so wurde, wie am Anfang, als sie sich gegenseitig bloß ständig beißende Bemerkungen zugeworfen hatten. Aber sie konnte die Sache auch nicht auf sich beruhen lassen. Sie kannte seine Vergangenheit nicht, aber die konnte auch nicht schlimmer gewesen sein als ihre. Wenigstens wusste er, woher er gekommen war, *von wem* er abstammte. Er mochte zwar entschieden haben, Port Royal zu verlassen, aber er erinnerte sich daran, was er hinter sich gelassen hatte.

»Hast du Angst davor, was in dem Brief steht?«

Blakes Blick wurde eiskalt. »Ich habe vor nichts Angst, was dieser Mann mir sagen will.«

»Dann lies den verdammten Brief!«

»Nein! Und kümmere du dich nicht darum, verdammt nochmal.«

Blake versuchte, an Alicia vorbeizugehen, aber sie packte ihn am Arm. Er stoppte, seine Augen bohrten sich in ihre.

»Ich kann das nicht ignorieren. Es geht hier um mein Leben! Ich habe keine Vergangenheit. Ich habe bloß eine Erinnerung. Eine einzige. Der Rest sind unzusammenhängende Bruchstücke, die so schnell auftauchen, dass sie keinen Sinn ergeben. Ich bin mir nie sicher, ob es eine Erinnerung ist oder ein Traum oder bloßes Wunschdenken.«

Ihre Hand umklammerte seinen Arm. »Ich weiß nicht, wo ich herkomme. Falls mein Vater in diesem Brief irgendetwas dazu erklärt, dann habe ich das Recht, das zu erfahren.«

»Deine Schwester wird dir die Antworten geben, die du brauchst.«

»Ich kann nicht so lange warten!«

Sein Blick wurde kalt. »Das ist nicht mein Problem.«

Sie ließ seinen Arm los. »Was hast du zu verlieren, wenn du Jacobs Worte liest?«

»Es ist mir egal, was er schreibt, in Ordnung? Nichts, was dieser herzlose Mistkerl geschrieben hat, wird das ändern.«

Alicia starrte ihn an. »Herzlos? Du weißt gar nichts von ihm. Der Mann hatte ein Herz so groß wie der Ozean.«

Blakes freudloses Lachen prallte von den Wänden der Kabine zurück. »Er war nicht nur herzlos, Alicia. Er war selbstsüchtig. Das Einzige, worum sich Jacob Davidson gekümmert hat, war er selbst. Die Tatsache, dass er deine Vergangenheit vor dir geheim gehalten hat, spricht doch Bände.«

Sie schluckte, konnte seine Worte nicht abstreiten. Sein selbstgefälliges Grinsen sagte schon alles und ließ Alicia ihren Vater weiter verteidigen.

»Er hat mir geschrieben, dass er Angst gehabt hatte, mir die Wahrheit zu erzählen, da er schon seine Söhne verloren hatte. Da ich meinen Vater jeden Tag um sie trauern gesehen habe, weiß ich, dass er die Wahrheit sagte.«

»Sprich nicht von Dingen, von denen du nichts weißt«, antwortete Blake mit kratziger Stimme.

»Ich weiß es, weil ich es mit eigenen Augen gesehen habe. Ich erinnere mich nicht an sie, aber nun wird mir klar, das lag daran, dass sie schon gestorben waren, bevor mich die Davidsons aufnahmen. Aber ich weiß, er hat sie geliebt.«

»Eric war sein Ein und Alles. Niemand war perfekter als Eric und glaub mir, das ließ er Daniel bei jeder Gelegenheit spüren.«

»Er sprach von Eric nie als perfekt, nur dass er ihn vermisste und dass es tragisch war, auf welche Art er ums Leben kam. Du weißt wie er starb, nicht wahr?«

Blake nickte kurz. »Das Schiff, auf dem er war, geriet in einen heftigen Sturm. Einer der Masten brach, und er befand sich darunter, als der Mast herabstürzte.«

Alicia runzelte die Stirn. »Es war kein Sturm, sondern Piraten, die Eric töteten.«

»Hat er dir das erzählt? Dass es ein Piratenangriff war?«

Alicia dachte daran zurück, was Jacob ihr erzählt hatte. »Er hat nie wirklich behauptet, dass es ein Angriff war, nur dass Erics Tod die Folge seines Umgangs mit Piraten war.«

»Da waren keine Piraten!«, brüllte Blake. »Eric war damals auf einem Freibeuterschiff.«

»Warum dachte Vater dann, dass es Piraten gewesen waren?«

Blake starrte sie zornig an. »In seinen Augen waren sie dasselbe.« Er wandte sich kurz ab, holte einmal tief Luft, bevor er sie wieder ansah. »Sag mir, Alicia, hat er jemals erklärt, was mit Daniel geschah?«

Alicia schüttelte den Kopf. »Wenn sein Name erwähnt wurde, verstummte Vater und ging runter ans Wasser. Wenn ich Anna fragte, wurde sie immer so traurig. Deshalb habe ich wohl aufgehört zu fragen. Ich nahm an, Jacob ging dann ans Wasser, weil Daniel auch auf See gestorben war, nur dass sie seine Leiche nie gefunden haben.«

»Daniel ist nicht gestorben. Bis zum heutigen Tag ist er noch ziemlich lebendig.«

Alicia starrte ihn an, Tränen stiegen ihr in die Augen. »Wenn Jacob das bloß gewusst hätte. Er wäre so …«

»Er wusste es, Alicia.«

»Aber das kann nicht sein. Ich sah den Schmerz in seinen Augen, wenn er am Strand stand. Er sah so verlassen aus, so traurig. Wenn er gewusst hätte, dass Daniel noch lebt, dann hätte er doch nach ihm gesucht. Nichts hätte ihn aufhalten können.«

Blake explodierte. Seine Augen funkelten wild.

»Er hatte die Chance! Er hatte mehrere Jahre, um Daniel zu finden, und stattdessen tat er nichts! Ich hoffe, seine Schuld hat ihn bis ins Grab verfolgt.«

Alicia blieb der Mund offen stehen.

»Er ist der einzige Vater, an den ich mich erinnere, und er war ein guter Mann. Du hast kein Recht, so von ihm zu reden.«

»Oh, das habe ich wohl nicht, nicht wahr? Nun, du weißt nichts über diesen Mann, den du Vater genannt hast! Und Daniel ist ohne ihn besser dran!«

»Du Mistkerl! Ich habe oft genug gesehen, wie *dieser*

Mann sich Tränen wegwischte, die ich nicht sehen sollte. Er und meine Mutter saßen abends zusammen und beteten für ihre Jungen. Er liebte sie alle beide. Wage es ja nicht, über ihn zu urteilen, wenn du nichts darüber weißt, wie er sich fühlte.«

Außer Atem, die Hände auf die Hüften gestemmt, forderte sie Blake so sehr heraus, wie sie es noch nie getan hatte. Er schien das nicht zu bemerken. Die Hände ebenfalls in die Hüften gestemmt, entgegnete er mit lauter Stimme, die ihrer in nichts nachstand: »Ich weiß ganz genau, wie er sich fühlte! Anders als du muss ich mir nicht einreden, dass ich wüsste, was der Mann empfand, denn er hat mir unumwunden gesagt, was er von Daniel hielt.«

»Und was war das?«, wollte sie wissen und stopfte sich unwirsch eine Haarlocke hinters Ohr, als diese ihr ins Gesicht fiel.

»Dass es Daniels Schuld war, dass Eric starb.«

Alicia hielt inne und blinzelte. »Wie bitte?«

Blake drehte sich zum Fenster und stützte sich daneben mit einer Hand ab. Er stand so lange schweigend und grübelnd dort, dass Alicia fast nicht mehr glaubte, er würde fortfahren.

»Daniel hat das Meer geliebt, und die See rief nach ihm, wie er es niemals zuvor erlebt hatte. Das Meer, der endlose Horizont, die frische Luft. Das war genau das, was er wollte. Einfach ein Schiff besitzen und seine eigene Mannschaft kommandieren. Aber er hatte Angst, es seinem Vater zu erzählen, weil Jacob seinen Traum nie verheimlicht hatte, dass seine beiden Söhne eines Tages gemeinsam die Schmiedewerkstatt übernehmen würden. Daniel brauchte lange, bis er das Thema gegenüber seinem Vater ansprach.«

Blake schlug mit der Hand gegen das Holz. »Und als er endlich den Mut aufbrachte, seinem Vater von seinem Traum zu erzählen, da hat Jacob nicht zugehört. Jedenfalls nicht richtig. Er hat sich eingeredet, es wäre bloß eine Marotte und dass Daniel, falls er zu See fahren würde, das Wasser bald satt haben und nach Hause kommen würde. Deshalb hat er auch Eric gebeten, Daniel zu begleiten, als der auf einem Freibeuterschiff Arbeit gefunden hat. Jacob hat geglaubt, in einem Monat oder so wäre die Sache erledigt.«

»Warum würde Jacob Eric auf ein Freibeuterschiff schicken, wenn er diese für nichts weiter als Piraten hielt?«

Blakes Lachen klang freudlos. »Erst nachdem Eric gestorben ist, hat Jacob seine Meinung über Freibeuter geändert. Bis dahin jedenfalls hatte er, soweit ich weiß, keine Einwände gegenüber Freibeutern.«

»War Daniel mit auf dem Schiff, als Eric gestorben ist?«

Blake nickte. »Daniel hat alles gesehen. Er hat die Leiche seines Bruders auch zurück nach Port Royal gebracht. Daniel war ein gebrochener Mann, als er Erics Leichnam nach Hause trug. Er hat sich für den Tod seines Bruders verantwortlich gefühlt. Es hat ihm wie eine schwere Last auf der Seele gelegen. Er konnte nicht essen, nicht schlafen. Es hat drei Tage gedauert, nach Port Royal zu segeln, und Daniel hat diese Tage an der Seite seines Bruders verbracht.«

Man konnte die Stille beinahe mit Händen greifen. Es fiel Alicia leicht, sich das Bild vorzustellen. Leicht, aber es war dennoch herzzerreißend. Wie musste sich Daniel wohl gefühlt haben?

Blake drehte sich zu Alicia um, und seine Augen spiegelten eine solche Qual wider, wie sie es noch nie gesehen hatte.

»Was ist dann passiert?«, fragte sie.

»Das Schlimmste, was Daniel je tun musste, war, Eric ins Haus zu tragen. Anna hat geweint, sich an Erics leblose Hand geklammert. Jacob hat Daniel nicht einmal angesehen.«

Blake drehte sich wieder um, um aus dem Fenster zu sehen, doch Alicia wusste, er sah das Wasser hinter der Fensterscheibe gar nicht.

»Daniel hat versucht zu erklären, aber Jacob wollte nichts hören, und Anna war zu verzweifelt, um zuzuhören. Ihr Weinen hat Daniel das Herz gebrochen.«

»Es war ein Unfall.«

»Nun, das würdest du nach Jacobs Reaktion wohl nicht annehmen. Er hat Daniel erklärt, dass er die Familie zerstört habe und man ihm das niemals vergeben würde.«

»Was hat Anna gesagt?«

»Ehrlich gesagt, ich glaube nicht, dass sie den Streit gehört hat. Ihre Aufmerksamkeit war ausschließlich auf Eric gerichtet. Sie weinte über seinem Leichnam, berührte sein Gesicht ...« Blake kniff die Augen zusammen. »Daniel konnte es nicht ertragen, Anna so aufgewühlt zu sehen und ging nach draußen an die frische Luft. Jacob ist ihm gefolgt. Er hat Daniel geradeheraus gesagt, was er von ihm hielt und was er ihnen angetan hatte. Er hat zu ihm gesagt, er solle nie wieder zurückkommen.«

»Und Daniel hat das einfach akzeptiert?«

Blake öffnete die Augen und blickte sie fest an. »Nein. Er ist bis zur Beerdigung geblieben, aber nicht im Haus. Jacob hatte es verboten. Aber er ging zur Beerdigung, zollte seinen Respekt. Er ging eines Nachts zu Anna, als Jacob schlief. Daniel und Anna haben ein gutes Gespräch geführt. Sie hat ihm nie die Schuld gegeben, aber bis zum Tag, an dem er starb, hat Jacob Daniel weiterhin dafür verantwortlich gemacht. Deshalb ist Daniel niemals zurückgekehrt.«

Alicias Herz verkrampfte sich angesichts all des Leides, das der Familie Davidson widerfahren war.

»Anna hat ihn so sehr vermisst. Sie hätte alles dafür gegeben, ihn wiederzusehen.«

Blake drehte sich zu Alicia um und seine braunen Augen waren nass.

»Es hat Daniel beinahe umgebracht, von ihr getrennt zu sein. Er hat sie aus ganzem Herzen vermisst.«

Plötzlich ergab alles einen Sinn, und die fehlenden Bruchstücke, auf die sie gehofft hatte, waren nunmehr ein Gift, das alles zerstörte, was ihr lieb war. Die Wahrheit drehte ihr den Magen um.

»Du hast deinen Namen geändert.«

»Daniel war niemals so, wie ich wirklich bin, sondern so, wie mein Vater mich haben wollte. Jacob wollte mich an die Schmiedewerkstatt binden, wollte, dass ich so wäre wie Eric, der die Werkstatt ebenso liebte wie er. Aber so war ich nicht, und Jacob ließ mich wissen, dass es meine Selbstsucht war, die zu Erics Tod geführt hatte.

Also habe ich meinen zweiten Vornamen und den Mädchennamen meiner Großmutter mütterlicherseits angenommen. Ich wollte ebenso wenig mit Jacob zu tun haben, wie er mit mir. Ich ging, und mit Ausnahme seiner Beerdigung bin ich nie wieder zurückgekehrt.«

»Erinnere ich mich deshalb nicht daran, dich auf Annas Beisetzung gesehen zu haben?«

»Jacob wusste, dass ich für sie zurückkommen würde. Er hat an der Hafenanlage auf mich gewartet. Er hat mir erklärt, ich hätte Annas Herz gebrochen und dass ich nicht verdienen würde, an ihr Grab zu gehen. Er hat gesagt, in Port Royal wäre kein Platz mehr für mich.«

»Aber du bist sein Sohn«, flüsterte Alicia.

Die Wut, die ihn eben noch hatte explodieren lassen, war nunmehr verflogen, und Blakes Schultern sanken herab, genau wie seine Stimme es tat.

»Nein, das bin ich nicht. Nicht mehr. Selbst bevor Jacob gestorben ist, war er ebenso tot für mich, wie ich es für ihn war.«

9

Nachdem Blake sie aus der Kabine geworfen hatte, ging Alicia zum Steuerruder. Sie ließ sich auf eine Kiste fallen und presste sich die Handflächen gegen die Wangen. Blakes Worte wirbelten mit rasender Geschwindigkeit durch ihren Kopf. Wie konnte Blake nur Daniel Davidson sein? Sie sah auf und bemerkte, dass Vincent und Nate sie beobachteten und wusste, sie hatten alles gehört. Ein angespanntes Lachen entwich ihr. Sie ließ die Hände sinken.

»Bis mein Vater gestorben ist, dachte ich, ich wäre Alicia Davidson. Jetzt bin ich mir nicht mehr sicher, wo ich herkomme oder wie mein Name wirklich lautet. Mir wurde gesagt, ich solle Blake Merritt finden, nur um dann herauszufinden, dass das auch gar nicht sein richtiger Name ist und er der Sohn meines Vaters ist. Wenn eure Namen nicht tatsächlich Nate und Vincent lauten, dann bitte ich euch, es mir jetzt zu sagen, damit ich alles auf einmal verarbeiten kann.«

Nates Lippen zuckten und Vincent lächelte. Alicia stieß einen Seufzer aus. »Es ist nicht lustig, ich weiß das. Mein Vater hat in seinem Brief kein Wort davon erwähnt. Habt ihr das gewusst?«, fragte sie.

»Ich muss mich um ein paar Dinge kümmern. Ich muss dafür sorgen, dass die Crew beschäftigt bleibt.« Nate bedachte sie mit einem freundlichen Grinsen und drückte ihr aufmunternd die Schulter, bevor er ging, um sich um die Männer zu kümmern.

»Er ist tüchtig«, kommentierte Alicia.

»Nein, er zieht es einfach vor, seine Nase aus den Angelegenheiten anderer Leute zu halten«, antwortete Vincent. Ein Runzeln überzog seine breite Stirn. »Das kann eine äußerst lästige Angewohnheit sein.«

Das Gewicht von Blakes Worten lag Alicia wie ein Stein im Magen. »Ich habe ihn verletzt, Vincent. Ich hatte doch nie die Absicht, ihn zu verletzen.«

Der Zwerg richtete seine Aufmerksamkeit wieder auf sie, und die Falten in seinem Gesicht glätteten sich. Er setzte sich neben sie, ließ die Beine baumeln und tätschelte ihr die Hand.

»Ich weiß, dass Ihr das nicht wolltet. Genauso wie ich mir sicher bin, das auch Blake das klar werden wird, wenn er sich erst wieder beruhigt.«

»Das bezweifle ich.« Alicia ließ den Kopf hängen, der ihr plötzlich zu schwer vorkam. »Er ist nicht dafür bekannt, besonders nachsichtig zu sein, nicht wahr?«

»Er wird Euch vergeben. Er wird ganz einfach ein wenig Zeit dafür brauchen.«

Ein durchdringendes Krachen drang aus Blakes Kabine.

»Ich bin anderer Ansicht«, murmelte Alicia und zuckte zusammen, als etwas gegen die Tür der Luke flog.

»Ich muss hingehen –«

Vincent packte sie am Arm. Seine Hand mochte zwar klein sein, aber es lag viel Kraft darin. »Lasst ihn.«

Alicia riss ihren Arm los, bereit, selbst etwas zu werfen. »Er ist meinetwegen wütend. Ich will ihm helfen.«

Nate schlenderte an Deck. Er ging zur Luke rüber und öffnete sie, dann sprang er zur Seite, damit er nicht von einem fliegenden Stuhl getroffen wurde.

Eine Flasche in der Hand haltend, rief er warnend nach unten: »Triff mich mit irgendetwas, und ich werde den verdammten Rum alleine trinken.«

Der Krach aus der Kabine verstummte, und Nate stieg ein paar Schritte hinab, reichte Blakes ausgestreckter Hand die Flasche und schlug die Abdeckung wieder an ihren Platz zurück. Dann schlenderte Nate zurück und übernahm wieder das Ruder. In seinen Augen lag kein Tadel, aber sein Tonfall ließ keinerlei Raum für Diskussionen.

»Ich glaube nicht, dass es klug wäre, in nächster Zeit da runter zu gehen.«

Seit sie an Bord gekommen war, hatte Alicia sich noch nicht so lange Zeit am Stück an Deck aufgehalten. Dennoch war es ihr nicht richtig erschienen, beim Steuerruder zu bleiben und Nate und Vincent von ihren Pflichten abzulenken, deshalb war sie zum Bug gegangen. Obwohl die Crew sie in Ruhe ließ, spürte sie deren Starren wie klebrige Finger auf ihrem Genick, während die Männer ihre Arbeit erledigten. Selbst Lewis, der das Deck schrubben musste, hielt sich von ihr fern.

Sie hatte stundenlang Zeit, sich über Blake aufzuregen. Das Tageslicht schwand, und nunmehr zog ein dünner Wolkenschleier quer über den Horizont hinweg und fing die rotgelben und goldenen Farbtöne des Sonnenuntergangs ein. Eine feurige Spur Sonnenlicht funkelte auf dem saphirblauen Wasser. Es gab genug Wind, um Alicia die Haare ins Gesicht zu wehen, aber doch nicht ausreichend viel, um auch ihr Gemüt zu beruhigen.

Einen Großteil des Nachmittags ritt sie in Gedanken auf der Tatsache herum, dass sie Blake verärgert hatte. Obwohl ihr das leid tat, konzentrierte sie sich nunmehr doch auf etwas anderes. Er hatte sie angelogen. Vielleicht nicht direkt ins Gesicht, aber er hatte ihr nicht erzählt, dass er Jacobs Sohn war, und er hatte dazu ausreichend oft die Gelegenheit gehabt. Wenn er ihr das von Anfang an erzählt hätte, dann hätten sie sich beide den hässlichen Streit erspart, der kurz zuvor stattgefunden hatte.

Und dann war da noch ihr Vater. Hätte er nicht schreiben können: ›Wenn du Hilfe brauchst, suche meinen Sohn auf‹? Bedeutete das, dass Blake recht hatte und dass Jacob ihn nicht mehr als seinen Sohn ansah?

»Es ergibt keinen Sinn«, murmelte sie in die Brise. Ihr Vater hatte sich bis zum Tag, an dem er starb, nach jedem seiner Söhne gesehnt. Sie hatte Blake darüber nicht angelogen. Sie hatte den Gram in Jacobs Gesicht wahrgenommen. Es gab keinen Zweifel, beide Söhne waren innig geliebt worden. Und da der Sohn, der vorgab, seinen Vater zu hassen, zum Begräbnis des Mannes gekommen war, wusste Alicia, dass auch an Blakes Gefühlen gegenüber Jacob mehr dran war.

Alicia schlug mit der Hand gegen die Schiffswand. Ihr Frust brodelte in ihr wie ein gedämpftes Feuer. Sie konnte sich nicht daran erinnern, sich jemals so nutzlos gefühlt zu haben. Wenn sie doch nur in ihrer Schmiedewerkstatt wäre, dann könnte sie auf Stahl einhämmern und diesen bearbeiten. Sie könnte ihren Kummer abarbeiten, bis ihr die Muskeln schmerzten und ihr die Arme zu schwer würden, um den Hammer zu halten.

Hier war sie bloß ein Gast und ein nicht willkommener dazu. Alicia wurde klar, dass diese Tatsache ebenfalls zu ihrer Aufregung beitrug, und ihr Herz verkrampfte sich bei dem Gedanken.

Sie hatte noch nie zuvor einem Mann ihr Interesse gezeigt, weil sie überhaupt noch nie an einem interessiert gewesen war. Blake war anders. Er war groß gewachsen und stark, und von dem Wenigen, was sie hatte sehen können, wurde seine Crew gut behandelt, und er genoss den Respekt seiner Männer. Er half ihr, obwohl er das gar nicht wollte. Doch das war ihr nicht genug. Alicia wollte, dass Blake sie mochte.

Sie hatte sich im Laufe der Jahre zu überzeugen versucht, dass es egal sei, wenn Männer sie nicht anschauten, dass sie das machte, was sie liebte und dass dies mehr als genug sei. Aber manchmal drang der Schmerz über die Gleichgültigkeit bis an die Oberfläche durch. Warum konnten Männer nicht an ihren schmutzigen Händen vorbei auf die Frau schauen, die darunter lag? Machte es wirklich so viel aus, dass sie eine Narbe hatte? Dass sie nicht jeden Tag Kleider trug und nicht viel Aufhebens um ihr Äußeres machte? Würde sich nie jemand die Mühe machen, herauszufinden, wer sie wirklich war?

Alicia hatte angefangen zu hoffen, Blake würde das tun.

Sie hob einen Finger und fuhr damit über das unebene Gewebe ihrer Narbe. Blake schien sich daran nicht zu stören. Sie hatte ihn nie dabei erwischt, wie er sie anstarrte, so wie es einige Leute in Port Royal getan hatten. Und doch, im Bett hatte er nicht näher zu ihr hinrücken wollen. Fand er sie eklig? Gewiss nicht. Sicher hatte sie das Verlangen, das sie in seinen Augen gesehen hatte, nicht falsch verstanden.

»Aber was weiß ich schon über die Lust eines Mannes?«, murmelte sie.

Das Geräusch einer Bürste, die über Holz strich, stoppte abrupt. Alicia kniff den Mund zusammen und verfluchte sich innerlich dafür, laut gesprochen zu haben, da sie doch wusste, dass Lewis nie sehr weit von ihr entfernt war. Sie warf einen schnellen Blick zurück, und ihr Magen verkrampfte sich, als ihre Augen denen von Lewis begegneten. Schnell nahm er seine Arbeit wieder auf und schrubbte das Deck, aber der Schaden war geschehen. Ein Gefühl wie kalter Schleim legte sich über Alicia, und sie ging weg und war sich dabei völlig bewusst, dass er sie keinen Moment lang aus den Augen ließ.

Sie aß ihr Abendessen in angenehmem Schweigen zusammen mit Nate. Vincent schlief schon, da er später die Nachtwache übernehmen sollte. Vom Heck des Schiffes aus bewunderte sie, wie der Himmel dunkel und zu einem schwarzen Gewebe wurde, erfüllt von hunderten funkelnder weißer Edelsteine. Nicht besonders weit entfernt, dachte sie, befand sich ihre Schwester unter demselben Himmel.

Sam. Fanny hatte gesagt, sie würde sich riesig freuen, sie

zu sehen, aber Alicia konnte nicht aufhören, darüber nachzudenken, dass Sam auch traurig sein würde, weil sie sich nicht an ihr gemeinsames Leben erinnerte. Für Alicia war das anders. Sie war überglücklich darüber, eine Familie zu haben und wünschte sich verzweifelt, sie könnte sich an diese erinnern, aber da sie es nicht konnte, konnte ihr Herz auch nicht so einfach verletzt werden.

Seit Stunden war kein Lärm mehr aus Blakes Kabine gedrungen. Es herrschte eine Art nervöser Stille. Was machte er? War er eingeschlafen? Was würde er tun, wenn sie hinunterginge und er nicht schlief? So sehr die leichte Decke, die Nate für sie geholt hatte, auch half, die Kühle der Nacht zu vertreiben, war sie doch nicht darauf vorbereitet, an Deck zu schlafen.

Sie sah über ihre Schulter. Zum Glück war dort aber niemand außer Nate. Zum ersten Mal am Tag war Lewis nirgendwo zu sehen.

»Haltet Ihr es für sicher, wenn ich runtergehe?«, fragte Alicia und trat neben Nate. Trotz der späten Stunde schien er überhaupt nicht müde zu sein, und sein Blick war klar und wachsam, als er ihrem begegnete.

»Ihr seid bei ihm immer sicher. Er würde niemals die Hand gegen Euch erheben.«

»Wie könnt Ihr da so sicher sein, wenn man bedenkt, wie viele Sachen er heute Abend herumgeworfen und zerbrochen hat?«

»Er ist wütend, das kann man nicht leugnen, aber er würde es nie an Euch auslassen, oder an sonst jemandem. Das ist nicht seine Art.«

»Habt Ihr ihn schon mal so böse gesehen?«

Weil ihr der Nacken vom Hochblicken zu ihm weh tat, war Alicia froh, als Nate seinen hochgewachsenen Leib auf die Kiste niedersinken ließ, die langen Beine schier endlos ausgestreckt.

»Er war zwar schon mal wütend, aber noch nie so wie vorhin.«

Sie zog die Decke enger um sich, als diese ihr von den Schultern zu rutschen drohte.

»Deshalb fühle ich mich aber keineswegs besser.«

Nate zuckte mit den Achseln. »Das kann ich nicht ändern. Ich kann bloß sagen, er war früher schon so wütend, dass er Sachen geschmissen hat.« Er lächelte. »Bloß nicht so viele.«

»Das hier gefällt Euch, nicht wahr?«

»Es gefällt mir nicht, wenn mein Freund verletzt wird, aber ich nehme an, bis morgen wird er wieder er selbst sein. Blake ist keiner, der lange über etwas grübelt.«

»Nein, er bricht alle Verbindungen ab und rennt davon«, antwortete sie, und eine Kälte legte sich über sie, die nichts mit der Luft zu tun hatte.

»Jeder hat seine eigene Art, sich durch die Dinge zu arbeiten.«

»Ich bin nicht sicher, was ich zu ihm sagen soll.«

Nate verschränkte die Arme und betrachtete Alicia eindringlich.

»Es liegt mir nicht gerade, mich in Dinge einzumischen. Das ist eher Vincents Gebiet. Dennoch, da ich nun mal hier bin und er nicht, werde ich Euch einen Rat geben. Mit Ehrlichkeit könnt Ihr nicht falsch liegen.«

Alicia runzelte die Stirn. »Das ist alles?«

Belustigung tanzte in seinen Augen. »Nein, aber der andere Weg ist ein schlüpfriges Pflaster, und ich werde nicht der Mann sein, der es mit Euch betritt.« Er stand auf und ging zu ihr hin. Bevor sie wusste, wie ihr geschah, beugte er sich vor und küsste sie auf die Wange. »Sehr bedauerlich. Gute Nacht.«

Obwohl sie nicht genau verstand, was er meinte, wusste Alicia doch nichtsdestotrotz, dass das Gespräch beendet war.

Sie flüsterte ebenfalls Gute Nacht, hielt den Atem an und glitt in Blakes Kabine hinein.

Ihr Weg wurde von ein paar Kerzen erhellt, die er auf dem Tisch gelassen hatte und deren mattes Licht lange Schatten warf. Der Raum roch nach verbranntem Wachs und nach Rum. Der Fußboden glich einem Massengrab aus Stühlen, Büchern und was Blake sonst noch in die Finger bekommen hatte.

Alicia krabbelte so leise sie konnte hinunter, aber sie hätte sich keine Sorgen machen müssen. Blake war hellwach, saß aufgerichtet in der hinteren Ecke seines Bettes, die Beine weit ausgestreckt und eine fast leere Flasche ruhte schräg auf seinem Schenkel. Er hatte das Band aus seinem Haar gerissen und dunkle Strähnen fielen gefährlich unordentlich um sein Gesicht. Sein Hemd war aufgeknöpft und klaffte offen. Es war nicht das erste Mal, dass sie seine Brust sah, und es gab keinen Grund, weshalb ihr das etwas ausmachen sollte, und doch wurde ihr beim Anblick dieser goldenen Haut ganz kribbelig.

»Ich bin nicht so betrunken, Alicia, dass es mir nichts ausmachen würde, wenn du mich so ansiehst.«

Sie betete inständig, dass das weiche Licht die Röte verdecken würde, die ihre Wangen zum Glühen brachte. »Ich weiß überhaupt nicht, wovon du sprichst«, antwortete sie und warf die Decke von den Schultern und beeilte sich, sie ordentlich zu falten, bis die Ecken perfekt übereinanderlagen. Dann legte sie sie auf das Bett neben Blakes Stiefel.

Die Flüssigkeit gluckerte in der Flasche, gefolgt von einem lauten Schluckgeräusch.

»Ich fange an, etwas anderes zu vermuten«, murmelte er.

Sie warf ihm einen scharfen Blick zu. Seine braunen Augen wirkten schwarz in seinem hageren Gesicht, das sowohl anziehend als auch einsam aussah. Letzteres war wohl der Grund, weshalb sie Ersteres ignorierte und um das Bett herumging.

Er starrte sie finster an. »Geh weg.«

»Ich weiß, was du vorhast. Es wird nicht funktionieren.«

»Und was glaubst du, habe ich vor?«, fragte er.

»Du willst nicht über deinen Vater sprechen und versuchst mich abzulenken.«

Sein Grinsen war lässig und verführerisch, ebenso wie sein Blick, den er über ihren Körper wandern ließ. Beides brachte Alicias Herzschlag ins Stolpern.

»Falls ich dich ablenken wollte, dann wüsste ich einen weitaus befriedigenderen Weg.«

Als ihr die Antwort im Hals stecken blieb, kicherte er, ein Geräusch, das sich anhörte wie das Gluckern des Rums in seiner Flasche. »Zum Glück habe ich heute Abend bloß das hier im Sinn.« Er hielt die Flasche hoch, dann nahm er einen lauten Schluck.

»Fein. Wir können morgen über Jacob reden.«

Blake beugte sich nach vorne und schwankte ein wenig. »Hat dir noch nie jemand gesagt, dass du deinem Kapitän zuhören musst? Wir werden nicht über ihn sprechen. Niemals.«

»Blake –«

»Ich sagte nein, Alicia.« Er grinste schief. »Mir hat man dieses Wort noch nie gesagt.«

Das Haar fiel ihm über die Augenbrauen, und er lächelte lässig. Nein, wurde ihr klar, als sie spürte, wie ihr Blut in Wallung geriet, sie konnte sich nicht vorstellen, dass irgendeine Frau einen Mann wie Blake jemals abweisen würde.

»Du bist betrunken«, sagte sie.

»Wer, ich?«, fragte er und breitete seine Arme weit aus.

Offensichtlich hatte er die Flasche in seiner Hand vergessen und sie zerschellte an der Wand. Glas explodierte, und der Rest vom Rum tropfte in bernsteinfarbenen Tränen die Wand hinab. Das Bett war von Scherben bedeckt.

»Bist du verletzt?«, fragte er.

»Nein.« Sie untersuchte sich selbst, aber außer ein paar Glassplittern auf der Hose war das meiste um Blake herum verteilt worden. Er hatte Rumflecken auf seiner Hose und Splitter der zerbrochenen Flasche im Haar, neben seinen Händen und –

»Du hast dich geschnitten«, sagte sie, als sie die böse rote Linie oberhalb seines Bauchnabels sah.

Er schaute nach und zuckte die Achseln. »Sieht ziemlich harmlos aus.«

»Weil du zu betrunken bist, um den Schmerz zu spüren. Man muss sich darum kümmern. Hier.« Sie reichte ihm ihre Hand. »Du musst aus dem Bett rauskommen, damit ich die Wunde vom Glas reinigen und den Schnitt besser sehen kann.«

»Ich hatte schon Schlimmeres.«

»Mag schon sein, aber die restlichen Splitter müssen aufgehoben werden, bevor du dich nochmal schneidest.«

»Lass mich –«

»Nimm meine verdammte Hand, Blake.«

»Du bist verdammt herrisch, wenn man bedenkt, dass dies *meine* Kabine ist.«

Alicia atmete tief aus. »Wenn du endlich aufhören würdest, so dickköpfig und störrisch zu sein, müsste ich das nicht, nicht wahr?«

»Weiber«, murmelte er, aber er streckte die Hand aus und ergriff ihre.

Seine Berührung war warm und stark, und Hitze stieg ihren Arm hinauf. Er riss die Augen auf, und sie sah in ihnen den gleichen Ausdruck, von dem sie wusste, dass ihr Gesicht ihn ebenfalls trug – Verwunderung, Verlangen und einen Hauch von Angst. Keiner von beiden bewegte sich. Die Erkenntnis hielt sie gefangen. Ihr Herz setzte einen Schlag aus, dann hüpfte es regelrecht in ihrer Brust.

Im letzten Augenblick sah sie das Glitzern in seinen Augen. Er zog an ihrem Arm, und beinahe wäre sie der Länge nach hingefallen, doch es gelang ihr gerade noch rechtzeitig, die Fersen in den Fußboden zu stemmen. Manchmal ist die Arbeit in einer Schmiedewerkstatt von Vorteil, dachte sie, als es ihr gelang, ihn vom Bett herunterzuziehen. Er kam auf die Füße, und Glassplitter regneten klirrend auf den Fußboden. Schwankend legte Blake sich die Hand auf die Stirn und stöhnte. Behutsam führte ihn Alicia zu einem Stuhl, den er noch nicht kaputt gemacht hatte.

»Setz dich. Ich werde das Glas aus dem Bett holen, dann werde ich mir deinen Schnitt genauer ansehen.«

»Ich habe eine bessere Idee«, antwortete er und legte sich auf den Tisch, wobei er das Tablett mit den Kerzen gefährlich nahe an die Kante schob. »Sag mir, wenn du fertig bist.« Er warf sich den Arm über die Augen.

»Wage es ja nicht einzuschlafen, Blake, oder ich werde dich da liegenlassen.«

»Hm.«

»Wunderbar«, brummte sie und zerrte die Laken vom Bett. »Ich werd das Bett nehmen. Passt mir gut.« Indem sie alle vier Ecken in der Mitte zusammennahm, blieben die Glasstückchen innerhalb des Stoffes. Sie stopfte die Laken in eine entfernte Ecke des Zimmers und fragte Blake, ob er noch andere hätte.

»Unter der Leiter, in der Truhe.«

Als das Bett wieder gerichtet und Alicia sicher war, dass Blake sich nicht in Gefahr brachte, wenn er darin schlief, schob sie weitere Trümmer mit den Füßen aus ihrem Weg und ging, um Wasser aus der Schiffsküche zu holen.

»Ihr lebt also noch«, meinte Nate, als sie an Deck trat. »Bedeutet das, Blake ist tot?«

»Noch nicht ganz, aber vielleicht wünscht er sich das

morgen früh. Er hat sich geschnitten, und ich muss die Wunde säubern.«

»Wie viel war denn noch in der Flasche übrig, bevor er sie zerschlagen hat?«

Alicia hielt inne und legte ihren Kopf schief. »Wie könnt Ihr so sicher sein, dass ich sie ihm nicht auf den Kopf geschlagen habe?«

Nate grinste und lehnte sich gegen das Steuerrad. »Weil ich mir lieber vorstelle, dass Ihr mir das Vergnügen gönnen würdet, Zeuge eines solchen Ereignisses zu sein.«

Alicia lachte und spürte, wie sich die Verspannung in ihren Schultern ein wenig lockerte. »Ich werde mir das merken. Könnt Ihr noch ein wenig Rum entbehren? Ich möchte lieber keine Infektion riskieren.«

»Es wird weh tun.«

Jetzt grinste sie. »Seine eigene Schuld, wenn er sich wie ein Esel benimmt.«

»Euch an Bord zu haben ist ein Vergnügen. Hier«, sagte Nate und zog sie ans Steuer. »Kümmert Euch um das Schiff, und ich werde Euch holen, was Ihr braucht.«

Alicia spürte, wie ihr das Blut in den Adern gefror. »Was? Das könnt Ihr nicht machen! Ich weiß gar nichts über Schiffe.«

»Ihr führt eine Schmiedewerkstatt, Alicia. Und so sehr mich das auch immer noch verblüfft, habe ich keinen Zweifel daran, wer so eine Aufgabe meistert, der kann auch dieses Schiff bedienen. Außerdem werde ich ja nicht lange weg sein.«

Bevor sie noch weiter widersprechen konnte, drehte er ihr schon den Rücken zu. Ihre Hände umklammerten das

Steuerruder, und sie stellte sich zunächst alle Arten von möglichen Katastrophen vor, bis ihr Verstand endlich richtig zu funktionieren begann. Der Wind war schwach, die See ruhig. Sie waren mitten auf dem Ozean – deshalb war es unwahrscheinlich, dass sie auf einen Felsen auflaufen würden. Nate hätte sie nicht allein gelassen, wenn auch nur die geringste Gefahr bestünde, dass sie das Schiff zerstörte. Sie atmete tief ein und lockerte den Griff um das Ruder. Jetzt, wo sie ruhig genug war, um darüber nachzudenken, hätte sie es sogar vorgezogen, wenn sie das Steuer bei Tageslicht hätte übernehmen können, um ihr Tun wirklich zu genießen.

Obwohl der Mond und die Laternen hell genug waren, konnten sie ihr doch nicht den Horizont zeigen, dieses endlose blaue Band. Als Nate die Treppe hinaufging, eine Schale und eine Flasche in der Hand, da wünschte Alicia sich, sie würde wieder einmal die Chance bekommen, das Schiff zu steuern und zwar bei Tageslicht.

»Vielen Dank. Ich habe es sehr genossen. Ich hätte niemals darum zu bitten gewagt.«

Sie nahm ihm die Gegenstände aus den Händen.

»Nun, das müsst Ihr auch gar nicht, ich biete es Euch einfach an. Morgen Nacht. Ich bin sicher, wenn Ihr Blake erzählt, dass ich es angeboten habe, wird er der Idee zustimmen«, antwortete Nate und zwinkerte.

»Nun, also, das werde ich. Nochmals gute Nacht.«

Nate hob die Luke an. Alicias Stiefel knirschten auf Glas, als sie zum Tisch ging, wo Blake tief zu schlafen schien. Seine Atmung war tief und gleichmäßig, und er hatte sich nicht bewegt. Alicia stellte die Schüssel auf einem Stuhl ab, nahm eine Kerze und brachte sie näher an seine Schnittwunde heran. Sie war nicht lang, aber da ragte ein Glassplitter aus der Wunde heraus. Normalerweise trug sie die Fingernägel wegen ihrer Arbeit kurz, aber seit der Beerdigung waren sie ein wenig gewachsen und gerade lang genug, damit sie das Glas herausziehen konnte.

Blakes Atemrhythmus veränderte sich nicht. Sie tunkte den Lappen ins kalte Wasser und presste ihn auf die Wunde. Er murmelte etwas, dann war wieder alles still. Lächelnd zog Alicia den Korken aus der Rumflasche und goss einen großen Schluck direkt auf die Schnittwunde.

»Heilige Muttergottes!«, brüllte er und setzte sich ruckartig auf.

Direkt über ihrem Kopf hörte sie Nates grölendes Lachen, gefolgt von einem leisen Schlag, als er die Luke schloss.

»Entschuldigung«, sagte sie betont freundlich, »das war nicht zu vermeiden.«

Blake runzelte die Stirn. Sein Atem war, wie sie bemerkte, nicht mehr tief und gleichmäßig. »Was zum Teufel hast du mit mir gemacht?«

»Ich habe deine Wunde gereinigt. Gern geschehen.«

»Zur Hölle, es fühlt sich jetzt schlimmer an als vorher.«

Alicia verschränkte die Arme. »Wirst du auf dem Tisch schlafen oder nimmst du das Bett?«

Er schluckte, zwinkerte ein paarmal. »Bett.« Er schwang die Beine vom Tisch, doch als seine Füße den Fußboden trafen, vergaßen seine Knie ihre Aufgabe, und seine Beine gaben unter ihm nach.

Alicia legte ihm den Arm um die Taille. »Wenn du diese Sauferei nicht verträgst, dann solltest du es beim nächsten Mal in Maßen angehen lassen.«

Blake drehte abrupt den Kopf und riss sie beinahe beide zu Boden, als er das Gleichgewicht verlor und taumelte. »Ich kann reichlich Rum vertragen.«

»Gewiss kannst du das.« Ächzend gelang es Alicia, ihn zum Bett zu schaffen. Als seine Kniekehlen die Matratze berührten, fiel er nach hinten und riss sie mit sich. Sie landete direkt auf seiner Brust, ihre Hände auf seinen Schultern. Sein Atem zischte, doch als Alicia sich bewegte, vergruben sich seine Hände in ihrem Haar und hielten sie fest. Sein Blick wurde plötzlich ganz eindringlich.

»Ich wollte dich nicht hier haben«, sagte er.

»Ich weiß.«

»Ich bin mir ziemlich sicher, dass ich das immer noch nicht will.«

»Ich weiß.«

Die Kabine wurde warm, und Alicia hätte schwören können, dass seine Haut sich unter ihren Handflächen aufheizte. Überall, wo sie sich berührten, brannte es. Ihre Brüste pressten sich in Blakes Brustkorb, und sie spürte, wie deren Spitzen hart wurden. Zwischen ihren Beinen entfaltete sich eine fremdartige, aber aufregende Hitze. Er beobachtete sie eindringlich und schweigend. Alicia wünschte, sie könnte seine Gedanken lesen, hoffte, dass er wollte, was sie wollte. Ihn zu berühren und ebenfalls berührt zu werden.

»Blake.«

Seine Hand umklammerte ihr Haar, nicht schmerzhaft, aber doch ausreichend, damit sie sich nicht bewegte.

»Ich weiß nicht, was ich mit dir machen soll, Alicia. Und mein Kopf dreht sich zu sehr, um jetzt darüber nachzudenken. Ich weiß bloß, ich kann nicht länger warten.«

Er zog sie zu sich hin und küsste sie. Nicht keusch, wie sie Charles seine Frau hatte küssen sehen, sondern mit seiner Zunge und den Lippen, die zusammenarbeiteten, um ihr die Sinne zu verwirren. Ihr Herz begann zu pochen, ihr Blut schlug ihr in den Ohren wie Wellen, die sich an Felsen brachen, und doch gab sie nach, gab Blake alles, was sie in diesem Augenblick empfand.

Eine Hand in ihrem Haar, ließ er die andere ihren Rücken hinabgleiten und küsste sie noch inniger. Alicia seufzte vor Vergnügen und klammerte sich an ihm fest. Obwohl er sie weiterhin fest umarmt hielt, rollte er sie auf die Seite und löste seinen Kuss langsam, damit sie Atem schöpfen konnten. Seine Augen waren geschlossen, doch sein Atem ging ebenso stockend wie ihrer. Er legte ein Bein über sie, vergrub sein Gesicht in ihrer Halsbeuge und ächzte ihren Namen.

Und dann schlief er ein.

10

Blake war noch nie jemand gewesen, der langsam aufwachte. Bei ihm hieß es immer direkt vom Tiefschlaf in höchste Alarmbereitschaft. Das Problem war aber, dass es an diesem Morgen nicht bloß seine Sinne waren, die rechtzeitig aufwachten. Und durch einen merkwürdig verdrehten Zufall war er nicht alleine im Bett.

In seinen Armen lag eine Frau – bedachte man ihren Kuss vergangene Nacht, konnte er schwerlich behaupten, sie wäre etwas anderes – und seine Sinne ertranken schier in ihrem Dasein. Seidiges Haar kitzelte seinen Nacken dort, wo ihr Kopf lag, und ein schwacher Duft von Orangen stieg daraus empor. Ihr Arm lag quer auf seiner blanken Brust und hielt ihn fest.

Es wäre ihm nie in den Sinn gekommen, dass sich ein Arm auf seiner Brust so anfühlen könnte, als ob er dort hingehörte.

Während er sie im Arm hielt, schossen ihm Gedanken über den vorangegangenen Abend durch den Kopf. Es fiel ihm nicht schwer, sich an alles zu erinnern. In seinem Brummschädel pochte es hinter den geschlossenen Augen, sein Magen tat dort weh, wo er sich mit dem Glas geschnitten hatte, und sein Hals fühlte sich an, als ob er eimerweise Sand verschluckt hätte. Er hatte all diese Dinge erwartet.

Womit er nicht gerechnet hatte, war Alicia. Er hatte nicht vorgehabt, sie zu mögen. Zur Hölle, er hatte versucht sie zu hassen, ja, es war ihm sogar gelungen, seit er davon gehört hatte, dass sie bei seinen Eltern lebte. Aber alles hatte sich verändert, nachdem er sie kennengelernt hatte. Er erkannte an den Schwielen ihrer Hände und der Kraft in ihrem Arm, als sie versucht hatte ihn zu schlagen, dass sie hart arbeitete. Sie war absolut loyal und trat für ihre Überzeugungen ein. Seine Gefühle Jacob gegenüber hatten sich nicht verändert, doch Blake konnte Alicias standhafte Unterstützung für jemanden, den sie liebte, nur bewundern.

Er fragte sich, was wohl nötig wäre, damit sie ihn auf diese Art und Weise unterstützen würde.

Und das war es, wurde Blake schlagartig klar, was ihm schwer auf der Seele lag. Sie war unter seiner Wachsamkeit hindurchgeschlüpft, und es lag auch nicht bloß daran, dass sie sich so verdammt gut in seinen Armen anfühlte. Er hatte begonnen, sich auf ihre Anwesenheit an Deck am Ende des Tages zu freuen, damit er einen Teil davon mit ihr teilen und ihr Gesicht sehen konnte, wie es sich mit Bewunderung füllte, wenn sie den Sonnenuntergang oder die Delfine betrachtete, die fröhlich im Kielwasser des Schiffes herumtollten. Es war ihr in beunruhigend kurzer Zeit gelungen, ihm etwas zu bedeuten.

Wenn er doch bloß wüsste, was er davon halten sollte.

Blake wagte es, ein Auge zu öffnen und war ziemlich

stolz auf sich, dabei nicht zu wimmern, weil es sich anfühlte, als ob ihm jemand mit einem Ruder über den Schädel geschlagen hätte. Vor seinem Fenster war es noch dunkel, und das Fehlen von Geräuschen auf Deck ließ den Schluss zu, dass der Großteil der Mannschaft wohl noch nicht aufgewacht war. Das würde ihm Zeit verschaffen, ohne Ablenkung nachzudenken. Alicia bewegte sich, atmete tief ein und kuschelte sich enger an ihn an. Ihre weiche Brust ruhte an seiner Seite.

Dieses Mal konnte er ein Wimmern nicht zurückhalten.

Wenn er sein Bedauern in Gold aufwiegen könnte, dann würde der Lagerraum des Schiffes davon schier bersten. Blake wand sich aus Alicias Arm und steckte die Decke um sie herum fest. Er konnte sie in der Dunkelheit nicht deutlich erkennen, was wohl ein Segen war. Seine Willenskraft reichte nur so weit aus.

Er knöpfte sich das Hemd zu, tastete um die Stühle herum nach seinem Mantel. Zum Glück erinnerte er sich daran, wo er ihn gelassen hatte, und es dauerte daher kaum mehr als ein paar Sekunden, bis er die Überbleibsel der vergangenen Nacht zur Seite getreten hatte. Das Bett knarrte, und Blake zögerte, aber Alicias Atem blieb gleichmäßig, und er wusste, sie hatte sich nur umgedreht. Es würde einfach sein, zurückzugehen, neben ihr ins Bett zu schlüpfen und sie wieder zu schmecken, wenn seine Sinne nicht mehr vom Rum benebelt wären.

Er wusste auch – ihren bisherigen Reaktionen aufeinander nach geschätzt –, dass es nicht dabei bleiben würde, sollte er der Versuchung erliegen, sie wieder zu küssen. Da dies kein Schritt war, den er leicht nahm, schob er seine Lust beiseite und ging an Deck.

Dort bemerkte Blake als Erstes, dass niemand am Steuerruder stand.

»Wo zum Teufel ist Vincent?«, murmelte er. Im Schein der Laternen bahnte sich Blake einen Weg um die Kanonen herum, über die Takelage hinweg. Der rundliche Mond leitete ihn bis zur Hauptluke. Schwaches Licht und Vincents Pfeifen drangen aus der Öffnung. Töpfe klapperten, und der Geruch von Tee stieg Blake in die Nase. Da er wusste, Vincent würde gleich mit einem heißen Getränk in den Händen wieder oben sein, ging Blake zum Bug, setzte sich auf die Planken und lehnte sich an die Reling.

Als er so geschützt dasaß, verschwand selbst die leichteste Brise. Um ihn herum war nur noch der Geruch nach feuchtem Holz, das vom Meerwasser durchdrungen war. Keinen Duft auf der Welt liebte er mehr.

Mit Ausnahme von Orangen vielleicht.

Sein Leben in den vergangenen acht Jahren war wundervoll unkompliziert gewesen. Nicht perfekt, das musste er zugeben. Auf See zu sein brachte immer Strapazen mit sich – Seekrankheit, Langeweile, heftige Stürme und Handelsschiffe, die tödliche Schlachten schlugen, um ihre Ladung zu behalten. Und, wie der Kapitän ihn vor kurzem erinnert hatte, hatte er auch einen stetigen Zulauf an Heiratsanträgen bekommen.

Blake machte sich nichts daraus. Wenn die Frauen in Scharen zu ihm kamen, ihre Körper stolz zur Schau stellten und ihm ins Ohr flüsterten, dann wählte er sorgfältig. Er hielt sich von den Jüngeren fern, steckte ihnen sogar oft

Geld zu, selbst wenn er ihre Einladungen ablehnte. Gewiss, es gab einige, die ein paar Tränen seinetwegen vergossen hatten, weil er die Fähigkeit besaß, einfach so wieder zu gehen, aber gewöhnlich hatte er die meisten schon nach einer Stunde wieder zurück an den überfüllten Tischen gesehen, wo sie charmant lächelten, während sie versuchten, die Münzen herauszulocken, die in den Taschen der Seeleute klimperten.

Wenn Alicia ihn doch bloß geohrfeigt hätte, als er sie geküsst hatte. Wenn sie doch in ihrer ganzen Unschuld nicht so verdammt süß wäre. Wenn er sie doch nicht mit jedem Atemzug so sehr begehren würde.

Er schlug mit seinem Schädel an die Reling. In was für einen verdammten Schlamassel war er da bloß geraten. Er schaute hinauf zu den Sternen, erkannte ein paar Sternbilder wieder und wusste, in ein paar Tagen würden sie in St. Kitts sein. Er würde Alicia los sein. Verdammt nochmal, sollte er sich das nicht gerade wünschen? Dennoch machte ihn der Gedanke alles andere als glücklich.

Er wollte nicht, dass sie ging. Doch das brachte ihn auch nicht weiter, wurde ihm klar. Er konnte genauso gut Vincent Gesellschaft leisten. Er ging in Richtung Steuerruder, hielt aber nach ein paar Schritten inne und fragte sich, weshalb Vincent nicht sang oder pfiff. Vincent machte immer Geräusche, wenn er alleine war. Nate nahm an, es läge an all den Schwestern, mit denen Vincent aufgewachsen war. Er war einfach an ständigen Lärm gewöhnt.

Blake schlich vorsichtig zum Heck und sah sich dabei aufmerksam um. Zunächst sah er Vincent gar nicht. Auf den zweiten Blick fand er seinen Bootsmann auf allen vieren bei der Luke knien, die zur Kapitänskajüte führte. Blake hielt einen Augenblick inne, um herauszufinden, was genau Vincent dort machte. Als er es wusste, schluckte er seinen Fluch hinunter und schlich lautlos zu seinem Freund hinüber und behielt sein Zielobjekt dabei fest im Blick. Er erreichte Vincent genau in dem Moment, als dieser die Tür der Luke öffnen wollte.

Blake trat ihm feste in den Hintern.

Vincent jaulte erschrocken auf, hüpfte in die Höhe, und es gelang ihm, sich dabei umzudrehen, sodass er auf seinem Hinterteil landete und Blake aus weit aufgerissenen Augen anstarrte.

»Heiliger Jesus, Mann, willst du mich zu Tode erschrecken?«

»Wenn du mein Schiff gesteuert hättest, dann hätte ich das nicht tun müssen.«

Vincent wackelte zustimmend mit dem Kopf.

»Na gut! Reichst du mir die Hand?«, fragte er und streckte den Arm aus.

Blake lachte leise. »Du hast es ganz alleine geschafft dort runter zu kommen, also wirst du es auch alleine wieder rauf schaffen.«

Am Steuerruder nahm Blake den Kompass, überprüfte nochmals ihren Kurs und war zufrieden, da die Sterne nicht gelogen hatten. Dann verließ er das Steuerrad, um den Sonnenaufgang zu betrachten. Es gab nicht viel zu sehen, nur das Schwarze des Himmels, wie es langsam ins Blaue überging.

»Ich dachte, du würdest noch schlafen«, erklärte Vincent neben ihm.

»Und du hattest das dringende Bedürfnis, mich dabei zu beobachten?«

»Nun«, antwortete sein Freund zögernd. »Es waren mehr die Schlafarrangements, über die ich etwas herausfinden wollte.«

Blake verdrehte die Augen. »Du brauchst eine Frau. Eine gute, starke Frau. Jemanden, der dich vom Ärger fernhält.« Er hielt inne. »Ich kenne da genau die richtige Frau«, fuhr Blake fort und schnipste mit den Fingern. »Vielleicht wäre ein kurzer Abstecher nach Barbados angebracht, nachdem wir in St. Kitts waren.«

Die Farbe wich aus Vincents Gesicht.

»Bist du verrückt? Das letzte Mal, als ich diese Frau sah, hätte sie mich beinahe erwürgt!«

Blake lehnte den Rücken an die Reling und verschränkte die Arme vor der Brust.

»Beatrice war bloß anhänglich.«

»Anhänglich?« Vincents Stimme quietschte. »Ich hatte Glück, dass ich lebend davonkam.«

»Jetzt übertreibst du aber. Sie hat mir selbst erzählt, dass sie dir Kinder gebären möchte.«

Als Vincent stolperte, hätte er Blake beinahe leid getan.

»Wenn du in diese Richtung steuerst, dann springe ich über Bord.« Vincent schüttelte sich. »Alles ist besser als Beatrice.«

»Denk beim nächsten Mal daran, wenn du dich wieder in die Angelegenheiten anderer Leute einmischst.« Blake legte Vincent die Hand auf die Schulter. »Jetzt schlaf ein wenig. Ich kümmere mich ums Schiff.«

Alicia brauchte drei Anläufe, bis sie den letzten Knopf ihres Kleides schließen konnte. Sie strich sich mit zitternden Fingern über die Vorderseite ihres Mieders, nur um herauszufinden, dass die Knöpfe nicht richtig saßen. Sie schalt sich selbst wegen ihrer Nervosität und begann von vorne. Sie hatte keinen Grund so zu zittern. Es wäre nicht das erste Mal, dass Blake sie in einem Kleid sah. Allerdings war es das erste Mal, dass sie eines *für ihn* trug.

Alicia gab sich mit ihren Haaren Mühe, probierte diverse Zopfarten aus, bevor sie sich für eine Frisur entschied, die die meisten ihrer Locken in einer Spirale zusammenfasste, die sie am Haaransatz im Nacken feststeckte. Sie kniff sich in die Wangen, damit sie ein wenig Farbe bekamen, dann stopfte sie ihre Habseligkeiten zurück in ihre Tasche und stellte sie unter die Treppe. Nachdem sie aufgewacht war, hatte sie erst die Kabine aufgeräumt, und ein schneller Blick bestätigte ihr nunmehr, dass es unter Deck nichts mehr für sie zu tun gab.

Sie holte einmal tief Luft, dann noch einmal. Blake hatte sie letzte Nacht geküsst. Er hatte sie geküsst und sie im Arm gehalten, selbst nachdem er eingeschlafen war. Obwohl sie sich hätte herauswinden können, war sie stattdessen in seinen Armen liegen geblieben. Alicia presste sich die Hand auf ihren nervös zuckenden Bauch. Es war an der Zeit herauszufinden, wie er dazu stand.

Die Luke war genau wie der Rest des Schiffes gut gewartet und gab kaum einen Laut von sich, als sie sie anhob. Alicia trat hinaus an Deck, und ihr Blick fiel augenblicklich auf Blake.

Er war so attraktiv. Sein Haar kräuselte sich in der morgendlichen Brise, und einen kurzen Augenblick lang bedauerte sie, dass sie nicht die geringste Ahnung hatte, wie sein Haar sich anfühlte. Seine braunen Augen waren heiter und beobachteten ihr Herannahen eindringlich.

»Guten Morgen«, gelang es ihr zu sagen, und sie wünschte sich, sie wüsste, was in seinem Kopf vorging. Fand er sie hübsch? Freute er sich, sie zu sehen? Wollte er sie ebenso verzweifelt küssen, wie sie geküsst werden wollte?

»Du bist früh aufgewacht.«

Das nervöse Zucken erstarb. Sie hob das Kinn. »Ich habe die Kabine sauber gemacht und das Bett gerichtet. Ich habe deine Sachen nicht angerührt, ich dachte bloß, vielleicht –«

»Alicia«, unterbrach er sie und sein Mund zuckte.

»Was?«

»Das war kein Vorwurf, bloß eine Feststellung.«

Sie ließ die Hände sinken, als ihr bewusst wurde, dass sie diese trotzig in die Hüften gestemmt hatte. »Ich war mir nicht sicher, ob du heute Morgen böse auf mich sein würdest.«

»Ich könnte dasselbe sagen.«

Sie lächelte. »Ja, ich nehme an, das könntest du.«

»Ich bin auf mein Verhalten gestern Abend nicht stolz. Ich schulde dir eine Entschuldigung.«

Es war nicht das, was ihr Herz zu hören ersehnte, aber es war ein Anfang.

»Tut es dir leid, dass du mich geküsst hast?«

Blake seufzte. »Alicia, es ist nicht so einfach.«

»Für mich ist es das aber. Tut es dir leid?«, fragte sie

wieder und ging einen Schritt auf ihn zu und dann noch einen.

»Stopp.« Seine Stimme klang nicht überzeugend.

»Wir sind alleine, und wir sind beide alt genug, unsere eigenen Entscheidungen zu treffen.« Sie hielt inne, als ihre Schuhe seine Stiefel berührten. »Ich möchte, dass du mich wieder küsst.«

Sein Blick wurde weich. »Das ist keine gute Idee.«

»Ich denke, es ist eine hervorragende Idee.«

»Nein, ist es nicht. Du bist zu jung.«

»Sehe ich jung aus?«

Ihr Blut geriet in Wallung, als sein Blick über sie strich. Als er an ihren Brüsten verweilte, fühlten sich diese mit einem Mal ganz schwer an, und ihre Brustwarzen richteten sich auf. Sie zweifelte nicht daran, dass Blake sie durch die dünne Baumwolle ihres Mieders sehen konnte, weil sie kein Korsett trug. Er murmelte einen Fluch und sah ihr wieder eindringlich in die Augen.

»Es ändert nichts an der Tatsache, dass du es bist.«

»Wenn ich älter wäre?«

Er kämmte sich mit den Fingern durchs Haar, während sein Blick wieder über Alicia wanderte, bis deren Haut brannte. Dann stapfte er ans Heck des Schiffes, stützte sich auf die Reling und starrte mit zusammengekniffenem Mund aufs Meer hinaus.

»Aber du hasst mich doch nicht mehr, nicht wahr?«

Blake antwortete spöttisch: »Nein, das wäre zu einfach. So läuft das in meinem Leben üblicherweise nicht.«

»Ist es meine Narbe?«

»Mach dich nicht lächerlich«, knurrte er und sah sie an.

»Dann küss mich.«

»Du weißt doch gar nicht, was du da verlangst«, antwortete er mit rauer Stimme.

Sie schob sich zwischen ihn und die Reling und wusste, sie hatte bereits eine Art Sieg errungen, als er sich nicht abwandte. Sie musste ihren Kopf in den Nacken legen, um ihm in die Augen zu sehen, doch es war die Anstrengung wert, denn dort sah sie den Kampf, den sein Verlangen gegen seine Ritterlichkeit ausfocht.

»Eigentlich weiß ich das sehr wohl«, flüsterte sie. »Küss mich, Freibeuter.«

Sie stellte sich auf die Zehenspitzen, stützte ihre Hände an Blakes starker Brust ab und streckte ihre Lippen den seinen entgegen.

Blake hätte sich nicht bewegen können, selbst wenn ein Hurrikan getobt hätte. Nichts war so gewaltig wie sein Verlangen, seine Not, die in seinem Blut tobten und die außer ihrem Atem jedes andere Geräusch erstickten. Er musste Alicia ganz einfach noch einmal schmecken. Zum ersten Mal, seit er das Schiff erworben hatte, das sich unter seinen Füßen hin und her bewegte, gab es da etwas anderes, das ihm etwas bedeutete.

»Alicia.«

Er wiegte ihr Gesicht in seinen Händen und nahm sich sanft, was sie ihm darbot. Der Kuss gestern Abend war hart und fest gewesen. Er war unfähig gewesen, sein Verlangen zu zügeln. Jetzt war er nicht in Eile, dachte Blake, als seine Lippen in zärtlicher Liebkosung über ihre strichen. Er wollte sie auskosten. Nichts hatte je zuvor süßer geschmeckt als Alicias Mund. Ihre Bewegungen waren unsicher. Sie war eindeutig nicht so erfahren wie andere Frauen. Aber es war diese Unschuld, die Blake rührte. Die Frau in seinen Armen war kostbar, und er wollte sie auch wie eine Kostbarkeit behandeln.

Ihre Handflächen glitten seine Brust hinauf und vergruben sich in seinem Haar. Blakes Knie zitterten, als sie ihren Mund unter seinem öffnete. Seine Ohren summten vor lauter Verlangen. Nebel wirbelte durch seinen Verstand, versuchte sein logisches Denken und seine Vernunft zu verschleiern, die ihn davon abhalten wollten, Alicia nicht ganz einfach an die Reling zu pressen und sie mit seinen Küssen zu überwältigen. Wenn er sich nicht bremste, dann würde er bald seinen Kopf verlieren. Aber er konnte sich auch nicht von ihr losreißen. Nur noch ein letzter Kuss, versprach er sich, und spürte ihre Lippen mit seiner Zunge nach. Als er seine Hand an ihren Nacken legte, wurde der Nebel in seinem Kopf immer dichter. Sie war so verdammt zart.

»Ich bin überrascht, dass du schon wach bist. Ich hatte geglaubt, du wärst gewiss noch im Bett und hättest schreckliche Kopfschmerzen.«

Alicia erstarrte, ihr Körper machte sich steif und sie zuckte zurück.

Blake presste seine Stirn an ihre, und während er versuchte, seine Atmung zu beruhigen, verfluchte er innerlich Nates Timing. Obwohl es wohl ganz gut war, dass sie unterbrochen wurden, denn schließlich hatten weder er noch Alicia genug Verstand bewiesen, mit dem Küssen aufzuhören.

Blake hörte die Schritte des Mannes näher kommen und erkannte an Nates Fehltritt den Augenblick, in dem diesem klar wurde, dass sein Kapitän nicht alleine war. Blake löste Alicias Hände von seinem Hals, hielt eine davon aber fest und drehte sich um.

Nate grinste wie ein Kind, dem man eine glänzende neue Münze geschenkt hatte.

»Aha, jetzt weiß ich warum«, erklärte er. »Guten Morgen, Alicia.«

Trotz der Röte, die Alicias Wangen färbte, erwiderte sie Nates Gruß.

Sie standen dort ein wenig dämlich herum, bis es zwischen Blakes Schulterblättern zu jucken begann und die Kopfschmerzen, die er vergessen hatte, solange er Alicia in den Armen hielt, ihr Gehämmer fortsetzten. Er presste sich die Hand auf die Stirn.

»Tut der Kopf weh?«, fragte der Bootsmann, und sein wissendes Lächeln zeigte Blake, dass er die Antwort bereits kannte. »Warum gehst du nicht wieder runter? Ich habe der Dame versprochen, ich würde ihr alles über das Schiff beibringen.«

»Was?«

»Nun ja, das ist nicht genau –«

Nate unterbrach Alicia und fuhr fort, die Augen auf Blake gerichtet: »Sie hat mich gestern Abend gefragt, und wer wäre ich denn, wenn ich das ablehnen würde? Die Dame möchte mehr über das Schiff wissen.« Nate deutete das Deck hinab, das in der Morgensonne schimmerte. »Da wir heute Morgen alle so früh aufgestanden sind, wäre es doch der perfekte Zeitpunkt.«

Blake wollte Nate gerade die Meinung sagen, als dieser Alicia zuzwinkerte.

»*Du* übernimmst das Steuer«, brummte Blake. »*Ich* werde Alicia herumführen.«

Nate zuckte die Achseln und ging ans Ruder. Wenn sich Blake nicht irrte, biss sich sein Bootsmann dabei heimlich amüsiert auf die Lippen. Blake mochte es nicht, wenn man ihm sagte, was er tun solle, aber Nate hatte recht. Es war der perfekte Zeitpunkt. Die Sonne war warm, der Wind war stärker als zuvor, aber immer noch angenehm, und er konnte mehr Zeit mit Alicia verbringen.

»Lass uns vorne beginnen«, sagte Blake. Immer noch Hand in Hand gingen sie an den Bug, die Segel blähten sich über ihnen.

»Weißt du schon etwas über Schiffe?«, fragte er, als sie vorne angekommen waren.

Alicia lächelte. »Ich weiß, sie schwimmen, haben Segel und vorne ist der Bug und hinten das Heck. Und«, fügte sie mit erhobenem Zeigefinger hinzu, »sie haben alle Namen.« Sie runzelte die Stirn. »Der Kapitän hat mir zwar gesagt, wie dein Schiff aussieht, aber ich kann mich nicht erinnern, dass er mir gesagt hat, wie es heißt.«

»Der Kapitän?«

»Oh.« Alicias Augen weiteten sich und sie kaute an ihrer Lippe herum. »Er, ähm, nun ja …« Sie zuckte die Achseln. »Er hat mich ermuntert, an Bord zu gehen.«

Wenigstens schaute sie ein wenig betreten drein. Blake bezweifelte, dass er denselben Gesichtsausdruck beim Kapitän sehen würde, wenn er diesen das nächste Mal traf.

»Gewiss hat er das«, murmelte Blake. »Ich weiß gar nicht, weshalb mich das überrascht.«

»Er ist ein sehr netter Mann«, erinnerte ihn Alicia.

»Ich werde versuchen, mich daran zu erinnern, wenn ich ihn sehe. Wie auch immer, mein Schiff heißt *Blue Rose.*« Er erzählte ihr nicht, dass er es so genannt hatte, weil Blau die Lieblingsfarbe seine Mutter war und Rosen ihre Lieblingsblumen waren. »Wir werden mit dem Wesentlichen anfangen«, erklärte Blake stattdessen.

»Je größer ein Schiff, umso mehr kann es fassen. Aber je mehr Ladung oder Kanonen es hat, umso langsamer kann es segeln. Die kleineren Schiffe sind aus zwei Gründen schneller. Erstens, sie haben weniger Ladung, die sie behindert, und zweitens, weil sie einen geringeren Tiefgang haben.«

»Tiefgang?«

»Der Teil des Schiffes, der unter Wasser ist, so erklärt man es vielleicht am einfachsten. Der Kapitän hat gesagt, deine Schwester war auf einer Schaluppe. Die wäre kleiner als dieses Schiff, aber auch ein wenig schneller. Das hier ist ein Schoner«, erklärte er und strich mit der Hand über die glatte Reling.

»Ist es nur die Größe, die dir sagt, um welche Art von Schiff es sich handelt?«

»Normalerweise ist es eine Kombination aus der Größe des Schiffs – zum Beispiel die Anzahl seiner Batteriedecke – zusammen mit der Anzahl der Masten und der Art, wie die Segel an diesen Masten befestigt sind. Nimm zum Beispiel mein Schiff. Es ist ein zweimastiger Schoner, denn diese beiden langen Pfähle, die du siehst, sind die Masten. Größere Schiffe können bis zu vier Masten haben.«

»Ist das auch ein Mast?«, fragte sie und deutete auf den Pfahl, der sich am Bug aufs Wasser hinaus erstreckte.

»Gewissermaßen. Wir nennen es das Bugspriet. Das kleinste Segel am Ende nennt man –«

»Außenklüver.« Alicia schnappte nach Luft, eine Hand an ihrer Kehle.

»Du kennst den Namen?«

»Ich – der Name, er ist mir gerade eingefallen. Lass mir bitte einen Moment.«

Sie kniff die Augen zusammen, ihr hübscher Mund bekam einen abweisenden Zug, und die Hand, die immer noch fest in seiner lag, zitterte. Nachdem ein paar schweigsame Minuten verstrichen waren, entzog sie ihm ihre Hand und ging zur Reling.

»Alicia?«

Ihr tiefes Aufseufzen ließ ihn zu ihr treten. Seine Hand streichelte ihre Schulter.

»Was ist denn?«

»Es sind diese Erinnerungsfetzen aus meiner Vergangenheit, die mir zu schaffen machen. Einmal, als ich in der Sonne vorm Haus gesessen habe, da hatte ich plötzlich ein Gefühl, als ob ich im Wasser treiben würde und mir kalt wäre und ich Angst hätte, so sehr, dass ich trotz der Hitze gezittert habe. Ich erinnere mich, dass ich, als ich aufwuchs, nachts ein paar Mal vom Kanonendonner aufgewacht bin, obwohl ich in meinem Bett lag und Jacob und Anna unten schliefen.

Aber da war bei diesen flüchtigen Eindrücken nie genug zu erkennen, dass ich mich an irgendetwas Entscheidendes erinnern konnte. Es waren bloß immer diese willkürlichen Gedanken und Informationsschnipsel und dann nichts mehr. Ganz egal, wie sehr ich mich auch darauf konzentriert habe, es kam nichts mehr.« Sie trat gegen die Reling. »Es ist so frustrierend!«

Er rieb ihr die Schulter. »Wir können aufhören, wenn du möchtest. Ich kann dir den Rest ein anderes Mal zeigen.«

»Nein, lass uns weitermachen. Vielleicht erinnere mich ja noch an mehr.«

Ihre Entschlossenheit verblüffte Blake. Er konnte sich nicht einmal vorstellen, seine Vergangenheit nicht zu kennen. Die Tatsache, dass sie ihren Weg machte, trotz des Kummers und der Frustration, ihre eigene Geschichte nicht zu kennen, war ein Beweis für die Stärke dieser Frau.

Er führte sie weiter und war erleichtert, als der letzte Rest ihrer Traurigkeit verflog. Bald schon sah Alicia ihn wieder fröhlich an.

Zu sehen, wie ehrlich sie an dem interessiert war, was er erzählte, wärmte ihm voller Stolz die Brust. Er liebte sein Schiff, jede Planke und jedes Tau. Eric hatte das nie verstanden und sein Vater noch viel weniger. Er hatte versucht es zu erklären, sogar mehrmals, aber keiner von beiden hatte verstanden, was es Blake bedeutete. So kam es, dass er den Versuch aufgegeben hatte, es ihnen begreiflich zu machen.

Seit Jahren schon hatte er sich danach gesehnt, sein Schiff mit jemandem zu teilen, der es mit derselben Bewunderung sah, wie er selbst, als er es zum ersten Mal erblickt hatte. Eric hatte das Meer zwar gemocht, aber Blake hatte an dem Ausdruck im Gesicht seines Bruders erkannt, dass er es nicht verstand, dass er nicht dieselbe Verbindung spürte. Ebenso wenig wie sein Vater. Die einzigen Male, da dieser ans Meer gekommen war, war, um Eric und Daniel zu verabschieden und um ihm zu verbieten, an Annas Beerdigung teilzunehmen. Blake würde den Ausdruck in Jacobs Gesicht nie vergessen. Er hatte das Schiff voller Verbitterung betrachtet und den jüngsten seiner Söhne, der darauf stand, voller Enttäuschung.

Blake verdrängte den Gedanken an jene Kränkung und fuhr fort: »Alles an einem Schiff hat einen Namen und einen Verwendungszweck.«

Alicia legte den Kopf schief. »Wie lange hat es gedauert, um das alles zu lernen?«

Er zuckte die Achseln. »Ich weiß nicht. Schon als ich noch ein kleiner Junge war, habe ich so viel Zeit am Hafen verbracht, wie ich konnte. Ich habe jeden Matrosen, der vorbeikam, über Schiffe ausgefragt. Die meisten haben mir gerne alles erklärt, und meine Anwesenheit wurde so alltäglich, dass sie mich bald an Bord der Schiffe ließen und mir alles zeigten.« Er seufzte. »Ich konnte es nicht schnell genug lernen. Bis zu dem Zeitpunkt, als ich von zuhause fortging, wusste ich, was man brauchte, um ein Schiff zu segeln, auch wenn ich noch nicht viel Zeit auf See verbracht hatte.«

»Und du hast dir schnurstracks dieses Schiff gekauft?«

»Nein, ich hatte zu dem Zeitpunkt doch kein Geld. Ich habe die *Blue Rose* erst seit drei Jahren.«

Alicia drückte seine Hand. »Und du liebst das Schiff.«

Es war keine Frage. Sie sagte es mit Zuneigung und Verständnis und ohne die geringste Andeutung von Anschuldigung oder Empörung. Er zog sie in seine Arme, spürte, wie sein Herz sich ihr öffnete, als sie den Kopf hob und seinem Blick begegnete. Ihre Hände legten sich um seine Taille. Er lächelte, dann beugte er sich zu ihr hinab und küsste sie. Mit seinem Kuss zeigte er ihr, wie viel ihm ihr Verständnis bedeutete. Er ließ sich Zeit, und als sich ihr Mund für ihn öffnete, vergaß er den Grund für seinen Kuss und verlor sich einfach in dessen Wunder.

Als der Kuss endete, lächelte sie ihn ebenso breit an, wie er sie.

Er führte ihre ineinander verschlungenen Hände an seine Lippen und küsste ihre Hand.

»Du musst heute nicht unter Deck gehen.«

11

Der Tag war ein einziges herrliches Wunder für Alicia. Er erinnerte sie daran, wie es war, am frühen Morgen durch Port Royal zu spazieren und zu beobachten, wie die Stadt langsam zum Leben erwachte. Die Mannschaft tröpfelte zu zweit oder dritt an Deck, bis dieses voller Männer war. Sie hatte keine Ahnung von deren Pflichten, aber sie genoss es nichtsdestotrotz, die Betriebsamkeit zu beobachten. Als einige begannen, die Takelage hinaufzuklettern, beobachtete Alicia sie fasziniert, bis die Männer dann so hoch kletterten, dass sich ihr der Magen verkrampfte. Da ihr schon eine ganze Weile nicht mehr übel gewesen war, beschloss sie, besser wegzuschauen, bevor sie ihr Glück noch unnötig herausforderte.

Obwohl sie gefragt hatte, war keiner der drei Männer – Blake, Nate und Vincent, die ihr abwechselnd Gesellschaft leisteten – bereit, ihr eine eigene Aufgabe zu geben. Stattdessen vertrieb sie sich die Zeit damit, Fragen zu stellen und zu versuchen, sich die vielen verschiedenen Begriffe richtig einzuprägen. Großsegel, Fockmast, Kielraum, Längsschiffs, Toppmasten. Davon gab es zwei, aber momentan konnte sie sich nicht an den Unterschied erinnern.

Sie wusste, dass die Seite des Schiffes, gegen die sie sich lehnte, eigentlich Schandeck hieß.

Blake kam und stellte sich neben sie. Sie hatten solch einen fantastischen Tag gehabt. Wenn er sich nicht bei ihr auf dem Achterdeck aufgehalten hatte, war er auf dem Hauptdeck gewesen und hatte sich dort mehr als einmal umgedreht und bemerkt, dass sie ihn beobachtete, und auch sie hatte seinen Blick auf sich gespürt und sich umgedreht, nur um zu überprüfen, dass sie recht hatte. Jedes Mal, wenn sich ihre Blicke trafen, war ihr ganz warm geworden. Doch in Augenblicken wie diesem, wenn er nahe genug war, um ihn zu berühren, und sie die See und den Wind ebenso roch wie seine Wärme, dann wurde jeder Nerv in ihrem Körper in Alarmbereitschaft versetzt.

»Wirst du jemals müde davon?«, fragte Alicia.

»Wovon?«

»Dem endlosen Wasser, den Tagen auf See. Keinen festen Boden unter den Füßen zu haben.«

»In den ersten paar Wochen war es so. Jetzt kann ich mir nicht mehr vorstellen, irgendwo anders zu sein.«

»Ich glaube, ich würde es leid werden. Ich genieße es, durch die Straßen gehen zu können, den Geruch von Erde nach einem Regenguss zu riechen, in einem Bett zu schlafen, das sich nicht bewegt.«

Blake zuckte die Achseln. »Ich kann all diese Dinge tun, wenn ich im Hafen ankere.«

Er blinzelte wegen des gleißenden Lichts der Sonne, das vom stahlblauen Wasser reflektiert wurde. Um seine Augenwinkel herum bildeten sich kleine Lachfältchen. Der Wind pfiff durch die Leinwand, und die Segel flatterten, als ein Windstoß hindurchwehte. Nach nur einem Tag an Deck hatte sich Alicia an die Schreie gewöhnt, die sich die Crewmitglieder zubrüllten, wenn sie Hilfe benötigten oder sich übereinander ärgerten. Die Mannschaft war recht oft verärgert.

»Du vermisst es wirklich nicht, nicht wahr?«

Er sah sie an. »Was vermissen?«

»Port Royal.«

»Da gibt es nichts für mich, Alicia. Und das ist auch schon seit einer ganzen Weile so.«

Weil sie befürchtete, er würde gehen, legte sie ihre Hand auf seine. »Dort ist das Haus. Die Werkstatt.«

»Alicia.« Seine grauen Augen wurden ernst, und die Wärme, die sie den ganzen Tag ausgestrahlt hatten, verschwand. »Das bedeutet mir nichts.«

»Das stimmt doch nicht. Wenn es so wäre, dann würdest du nicht so traurig schauen. Du wärst gestern Abend auch nicht so böse geworden.«

»Ich habe ein Recht darauf, wütend zu sein. Das bedeutet aber nicht, dass ich bereit bin, das Schiff zu wenden und zurückzufahren.«

»Du bist zu seiner Beerdigung gekommen. Du bist jahrelang auf mich wütend gewesen und hattest mich noch nicht einmal kennengelernt. Du weigerst dich, den Brief zu lesen. Das alles zeigt mir, dass es dir doch etwas bedeutet.«

Er seufzte und presste sich die Hand vor die Augen. »Ich hatte wirklich gehofft, wir hätten dieses Thema hinter uns gelassen.«

»Ich mag eine Zeit lang ihre Tochter gewesen sein, aber

ihre Söhne, ihre *beiden* Söhne, bedeuteten ihnen alles. Ich habe euch nicht in ihren Herzen ersetzt. Das hätte ich gar nicht gekonnt.«

Blake zog seine Hand zurück und ging. Im Vorbeigehen gab er Vincent ein paar Anweisungen und begab sich dann unter Deck. Sie zählte bis dreißig, dann folgte sie ihm.

»Alicia, ich will das, was gestern Abend passiert ist, wirklich nicht wiederholen«, sagte er vom Tisch aus zu ihr.

Er saß auf einem Stuhl, die Füsse in seinen Stiefeln übereinandergeschlagen. Unterdrückter Ärger hing in der Luft.

»Gut, das will ich auch nicht.« Sie kniete sich neben ihn hin und hielt dabei ihr Kleid fest, damit sie nicht darauf trat. »Blake, du bedeutest mir mittlerweile etwas, und ich will dir nicht weh tun. Aber ich glaube wirklich, wir müssen reden.«

Er seufzte tief. »Ich rede nicht darüber.«

»Gut, dann tue ich es.« Sie ergriff seine Hand, drückte sie und begann von Anfang an.

»Ab dem Zeitpunkt, als ich bei den Davidsons aufwachte, habe ich niemals etwas anderes gefühlt als Liebe. Selbst ohne meine Erinnerungen spürte ich ihre Zuneigung. Ich habe nie bezweifelt, was sie mir über meinen Gedächtnisverlust erzählt haben, denn ich hatte ja auch keinen Grund dazu. Sie haben mich immer so behandelt, als ob ich ihre Tochter sei.

Doch so sehr sie mich auch liebten, wusste ich doch immer, dass ein Teil ihrer Herzen für Daniel und Eric reserviert war. Ich habe das jeden Tag in den kleinen Dingen gesehen, zum Beispiel wenn Anna kochte. Sie stellte dann ein Stück Kuchen vor mich hin und sagte: ›Apfelkuchen mochte Daniel immer am liebsten.‹ Manchmal legte sie mir eine zusätzliche Decke ins Bett und sagte: ›Wenn es regnete, war Eric immer kalt.‹ Sie betete jeden Abend. Sie sprach für jeden von euch ein Gebet, und obwohl Jacob vorgab, es nicht zu hören oder sich nicht darum zu kümmern, stand er immer auf, wenn Anna fertig war, und mehr als einmal hörte ich ihn ›Amen‹ murmeln, wenn er zur Tür hinausging. Bis zum heutigen Tag steht ›Davidson und Söhne‹ auf dem Schild über der Tür.«

»Er war bloß zu faul es zu ändern«, murmelte Blake, doch seine Stimme verriet etwas von den Gefühlen, die er empfand, wie sie wusste.

»Einen Mann, der sechs Tage die Woche Überstunden macht und in einer schwitzigen Schmiedewerkstatt schuftet, kann man wohl kaum faul nennen, und ich kann das beurteilen, denn es ist eine harte Arbeit. Wenn er das Schild hätte ändern wollen, dann hätte er es getan.«

Blake legte den Kopf schief. »Warum arbeitest du eigentlich in der Werkstatt? Arbeitet Charles nicht mehr für ihn?«

»Doch, tut er. Aber ich bin nicht dort, weil ich es muss, noch hätte ich es je tun müssen. Ich liebe diese Werkstatt. Sobald ich wieder gesund war, bin ich Jacob bei jeder Gelegenheit hinterhergelaufen, sehr zu Annas Leidwesen«, fügte sie mit einem Lachen hinzu.

»Ich kann gar nicht erklären, weshalb ich das tat, bloß dass da etwas an Jacob war, das mich anzog. Ich liebte es, ihm bei der Arbeit zuzusehen, dem Rhythmus seiner Stimme zu lauschen, wenn er sprach. Vom ersten Augenblick an, als ich in die Werkstatt ging, begann er, mir alles über seine Arbeit beizubringen. Ich glaube nicht, dass er wirklich daran glaubte, dass ich eines Tages die Werkstatt übernehmen würde, sondern viel eher, dass er es tat, weil ich ihm zuhörte. Fortan wurde es eine Gewohnheit. Wir gingen zusammen dorthin, und er hörte sich meine Ideen an. Wenn ich mich irrte, kritisierte er mich nicht, sondern ermutigte mich vielmehr, mir zu überlegen, wie man das Problem auf andere Art und Weise lösen könnte.«

»Du liebst diese Arbeit«, stellte er fest.

»Das tue ich. Und es hat auch nicht lange gedauert, bis das auch Anna klar wurde. Sie wusste, man würde mich nicht davon abbringen können. Ich mache meine Arbeit gut, Blake, aber mehr noch als das, ich liebe meine Arbeit wirklich.«

»Es kann kein einfacher Ort für eine Frau sein.«

»Die Arbeit in der Werkstatt ist einfach, es ist bloß die Reaktion der Leute auf meine Arbeit, die schwierig ist.«

Er zog fragend die Augenbraue hoch. »Warum bleibst du dann dort?«

Sie zuckte die Achseln. »So bin ich nun mal. Als Gastgeberin von Teepartys und Gesellschaften wäre ich niemals glücklich geworden. Deine Eltern wussten das, und dein Vater war einfach froh, mich an seiner Seite zu haben.«

»Klar«, antwortete Blake und verzog das Gesicht. »Ich bin sicher, das war er.«

»Das war er wirklich, denn alles, was er je wollte, war, mit seiner Familie zu arbeiten, sie an seiner Seite zu haben. Sein Gesicht hellte sich auf, wenn ich kam. Ich denke, das war der Grund, weshalb ihm immer egal war, was andere dachten, denn für ihn blieb die Familie zusammen.«

»Also bitte«, spottete Blake. »Er hat mich weggeschickt. Das ist kein Beispiel für einen Mann, dem seine Familie angeblich alles bedeutet.«

Alicia betrachtete ihn einen Moment lang. »Wusstest du, dass Jacob immer einen Stein in seiner Tasche mit sich trug? Es war nur ein kleiner Stein, der von der Zeit und dem Wasser glatt poliert worden war. Er war grau mit einer rosa Maserung. Er hatte nichts besonders Bemerkenswertes an sich, doch er ging nirgendwo ohne ihn hin. Ich nehme an, einer von euch hat ihm den Stein gegeben.«

Blakes scharfes Einatmen und der Ausdruck seiner Augen brachen ihr beinahe das Herz. Seine Augen glänzten, und er biss die Zähne zusammen. Seine Hand zitterte in ihrer, und sie wusste, es war Blakes Stein gewesen, den ihr Vater mit sich herumgetragen hatte.

»Ich habe ihn als kleiner Junge gefunden und ihm den Stein zum Geburtstag geschenkt.«

»Ich habe ihn damit beerdigt. Ich fand, da ihm der Stein so viel bedeutet hatte, dass er ihn jahrelang mit sich herumtrug, dann sollte er mit ihm gehen.«

Er nickte, sah dann weg.

Sie sagte nichts mehr. Was sollte sie auch sagen? Es lag nun an Blake. Minutenlang wurde das Schweigen nur von den Geräuschen unterbrochen, die vom Deck herunterdrangen. Vincent brüllte jemanden an und wer auch immer es war, er schien nicht besonders froh darüber zu sein, denn er trampelte übers Deck, als ob er mit Mörtel gefüllte Stiefel trüge. Blake sagte kein Wort, doch Alicia tröstete sich damit, dass er von ihr auch nicht verlangt hatte, wegzugehen.

Schließlich, nach einem ausgiebigen Seufzen, rührte sich Blake. Er drehte sich ein wenig zur Seite und zog einen kleinen Schlüssel aus seiner Tasche und hielt ihn Alicia entgegen. Sie berührte daraufhin seine stoppelige Wange mit ihren Fingern.

»Bist du sicher?«

»Das ist es doch, was du willst, nicht wahr?«, fragte er sanft.

»Ja. Aber willst *du* das ebenfalls?«

Er ließ seinen Fuß vom Stuhl fallen und schob sie ein wenig zur Seite, damit er vorbeigehen konnte. »Ich bin mir nicht sicher. Ein Teil von mir stimmt dir zu, dass ich es tun muss, oder es wird mich auf ewig verfolgen.«

»Und der andere Teil?«, fragte sie und stand auf.

»Der andere Teil denkt, es wäre das Beste, den Brief ungelesen zu lassen. Ich weiß bereits, dass er mir die Schuld an Erics Tod gibt, muss ich das wirklich auch noch lesen?«

»Ich garantiere dir, das werden nicht seine Worte sein.«

Mit rasendem Herzen reichte Blake ihr den Schlüssel. »Ich nehme an, wir werden es herausfinden.«

Der Brief war dort, wo er ihn hinterlassen hatte, und Alicia strich den Umschlag glatt, bevor sie ihn Blake reichte. Er nahm ihn, machte aber keine Anstalten, ihn zu öffnen.

»Soll ich dich alleine lassen?«, fragte sie und machte bereits einen Schritt in Richtung Treppe.

»Nein.« Er streckte die Hand aus und packte sie am Arm. »Bleib!«

Sie tat es, doch während er sich auf dem Rand des Bettes niederließ, setzte sich Alicia auf einen Stuhl am Tisch. Es ist komisch, dachte er, wie sehr sie einerseits darauf bestanden hatte, und doch war sie andererseits nunmehr großzügig genug, ihm ein wenig Freiraum zu gewähren. Ungeachtet dessen, was sein Vater ihm mitteilen würde, war Blake nicht mehr böse auf ihn, weil er Alicia bei sich aufgenommen hatte. Jacob hatte ihre Verletzungen behandelt, sie wie sein eigenes Kind geliebt, und aus diesem Grund hatte Alicia glückliche Erinnerungen an ihn. Mit dem neuen Wissen, das er jetzt hatte, schämte sich Blake für die Art, wie er seinem Vater das alles übel genommen hatte. Wäre es nicht noch viel schlimmer gewesen, wenn sein Vater sie hätte sterben lassen? Oder wenn er sie, sobald sie geheilt war, allein gelassen hätte, damit sie sich mit ihren erst zwölf Jahren um sich selbst kümmern musste?

Blake sah auf die Handschrift auf dem Umschlag hinunter. Er fuhr die Buchstaben mit seinem Finger nach. Als er beim »M« für »Merritt« angekommen war, zitterte seine Hand. Das Papier zerknitterte in seinem Griff. Ärgerlich auf sich selbst, drehte er den Umschlag um und erbrach das Siegel. Er war 25 Jahre alt, Herrgott nochmal, er konnte doch so einen verdammten Brief lesen, ohne dabei gleich wie eine Jungfer zu zittern.

Er riss den Brief aus dem Umschlag, und während ihm bewusst war, dass Alicia ihn schweigend vom Tisch aus beobachtete, las Blake die letzten Worte seines Vaters an ihn.

Für meinen wunderbaren Sohn,

ich hatte gehofft, Du müsstest diesen Brief nie lesen. Ich hatte gehofft, wir könnten von Angesicht zu Angesicht miteinander reden, bevor es hierzu kam, bevor dickköpfiger Stolz uns trennte. Wenn Du diesen Brief liest, bedeutet das, dass ich versagt habe.

Ich möchte Dir klar machen, Daniel (Du wirst immer Daniel für mich bleiben), dass dies mein Versagen ist, nicht Deines. Ich habe nunmehr erkannt, viel zu spät zwar, dass Du auf See bleiben musstest, um Dir selbst treu zu bleiben. Ich habe das nie verstanden. Vielleicht wollte ich das auch niemals. Ich war selbstsüchtig, Sohn, und wollte Dich und Eric an meiner Seite, in meiner Werkstatt haben.

Als Eric starb, waren Deine Mutter und ich völlig verzweifelt. Und ja, ich gebe zu, für eine Weile gab ich Dir die Schuld an seinem Tod. Als Anna starb, gab ich Dir immer noch die Schuld. Es war einfacher, als die Wahrheit zu akzeptieren. Aber ich habe mich geirrt, Daniel. Ich hatte unrecht. Hätte ich Dich gehen lassen, damit Du Deinem Herzen folgen konntest, dann würde Eric noch leben und Deine Mutter wäre nicht mit gebrochenem Herzen gestorben. Sie hat nie aufgehört, Dich zu lieben und zu vermissen. Und ich ebenfalls nicht.

Ich weiß, ich habe Dir den Eindruck vermittelt, dass ich Dich nicht genug geliebt habe, um Deine Träume zu akzeptieren oder Dich als den Mann zu nehmen, der Du bist, aber nichts liegt der Wahrheit ferner.

Ich liebe Dich, Daniel. Ich werde mir niemals vergeben, dass ich Deiner Mutter Deine Anwesenheit in ihrem Leben und bei ihrem Begräbnis versagt habe. Ich werde mich immer für die letzten Worte schämen, die ich zu Dir gesagt habe. Ich weiß nicht, ob Du mir vergeben kannst und bin mir nicht sicher, ob ich überhaupt das Recht habe, Dich darum zu bitten. Du sollst nur wissen, dass ich stolz auf Dich war als ich starb. Du bist mein Sohn, Daniel. Du wirst immer mein Sohn sein.

Ich weiß, Du hasst die Werkstatt, aber sie gehört zur Hälfte Dir. Dir und Alicia. Du musst sie nicht nehmen, Daniel, aber ich wollte Dir die Gelegenheit geben, sie zu bekommen und darin zu arbeiten, ohne den Schmerz der Vergangenheit, der Dir im Wege steht, und ohne irgendwelche Forderungen, die auf Deinen Schultern lasten. Ich möchte Dich nicht dort haben, wenn Dein Herz nicht bei der Sache ist. Ich werde diesen Fehler nicht noch einmal machen, nicht mal im Tode. Jetzt, da ich auf Dich hinabsehe, bin ich stolz auf Dich, ganz gleich, welche Entscheidung Du triffst. Du bist ein guter Mann, Daniel, und es tut mir leid, dass ich Jahre vergeudet habe, Dich das nicht wissen zu lassen.

Dein Dich liebender Vater.

Ein trauriges Wehklagen erfüllte die Kabine und hallte von den Wänden wider. Erst als Alicia an seine Seite eilte, wurde Blake klar, dass er dieses Geräusch verursacht hatte. Er vergrub sein Gesicht in den Händen, und Scham legte sich schwer auf sein Herz.

»Es tut ihm leid.«

Alicia rieb ihm über den Rücken. »Ich weiß, Blake. Er hat dich geliebt.«

»Warum habe ich nicht –« Er erstickte beinahe an den Worten, an deren Wahrheit. »Warum habe ich das nicht erkannt?«

Aber er hatte es nicht, und jetzt war es zu spät. Sein Vater war tot, und die Gelegenheit, alles wieder gutzumachen, war mit ihm gestorben. Jacob war nicht der Einzige gewesen, der Zeit gehabt hätte, zurückzugehen und die Dinge richtigzustellen. Warum hatte Blake es nicht noch einmal versucht? Warum hatte er nicht energischer darum gekämpft, dass sein Vater ihn verstand?

»Ich kann ihm nicht mal mehr sagen, dass es mir leid tut.« Sein Blick verschwamm. »Es ist verdammt noch mal zu spät.«

»Nein, ist es nicht. Du kannst an sein Grab gehen und es ihm dort sagen.«

Aber das würde nicht dasselbe sein. Es war nicht nur Jacob, der versagt hatte, sondern auch Blake. Und weil er das aus tiefstem Herzen glaubte, senkte Blake den Kopf und ließ seinen Tränen ungehindert freien Lauf.

12

Der Klang von Holz, das über Holz kratzte, lenkte Alicias Aufmerksamkeit vom feurigen Sonnenuntergang ab. Als sie sich umdrehte, sah sie Vincent, der seine Kiste auf sie zuschob. In Augenblicken wie diesem wollte sie am liebsten herüberlaufen und ihm helfen. Doch sie hatte gelernt, dass die Mannschaft ob seiner Körpergröße nur geringe Zugeständnisse machte und dass es Vincent ebenfalls lieber so war. Also beobachtete sie ihn nur und lächelte.

»Ich dachte, Ihr könntet ein wenig echte Gesellschaft gebrauchen«, erklärte er, nachdem er sich auf die Kiste gesetzt hatte.

»Nate wird dann wohl auch in Kürze hier sein, oder?«, neckte sie ihn.

Er legte ihr die Hand auf die Stirn. »Habt Ihr Fieber?«

Alicia lachte. »Keinesfalls.«

»Nun, irgendetwas muss Euch aber weh tun, wenn Ihr die Gesellschaft von diesem großen Tölpel der meinen vorzieht. Doch was auch immer es ist, wir sollten uns sofort darum kümmern«, fügte er mit einem Grinsen hinzu. »Schließlich wollen wir doch nicht, dass sich ein Fieber ausbreitet und die ganze Mannschaft ansteckt.«

»Warum sollte es das nicht schon getan haben?«

»Wenn es das hätte, dann wäre Nates Kopf so geschwollen, dass er nicht mehr damit durch die Luke durchkäme.«

Alicia lachte, und etwas von der Traurigkeit, mit der sie aus Blakes Kajüte gekommen war, fiel von ihr ab.

»Vielen Dank, Vincent«, sagte sie.

»Wofür, Liebes?«

»Ihr bringt mich zum Lachen. Ihr erinnert mich an zuhause und an Charles.«

»Wer zum Teufel ist Charles?«

»Ein Freund. Ein Freund«, fügte sie hinzu, als Vincent die Stirn runzelte, »der glücklich verheiratet ist und vier Kinder hat.«

»Gut«, nickte er. »Das erspart Blake viel Ärger.«

»Den Ärger womit?«

Vincent grinste. »Mit dem Mann um Euch zu kämpfen.«

»Macht Euch nicht lächerlich«, protestierte Alicia, obwohl der Gedanke an zwei sich ihretwegen duellierender Männer faszinierend war.

»So lächerlich war die Bemerkung gar nicht. Blake ist ziemlich besitzergreifend geworden, was Euch anbelangt. Ich bin mir sicher, sollte Nate beschließen, Euch den Hof zu machen, dann würde er für dies Bemühen wohl erschossen.«

Alicia wusste, Blake würde so etwas nie machen, aber sie erinnerte sich daran, wie böse Blake gewesen war, als sie mit Lewis gesprochen hatte und wie er sich beeilt hatte, derjenige zu sein, der ihr das Schiff zeigen konnte, als Nate angeboten hatte, dies zu tun. Ehe sie es verhindern konnte, strahlte sie schon über das ganze Gesicht. Vincents blaue Augen leuchteten auf, und er sah sehr zufrieden aus.

»Wenn man vom Teufel spricht – ist Blake eigentlich immer noch in seiner Kabine?«

»Ja.« Seit er den Brief gelesen hatte, war er dort unten geblieben, lange genug, dass mittlerweile die Sonne im Meer zu versinken begann.

»Dann denke ich, er hat lange genug gegrübelt. Warum bringt Ihr ihm nicht etwas zum Abendessen?«

»Er müsste mittlerweile hungrig sein«, stimmte Alicia zu und versuchte dabei – ohne jeglichen Erfolg – ernst zu schauen.

Vincent kicherte. »Ich bin mir sicher, dass er das ist. Und macht Euch keine Sorgen um das Schiff. Sagt Blake, wir wollen sein Gesicht bis Tagesanbruch nicht mehr sehen.«

Weil Blake das Abendessen um Stunden verpasst hatte, konnte ihm Alicia bloß ein wenig gepökeltes Schweinefleisch, etwas Obst und einen Becher Wasser bringen. Doch weil sie eigentlich bloß eine Ausrede brauchte, damit sie zu ihm gehen konnte, war das Essen nur von geringer Bedeutung.

»Du hättest mir nichts bringen müssen«, sagte Blake von seinem Sitzplatz auf dem Bett aus. »Ich wollte in Kürze eh nach oben kommen.«

Alicia stellte den Teller auf den Tisch. Sie hatte keinen Plan, was sie nun tun wollte und konnte bloß hoffen, dass sie die Sache nicht vermasselte und dass Blake sie nicht zurückweisen würde. Das würde sie nicht ertragen.

»Alicia?«

Sie schluckte ihre Nervosität hinunter und trat ans Bett heran, genau dorthin, wo er seine Füße hingelegt hatte, die immer noch in den Stiefeln steckten. Sie spürte seinen Blick auf sich ruhen und wagte es, ihn anzusehen. Dann, bevor Zweifel ihr den Mut rauben konnten, legte sie die Hände auf Blakes rechten Stiefel und zog ihn aus. Sie hielt den anderen Fuß fest, als er ihn wegziehen wollte, doch es gelang ihr schließlich, auch den anderen Stiefel auszuziehen.

Mit einem Plumps ließ sie die Stiefel auf den Fußboden fallen.

Blake kniete auf dem Bett. »Was tust du da?«

Golden schimmerndes Licht sickerte durch das Fenster. Ein Strahl fiel direkt auf Blake und ließ sein braunes Haar wie Kupfer aufleuchten. Er hatte die Ärmel bis zu den Ellenbogen aufgerollt, seine großen Hände ruhten auf seiner schmalen Hüfte. Ihr Mund wurde trocken, und sie musste sich ziemlich anstrengen, um antworten zu können.

»Ich dachte, so hättest du es bequemer.«

»Ich brauche meine Stiefel, Alicia. Ich kann ja wohl nicht gut ohne sie an Deck herumlaufen.«

»Heute Nacht wirst du nicht mehr an Deck gehen«, antwortete sie. Dann hob sie ihren Rock bis zu den Knien hoch und kniete sich aufs Bett. Zwischen ihnen war noch genügend Platz, aber weil sie in Blakes Augen Widerstand erkannte, kam Alicia nicht noch näher heran.

»Ich habe ein Schiff und eine Mannschaft, um die ich mich kümmern muss.« Seine Stimme glitt ihr unter die Haut.

»Ich denke, hier gibt es ebenfalls etwas, um das du dich kümmern musst, nicht wahr?«

Blake riss die Augen auf und schnappte nach Luft. »Das ist keine so gute Idee. Du kannst doch nicht meinen … Du weißt doch nicht … Oh, Hölle«, stieß er gequält hervor.

Weil er sich nicht bewegte, tat es Alicia an seiner Stelle. Es war schwierig mit all dem Kleiderstoff zwischen den Beinen, aber es gelang ihr, den Abstand zwischen ihnen zu verringern. Dann, ohne die geringste Ahnung zu haben, was sie als Nächstes tun sollte, folgte sie ganz einfach der Stimme ihres Herzens.

Sie hob ihre Hände an sein Gesicht und strich mit den Fingern über die rauen Barthaare, die sein Kinn und seinen Kiefer verdunkelten. Mit den Fingerspitzen strich sie erst über die Runzeln auf seiner Stirn und dann über seine Lippen.

»Du bist sehr attraktiv«, flüsterte sie. Sie beugte sich vor und löste ihre Finger mit ihrem Mund ab. Seine Hände packten sie am Arm, gruben sich in ihre empfindliche Haut, während sein Mund sich unter ihren Lippen regte. Von seiner Reaktion bestärkt, intensivierte sie ihren Kuss.

Er zuckte mit dem Kopf zurück, unterbrach den Kuss.

»Wir müssen sofort damit aufhören. Ich habe mir geschworen, ich würde dich nicht anrühren.«

»Was? Warum?«

»Weil«, antwortete er finster und strich sich mit der Hand durchs Haar. »Du bist keine Kneipenhure, Alicia, und du verdienst es, besser behandelt zu werden.«

»Ich wäre ja schon zufrieden, wenn man mich einmal in meinem Leben wie ein Frau behandeln würde«, fauchte sie zurück. Sie hastete rückwärts vom Bett und kämpfte dabei mit ihrem Kleid, das entschlossen schien, sich um ihre Beine zu verheddern. Sie hatte sich vor seiner Zurückweisung gefürchtet, hatte geglaubt, sie könnte es nicht ertragen, aber nun war es noch viel schlimmer geworden.

Sie war wütend.

»Warum ist es so schwer für einen Mann, mich anzuschauen? Du bist mir wichtig, Blake. Ich habe mir viel Mühe mit meinen Haaren gegeben, habe ein Kleid angezogen, und du erzählst mir, das ist immer noch nicht genug? Du willst mich nicht berühren, weil du mich nicht wie eine Hure behandeln willst? Nun, Blake«, tobte sie und riss sich dabei die Nadeln aus dem Haar, sodass es lose hinabfiel, »vielleicht möchte ich aber wie eine solche behandelt werden. Wenigstens hätte ich dann das Gefühl, attraktiv genug zu sein, dass ein Mann sich mit mir abgibt!«

Bevor sie auch nur zwinkern konnte, stand er plötzlich vor ihr. Er packte ihre Hände und hielt sie fest, als sie ihm diese entziehen wollte. Wenn er glaubte, er brauche nur ein paar abgedroschene Worte zu sagen, um sie zu beruhigen, dann würde er eine unangenehme Überraschung erleben!

»Hör auf dich zu wehren, Frau, und lass mich reden. Du bist wunderschön. Das dachte ich schon im ersten Augenblick, als ich dich sah.«

»Du hast mich gehasst, Blake. Man konnte es deutlich in deinem Gesicht lesen. Genau wie jetzt, nur jetzt ist es Mitleid.« Sie schubste ihn mit der Schulter beiseite. »Lass mich gehen. Ich brauche frische Luft.«

Blake hielt sie weiter fest, machte zwei Schritte nach

vorn und drängte sie an die Wand und drückte sich mit seinem Gewicht gegen sie. »Du wirst später frische Luft kriegen. Vorerst lass mich reden.«

Weil ihre Wangen bereits vor Kränkung brannten, hielt Alicia ihre Zunge im Zaum. Je schneller er seinen Teil gesagt hatte, desto schneller würde sie dieser Katastrophe entkommen. Als Alicia nichts mehr erwiderte, nickte Blake ihr zu und fuhr fort.

»Du führst mich in Versuchung, Alicia, mehr als du es weißt«, murmelte er. »Aber ich will dir deine Unschuld nicht nehmen und mich am Morgen selbst dafür hassen.«

»Dein Opfer wird gebührend berücksichtigt«, brummte sie. »Jetzt lass mich gehen.«

Er seufzte. »Du wirst mir eines Tages dafür danken.« Er ließ sie los und trat einen Schritt zurück.

Alicia sah Rot. Mit beiden Händen ging sie auf ihn los und schubste ihn fest.

»Was zum Teufel war –«

»Du hast ja von nichts eine Ahnung, nur von Blake Merritt, nicht wahr? Du denkst, ich werde dir morgen dankbar sein, weil du dich moralisch anständig verhalten hast? Nun, werde ich nicht. Und wage es ja nicht«, polterte sie, »mich so mitleidig anzusehen.«

Er starrte sie an. »Nun, wie zum Teufel soll ich dich denn bitte –«

»Hör auf so selbstsüchtig zu sein! Dein Vater war nicht einer Meinung mit dir, also bist du für acht Jahre weggegangen. Jetzt drehst du mir den Rücken zu, weil du glaubst, es wäre so am besten für mich. Ich bin überrascht, dass du noch nicht an Deck gerannt bist. Gewiss werden Nate und

Vincent das Schiff auf Grund setzen, wenn du nicht bei ihnen bist, um sie anzuleiten.«

»Du solltest jetzt besser aufhören, sonst –«, warnte Blake.

»Sonst was?« Sie stand vor ihm, das Kinn erhoben, bereit zum Kampf. »Soll ich dir eine Flasche suchen, die du schmeißen kannst?«

Blake bildete sich etwas auf seine Fairness ein. Er hatte nie ein Mannschaftsmitglied ungerecht behandelt und immer versucht, einen Konflikt mit so wenig Gewalt wie möglich auszutragen. Aber verdammt, wie sie so da stand, ihr goldenes Haar zerzaust, das Gesicht gerötet und mit bebenden Brüsten, das war einfach zu viel für ihn.

»Ich werde nichts schmeißen. Ich gehe.« Und je schneller desto besser. Blake schob seine Lust beiseite, und sein Bedauern darüber raubte ihm schier den Atem. Er eilte zu den Stufen.

»Schön, Herr Freibeuter«, brüllte sie ihm hinterher. »Zieh den Schwanz ein und lauf weg. Darin bist du ja gut.«

Ihre Worte trafen ihn wie eine Kugel, und er erstarrte. Seit Tagen hatte er sein Verlangen nach ihr bekämpft, und er hätte nicht geglaubt, dass irgendetwas noch stärker sein konnte, doch jetzt überwog sein Zorn. Er wirbelte herum.

»Du brüllst mich an, weil ich angeblich nichts verstehe, doch du bist kein bisschen besser, nicht wahr? Du glaubst, ich hätte meinen Vater einfach so verlassen? Du glaubst, ich hätte nicht jeden verdammten Tag an ihn und meine Mutter gedacht? Du glaubst, mir hätte nicht das Herz geblutet, als ich hörte, dass sie gestorben war?« Er kam auf sie zu, sie wich zurück, bis sie wieder von seinem Körper gegen die Wand gepresst wurde.

Trotz seiner rasenden Wut spürte Blake ihren weichen Leib, und sein Körper reagierte darauf.

»Du glaubst, ich würde das hier nicht wollen?«, fragte er, und seine Hände vergruben sich in ihrem Haar. »Du hast nicht die geringste Ahnung, wie sehr ich das hier will.«

Er drängte sich mit seinem Unterleib an sie, zeigte ihr nur allzu deutlich, wie sehr er sie begehrte. Sie riss die Augen auf und schnappte nach Luft. Blake küsste sie wild und entschlossen.

Das Verlangen schoss wie ein Blitz durch seinen Körper hindurch. Er küsste sie so lange, bis seine Lungen brannten und seine Hände zitterten. Ihr Wimmern spornte ihn an. Er konnte nicht schnell genug an ihre Haut gelangen. Warum trugen Frauen auch so verdammt viele Lagen Stoff? Er vergrub seine Gesicht in ihrem Nacken, nahm den Duft von Orangen trotz der sinnlichen Lust wahr, die durch seine Adern rauschte, während seine Hände an den Knöpfen ihres Mieders fummelten. Er wusste nicht, wie viele Anläufe er brauchte, denn schließlich wurde er mehrfach abgelenkt, als Alicias geschickte Hände unter sein Hemd glitten und sich in seiner Brust vergruben.

Letztlich gaben die Knöpfe nach, und mit der ganzen Gewandtheit eines Trunkenen gelang es ihm, das Mieder und die Ärmel bis zur Taille hinunterzuschieben. Der dünne Baumwollstoff darunter war erstaunlich sinnlich. Blake konnte die Konturen ihrer Brüste und auch die Brustwarzen erkennen, die jene großzügigen Wölbungen krönten. Das Wasser lief ihm im Munde zusammen.

»Du weißt gar nicht, wie sehr ich dies wollte«, sagte er, dann beugte er sich vor, um ihrer Schönheit zu huldigen. Er umschloss ihre vollen Brüste mit seiner Handfläche, und sie schmiegten sich perfekt hinein. Ihr Herz hämmerte unter seiner Berührung. Perfekt, dachte Blake, bevor er den Baumwollstoff beiseiteschob und sie schmeckte.

»Oh«, sie schnappte nach Luft und ihr ganzer Körper erbebte.

Blake hatte seine Hände um ihre Taille gelegt, sodass sie sich nicht rühren konnte. Er saugte und neckte sie, seine Zähne spielten solange mit ihren Brustwarzen, bis sie stöhnte und ihr Kopf nach hinten an die Wand kippte. Sie klammerte sich in seinen Haaren fest, als er spielerisch an ihrer Brust zupfte und anschließend sachte pustete, um den leichten Schmerz zu lindern.

»Blake«, murmelte sie.

Ihre Stimme zu vernehmen, die so voller Verlangen war und seinen Namen ausstieß, war der schönste Laut, den er je gehört hatte. Wieder küsste er sie, und sein Mund schmeckte den ihren so intensiv, wie er zuvor ihre Brüste probiert hatte. Sie hielt ihn fest, ihre Zunge spielte mit seiner. Dann zerrte sie an seinem Hemd, und bevor er wusste, wie ihm geschah, hatte sie es ihm ausgezogen, und ihre Hand glitt über seinen Bauch. Sein Körper verkrampfte sich.

»Heilige Muttergottes«, stöhnte er, als ihre Finger über seine Erektion glitten. »Nein, nicht!«, befahl er, als Alicia sie daraufhin zurückzog. Mit seiner Hand führte er sie wieder zurück, zeigte ihr, wie sie ihm Lust verschaffen konnte. Erst als er es kaum mehr aushalten konnte, machte er sich von ihr los, sank auf die Knie und entkleidete sie ebenfalls.

Als sie schließlich in ihrer ganzen herrlichen Nacktheit vor ihm stand, streichelte er sie mit den Handflächen von den Fußgelenken, die Beine hinauf bis zu der Stelle, wo er sie am liebsten küssen wollte.

»Du kannst doch nicht –«, stammelte sie, presste die Schenkel zusammen und wollte ihn von sich wegschieben.

»Vertrau mir, ich kann.«

Und er tat es. Er küsste ihre Knie, knabberte sich dann ihre Schenkel hinauf. Ihre Muskeln erbebten unter seinen Lippen, und sie ließ die Hände sinken. Er glitt mit einer Hand zwischen ihre Schenkel und schob diese ein wenig auseinander. Erst öffnete er sie mit dem Daumen, dann glitt er mit seiner Zunge hinterher und schmeckte sie. Ihr Stöhnen strömte über ihn hinweg, und obwohl er sich selbst nach Erlösung sehnte, hielt er sich zurück, um ihr noch länger Vergnügen zu schenken. Lustvoll peinigte er sie, bis sie seinen Namen keuchte, sich an seine Schultern klammerte und ihr die Beine versagten.

Er hielt sie so lange fest, bis sie wieder sicher stehen konnte, dann richtete er sich auf. Herrgott, sie war traumhaft schön, wie sie so da stand, mit ihren halb geschlossenen Augen und Lippen, die von seinen Küssen ein wenig angeschwollen waren. Auf ihren Brüsten konnte man leichte Kratzspuren von seinem Bart sehen. Er hatte das getan.

Er wollte es wieder tun. Vor Verlangen zitternd, riss Blake sich die Kleider vom Leib und beobachtete Alicia dabei, als sie den körperlichen Beweis für sein Verlangen erblickte.

»Es ist dein erstes Mal, Alicia. Vielleicht tut es ein wenig weh, aber ich verspreche dir, das wird es wert sein.« Wieder neckte er ihre Brüste mit den Lippen, bis ihre Augen vor Erregung zuckten. »Lass mich dich lieben«, bat er.

Sie nickte, und als sie ihm die Arme öffnete, konnte Blake keinen vernünftigen Gedanken mehr fassen. Nur ihr Verlangen, das ebenso groß war wie das seine, zählte noch in diesem Moment. Sie sank in seine Arme, ihre Kurven passten sich seinem Körper perfekt an. Ihre Brustwarzen drängten sich an seinen Oberkörper, und sie vergrub die Finger in seinem Haar, während er sie küsste. Er liebkoste sie mit dem Finger, bis sie feucht war und sich ihr Unterleib rhythmisch gegen ihn drängte.

»Schling deine Beine um mich«, wies er sie an und hätte beinahe geschluchzt, als sie es tat.

Mit all dem Blut zwischen den Beinen, war er hart wie ein Stein. Seine Zunge drängte sich in ihren Mund, und dann stieß er in sie hinein.

Alicia schnappte nach Luft, und der Nebel der Lust lichtete sich blitzartig und wurde zu einem leichten Schmerz. Blake presste sich tief in sie hinein, dehnte sie unangenehm. Sie hatte nicht darüber nachgedacht, wie ihr Körper ihn wohl aufnehmen würde und es schien, als ob er es nicht könnte. Plötzlich wollte sie sich nur noch anziehen und einfach so tun, als ob sie sich Blake nicht an den Hals geworfen hätte.

Mit den Händen auf ihren Pobacken schob er noch ein wenig mehr, und Alicia zuckte.

»Blake, ich denke, es ist am besten, wenn –«

»Das wird nur einen Moment weh tun«, antwortete er und drängte weiter, bis Alicia einen kurzen, heftigen Schmerz verspürte.

Alicia erstarrte, dann schob sie ihn von sich. »Lass mich runter.«

»Vertrau mir«, versprach er und glitt mit der Hand zwischen sie beide.

Während Blake Alicia zärtliche Worte ins Ohr flüsterte, berührten seine Finger sie solange, bis das Verlangen wieder ihr Blut erhitzte. Der Schmerz ließ nach, und ihr Körper, so schien es, konnte ihn schließlich doch aufnehmen. Schon bald neckten seine Finger sie so lange, bis sie dort, wo sich ihre beiden Körper trafen, ganz feucht war und sie ihr eigener Körper mit aller Dringlichkeit dazu mahnte, sich nur auf ihre Empfindungen zu konzentrieren.

Blake hatte noch nie zuvor etwas so Wundervolles gespürt, wie Alicia, die ihn in ihren Leib aufnahm. Sie hielt ihn fest umschlungen, und sein Verlangen war schier unbändig. Langsam und vorsichtig stieß er immer wieder in sie hinein, bis ihm die Zähne weh taten, die er angestrengt zusammenbiss, um sich zurückzuhalten. Als sie beide schon in Schweiß gebadet waren, konnte er es nicht mehr länger aushalten. Er stieß immer schneller, bis ihm beinahe die Sinne schwanden.

Er hielt ihren Mund gefangen, küsste sie wie von Sinnen, beschleunigte seinen Rhythmus. Blake spürte, wie sich ihre Beine noch enger um ihn schlossen, hörte, wie sie nach Luft schnappte.

»Alicia«, ächzte er.

Er liebkoste ihre Brust, zupfte an ihrer Brustwarze.

»Oh Gott. Blake.«

Es war wie ein Bogen, der abgeschlossen wurde. Flüssige Hitze schwappte über ihn. Er umklammerte ihre Pobacken und zog Alicia ein letztes Mal heftig zu sich heran. Dann, als sie ihn mit ihren Muskeln schier zu melken schien, ergoss er sich in sie hinein.

Alicia lag lang ausgestreckt auf dem Fußboden von Blakes Kabine, nackt wie am Tage ihrer Geburt. Blake lag neben ihr, die Augen geschlossen, sein Atem immer noch ein wenig beschleunigt. Die Kabine war noch hell genug, um ohne Kerzenlicht sehen zu können. Sie sollte sich eigentlich schämen und sich etwas überziehen, nahm sie an.

Doch sie hatte sich noch nie zuvor besser gefühlt.

»Ist es immer so?«, fragte sie und drehte sich auf die Seite, um den Mann sehen zu können, dem sie sich gerade hingegeben hatte. Sie lächelte ihn an. Sie hatte sich einem ziemlich gut aussehenden Mann hingegeben.

Er öffnete die Augen und blickte sie an. Er streckte die Hand aus, um ihre Wange zu streicheln, und seine Stimme war ebenso sanft wie seine Berührung. »Es ist niemals so, mein Sonnenschein.«

Sie kroch zu ihm hin, kuschelte sich an ihn, legte ihre Hand auf seine warme Brust und spielte mit den Fingern in seinen dunklen Locken herum. Er legte beruhigend seine Hand auf ihre. Dann stützte er sich auf einem Arm ab und sah mit besorgtem Blick auf sie hinab. »Habe ich dir weh getan?«

»Nein. Es war schön.«

»Ich war nicht sehr behutsam.«

Sie grinste. »Ich kann mich nicht erinnern, dass ich dich darum gebeten habe. Du hast mir all das gegeben, was ich wollte und noch mehr.«

Er schüttelte den Kopf. »Du verdienst etwas Besseres, als einfach so an der Wand genommen zu werden.«

»Nein, tue ich nicht. Ich wusste ja gar nicht, dass es solch eine Art von Leidenschaft gibt. Wir konnten gar nicht schnell genug zusammenkommen. Du hast mich so sehr begehrt, du hattest gar keine Zeit mehr, mich zum Bett zu schaffen.« Sie stand auf und küsste ihn. »Das war das Beste, was du tun konntest, Blake.«

Seine Lippen zuckten. »Du weißt anscheinend genau, was du tun musst, damit sich ein Mann gut fühlt.«

Sie lachte und ließ sich, die Arme über dem Kopf ausgesteckt, nach hinten fallen.

»Und du bist atemberaubend«, erklärte er, während sein Blick genüsslich über ihren Körper hinwegstrich.

»Ich fühle mich auch so«, flüsterte sie. »Bei dir.«

Sie streckte ihm die Arme entgegen, aber dieses Mal schüttelte Blake den Kopf.

»Wir sollten reden.«

»Das haben wir doch gerade.«

»Nein, ich meine, wirklich reden. Übermorgen werden wir in St. Kitts sein.«

Alicia setzte sich auf, ihr Herz machte einen Satz. Sie hatte doch gerade erst etwas so Besonderes erlebt, und sie war nicht darauf vorbereitet, es loszulassen.

»Blake, wir haben noch heute Nacht.« Die Kabine wurde jetzt schnell dunkel. Die Nacht breitete sich aus. »Vincent kümmert sich um das Schiff. Kannst du bei mir bleiben? Nur für heute Abend, wirst du bei mir liegen? Ich verspreche, wir können morgen früh reden.«

Er hatte sich nie vorstellen können, dass jemals eine Frau an Bord seines Schiffes sein würde, und wenn er Alicia jetzt so betrachtete, wie sie nackt auf seinem Fußboden lag und er ihr durch ihre Augen tief in ihr Herz blicken konnte, da wusste er, er würde nie wieder eine andere Frau dort haben wollen.

Er stand auf und streckte ihr die Hand entgegen. Sie ergriff sie, und Blake fühlte sich dabei genauso, wie er sich gefühlt hatte, als er die *Blue Rose* gekauft hatte. Als ob ein Stück von ihm selbst nach Hause gekommen wäre. Als sie in seinen Armen lag, tat er das, von dem er annahm, dass sie es verdiente. Er küsste sie sanft, lockte ihre Reaktion eher hervor, anstatt sie einzufordern. Ihre Hände glitten in sein Haar und sie presste ihren Körper gegen seine Erektion.

»Hm«, murmelte sie.

»Das ist nur der Anfang«, flüsterte er. Dann hob er sie mit einer schwungvollen Bewegung hoch und legte sie aufs Bett.

Wo er zuvor aus dem heftigen Verlangen heraus gehandelt hatte, Alicia zu besitzen, war er dieses Mal von einem ebenso starken Bedürfnis getrieben, ihr seine Zuneigung zu zeigen. Seine Finger machten all jene Dinge, die sie zuvor auch getan hatten, nur dieses Mal viel langsamer. Er nahm sich die Zeit, ihre grazilen Füße zu liebkosen und die unglaublich zarte Haut ihrer Kniekehlen zu küssen. Ihre Weichheit hielt ihn gefangen, und seine Hände erforschten ihren verführerischen Körper.

»Du schmeckst genauso süß, wie du aussiehst«, murmelte er, als er an ihrem Hals schnupperte.

Alicia bog sich ihm entgegen, war ganz in dem Gefühl verloren, begehrt zu werden. Sie hatte sich in der Vergangenheit nicht wirklich viele Gedanken über die körperliche Liebe gemacht. Ja, sie hatte sich gewünscht, jemand würde sie hübsch finden, aber sie hatte sich nicht vorgestellt, wie der eigentliche Akt ablaufen würde. Sie war sich aber dennoch sicher, hätte sie es sich vorgestellt, dann wäre es im Vergleich zu ihrer Erfahrung mit Blake gewiss verblasst. In ihrer Unschuld hatte sie geglaubt, dass es mehr darum ging, dem Mann Lust zu verschaffen, als der Frau. Niemals hätte sie geglaubt, dass es so lustvoll für sie sein würde.

Noch hatte sie geglaubt, dass sie es so bald danach wieder würde erleben wollen. Oder dass er ebenfalls so schnell wieder bereit dazu sein würde. Er lag halb auf ihr drauf, gerade genug, um sein Gewicht und den Beweis für sein Verlangen zu spüren.

Blake küsste ihren Hals weiter, tiefer, bis zum Ansatz ihrer Kehle. Ihr Herz machte einen Satz, und ihre Brüste fühlten sich wieder prall und schwer an. Wo auch immer er sie berührte, kribbelte ihre Haut. Sie wusste jetzt, wie weich sein Haar war, und ihre Finger konnten gar nicht genug davon bekommen, mit seinen Locken zu spielen.

Er war sehr gründlich, ließ keinen ihrer Körperteile unbeachtet. Sie lächelte, schloss die Augen, und ihr Griff an seinem Kopf verstärkte sich, als er an ihr saugte. Ihre Beine öffneten sich, luden ihn ein, sich wieder mit ihr zu vereinigen.

»Noch nicht, Sonnenschein«, sagte er, jedoch legte er seine Hand auf die Stelle, die ihn begehrte.

Alicias Hüften zuckten vom Bett weg. Sie wollte ihn mit einer Heftigkeit, die sie nicht erklären konnte. Es lag nicht nur daran, weil er der erste Mann war, der sie begehrenswert fand. Allerdings konnte sie sich nicht vorstellen, dass sie jemals wieder jemand anderem erlauben würde, sie so zu berühren, wie sie es Blake gestattet hatte. Es war mehr als bloße Lust, dachte sie, obwohl sich sein Körper wirklich gut anfühlte. Sie vertraute Blake. Er brachte sie zum Lächeln, ließ sie sich schön fühlen. Er war eigensinnig, aber das war sie auch, und sie wusste, sie würde sich niemals mit jemandem zufrieden geben, der das nicht war. Seine Willensstärke war Teil dessen, was sie anzog.

Als sie bemerkte, dass er aufgehört hatte, sie zu berühren, öffnete Alicia die Augen und sah, wie er sie anstarrte. In seinem Blick lagen Zärtlichkeit und Zuneigung. Er legte sich völlig auf sie, bewegte sich zwischen ihren Beinen.

»Alicia«, flüsterte er. Dann streichelte er ihre Wange und küsste sie so zärtlich, dass es ihr die Tränen in die Augen trieb.

Und in diesem Moment wusste Alicia ganz einfach, dass sie ihn liebte. Freibeuter oder Pirat, es war völlig egal.

Langsam drang er in sie ein, ihre Hände waren ineinander verschlungen. Sie bewegte sich mit ihm, ihr Herz wollte vor Emotionen schier bersten. Ohne Worte, nur mit ihrem Körper teilte sie ihm mit, wie sehr sie ihn liebte.

Alicia erwachte in den Armen ihres Liebhabers. Eines Liebhabers, der ihr, wie sie lächelnd bemerkte, leise ins

Ohr schnarchte. Sie wagte nicht, sich zu bewegen, denn sie wollte noch nicht, dass er aufwachte, aber sie konnte am blassen Licht vor dem Fenster erkennen, dass der Morgen gekommen war. Sie hoffte, noch lange so in ihre Erinnerungen und Empfindungen gehüllt daliegen zu können, bevor sie wieder in die Wirklichkeit zurückgeholt wurde.

Blake würde mit ihr reden wollen. Sie biss sich auf die Lippe. Sie hatte keinen Zweifel, dass sie ihn liebte, aber war er schon bereit dies zu hören? Das Letzte, was sie wollte, war, dass er sich verpflichtet fühlte, dasselbe zu sagen, und doch wusste sie, sie wäre am Boden zerstört, wenn er ihre Gefühle nicht erwidern würde.

Bevor sie noch weiter darüber nachdenken konnte, öffnete sich die Luke, und Lärm drang in die Kabine. Augenblicklich war Blake aufgewacht und hatte sich aufgesetzt.

»Was ist passiert?«, wollte er wissen und zog die Decke bis zu Alicias Kinn hoch, damit diese bedeckt war.

»Schiff am Horizont, Kapitän.«

»Welche Farben?«, fragte Blake und rutschte vom Bett.

»Rot und Gold.«

»Bereite die Mannschaft vor. Ich bin in einer Minute oben.«

Nate schloss die Luke, und Blake hatte seine Hose schon an, bevor er sich zu Alicia umdrehte.

»Es ist ein spanisches Schiff, und wir sind bevollmächtigt, es zu verfolgen. Es tut mir leid, aber du musst unter Deck bleiben. Da ist es sicherer.«

»Ich weiß, wie man eine Pistole abschießt, Blake. Schließlich habe ich sogar meine eigene mitgebracht.«

»Tatsächlich?«, fragte er. Er lächelte, als er sein Hemd anzog. »Du warst also die ganze Zeit lang bewaffnet?«

»Ja.«

Er blickte sie fragend an. »Je daran gedacht, sie zu benutzen?«

»Oft«, gab sie zu, dann lachte sie, weil er überrascht aussah. »Aber ich bin jetzt sehr froh, dass ich es nicht getan habe.«

Seine Finger hielten am obersten Knopf inne, und er ließ die Hände sinken. Sie streckte ihm die Hand entgegen. Die Decke rutschte runter und entblößte beinahe ihre Brust, bevor sie sie mit der anderen Hand auffing. Blakes Augen verweilten auf ihrem nackten Körper, und sie hörte, wie er den Atem anhielt. Einen Augenblick später hob er den Blick und legte seine Hand in ihre. Seine Körperwärme fegte über sie hinweg.

»Ich kann nicht bleiben, Alicia. Ich werde an Deck gebraucht.«

»Ich weiß, und ich gebe dir mein Versprechen, dass ich hier bleiben werde.«

»Vielen Dank. Manchmal geht es schnell und einfach, ein Schiff aufzubringen, und ein andermal kommt es zum Kampf. Es kann sehr gefährlich sein. Wenn du die Kanonen hörst, versteck dich unter dem Bett. Bleib hier unten. Ich werde wieder runterkommen, sobald es sicher ist.«

Alicia ließ die Decke fallen. Sie schlang die Arme um Blake und küsste ihn. Seine Hände glitten über ihren nackten Rücken, und er seufzte, während sich seine Lippen mit ihren vereinigten.

»Pass auf dich auf«, flüsterte sie, als sie sich trennten.

»Das werde ich«, antwortete er, und seine Augen brannten dabei so heiß, wie seine Hände auf ihrem Rücken gewesen waren, »denn ich habe ja einen sehr guten Grund zurückzukommen.«

Blake zog die Decke wieder hoch und legte sie Alicia um die Schultern, wobei er mit dem Handrücken über ihre Brust strich und sie keinen Moment lang aus den Augen ließ.

»Zieh dich an.« Er küsste sie noch einmal. »Wenn ich weiß, dass du hier unten nackt bist, kann ich mich nicht konzentrieren.«

»Dann hoffe ich, sie kapitulieren sofort.«

Er grinste. »Ich auch, mein Sonnenschein.«

13

Die Segel flatterten, und das Schiff schnitt durch die weißen Schaumkronen der Wellen hindurch. Der Wind peitschte durch Blakes Haar, als er aufs Achterdeck trat. Weil er auch nicht die geringste Ablenkung gebrauchen konnte, band er sein Haar zu einem Zopf zusammen.

»Sind die Kanonen geladen?«, fragte er.

Nate stand am Steuer, beide Hände am Ruder und ein Grinsen im Gesicht.

»Die doppelläufigen sind geladen, ein paar davon mit Kanonenkugeln. Musketen, Donnerbüchsen und Pistolen sind bereit, und ich habe Männer losgeschickt, um jedes Entermesser und jede Axt zu holen, die wir haben.«

»Die schwenkbaren Geschütze?« Blake hatte zwei davon anbringen lassen, als er das Schiff gekauft hatte, eine am Heck auf dem Achterdeck, die andere am Bug. Da die meisten Handelsschiffe seinem Schoner waffentechnisch überlegen waren, konnten die schwenkbaren Geschütze auf den Feind feuern, ohne das Schiff der Feuerkraft einer Breitseite preiszugeben.

»Geladen. Vincent ist unter Deck und holt die Pulverhörner, und er bereitet ein paar Stinktöpfe zu. Falls sie sich entschließen zu kämpfen, dann können wir ein paar davon einsetzen, wenn wir nahe genug dran sind. Der Qualm und der Gestank werden sie aufhalten.«

»Vorausgesetzt der Wind dreht nicht und treibt den widerlichen Geruch zu uns zurück. Ich wäre an dem Zeug, das Vincent in diese Töpfe stopft, beinahe mal erstickt. Ich habe tagelang gehustet und konnte den Geschmack überhaupt nicht mehr aus meinem Mund bekommen.«

»Aber wir haben das Schiff erbeutet.«

Das hatten sie, aber das bedeutete nicht, dass er diese Erfahrung wiederholen wollte. Blake nahm das Fernglas, und ihm stockte der Atem, als er sah, um was für ein Schiff es sich handelte.

»Zur Hölle, Nate. Eine spanische Galeone mit einer Flottille von drei, nein warte, vier Schiffen.«

»Hast du geglaubt, ich hätte unsere ganze Feuerkraft nur so zum Spaß vorbereitet? Gut möglich, dass wir alles brauchen werden.«

Blake dachte an Alicia unter Deck, ließ das Fernrohr sinken und strich sich mit der Hand durchs Gesicht. Sein Magen verkrampfte sich.

»Ich hoffe, sie kapitulieren«, murmelte er.

Nate schaute zu ihm rüber, die Augenbrauen fragend hochgezogen. »Hast du plötzlich deinen Spaß am Kämpfen verloren? Es gab da mal eine Zeit, da hast du förmlich getanzt, wenn wir ein Schiff erblickten.«

»Das war etwas anderes. Da ging es nur um uns. Heute ist Alicia unter Deck, das ändert alles.«

Nates Lächeln verschwand. »Wir haben noch nie eine

Schlacht verloren. Heute wird es nicht anders sein. Sie wird nicht zu Schaden kommen, Blake.«

Blake schlug Nate auf den Rücken. »Nicht, wenn ich es verhindern kann.«

Als Blake unter Deck trat, war die Stimmung dort aufgekratzt. Ein paar Stimmen sangen falsch ein Lied über ein Mädchen und einen Matrosen, Füße stampften zur Musik, und ein paar Männer pfiffen die Melodie mit. Blake missgönnte ihnen das Singen nicht, denn es war noch genügend Zeit. Stattdessen ignorierte er es einfach, ging an den Kanonen vorbei und überprüfte alles noch einmal, um sicherzugehen, dass an jeder zusätzliche Munition lag. Die Kanonen glänzten ebenso wie die anderen Waffen, die entweder in den Gürteln seiner Männer steckten oder zu deren Füßen lagen.

Blake stieg auf eine Kiste und zog so die Aufmerksamkeit der Mannschaft auf sich. Das Singen verstummte, und alle schwiegen erwartungsvoll.

»Männer, ich weiß, wir hatten in der Vergangenheit Glück. Wir haben ohne allzu große Verluste und Beschädigungen ziemlich viele spanische Schätze erobert. Wir haben das erreicht, weil wir Ruhe bewahrt haben, und auch heute ist es nicht anders. Seid auf alle Eventualitäten vorbereitet, und lasst nie in eurer Aufmerksamkeit nach. Es ist schließlich eine Schlacht.«

Ein paar Männer nickten zustimmend. Einige murmelten: »Aye, Kapitän.« Zufrieden, weil nichts mehr weiter für ihn zu tun war, bahnte Blake sich den Weg zur Schiffsküche.

Der Gestank dort trieb ihm Tränen in die Augen.

»Verdammter Mist, Vincent, die sollen unsere Gegner krank machen, nicht uns.«

Vincent warf ihm ein Grinsen zu. »Ich glaube, es sind die besten, die ich je gemacht habe.«

»Woher zum Teufel willst du das wissen?«

»Ich kann meine Nase nicht mehr spüren.«

Trotz des Ernstes der Situation lachte Blake. »Bist du jetzt fertig?«

»Das hier ist der letzte.« Vincent stellte den Topf neben die anderen. Es waren zusammen zehn.

»Ich werde dir helfen, sie hochzutragen.«

An Deck wurde nicht gesungen. Der Wind blähte die Segel, und die Seile ächzten, aber die Männer selbst waren still. Einige bemannten die Kanonen, andere kletterten auf die Takelage. Wasser spritzte am Bootsrumpf hoch und klatschte aufs Deck.

»Das Deck ist rutschig«, erklärte Vincent, bevor er seine fünf Töpfe an den Bug trug.

Das war nicht gut, dachte Blake, während er seine Ladung zum Heck trug. Auf dem Deck auszurutschen, war immer gefährlich, aber inmitten einer Schlacht konnte es verhängnisvoll sein. Man vergeudete nicht nur kostbare Zeit, sondern eine Pistole konnte losgehen und den falschen Mann treffen.

»Wir sind in Rufweite, Kapitän. Die Segel sind dementsprechend getrimmt.«

Durch das Fernglas konnte Blake die Galeone deutlich sehen. Er zählte dreißig Kanonen auf der Steuerbordseite, zwei weitere achtern und noch ein Dutzend schwenkbare Geschütze entlang des Schandecks. An jedem waren

Männer postiert, und die sahen nicht besonders freundlich aus. Blake schloss die Augen. Wenn Alicia irgendetwas passierte …

»Kapitän?«

Er zwang sich, noch einmal hinzusehen. Es war genauso, wie er es seiner Mannschaft gesagt hatte. Sie hatten das hier schon früher gemacht und waren siegreich gewesen, weil sie die Ruhe bewahrt hatten. Er konnte es dennoch nicht verhindern, dass er zur Luke schaute und ein Stoßgebet lossandte, dass Alicia nichts passieren möge.

»Sie sind bewaffnet und bereit. Ich glaube nicht, dass dies ein leichter Fang wird«, meinte Blake.

»Ich warte auf deine Befehle.«

»Dreh das Steuerruder, Nate. Wir müssen ein wenig näher ran, um die Töpfe loszuschicken.« Blake ging zum Rand des Achterdecks und brüllte: »Achte auf den Ausguck auf dem Hauptmast und dem Fockmast. Sie werden dort oben Bogenschützen haben. Vincent?«

»Aye?«, antwortete dieser von mittschiffs. Er hatte sich zwei Pistolen in die Hose geschoben und eine Muskete quer über die Brust gebunden.

»Schieß ihnen einen vor den Bug.«

»Ja, Kapitän«, antwortete er.

Vincent zündete die Lunte und sprang aus dem Weg. Die Kanone feuerte, der Rückschlag der Explosion schleuderte sie zurück, und eine Rauchwolke drang aus dem einen Ende des Rohres hinaus. Ein Geruch von verbranntem Schießpulver wurde vom Wind herbeigetragen. Erwartung lag in der Luft. Die Männer, die keine Kanone bemannten, hoben ihre Musketen. Blake war unter ihnen.

Die Flottille änderte ihre Richtung nach dem Warnschuss der *Blue Rose*, ganz so wie Blake es erwartet hatte. Sie segelten außer Reichweite.

»Halt!«, brüllte Blake. »Ergebt euch jetzt und kein weiterer Schuss wird abgefeuert werden.«

Mit ausgerichteten Segeln blieb die *Blue Rose* – das schnellere der beiden Schiffe – ein wenig hinter der Galeone zurück, gerade noch außerhalb der Reichweite einer Breitseite.

Das hinderte den Feind allerdings nicht daran, das Feuer zu eröffnen.

Auf den Befehl des gegnerischen Kapitäns hin regnete es Pfeile von den Plattformen herab, die auf den Masten des anderen Schiffes angebracht waren.

»Bogenschützen«, brüllte jemand, bevor die Pistolen anfingen, in rascher Folge zu feuern.

Ohrenbetäubender Lärm verbreitete sich auf Deck. Flüche und Drohungen erklangen aus allen Richtungen. Blakes Ohren klingelten von dem Krach des bunten Haufens von Waffen, die gleichzeitig abgefeuert wurden.

»Feuert die schwenkbaren Geschütze ab!«, brüllte er. »Aber wartet noch mit den Kanonen!«

Blake war einer derjenigen, die auf die Bogenschützen zielten und nach jedem Schuss die Pistole wechselten. Die Feinde fielen verdreht aus ihren Aussichtspunkten auf den Plattformen und landeten krachend auf dem Deck. Blake hatte einigen Männer befohlen, die Pistolen wieder zu laden, und das taten sie jetzt, zwar in größter Eile, doch mit ruhigen Händen. Alle handelten wie befohlen, außer Lewis, den Blake hinter der Reling kauern sah, und dessen Zusatzmunition nutzlos zu seinen Füßen lag.

Ein donnernder Knall zerriss die Luft, und die *Blue Rose* schlingerte unter der Wucht des Aufpralls. Die Galeone hatte ihre schwenkbaren Geschütze abgefeuert. Blake taumelte und hielt sich an der Reling fest, um das Gleichgewicht halten zu können. Wasser schwappte mit einer heftigen Welle den Schiffsrumpf hinauf und schlug Blake ins Gesicht. Mit einer Hand wischte er sich das Wasser aus dem Gesicht, dann drehte er sich um.

»Noch mal mit Kanonenkugeln laden!«, rief Blake Nate zu, der das schwenkbare Geschütz bediente, das ihm am nächsten stand. »Wir müssen dieses Schiff lahmlegen, bevor es uns zu sehr beschädigt!«

Blake gab einen weiteren Schuss ab, dann warf er seine Waffe aufs Deck. Er schnappte sich einen Stinktopf und ließ ihn beinahe fallen, als dieser ihm durch die Hände glitt. Mit festem Griff warf er das Gefäß über Bord. Es explodierte auf dem Achterdeck des anderen Schiffes. Männer schrien auf, als der widerliche Gestank ihnen die Sicht raubte, weil das Chemikaliengemisch, das Vincent zusammengebraut hatte, ihnen in den Hälsen brannte und ihre Augen tränen ließ.

»Vincent!«, brüllte Blake.

»Bin schon dabei«, antwortete dieser, und Blake sah, wie zwei weitere Töpfe gestartet wurden. Einer landete mittschiffs, der andere dahinter.

»Schieße Kanonenkugeln«, rief Nate, doch er bekam keine Gelegenheit mehr dazu.

Eine Kanonenkugel zischte über sie hinweg, und sie

warfen sich aufs Deck. Sie zerschlug mit einem schrillen Geräusch den Hauptmast der *Blue Rose,* und Holzsplitter regneten herab, bevor der Rest des Mastes auf das Achterdeck krachte. Der Aufprall erschütterte das Holz unter ihren Füßen heftig. Es war ein Geräusch, das Blake erst einmal zuvor gehört hatte. Für einen kurzen Moment überwältigte ihn die Erinnerung an Eric, wie er unter dem Mast lag, und Blake spürte einen scharfen Schmerz, der ihm direkt durchs Herz schoss. Er schüttelte den Gedanken ab, öffnete die Augen und packte seine Muskete. In diesem Augenblick sah er Nate an Deck liegen. Er bewegte sich nicht.

»Nate?« Blake kroch auf Händen und Füßen zu ihm, rutschte dabei auf der glitschigen Oberfläche aus und knallte mit der Wange auf die Planken. Sein Gesicht schmerzte, doch er sprang auf die Füße.

Überall lagen gezackte Holzstücke herum. Da der Mast in zwei Teile gebrochen war, schwankte der Auslegerbaum gefährlich. Blake musste geduckt bleiben, damit ihm der Baum nicht in den Rücken schlug und ihn umhaute.

Als er Nate erreichte, fiel er auf die Knie. Der groß gewachsene Mann lag auf dem Bauch, seine Augen waren geschlossen. Blake blinzelte; seine Augen brannten, weil ihm der Schweiß hineinlief. Seine Hände zitterten, als er nach einem Herzschlag fühlte.

»Nate? Nate, bist du in Ordnung?«

»Hör verdammt nochmal auf zu schreien und schau lieber nach, weshalb meine Beine wie die Hölle brennen.«

Als er die Stimme seines Freundes hörte, atmete Blake erleichtert auf, dann drehte er sich um, um nachzusehen, wovon Nate da sprach. Da war ein Stück Holz, etwa so lang wie Blakes Fuß und zwei Finger breit, das hinten aus Nates Oberschenkel ragte. Blut lief darunter an Deck zusammen.

Ein weiterer Schuss erschütterte die *Blue Rose*. Blake biss entschlossen die Kiefer zusammen. Er hasste, was er nun tun musste, wusste durch Nates blasse Haut, dass dieser Schmerzen hatte, aber sie hatten keine Wahl.

»Verdammt, Nate, kannst du es noch ein bisschen so aushalten? Sie bringen das Schiff um, und wir brauchen jede Hand, die wir kriegen können.«

»Natürlich kann ich, hilf mir bloß.«

Blake riss sich sein Hemd runter, zerriss es in Streifen und wickelte es um Nates Bein, um die Blutung zu verlangsamen. Dann packte er ihn unter den Armen und zog. Nate stöhnte und stützte sich auf sein gesundes Bein. Blake half ihm, zurück zur Kanone zu humpeln.

»Ich habe sie. Geh!«

Blake nickte, drehte sich um und brüllte. Seine Mannschaft kämpfte heftig, doch es lagen schon einige an Deck niedergestreckt da. Für den Augenblick verdrängte er jeden Gedanken daran. Wenn sie das Blatt nicht bald wendeten, dann würde er noch mehr Leute verlieren.

»Feuert die Kanonen!«

Blake nahm eine geladene Pistole, die ihm gereicht wurde und feuerte sie auf einen Mann ab, der gerade eine der schwenkbaren Kanonen auf der Galeone zündete. Hinter ihm schoss Nate. Die Kanonenkugel verließ Nates Geschütz und zerstörte den Kreuzmast des anderen Schiffes. Männer warfen die Arme in die Luft, um sich zu schützen, als der Mast mit Getöse aufs Deck stürzte.

Blakes Schiff erzitterte unter seinen Füßen, als die Kanonen unter Deck das Feuer eröffneten. Die Galeone schien aufzubrüllen, als die Schüsse Löcher in ihre Seite rissen. Blake warf seine abgefeuerte Pistole hin, wischte sich den Schweiß von der Stirn und packte zwei Stinktöpfe. Er erschauderte bei deren Gestank und warf sie rüber zum anderen Schiff.

Der Geschmack von Schießpulver brannte in Blakes Mund, als er nach einem weiteren Stinktopf griff.

»Blake?«, brüllte Nate.

»Was?«

»Sie ergeben sich. Sie haben die Flagge gehisst.«

Der Schweiß lief ihm über den Rücken, und Erleichterung durchströmte ihn.

»Wurde verdammt noch mal auch Zeit«, murmelte er und stellte den Topf ab. Er packte zur Sicherheit eine Muskete und ging dann zur Reling.

Die Galeone sah verwüstet aus. Die Segel hingen zerfetzt zwischen der Takelage. Mit seinem umgeschossenen Mast sah das Schiff wie ein Betrunkener aus, dem ein Vorderzahn fehlt. Im Schiffsrumpf klafften Lücken, die die Kanonenkugeln der *Blue Rose* dort hineingerissen hatten. Obwohl die Bilgenpumpen beschäftigt sein würden, waren die Lecks nicht ernst genug, um das Schiff zu versenken. Es würde es zum nächsten Hafen schaffen.

Entlang der Reling hatte sich die gegnerische Mannschaft aufgereiht und ergab sich mit erhobenen Händen. Auch der Kapitän war unter ihnen. Blake behielt seine Muskete nichtsdestotrotz im Anschlag.

»Vincent?«

»Hier, Kapitän.«

Blake wandte seine Aufmerksamkeit gerade lange genug ab, um sich zu versichern, dass Vincent in Ordnung war. Er hatte einen Kratzer auf der Stirn, von dem ihm eine dünne Blutspur die Wange hinablief. Sein Hemd war zerrissen, aber ansonsten schien es ihm gut zu gehen. Ein Teil der Anspannung fiel von Blake ab. Seine Freunde waren in Ordnung.

»Nate ist verletzt. Übernimm das Steuerruder und bring uns näher ran.«

»Aye, Kapitän.«

Der Wind war nicht abgeflaut – er wirbelte immer noch über das Deck –, doch nach dem Getöse der Schlacht konnte Blake ihn nicht einmal mehr hören. Doch er band sein Haar wieder fest, da es ihm auf die verletzte Wange schlug. Blake sah über die Schulter und rief die Männer, die in seiner Nähe waren.

»Macht euch bereit, an Bord zu gehen.«

Sie stellten sich neben ihn, jeder packte einen Enterhaken. Alle, außer einem, der wie festgefroren am Bug stand.

»Lewis!«, rief Blake. »Komm und hilf.«

Der junge Mann rührte sich nicht. Die Augen in seinem aschgrauen Gesicht bewegten sich nicht. Blake fluchte, aber im Moment konnte er nichts für ihn tun. Die *Blue Rose* war innerhalb der Reichweite der Galeone.

»Tretet zurück«, warnte Blake, »Wir kommen rüber.«

Die Männer an Bord des anderen Schiffs traten einen Schritt zurück, und Blake gab das Kommando. Enterhaken flogen durch die Luft und gruben sich in die Seite der Galeone. Als die Schiffe nahe genug waren, wurden Planken als Laufbrücken zwischen den Schiffen abgesenkt.

»Wie geht's Nate?«, fragte Blake, als Vincent auf ihn zurannte.

»Er flucht, also nehm ich mal an, dass es ihm gut geht. Hat mich vom Achterdeck befohlen, sagte, falls er das Schiff nicht mehr steuern kann, könnten wir ihn ebenso gut erschießen und über Bord schmeißen.« Vincent lächelte. »Ich war ernsthaft in Versuchung.«

Lächelnd klopfte Blake Vincent auf die Schulter. »Dafür haben wir später noch Zeit. Fürs Erste lass uns nachsehen, was dieses Schiff transportiert.«

»Heilige Muttergottes«, Vincent schnappte nach Luft. »Glaubst du, sie sind alle wie dieses hier?«

Blake stand neben ihm und sah in das Fass, das sie aufgestemmt hatten. Sie hatten die Schatzkammer auf dem Unterdeck der Galeone gefunden. Die Kammer war mit versiegelten Fässern vollgestopft. Sie waren an den Wänden aufgereiht, immer drei übereinander gestapelt.

Blake streckte die Hand aus und nahm eine Handvoll Silbermünzen. Sie waren sowohl glatt als auch kühl und glänzten im Licht der Laterne, die er in seiner anderen Hand hielt.

»Wir werden es nicht wissen, bis wir sie an Bord der *Blue Rose* haben.«

»Schaffen wir denn so viel Gewicht?«

»Unser Laderaum ist beinahe leer, und wir haben es ja nicht mehr weit, bis wir in St. Kitts ankommen.«

»Werden wir den Schatz dort verteilen?«, fragte jemand hinter ihnen.

Mit gerunzelter Stirn drehte Blake sich um. Lewis dort stehen zu sehen, plötzlich wieder gesund und munter, mit einem Glitzern in den Augen, als er sah, was Blake in der Hand hielt, gefiel Blake überhaupt nicht.

»Was tust du hier? Du hattest keinen Befehl, an Bord zu kommen.«

Lewis zuckte die Achseln. »Ich wusste nicht, dass ich es nicht sollte. Außerdem wollte ich sehen, was wir erbeutet haben und wie viel davon ich erwarten kann.«

Blakes Augen wurden schmal. Er reichte Vincent die Laterne, was keine gute Idee war. Wenn man bedachte, wie sehr es ihn danach verlangte, Lewis zu verprügeln, sollte er seine Hände wohl besser beschäftigt halten.

»Du wirst es erfahren, wenn es alle anderen auch erfahren und nachdem ich gesehen habe, wie nutzlos du während der Schlacht warst, würde ich an deiner Stelle nicht so viel wie die anderen erwarten.«

»Das war aber nicht die Abmachung, die ich unterschrieben habe, nicht wahr?«, fragte Lewis mit einem selbstgefälligen Lächeln auf dem sauberen Gesicht.

Blakes Puls beschleunigte sich. Er war verwundet und wusste, er war dreckig. Vincent hatte Blut im Gesicht, und seine Kleidung war zerrissen. In Nates Bein steckte ein Stück vom Mast, und dieser kleine Grünschnabel stand da vor ihm, sauber wie am Tage, als er an Bord kam, und verlangte einen gleichen Anteil?

»Dann steht es dir frei, auf der Galeone zu bleiben, wenn du mit den Maßnahmen unzufrieden bist. Ich kann dir auch das Langboot geben, und du kannst selbst zusehen, wie du zum nächsten Hafen kommst. Aber ich garantiere dir eins, du wirst nicht denselben Anteil bekommen wie die anderen. Auf meinem Schiff muss man sich seinen Anteil verdienen, und das hast du nicht.«

Lewis Gesicht wurde scharlachrot. Hinter ihm kicherte Vincent. »Ich glaube, du hast ihn verärgert, Blake.«

»Ich habe so lange das Deck geschrubbt, bis mir der Rücken weh tat und ich Blasen an den Händen hatte. Ich habe alles getan, was man von mir verlangt hat, fragt den Zwerg oder den Riesen, sie werden es Euch sagen.«

Blake ballte die Hände zu Fäusten.

»Meine Männer haben Namen und werden mit dem Respekt angesprochen, den ihr Rang gebietet. Und du«, sagte er und deutete mit dem Finger auf die Brust des Grünschnabels, »verlässt die *Blue Rose*, sobald wir im Hafen anlegen.«

»Ich hatte sowieso vor zu gehen. Alles, was ich brauche, ist in St. Kitts.«

Bei Lewis Lächeln befiel Blake eine düstere Vorahnung, und ein Schauder lief ihm über den Rücken. Blake holte einmal tief Luft, bevor er noch etwas wirklich Dummes tat. Dies war nicht die Zeit dafür. Er musste einen Schatz von Bord schaffen und außerdem nach Alicia sehen, obwohl er wusste, dass es ihr gut ging. Keiner der Schüsse hatte seine Kabine getroffen, das hatte er sofort überprüft, noch bevor er an Bord der Galeone gegangen war.

»Nun«, fuhr Blake fort, »falls du dir noch ein wenig mehr verdienen willst, kannst du helfen, diese Fässer wegzuschaffen.«

Lewis sah sich im Raum um, und es befriedigte Blake ziemlich, als er sah, wie dessen Grinsen verschwand.

»Etwa alle?«

»Jedes einzelne davon«, fügte Blake hinzu. »Vincent?«

»Ja, Kapitän?«

»Das Deck scheint ebenfalls in ziemlich schlechtem Zustand zu sein, nicht wahr?«

»Gewiss ist es das, Kapitän. Überall liegen Trümmer. Es wird Arbeit machen, das alles sauber zu machen.«

Hass machte sich in Lewis Blick breit, doch Blake war das egal. Lewis konnte ihm gar nichts anhaben, und außerdem bereitete es Blake großes Vergnügen, den Mann so jämmerlich vor sich zu sehen.

»Dann also auf zu den Fässern. Lewis muss seine Arbeit erledigen, und es wäre doch eine Schande, wenn wir ihn aufhalten würden.«

»Es geht mir gut«, fluchte Nate, als Blake darauf bestand, er solle sich hinlegen, damit sie sich um sein Bein kümmern konnten.

»Sofern du dein Bein künftig nicht als Kleiderständer benutzen willst, geht es dir nicht gut. Jetzt hör auf, dich so anzustellen, und lass es uns rausziehen.«

Nate knurrte, aber gehorchte. Er streckte sich lang auf dem Achterdeck aus. Die Fässer waren im Lagerraum, und Blake hatte dafür gesorgt, dass Lewis das Deck zuerst sauber machte. Lewis hatte währenddessen zwar buchstäblich Feuer gespuckt, aber er hatte die Arbeit erledigt, weshalb Nate sich nun auf eine saubere, ordentliche Oberfläche legen konnte.

Vincent erschien, trug, was Blake benötigte, und pfiff eine muntere Melodie. Er hatte sich das Gesicht gewaschen, aber die ramponierten Kleider blieben. Es war nicht so einfach für Vincent, passende Kleider zu finden, deshalb besaß er keine große Auswahl zusätzlicher Kleidungsstücke.

»Was hast du da?«, fragte Nate und hob den Kopf, um besser sehen zu können.

Vincent reichte ihm eine Flasche. »Hier, trink das. Letztes Mal als du verletzt wurdest, da hast du wie ein Baby gewimmert.«

»Den Teufel habe ich«, knurrte Nate zurück, aber er nahm die Flasche nichtsdestotrotz und trank einen kräftigen Schluck, bevor er sich wieder hinlegte. »Mach schnell.«

Da der Tischler mit den Reparaturen beschäftigt und ihr Schiffsarzt unter den vier Getöteten war, kümmerte sich Blake selbst um Nates Verletzung. Wenn es sich um eine Schusswunde gehandelt hätte, dann hätte er den Tischler angewiesen, sich darum zu kümmern. Weil Tischler manchmal gerufen wurden, um Operationen durchzuführen, hätte der wohl mehr Erfahrung gehabt. Die Blutung war fast vollständig gestillt, und Blake war sich sicher, dass er die Wunde ordentlich versorgen konnte.

»Es wird weh tun«, warnte Blake.

»Also schrei nicht«, neckte Vincent.

»Küss meinen – heilige Muttergottes!« Nate brüllte auf, als Blake das Holz herauszog.

Da er wusste, welche Schmerzen er verursachte, biss Blake die Zähne zusammen, packte den Stoff, den Vincent ihm reichte und presste ihn auf die Wunde. Nates Körper zuckte zusammen, und Blut sickerte durch den Stoff, der schon bald unter Blakes Fingern klebrig wurde,

»Du hattest Glück, es ist nicht allzu tief eingedrungen.« Dennoch musste er sichergehen, dass alle Splitter draußen waren und zuckte zusammen, als seine Finger die Wunde durchsuchten und Nate dabei aufstöhnte. Zufrieden, dass sie sauber war, nickte Blake Vincent zu. Der Zwerg reichte Blake eine Flasche, dann ging er zu Nates Kopf, um eine andere Flasche dorthin zu bringen. Nachdem Nate einen ordentlichen Schluck getrunken hatte, kippte Blake die Flasche, die er hielt, direkt über der Wunde aus.

»Jesus Christus!«, brüllte Nate.

Vincent klopfte ihm auf die Schulter. »Ist schon gut. Wir sind beinahe fertig. Und was noch besser ist, da die Mannschaft mit dem Schiff beschäftigt ist, hat wohl kaum jemand gehört, wie du wie ein Baby geheult hast.«

»Wenn ich dir dafür eine verpasst habe, dann wirst du nicht mehr lachen.«

»Ich zittere vor Angst«, lachte Vincent. Er nahm Nates Rum und trank selbst auch etwas.

Blake lächelte, als er dem Wortgeplänkel zuhörte, dann fädelte er den Faden in die Nadel und begann zu arbeiten.

Die Sonne stand schon am höchsten Punkt am Himmel, als Blake endlich einen Moment lang nach Atem schöpfen konnte. Von dem Augenblick an, als Nate ihn an jenem Morgen gerufen hatte, war die Arbeit schier endlos gewesen. Er hatte geholfen, die Fässer umzulagern, hatte Nate versorgt und hatte sich darum gekümmert, sein Schiff sauber zu bekommen und die schlimmsten Schäden zu begutachten. Falls das, was Blake im ersten Fass gesehen hatte, auch in den restlichen war, dann würden sie einen saftigen Profit machen, selbst nachdem sie das Schiff wieder instand gesetzt hatten.

»Es hätte schlimmer kommen können«, meinte Vincent und trat auf die Kiste, die er an Blakes Seite geschoben hatte.

Blake starrte auf das aufgepeitschte Wasser hinter dem Schiff. Seine Gedanken waren ebenso aufgewühlt wie das Meer.

»Gott sei Dank ist es das nicht.«

»Es ist eine Schande, dass wir Billy und die anderen verloren haben.«

»Wir haben unser Bestes gegeben.«

Vincent sah zu Blake hinüber und erkannte an der Anspannung um den Mund seines Freundes herum, dass dieser litt.

»Deshalb tut es doch nicht weniger weh, nicht wahr?«

Blake fuhr sich mit der Hand durchs Gesicht und seufzte. »Nein, tut es nicht.«

»Bis jetzt war es ein höllischer Tag. Warum gehst du nicht runter und siehst nach Alicia? Hier passiert nichts mehr, um das ich mich nicht allein kümmern kann.«

In der Tat war das so. Die Stimmung auf dem Schiff war trotz des erbeuteten Schatzes elend. Traurigkeit herrschte, und selbst der Geruch des verspäteten Mittagsmahles, das zubereitet wurde, heiterte niemanden auf. Sie hatten vier Mann verloren, und jeder spürte den Verlust.

Blake nickte. »In Ordnung, du weißt, wo du mich finden kannst.«

Als er die Luke öffnete und die Stufen hinabstieg, spürte er, wie ihn ein Gefühl des Nach-Hause-Kommens umgab und ihm etwas von seiner Erschöpfung nahm. Hier war er nicht mehr der Kapitän, war nicht mehr der Mann, den andere um Rat fragten. Hier konnte er einfach Blake sein und konnte sich Zeit nehmen, um die Männer zu trauern, die er verloren hatte. Er konnte Alicia so lange im Arm halten, bis er sich wieder ruhig fühlte. Alicia, dachte er und schüttelte den Kopf. Wer hätte gedacht, dass das Mädchen, das er gehasst hatte, die Frau geworden war, die er brauchte?

Sein Lächeln verschwand, als er den Boden erreichte und sie nicht da war. Wo war sie? Die Schlacht war schon seit Stunden vorbei, sie würde sich doch nicht noch immer unter dem Bett verstecken? Sein Brustkorb zog sich zusammen. Sie war doch nicht inmitten des Chaos nach oben gegangen, oder etwa doch?

Ein Schluchzen drang hinter den Stufen hervor. Das Herz klopfte ihm bis zum Hals, als er um die Leiter rannte. Er fand sie hinter der Truhe, an die Wand gepresst und zusammengerollt. Ihre Fingerknöchel waren an den Stellen weiß, wo sie ihre Hände fest um ihre angezogenen Beine gepresst hatte.

»Alicia?«, fragte er und beugte sich auf ein Knie. Er legte seine Hand auf die ihre und war schockiert, dass sie eiskalt war. »Mein Sonnenschein, bist du verletzt?«

Aus ihrem Hals drang ein quäkendes Geräusch.

Ihm sank das Herz in die Hose. Er hatte den Rumpf

überprüft, hatte keine Löcher darin gesehen und deshalb angenommen, dass es ihr gut ginge. Danach hatte er so viel zu tun gehabt. Warum zum Teufel hatte er sich nicht zwei verdammte Minuten lang Zeit genommen und nach ihr gesehen?

»Kannst du sprechen? Bitte sag mir, ob du verletzt bist.« Er strich ihr mit den Händen über die Arme und Beine, aber fühlte nichts außer ihrem Zittern.

Sie hob den Kopf, und Blake fühlte sich, als ob man ihn geschlagen hätte. Ihr Haar war zerzaust, ihr Gesicht kreidebleich, und der Blick ihrer Augen raubte ihm den Atem. Sie schien völlig am Ende ihrer Kräfte zu sein.

»Hat dir jemand weh getan?« Er sah rot vor Zorn. Wenn irgendjemand ihr etwas getan hatte …

Sie schüttelte den Kopf, und Blake beruhigte sich.

»Ist schon in Ordnung. Uns geht es gut. Nate und Vincent, wir sind alle hier.« Er erzählte ihr nichts von den Todesfällen, es war sinnlos, ihr weiteren Kummer zu machen.

»Das ist es nicht«, sagte sie und weinte wieder.

Blake fühlte sich vollkommen hilflos und wischte ihr mit dem Daumen die Tränen fort.

»Mein Gedächtnis ist zurückgekehrt«, krächzte sie und presste die Augen fest zusammen. »Ich habe mich an alles erinnert. Es waren Piraten.«

Es dauerte einen Moment, bis er die volle Tragweite ihrer Worte verstand, doch als er es tat, fluchte er. Sie hatte sich daran erinnert, wie ihre Familie ermordet worden war, und sie war ganz alleine mit ihren Erinnerungen gewesen. Alicias Schultern zuckten von ihrem Schluchzen und konnten mit ihrem Tränenschwall nicht Schritt halten. Weil er nicht wusste, was er sonst tun sollte, setzte sich Blake neben sie an die Wand und zog sie zu sich auf den Schoß. Er schlang die Arme um sie und küsste sie auf den Kopf.

»Es tut mir leid, dass ich nicht hier war«, murmelte er, während seine Hand ihren Rücken streichelte.

»Ich dachte immer, ich wolle es wissen«, weinte sie. »Aber jetzt wünschte ich mir, ich wüsste es n-nicht.«

Blake hat nie zuvor solche Verzweiflung miterlebt und wusste nicht, wie er sie lindern sollte. Da er selbst noch nie etwas so Unaussprechliches durchlitten hatte, konnte er ihr keine Worte des Trostes anbieten. Er wünschte sich tausend Dinge gleichzeitig: dass er ihr dies hätte ersparen können oder dass er eher da gewesen wäre. Dass er sie in ihrem Innern erreichen und ihr den Kummer abnehmen könnte. Stattdessen hielt er sie bloß fest und ließ ihre Tränen über seine Brust strömen. Er konnte nur hoffen, dass seine Anwesenheit hilfreich war.

Alicia fühlte sich wie eine Muschel, die aufgebrochen und ausgesaugt worden war, bis sie roh und leer war. Alles tat ihr weh. Ihr Kopf pochte vom Weinen, ihr Hals kratzte beim Schlucken, und ihre Brust fühlte sich an, als ob ihr jemand mitten auf dem Herzen sitzen würde. Die Sturzflut von Tränen war versiegt – wenn man bedachte, dass sie die letzten paar Stunden geweint hatte, war sie überrascht, dass überhaupt noch welche übrig gewesen waren – und nur noch ab und zu lief ihr eine Träne über die Wange. Erschöpft und todmüde lehnte sie sich an Blake und war dankbar für seine Unterstützung. Wenigstens war ihr nicht mehr kalt, und sie zitterte auch nicht mehr. Ihre Hände ruhten auf seiner Brust, und unter ihrer Handfläche spürte sie den beruhigenden Rhythmus seines Herzschlags.

Er sagte, er wünsche sich, er wäre bei ihr gewesen, als ihr Gedächtnis zurückkehrte, aber Alicia war froh, dass er es nicht war. Beim ersten Donnern der Kanonen, als die Geräusche sowohl von oben als auch von unten auf sie eindrangen, wurde sie von Erinnerungsfetzen aus ihrer Vergangenheit heimgesucht. Nur, dieses Mal waren sie nicht in kleine Stückchen zerteilt. Sie waren vollständig und klar und trafen sie völlig unvorbereitet.

»Der Krach war genau wie in jener schrecklichen Nacht. Ich hatte vergessen, wie laut es war.«

»Hat das die Erinnerungen zurückgebracht?«, fragte Blake.

»So muss es gewesen sein. In der einen Minute saß ich auf dem Bett und in der nächsten lag ich schon auf dem Fußboden, und mein Kopf zerplatzte schier vor lauter Bildern.«

Blake beugte sich zur Seite und legte ihr die Hand unters Kinn. »Kannst du mir davon erzählen?«

Ihr Kinn zitterte und sie biss sich fest auf die Lippe.

»Zuerst habe ich damals den Lärm gehört. Bevor ich wusste, was er bedeutete, kam meine Mutter in meine Kabine gerannt. Sie hatte solche Angst, Blake. Ihr Gesicht war aschfahl, und ihre Hände zitterten, als sie meinen Arm packte. Ich wusste, was auch immer da passierte, es war schlimm, denn sie hielt mich fest an sich gepresst«, sagte Alicia und rieb sich die Arme. Es war, als ob sie die Finger ihrer Mutter noch spüren konnte, die sich in ihre Haut gruben.

»Ich wusste nicht, dass man Angst riechen kann, aber in jener Nacht roch ich sie. Sie hing schwer in der Luft und mit jedem Atemzug, den ich nahm, füllte sie meine Lungen, bis ich beinahe daran erstickte.« Sie blickte in Blakes dunkle Augen. »Dein Vater hatte recht – es waren Piraten. Ich erhaschte einen Blick auf einen von ihnen, als wir aus der Kabine rannten. Meine Mutter versteckte uns im Schiffsbauch, und wir saßen in diesem stinkenden Wasser, während die Piraten unser Leben zerstörten. Während meine Mutter mich im Arm hielt und weinte, lachten sie und jubelten.

Dieses Gefühl, von dem ich dir erzählt habe, das Gefühl, dass es nass und mir kalt war, jetzt weiß ich, was es bedeutete.«

Blake nahm ihre Hand, öffnete ihre Finger und verschränkte sie mit seinen. Er drückte sie sachte. »Wie seid ihr, du und deine Mutter, vom Schiff gelangt?«

Alicia sortierte ihre neu aufgefundenen Erinnerungen. »Es schienen Stunden zu sein, die wir warteten, während die Piraten die Treppen hinauf- und hinabrannten und das Schiff plünderten. Sie kamen nie dorthin, wo wir waren, aber wir rührten uns nicht, bis das Schiff völlig still war. Wir dachten, sie wären gegangen. Aber dann hörten wir wieder Stimmen und Bewegung, also blieben wir noch länger sitzen. Erst als wir beide vor Kälte zitterten und es schon eine Weile her war, seit wir irgendetwas gehört hatten, erst dann wagten wir es, uns zu rühren. Wir wateten durch das Wasser – es war deutlich tiefer geworden, seit wir runtergegangen waren – und bahnten uns einen Weg an Deck.

»Waren sie fort?«

»Ja. Meine Mutter sagte, ich solle nicht hinsehen, meinen Kopf hoch halten, aber ich konnte das Blut nicht übersehen, Blake. Es war überall. Wir stiegen über tote Körper und abgetrennte Glieder und rutschten auf dem Blut aus.« Alicia presste sich die Hand vor den Mund und atmete solange tief ein und aus, bis sie wusste, dass sie fortfahren konnte, ohne sich übergeben zu müssen.

»Sie schrie nach Sam und meinem Vater. Der einzige Segen war, dass wir meinen Vater in jener Nacht nicht sahen. Ich bin mir nicht sicher, ob wir beide das ertragen hätten.«

»Habt ihr das Schiff dann verlassen?«

»Sie dachte gerade darüber nach, wie wir das anstellen sollten, als etwas explodierte. Ich erinnere mich an einen sengenden Schmerz, so als ob mein Gesicht in Flammen stünde, und dann fiel ich hin.« Alicia musste wieder tief durchatmen, um sich zu beruhigen. »Ich sah sie, als ich fiel. Sie war ebenfalls verletzt. Ihr Nachthemd war zerrissen und voller Blut. Ihre Augen füllten sich vor Entsetzen, und sie schrie meinen Namen.« Alicia sah auf ihre Hände hinab. »Das ist alles, woran ich mich erinnere, bevor ich im Haus deines Vaters aufgewacht bin. Sie muss mich vom Schiff geholt haben und an die Küste geschwommen sein. Sie war verletzt. Ich weiß nicht, wie sie es geschafft hat, uns ans Ufer zu bringen.«

Blake erwiderte nichts, zog sie ganz einfach wieder an seine Brust. Er küsste sie auf den Kopf und hielt sie eng in seinen Armen. Sicher.

»Er hätte es nie tun sollen«, sagte Alicia, und ihr Herz

verkrampfte sich. »Wenn er es nicht getan hätte, dann würden sie immer noch leben.«

»Wer hätte was nicht tun sollen?«, fragte er.

»Mein Vater. Wenn wir in London geblieben wären, dann wäre nichts von alledem passiert.«

Es war merkwürdig, wie die Erinnerungen zurückkehrten, nachdem sie sechs Jahre lange verloren gewesen waren, aber Alicia konnte ihr altes Zuhause in London sehen, konnte sich an die Worte und den Tonfall der Leute erinnern, die versucht hatten, ihrem Vater auszureden, sein Haus und das meiste seines Besitzes um des Abenteuers willen zu verkaufen.

»Er dachte, es wäre ein solcher Spaß für mich und Sam, mehr von der Welt zu sehen und mit solch großartigen Erfahrungen zurückzukehren.« Spöttisch fuhr sie fort: »Ich denke, er war es, der sich nach solchen Dingen sehnte, aber wir waren ebenfalls nicht traurig, London zu verlassen. Besonders Sam. Sie liebte das Schiff. Ich erinnere mich daran, dass ich mit ihr spielen wollte, aber sie war nur daran interessiert, am Steuerruder zu sein.«

»Erinnerst du dich an deine Schwester?«

Alicia nickte und spürte trotz ihrer Verzweiflung auch einen Funken freudiger Erregung.

»Als ich zu der Plantage ging, wo Sam gewesen war, erinnerte ich mich daran, dass ihr Haar braun gewesen war. Jetzt erinnere ich mich an den Rest. Und ich bin mir sicher, dass die Samantha, von der der Kapitän sprach, meine Schwester ist. Sagte er nicht, dass sie mit ihrem Ehemann zusammen Schiffe baut? Das klingt exakt nach etwas, was Sam machen würde.«

»Sam?«

»Ihr Kosename. Nur meine Mutter nannte sie Samantha.« Sie presste sich die Hand aufs Herz. »Ich vermisse meine Mutter. Ich vermisse sie so sehr, auch wenn das dämlich klingt, weil ich mich vor ein paar Stunden noch nicht einmal an sie erinnern konnte.«

Blake schob Alicia ein wenig von sich und sah ihr in die Augen. »Das ändert nichts daran, wer sie war, Alicia.«

»Ich heiße übrigens Alicia Fine.«

Er lächelte, küsste ihr die Hand. »Ganz gleich welchen Namen du trägst, du bleibst doch immer dieselbe. Und du hast jedes Recht, deine Mutter zu vermissen.«

Sie schniefte. »Ich weiß, und doch fühle ich mich, als ob ich gleichzeitig Anna gegenüber respektlos wäre. Blake, deine Mutter war wunderbar zu mir. Ich habe sie geliebt, wirklich geliebt.«

»Und weil ich sie kannte, bin ich mir sicher, ihr ging es ebenso. Ich glaube, sie hat sich darüber gefreut, für eine Weile eine Tochter zu haben.«

»Ich weiß, ich sollte glücklich sein, dass ich mit zwei Elternpaaren gesegnet war, aber ich fühle mich betrogen. Ich habe sie beide verloren, und anders als bei Jacob und Anna, hatte ich niemals die Chance, mich von ihnen zu verabschieden, und bekam nie die Gelegenheit, meinen echten Eltern das Begräbnis zu geben, das sie verdienten.«

Blake beugte sich nach vorn und küsste sie auf die Wange. »Wir können etwas für sie in Port Royal arrangieren. Wir können einen Gottesdienst feiern, und du kannst ihnen ausgefallene Grabkreuze aus Stahl schmieden. Sie werden nicht mehr länger namenlos sein, das verspreche ich dir.«

Ihre Liebe für Blake durchfuhr Alicia wie ein Blitz.

»Sie wären stolz auf dich, Alicia. Genau wie meine Eltern es waren.«

Wieder stiegen ihr Tränen in die Augen und trübten ihre Sicht. »Vielen Dank. Und ich weiß, sie waren auf dich ebenfalls stolz.«

»Ich bin mir nicht sicher, ob ich das glauben kann, aber ich möchte es gerne.« Er nahm ihre Hand und drückte ihr einen Kuss auf die Handfläche. »Also, was nun?«, fragte er.

Alicia holte einmal tief Luft. »Lass uns aufbrechen und meine Schwester suchen.«

14

»Wir sind fast da«, sagte Blake.

Alicia hatte den ganzen Morgen lang am Bug gestanden und den Horizont beobachtet. St. Kitts war langsam vor ihr aufgetaucht, zunächst als dunkler Punkt in der Ferne, doch jetzt, als sie sich näherten, konnte Alicia Häuser und Geschäfte erkennen, sah Leute umhergehen und Schiffe im Hafen liegen.

»Der Sand ist so weiß. Selbst von hier kann man ihn glitzern sehen.«

Blake legte ihr den Arm um die Schultern. »Du kannst doch in einem Moment wie diesem nicht ernsthaft über die Farbe des Sandes nachdenken.«

Sie wandte ihm ihr Gesicht zu und zwang sich zu einem Lächeln.

»Ich war mir so sicher, dass der Kapitän uns zur richtigen Samantha geschickt hat, aber jetzt werde ich von Zweifeln geplagt. Was ist, wenn sie es nicht ist? Was, wenn sie es zwar ist, aber sie nicht hier ist? Vielleicht ist sie weitergereist. Ich glaube nicht, dass ich noch mehr aushalten kann, Blake. Ich habe einen Kloß im Hals. Ich will doch nur meine Schwester sehen. Eine weitere Verzögerung wäre jetzt eine Qual.«

»Falls sie nicht hier ist, werden wir so lange nach ihr suchen, bis wir sie finden.«

Alicia schlang ihre Arme um Blake und nahm seinen Duft und seine Stärke tief in sich auf. Gestern war er ihr Felsen gewesen. Bei all den Erinnerungen, die ihr ihm Kopf umherschwirrten, sowohl guten als auch schlimmen, da war er das Beständige gewesen, das sie brauchte. Seine Anwesenheit hatte ihr ermöglicht, sich in die Vergangenheit zu begeben, sich an ihr altes Leben und an all die Gefühle, die damit einhergingen, zu erinnern, in dem Wissen, dass er da sein würde, wenn sie wieder auftauchte, um sie festzuhalten und ihr die Tränen wegzuwischen.

Sie hatten weder miteinander geschlafen noch hatten sie geredet, doch Alicia wusste, was ihr Herz empfand. Immer noch von seinen Armen umschlungen, machte sie sich etwas frei und sah ihn an. Zwar kniff er wegen der grellen Sonne ein wenig die Augen zusammen, doch in seinem Blick erkannte sie alles, was sie brauchte. Blake war ein guter Mann, ein ehrlicher und gerechter Mann. Sie legte ihre Hände auf seine frisch rasierten Wangen und spürte die Hitze der Sonne auf seinem Gesicht.

Als sie die Worte formulierte, machte ihr Herz vor Aufregung einen kleinen Hüpfer, doch sie ließ ihnen freien Lauf.

»Ich liebe dich, Blake.«

Seine Hände klammerten sich an ihren Rücken. Da sie sich nicht sicher war, ob das ein gutes oder ein schlechtes Zeichen war, sprach sie weiter: »Ich habe das nicht geplant, und ich sage das ohne jegliche Erwartung, aber du hast mir etwas gegeben, was ich nie zuvor besessen habe.

Deinetwegen fühle ich mich schön. Deinetwegen werde ich meine Schwester finden.« Sie küsste ihn vorsichtig, verweilte noch einen Augenblick länger, als er sie ebenfalls küsste und dann einen einfachen Kuss in ein sinnliches Festessen verwandelte, das jeden Teil ihres Körpers zum Glühen brachte.

»Du hast ja keine Ahnung«, murmelte er und drückte seine Stirn gegen ihre, »was es mir bedeutet, dich das sagen zu hören.«

»Wirklich?«

»Jeder Mann wäre ein solcher Narr, wenn er nicht wollen würde, dass du ihn liebst.« Er lächelte und küsste sie noch einmal. »Ich bin kein Narr.«

Sie lachte. »Nein, das bist du nicht. Du siehst gut aus und bist dickköpfig« – sie kicherte, als er ihr dafür einen finsteren Blick zuwarf –« und einfach ein wunderbarer Mann. Was auch immer passiert, Blake, ich bereue nichts.«

Seine Augen bekamen einen stahlharten Glanz. »Das hoffe ich doch, oder es würde die nächsten zwanzig Jahre verdammt ungemütlich machen.«

Alicias Magen, der sowieso schon nervös war, erbebte. »W-was?«

Blake lächelte voller Gewissheit. »Ich liebe dich, Alicia, und da du bereits zugegeben hast, dasselbe für mich zu empfinden, haben wir bessere Startbedingungen als die meisten.«

Blake beobachtete Alicia und bildete sich ziemlich viel auf die Tatsache ein, dass sie keine Worte zu finden schien.

»Blake, Mann, das kannst du doch gewiss noch besser«, meinte Vincent, als er vorbeischlenderte. »Schließlich macht man ja nicht jeden Tag einer Frau einen Heiratsantrag.«

Blake seufzte und verbeugte sich. Als er gestern Abend den Entschluss gefasst hatte, dass er Alicia zur Frau wollte, da hatte er sich nicht vorgestellt, dass Nate und Vincent zugegen sein würden, wenn er sie fragte.

»So sehr es mich auch schmerzt es zuzugeben, aber Vincent hat recht, Blake«, meinte Nate. »Eine Frau sollte umworben werden, und man sollte ihr alle möglichen Koseworte ins Ohr flüstern. Alicia, Liebes, wenn Ihr es mir gestattet, könnte ich es so viel besser machen, als er bei dieser armseligen Vorstellung.«

Alicia kicherte, und Blake drehte sich zu seinen Freunden um – obwohl diese Bezeichnung in diesem Augenblick eher nicht auf sie zutraf –, während er Alicia weiterhin im Arm hielt.

»Habt ihr beiden nichts zu tun?«

»Ich nicht, du etwa?«, fragte Vincent seinen Freund Nate.

Nate zuckte die Achseln. »Kann mich an nichts erinnern.«

Keiner von beiden rührte sich. Sie standen bloß erwartungsvoll da, die Arme vor der Brust verschränkt, ein Lächeln im Gesicht, als ob sie beide ein Anrecht darauf hätten, Zeuge dieses Augenblicks zu sein.

»Wir nähern uns dem Hafen. Ich weiß, da gibt es genügend Arbeit für euch«, erinnerte Blake sie.

»Wir sind schon so nahe dran wie es nur geht. Wir ankern bereits.« Vincent grinste Nate an. »Der Mann war zu abgelenkt, um zu bemerken, dass wir an unserem Reiseziel angekommen sind.«

»Nun, Alicia *ist* ja auch eine ziemliche Ablenkung. Ich weiß das, schließlich hat sie mich auch das eine oder andere Mal abgelenkt.«

Blake zischte leise und schwor: »Ich werde sie erschießen, eines Tages werde ich sie erschießen.«

»Sie lieben dich, Blake.«

»Das ist es ja, was sie am Leben hält«, murmelte er, dann verdrängte er jeden weiteren Gedanken an die beiden aus seinem Kopf.

»Alicia, du bist mutig, stark und loyal. Du sprichst deine Gedanken offen aus und kämpfst für das, was du in deinem Herzen empfindest. Ich bewundere dich.« Er senkte die Stimme. »Ich möchte dich in meinem Bett haben, auf meinem Schiff und in meinem Leben. Willst du mich heiraten?«

Wie ihr Herz sich mit Liebe füllte, so füllten sich Alicias Augen mit Tränen. Durch einen Wink des Schicksals hatten sie einander gefunden, und sie freute sich riesig, dass aus einem traurigen Anlass nunmehr etwas Gutes erwachsen war. Jacob würde endlich seinen Wunsch erfüllt bekommen. Sie und Blake würden nach Hause gehen und die Werkstatt gemeinsam leiten. Nichts konnte perfekter sein.

»Es wäre mir eine Ehre, deine Frau zu werden«, konnte sie gerade noch zustimmen, bevor Blake sie in seine Arme riss und küsste.

Als er sie schließlich wieder absetzte und sie neben dem Verlangen, das ihren Kopf erfüllte, noch etwas anderes wahrnahm, da hörte sie Nates Applaus und Vincents Jubel.

Ihr zukünftiger Ehemann nahm das anerkennende Schulterklopfen seiner Freunde entgegen, bevor Alicia wieder den Boden unter den Füßen verlor und sie umhergewirbelt wurde.

»Das ist meine Frau«, warnte Blake, als Nate sie absichtlich ein wenig länger festhielt.

»Noch nicht, noch ist sie es nicht, und wenn sie auch nur einen Funken Verstand hat, dann wird sie es sich noch überlegen und nachsehen, ob ich nicht doch die bessere Wahl bin.« Dann, nach einem Kuss auf die Wange, setzte Nate Alicia ab. »Ich freue mich für dich, Liebes«, flüsterte er ihr ins Ohr, weil er wusste, sein Flüstern würde Blake ein wenig reizen.

»Vielen Dank«, antwortete sie und betrachtete die drei Männer um sie herum. Ihr wurde klar, irgendwie liebte sie alle drei.

Eine Bewegung erregte Alicias Aufmerksamkeit, und sie sah Lewis, der sie beobachtete. Es war wie ein Eimer kaltes Wasser, das ihr über den Kopf geschüttet wurde, und sie zitterte.

»Was ist denn?«, fragte Blake und nahm ihre Hand.

»Ich mag ihn nicht«, antwortete sie und war immer noch beunruhigt, da Lewis sie weiterhin anstarrte. Normalerweise gab er immer sofort vor, etwas anderes zu tun, wenn sie ihn beim Starren erwischte. Es verunsicherte sie, dass er die Tatsache, dass er sie beobachtete, nicht mehr länger verbarg.

»Du musst dir um ihn keine Gedanken machen, mein Sonnenschein. Er wurde von seinen Aufgaben entbunden. Er wird nicht mehr mit uns zurückreisen.«

»Gut«, nahm sie seine Worte zur Kenntnis und wandte sich dem Strand zu, der sich an der Steuerbordseite entlang erstreckte. Obwohl sie weiterhin dieses unbehagliche Gefühl hatte, gab Alicia sich große Mühe, es zu ignorieren. Schließlich, dachte sie und umklammerte mit ihren Händen die Reling, während ihre Augen den Strand absuchten, wo ihr Schwester möglicherweise gerade in diesem Moment spazieren ging, schließlich gab es wichtigere Dinge, an die sie denken musste.

»Dort ist es«, flüsterte Alicia. Sie hielt inne, ihre Schuhe versanken im Sand. Ihr Herz pochte lauter als das Hämmern, das von dem Schiffsrumpf herüberdrang, der dort gebaut wurde. Holz unterschiedlichster Länge war auf dem Strand verteilt, und diverse Werkzeuge lagen leicht erreichbar für den Mann bereit, der dort arbeitete.

Sie mussten nicht mehr als zwei Leute befragen, um jemanden zu finden, der wusste, wo Sam und Lukes Schiffbauunternehmen angesiedelt war. Wenn einem die Mitteilungsbereitschaft der Leute eines zeigte, dann, dass die ganze Insel unheimlich stolz darauf war, die beiden zu haben. Nun, da waren sie also, am entfernten Ende des Hafens, wo viel weniger los war, und beobachteten einen Mann mit blonden Haaren, der eine Planke auf den Rohbau des Schiffsrumpfes nagelte.

»Denkst du, dass der Mann dort Luke ist?«, fragte Alicia.

Blake schlang von hinten die Arme um sie. Sein unterdrücktes Lachen drang an ihr Ohr. »Du wirst es wohl nicht herausfinden, wenn du hier stehenbleibst, nicht wahr?«

Alicia holte tief Luft. Die Luft roch nach einer Mischung aus salzigem Seewasser und frisch geschnittenem Holz. Die Luftfeuchtigkeit war hoch, und Alicia war froh, dass sie ihr Haar zu einem einfachen Zopf geflochten hatte, damit die leichte Brise vom Meer ihren erhitzten Nacken abkühlte. Sie trocknete sich ihre Hände am Rock ab.

»Also dann los. Lass es uns herausfinden.« Blake trat neben sie, und sie umklammerte seine Hand.

Der Mann musste daran gewöhnt sein, dass man ihn beobachtete, denn er hörte nicht auf zu arbeiten, als Alicia und Blake herantraten. Er warf ihnen jedoch einen kurzen Blick zu, bevor er ein weiteres geschwungenes Brett nahm und es anpasste. Über das Dröhnen des Hammers hinweg betrachtete Alicia den Fremden eindringlich. Sein Haar war lang und fiel ihm knapp bis auf die Schultern. Obwohl er ein Hemd trug, war dieses nicht zugeknöpft und ließ sowohl seine goldfarbene Haut als auch mindestens sechs Goldketten um den Hals erkennen. Die schwarze Augenklappe über dem linken Auge zusammen mit dem schmalen Schnurrbart gaben Alicia die Gewissheit, dass sie Luke Bradley vor sich hatte. Wenn in ihren Augen irgendjemand je wie ein echter Pirat ausgesehen hatte, dann dieser Mann.

»Luke Bradley?«, fragte sie, als er mit der Bohle fertig war.

Er senkte den Hammer und betrachtete sie dieses Mal ein wenig genauer.

»Vielleicht«, antwortete er, trat an die Front seines Schiffes und kniete sich hin. Er legte den Kopf schief und überprüfte seine Abmessungen. Zufrieden mit dem, was er sah, holte er sich ein weiteres Brett.

»Ich suche nach Samantha Fine. Ich meine Bradley, nehme ich an.« Alicia zappelte unruhig, als er den Hammer fallen ließ und dieser leise im gebleichten Sand einsank.

Das rechte Auge des Mannes wurde schmal. »Warum?«

»Das würde ich ihr lieber selbst sagen«, antwortete Alicia. »Es ist eine lange Geschichte.«

»Sie ist von Port Royal hergekommen, um sie zu finden«, fügte Blake hinzu.

Der Mann wandte seine Aufmerksamkeit nun Blake zu. »Und wer zum Teufel seid Ihr?«

Blake hob das Kinn an. »Blake Merritt.«

Der Mann zuckte die Achseln. »Nie von Euch gehört.«

»Das habe ich auch gesagt, als ich Euren Namen hörte.«

»Kein Grund beleidigend zu werden.«

»Bitte, wenn Ihr mir bloß sagen könntet, wo Sam ist. Ich habe so lange auf diesen Moment gewartet.«

Der Rücken des Mannes versteifte sich. Er machte einen Schritt auf sie zu, und in seinem Blick lag kein Funken von Wärme. »Sam? Wer seid Ihr und was wollt Ihr von ihr?«

Blake stellte sich schützend vor Alicia. »Wir wollen nur mit Samantha reden.«

Luke musste nach oben sehen, um Blakes Blick begegnen zu können, doch Blake war von der Entschlossenheit beeindruckt, die er in den Augen des anderen sah. Diesen Mann konnte man nicht so leicht einschüchtern. Aber das konnte man bei einem berühmt-berüchtigten Piraten wohl auch kaum erwarten.

»Wollt Ihr etwa ein Schiff kaufen?«

»Nein, wir sind –«

»Dann sagt mir, was Ihr von Sam wollt.«

Alicia ging um Blake herum. »Dies wird ein großer Schock für Sam sein. Ich glaube, es ist am besten, wenn ich es ihr sage.«

Der Mann starrte sie an. »Wovon zum Teufel sprecht Ihr?«

»Luke?«

Beim Klang der Stimme wirbelte Alicia herum. Ihr Herz klopfte ihr bis zum Hals, sodass sie keinen Ton hervorbrachte. Zwar hatte sie Sam jahrelang nicht gesehen, doch ihre Erinnerungen waren frisch. Obwohl Sam zu einer schönen Frau herangewachsen war, hatte sie dennoch genug von dem Mädchen an sich, das sie einst gewesen war, damit Alicia sie wiedererkennen konnte.

Luke schlenderte zu Sam und zog sie an seine Seite, während Alicia ihre Schwester mit den Augen verschlang. Sams Haar war lang und fiel weich um ihre Schultern. Es war dunkler als das von Alicia, aber dort, wo die Sonne reflektiert wurde, konnte sie etliche Strähnen erkennen, die die gleiche Farbe hatten wie ihr eigenes Haar. Man konnte an Sams Augen erkennen, dass ihr die Fragen nur so durch den Kopf wirbelten, als ihr Blick zwischen Luke, Alicia und Blake hin- und herschoss.

»Hallo?«, sagte sie.

Sams Lächeln war freundlich und vertraut, und es raubte Alicia schier den Atem. Ihre Beine zitterten, und sie hielt sich an Blake fest. Oh Gott, sie war es wirklich!

»Ich bin Blake Merritt und das …« Er drehte sich zu Alicia. »Sonnenschein?«

Alicia nickte und leckte sich über die trockenen Lippen. Sie legte sich beruhigend die Hand auf ihr rasendes Herz. Während Luke finster vor sich hin starrte, wartete Sam geduldig ab. Falls sie neugierig war, dann war sie es jedenfalls nicht auf so unfreundliche Art wie ihr Ehemann. Die Wellen des Misstrauens, die von Luke ausgingen, waren ebenso real, wie die Wellen, die an den Strand rollten.

Alicia ließ Blakes Hand los und machte einen wankenden Schritt auf Sam zu.

»Dies wird jetzt ein Schock sein. Ich weiß nicht, wie ich es dir sonst sagen soll, also sage ich es ganz einfach geradeheraus. Ich bin es, Sam. Alicia.«

Sam trat einen Schritt zurück. Ihr Gesicht verlor jegliche Wärme und Farbe. Ihre Augen wurden eiskalt.

»Ich weiß nicht, wie Ihr von meiner Schwester erfahren habt, aber es ist grausam, so etwas zu behaupten. Sie ist vor Jahren gestorben.«

»Nein, Sam. Bin ich nicht. Ich habe es bis Port Royal geschafft. Unsere Mutter ist mit mir an Land geschwommen.«

»Lügnerin«, antwortete Sam bissig. »Meine Mutter konnte sich nicht von dem Schiff retten. Und meine Schwester ebenfalls nicht.«

Alicia streckte die Hand nach Sam aus, aber ihre Schwester zuckte zusammen und zog sich aus ihrer Reichweite zurück. Dieses Verhalten zerriss Alicia schier das Herz. Sie ließ ihre Hand sinken. Blake legte ihr seine Hand auf die Schulter, und diese Geste gab Alicia wieder neue Kraft. Sie musste sich ins Gedächtnis rufen, dass ihre Geschichte für

Sam völlig unglaubhaft klang. Sam hatte keinen Grund zu glauben, ihre Schwester habe überlebt, und es war verständlich, dass sie die Wahrheit nicht glauben konnte, als sie diese nun zum ersten Mal hörte.

»Wir hatten uns im Kielraum versteckt, als die Piraten angriffen. Dort sind wir geblieben, bis sie das Schiff geplündert hatten und wieder fort waren.«

Tränen schimmerten in Sams Augen. »Niemand sonst überlebte. Ich weiß das, denn ich war im Wasser und kehrte zurück, als die Piraten fort waren. Es war niemand mehr am Leben.«

Alicia schnappte nach Luft. »Das warst du?« Auch sie kämpfte mit den Tränen. »Als wir glaubten, es wäre sicher an Deck zu gehen, hörten wir Schritte und Stimmen, deshalb blieben wir unten.« Ihre Stimme brach. »Wenn wir hochgegangen wären, dann hätten wir nicht all diese Jahre vergeudet.« Sie drehte sich zu Blake um. »Sie war es. Sie war dort, und wir wussten es nicht einmal.«

»Liebes?«, fragte Luke seine Frau. »Ist das möglich?«

»Ich – ich weiß es nicht. Ich habe es nie für möglich gehalten, aber sie hat tatsächlich ein paar vertraute Züge.«

Alicia nickte und wischte sich mit der Handfläche die Tränen aus den Augen.

»Unser Vater hieß Edward, unsere Mutter Helen. Wir verließen England, als ich zwölf war und du siebzehn.« Alicia kramte nach einer Erinnerung, die zweifelsohne beweisen würde, wer sie war. Etwas, was niemand anderer wissen oder in Erfahrung gebracht haben konnte. Ihre Schwester war ihr so nahe und alles, was Alicia jetzt wollte, war es, sie im Arm zu halten und sich zu vergewissern, dass sie nie wieder voneinander getrennt sein würden. Sie musste Samantha jeden Zweifel nehmen.

»Erinnerst du dich noch an Adam, den Jungen, den du gemocht hast? Bevor wir England verließen, wolltest du ihm auf Wiedersehen sagen, und ich habe Mutter und Vater angelogen und ihnen erzählt, dass du krank seist und nicht zum Abendessen herunterkommen könntest. Du hast versprochen, wenn ich für dich lügen würde, würdest du mir –«

»Eine ganze Woche lang meinen Nachtisch geben«, antwortete Sam, und ihr Gesichtsausdruck änderte sich. »Alicia, bist du es wirklich?«

»Ja«, schluchzte Alicia. »Ich bin es wirklich.«

Sie rannten aufeinander zu, schlangen die Arme um ihre bebenden Schultern und hielten einander fest.

»Ich dachte, du wärst gestorben«, weinte Sam, und ihre Arme hielten Alice wie im Schraubstock fest. Für eine Weile klammerten sie sich bloß aneinander, dann rückte Sam ein wenig ab und nahm Alicias Gesicht in die Hände und strich zärtlich über deren Narbe. Sie glitt mit den Händen über Alicias Arme, so als ob sie sich selbst davon überzeugen müsste, dass Alicia real war.

»Nicht einmal im Traum habe ich daran gedacht, dass es möglich wäre.« Sie drehte sich zu Luke um, und ihr Lächeln war so breit wie der Strand. »Das ist meine Schwester.«

Luke grinste. »Ja, Liebes, das sehe ich.«

Alicia lachte, dann zog Sam sie zurück. Wieder brach ihr die Stimme. »Meine kleine Schwester, ich habe dich so sehr vermisst.«

»Ich habe dich auch vermisst, Sam. Wir haben so viel Zeit verloren.«

Sam schluchzte: »Dann sollten wir keinen weiteren Moment mehr vergeuden. Lass uns nach Hause gehen. Ich kann ein schönes Abendessen zubereiten.« Sie lächelte. »Wir haben so viel zu bereden.«

»Würde das deinen Ehemann einschließen?«, fragte Alicia lachend.

»Oh!« Sam errötete. »Ich habe dich nicht vorgestellt. Alicia, das ist mein Ehemann Luke Bradley. Luke, das ist meine Schwester!«

Luke lächelte amüsiert, aber Alicia konnte die Liebe in seinem Blick erkennen, als er seine Frau ansah. »Freut mich dich kennenzulernen«, sagte er zu Alicia.

Sam drehte sie zu Blake um. »Und ist das …? Oh, bist du auch verheiratet?« Wieder schossen Sam die Tränen in die Augen, die noch gar keine Chance gehabt hatten, wieder zu trocknen. »Ich habe deine Hochzeit verpasst.«

»Freut mich dich kennenzulernen, Samantha. Mein Name ist Blake Merritt«, sagte Blake und stellte sich neben Alicia. Er ergriff ihre rechte Hand, während Sam immer noch die linke festhielt. »Du hast die Hochzeit nicht verpasst. Sie hat meinen Heiratsantrag erst heute angenommen.«

Alicia schubste ihn mit der Schulter. »Er hat mich ja auch erst heute gefragt.«

»Wir haben es nicht verpasst?« Sams Kinn zitterte. »Ich werde dabei sein, wenn du heiraten wirst.«

Vor lauter Gefühlen hatte Alicia einen Kloß im Hals. Sie

hatte die Hoffnung schon aufgegeben, jemals zu heiraten, und doch stand sie jetzt hier. Nicht nur würde sie einen wunderbaren Mann heiraten, sondern die Schwester, die sie vor so langer Zeit verloren hatte, würde dabei sein. Alicia schluchzte: »Ja, das wirst du. Aber können wir in der Zwischenzeit irgendwo hingehen, wo wir reden können? Ich will alles erfahren, was ich verpasst habe.«

»Oh ja«, stimmte Sam zu, »lasst uns das machen. Unser Haus liegt direkt hinter diesem kleinen Hügel. Luke, Blake, begleitet ihr uns?«

»Geht ihr mal allein, Liebes. Wir werden euch in einiger Zeit nachkommen.« Luke trat zu Sam, schlang ihr den Arm um die Taille und küsste sie. »Bis später«, grinste er, als er seine Frau wieder losließ. Als er sich zu Blake umdrehte, fragte er: »Kannst du gut mit dem Hammer umgehen?«

»Das kann ich.«

Luke zog den Hammer aus dem Sand und warf ihn Blake zu.

»Gut. Ich kann ein Paar zusätzliche Hände gebrauchen.«

Sams Haus war schön. Es war zwar nicht sonderlich groß, bloß zwei Schlafzimmer im Obergeschoss und ein Wohnzimmer und die Küche unten, aber es war einladend. Große Fenster im Wohnzimmer betonten die überwältigende Aussicht. Während Sam in der Küche war, um Tee zu kochen, stand Alicia dort und bewunderte, wie das durchsichtig grün schimmernde Wasser der Bucht immer dunkler und blauer wurde, je weiter es raus aufs Meer hinausging. Der Sand war erstaunlich weiß, und Alicia wusste, bevor der Tag vorbei wäre, würde sie ihre Zehen darin vergraben.

»Es passt zu dir«, sagte Alicia, als sie wieder ihre Schwester ansah. »Dieses Haus, der Ort.«

Krächz. »Sams Haus. Sams Haus.«

Alicia kicherte. Der Papagei hatte sie schon bei ihrer Ankunft mit einem leisen Pfeifen begrüßt, das sie verwirrt hatte.

Sam drehte sich von der Ablage um und lächelte. »Ich arbeite noch an seiner Ausdrucksweise. Carracks war so ein wohlerzogener Vogel, bis Luke sich entschloss, ihm ein paar neue Sätze beizubringen.«

Krächz. »Luke ist der Boss. Luke ist der Boss.«

»Siehst du, was ich meine?«

Als ob er wüsste, dass er etwas Falsches gesagt hatte, drehte der Vogel sich auf seiner Sitzstange herum und vergrub den roten Kopf in seinen gelben und purpurroten Federn.

»Und er hat die üble Angewohnheit, alles zu wiederholen.«

Lächelnd reichte Sam Alicia ein Glas Tee, dann setzte sie sich an den hölzernen Tisch. Sie sah über Alicias Schulter auf das Meer hinaus.

»Nach dem Angriff und meinem Aufenthalt auf der Plantage war ich mir nicht sicher, ob ich jemals einen Ort finden würde, an dem ich mich ganz wohl fühlen könnte, wo ich hingehören würde.« Ihr Blick fiel auf das Glas, das sie in den Händen drehte. »Ich habe immer versucht zu glauben, dass das Leben wieder gut werden würde, aber es gab Zeiten, wo es schwer war, sich den Glauben daran zu bewahren.«

»Ich weiß, dass du von der Plantage entkommen bist. Was ist passiert?«

Sam hob den Kopf, und Alicia war erschrocken über den Schmerz, der die Augen ihrer Schwester trübte. »Als wir am Strand landeten, besaßen wir nichts. Als uns Oliver Grant fand und uns medizinische Hilfe sowie Unterkunft und Verpflegung anbot, war das mehr, als wir zu hoffen wagten.«

Alicia schnappte nach Luft. »Das habe ich ganz vergessen! Ich habe gehört, Joe und Willy haben auch überlebt. Sind sie hier?«

Sam packte Alicias Hand, um sie davon abzuhalten, von ihrem Stuhl aufzuspringen, um weitere Familienmitglieder zu suchen.

»Nein. Willy ist auf Barbados geblieben. Er arbeitet dort. Joe ist bei mir geblieben. Im Augenblick holt er zusammen mit Aidan Vorräte für Luke. Ich erwarte sie zum Abendessen.«

»Wer ist Aidan?« Alicia presste sich die Hand aufs Herz. »Ist das etwa dein Sohn? Habe ich einen Neffen?«

Das Blut wich aus Sams Gesicht, und ihre Wangen waren plötzlich so weiß wie der Sand draußen. »Ich habe keine Kinder.«

Ihre Stimme zitterte, und Alicia konnte sehen, dass es sie Mühe kostete, ihre Gefühle unter Kontrolle zu halten.

»Es tut mir leid, Sam. Ich wollte dich nicht traurig machen.«

»Nein, ist schon gut. Ich versuche nicht daran zu denken, aber das ist schier unmöglich.« Sie lächelte, aber das Lächeln erreichte ihre Augen nicht. »Ich kann keine Kinder bekommen, Alicia. Ich habe alles Mögliche versucht, mehr Ruhe, keinen Alkohol, tagelang nicht aufzustehen, nachdem wir miteinander geschlafen haben, aber nichts hat funktioniert. Aber das ist ein Gesprächsthema für einen späteren Zeitpunkt.« Sie holte tief Luft. »Ich hatte nicht geglaubt, dass es jemanden gab, der noch gemeiner war, als der Kapitän des Piratenschiffes, das uns angegriffen hatte, doch ich hatte mich geirrt. Oliver Grant war noch übler.«

Alicia schob den Tee beiseite und nahm die Hände ihrer Schwester. Sam warf ihr ein gequältes Lächeln zu.

»Er hat die Menschen gequält, Alicia, und nicht nur die Erwachsenen. Er hat sie mit dem Essen erpresst, hat seine Sklaven unabhängig von ihrem Alter ausgepeitscht und die Frauen vergewaltigt.« Ihr Blick fiel auf den Tisch. »Ich war eine von ihnen.«

»Oh Sam«, keuchte Alicia und ihr Magen verkrampfte sich. »Es tut mir so leid.«

»Nachdem er es tat, schwor ich mir, dass ich ihn dafür bezahlen lassen würde, und das nächste Mal, als er zu mir kam, war ich bereit.«

»Ich hätte ihn umgebracht«, sagte Alicia und schauderte bei dem Gedanken an all das Schlimme, was ihre Schwester erlebt hatte.

»Ich dachte, ich hätte es getan. Ich habe ihn mit einem Hammer geschlagen. Er hat geblutet und sich nicht mehr bewegt, als ich wegrannte. Bevor ich gegangen bin, habe ich so viele seiner Sklaven befreit, wie ich nur konnte.

Dann habe ich Joe, Willy und Aidan geholt – er war eines der Kinder, die missbraucht worden waren – und wir haben Grants Schiff genommen.«

»Also ist Grant in jener Nacht gestorben?«

»Da noch nicht, obwohl ich das gedacht hatte. Er ist mir jahrelang gefolgt, bis er mich schließlich auf Barbados gefunden hat. Er hat versucht, mir wieder weh zu tun, aber diesmal ist Luke rechtzeitig gekommen. Grant hat auf Luke geschossen, aber bevor Grant mir noch irgendetwas antun konnte, hat sein Herz aufgehört zu schlagen, und er ist gestorben.« Ihr Blick traf Alicias und darin lagen sowohl Bedauern als auch feste Überzeugung. »Es tut mir nicht leid, dass er tot ist.«

»Das sollte es auch nicht, aber ich kann sehen, dass es dich belastet.«

Sam seufzte. »Das tut es. Ich weiß, das sollte es nicht, aber ich kann es nicht ändern. Ich habe vier Jahre darauf verschwendet, Rache für unsere Familie zu nehmen, und die ganze Zeit lang hat Grant dasselbe gemacht und versucht, mich zu finden.« Sie zuckte die Achseln. »So viel verlorene Zeit und Energie.«

»Der Kapitän hat gesagt, Luke hätte den Piraten getötet, der unsere Familie umgebracht hat?«

»Das hat er. Ich habe versucht sie zu rächen, aber als die Zeit kam und ich die Möglichkeit hatte, Dervish umzubringen, machte Luke mir klar, dass es unsere Familie nicht wieder lebendig machen würde, wenn ich Dervish tötete. Deshalb habe ich mich umgedreht. Unglücklicherweise war Dervish bewaffnet, und er hätte mich gewiss umgebracht, wenn Luke ihm nicht zuvorgekommen wäre.«

»Er hat dich zwei Mal gerettet«, wurde Alicia klar. Wenn sie ihn nicht bereits gemocht hätte, weil er ihre Schwester glücklich machte, dann würde sie es spätestens jetzt tun, nachdem sie wusste, dass er ihrer Schwester das Leben gerettet hatte.

»Luke hat mich auf vielerlei Art gerettet. Er ist mein Leben. Nun«, fügte sie hinzu, wischte sich eine einzelne Träne ab und tätschelte Alicias Hand, »er war bisher der größte Teil davon. Ich kann immer noch nicht glauben, dass du am Leben bist. Es scheint wie ein Traum.«

Alicia musste wegen ihrer eigenen Tränen blinzeln, doch das Schuldgefühl, das ihr Herz gefangen hielt, war nicht so einfach zu zerstreuen.

»Ach Sam, es tut mir so leid.«

»Weshalb?«

»Weil ich solch eine Närrin war. Ich habe mich erst gestern an unsere Vergangenheit erinnert. Bis dahin glaubte ich, ich wäre Alicia Davidson aus Port Royal, die Tochter eines Schmieds.«

Sam keuchte. »Du hattest dein Gedächtnis verloren?«

Alicia erzählte von der Narbe und wie man ihr erklärt hatte, sie sei als Kind hingefallen. Sie erzählte von den Briefen, die sie gefunden hatte und die sie auf die Suche nach Sam schickten und von der Schlacht, die die Erinnerungen zurückbrachte.

»Ich habe mich selbst bedauert, weil ich zwei Elternpaare verloren hatte. Ich habe mich um die Zeit mit ihnen und mit dir betrogen gefühlt. Aber jetzt sehe ich, welches Glück ich hatte. Ich wurde umsorgt und geliebt. Ich hatte Nahrung und Wasser, Obdach und eine Familie, selbst wenn es nicht meine eigene war. Und währenddessen hast du täglich einen Kampf ums Überleben geführt. Gott«, sagte sie und sprang vom Tisch auf, »ich kann nicht glauben, dass ich so selbstsüchtig war.«

Sams Stuhl kratzte über den Fußboden. Sie packte Alicia an den Armen und drehte sie zum Fenster hin.

»Fühle dich niemals schuldig, weil du die Davidsons hattest. Ich bin froh, dass du nicht dasselbe erleiden musstest wie ich, und ich werde dir das nie vorwerfen. Ich hätte mir nichts Besseres für dich wünschen können. Bei dem, was Grant mir antat, hatte ich keine Wahl, aber ich kann dennoch nicht alles bedauern, da ich dadurch Luke kennengelernt habe.«

»Er ist sehr in dich verliebt.«

Die Traurigkeit verschwand aus Sams Gesicht. Ihr Lächeln funkelte so strahlend wie ihre Augen. »Ja, das ist er. Und es freut mich sagen zu können, dass ich genauso empfinde. Er macht mich sehr glücklich.«

»Das sehe ich. Ich freue mich für dich, Sam.«

Sie zog fragend die Augenbraue hoch. »Und Blake?«

Alicia grinste. »Es scheint zu früh zu sein, so zu empfinden, aber ich liebe ihn, Sam. Er ist der Mann, den ich will.«

Sam nahm Alicia in den Arm und wirbelte sie herum. »Was wir brauchen, ist eine Party. Wir können alle einladen und feiern –«

»Was feiern?«, fragte Joe, der in die Küche tapste und den Geruch von Seeluft mitbrachte. Ein junger Mann mit blonden Haaren folgte ihm.

Krächz. »Aidan bringt Essen. Aidan bringt Essen.«

»Joe!«, rief Alicia, rannte los und warf sich ihm an die Brust. Sein Bauchumfang war mächtig, und ihre Fingerspitzen berührten sich kaum auf seinem Rücken.

»Kenn ich dich, Mädchen?«, fragte er. Der Umstand, dass er sie nicht wiederkannte, hielt ihn nicht davon ab, ihr ungeschickt auf die Schulter zu klopfen.

Alicia lachte und ließ ihn los. Sie betrachtete den Mann eindringlich, den sie in ihren ersten zwölf Lebensjahren gekannt hatte. Er war älter geworden, die Falten neben seinen Augen und seinem Mund waren vom Wetter tiefer eingegraben, aber der vertraute Zigarrenqualm umgab ihn noch so wie eh und je. Weder die Wärme seines Blicks noch die Freundlichkeit seiner Berührung hatten sich mit der Zeit verändert.

»Ich bin es Joe. Alicia.«

Er zog die Augenbrauen zusammen. »Alicia wer?«

»Joe«, sagte Sam, die hinzugetreten war. »Alicia hat jene Nacht überlebt. Wir waren nicht die Einzigen, die es bis Port Royal geschafft haben.«

Anders als Sam brauchte man Joe nicht weiter zu überzeugen. Sofort füllten sich seine Augen mit Tränen, und er ließ sie ungeniert über die geröteten Wangen laufen. Er riss sie wieder in seine Arme und umklammerte sie hart genug, um Alicia die Luft abzudrücken.

»Oh, Mädchen.« Er weinte ganz offen, während dicke Tropfen auf ihren Kopf fielen. »Ich habe dich vermisst. Wir dachten alle, du wärst gestorben.«

Er wiegte sie wie ein Baby, und sie weinten gemeinsam. Es war erstaunlich, dachte Alicia, wie unglaublich viele Tränen so ein Körper produzieren konnte. Schließlich lockerte er seine Umklammerung und trat einen Schritt zurück.

»Du bist gewachsen, Mädchen. Das letzte Mal, als ich dich gesehen habe, warst du etwa so alt wie Aidan.«

Bei der Erwähnung des Jungen zog Sam diesen von dem Vogelkäfig weg, wo er den Papagei mit ein paar Nüssen fütterte und schob ihn näher heran. Obwohl sie und Aidan gleich groß waren, kämmte Sam ihm geistesabwesend mit den Fingern durch sein Haar. Seine Wangen wurden rot, aber er hielt sie nicht davon ab.

»Alicia, das ist Aidan. Aidan, das ist meine Schwester Alicia.«

Er beobachtete sie vorsichtig, sagte aber nichts. Seine braunen Augen waren ernst und schauten viel zu erwachsen für einen Jungen, der eine Kappe aus vom Wind zerzaustem blondem Haar trug und Löcher in den Hosenbeinen hatte.

»Aidan«, stupste Sam ihn und legte die Hand auf seine Schulter.

»Freut mich, dich kennenzulernen«, murmelte er.

Sam versetzte ihm einen spielerischen Schubs. »Du kannst noch bis zum Abendessen rausgehen. Vielleicht ist ja dieser streunende Hund wieder am Strand.«

Sein Kopf schoss in die Höhe. »Darf ich ihn behalten?«

Krächz. »Kein verdammter Hund. Kein verdammter Hund.«

Sam starrte Carracks wütend an, aber ihr Blick wurde wieder weich, als sie Aidans Blick begegnete. »Die Antwort hat sich seit den letzten zwanzig Malen, wo du gefragt hast, nicht geändert. Es reicht, wenn du ihm Futter bringst. Der Köter lebt sowieso schon die halbe Zeit hier.«

»Luke gibt mir das Futter«, rechtfertigte sich Aidan.

Krächz. »Luke ist unschuldig. Luke ist unschuldig.«

»Das bin ich«, meinte Luke und schlenderte mit Blake im Schlepptau herein. Er ging zu Aidan und schlang den Arm locker um dessen Hals. »Hör auf, mich immer in Schwierigkeiten zu bringen, Junge, sonst kommst du ins Verlies.«

»Da musst du mich erst mal fangen«, neckte Aidan.

»Glaub ja nicht, dass ich das nicht kann«, antwortete Luke, zog den Arm zurück, ließ die Hand aber auf der Schulter des Jungen ruhen. »Ich habe dich die letzten paar Rennen absichtlich gewinnen lassen.«

»Ha!«, rief Aidan, und seine Augen glitzerten vergnügt. »Du bist doch viel zu alt, um mich zu fangen.«

»Alt, meinst du?«, knurrte Luke. Der Junge duckte sich weg und versteckte sich bei Joe.

»Komm nicht zu mir, Bürschchen. Ich werde dich nicht retten.«

Da er jetzt in ihrer Nähe war, machte Alicia sich bemerkbar und sagte: »Freut mich, dich kennenzulernen, Aidan. Wir haben schon eine besondere Familie, nicht wahr?«

Sie nahm Blakes Hand in ihre und spürte, wie dessen Wärme über sie schwappte. Aidans Augen hüpften fröhlich von einem zum anderen im Zimmer. Sein Lächeln spiegelte Alicias Lächeln wider.

»Ja«, antwortete er. »Ich nehme an, die haben wir.«

15

Blake trat durch die Tür, fand Alicia bis zu den nackten Schultern im Badewasser sitzen und ließ prompt die Tasche fallen, die er trug. Sie landete mit einem Plumps auf dem Fußboden. Als Alicia erkannte, wer gekommen war, ließ sie die Arme sinken, da sie schnell versucht hatte, ihre Blöße damit zu bedecken und lehnte sich wieder an den Rand der Badewanne.

Seifenblasen bedeckten die Wölbungen ihrer Brüste. Blake sackte das Blut nach unten, und ihm wurde ein wenig schwindelig.

»Könntest du die Tür schließen, es zieht.«

Er versuchte zu schlucken, aber es gelang ihm erst im dritten Anlauf, und er kickte die Tür mit dem Stiefel zu. Er konnte seinen Blick nicht von ihr abwenden, denn er hatte noch nie etwas so Erregendes gesehen, wie die nackte Alicia in der Badewanne.

»Blake?«

»Hm?«

»Geht es dir gut?«

»Das sag ich dir, wenn mein Gehirn wieder anfängt zu arbeiten.«

Röte, die nicht vom warmen Wasser herrührte, stieg ihr ins Gesicht. Blake lächelte und war von ihrem Anblick ganz verzaubert. Er kauerte sich neben die Wanne und fuhr mit dem Finger über ihre Schulter und den bloßen Nacken. Ein paar seidig goldene Haarlocken streiften seine Fingerknöchel. Sie waren dem Knoten entwischt, den Alicia sich gedreht hatte, damit ihr Haar trocken blieb.

»Hast du da drin noch Platz für mich?«

Obwohl sie die Augen überrascht aufriss, lächelten ihre Lippen. »Glaube ich nicht. Außerdem, was würden Sam und Luke sagen, wenn sie wüssten, dass du hier bei mir bist?«

»Sam ist mit Aidan und seinen Unterrichtsstunden beschäftigt. Was Luke angeht, wer glaubst du, hat mir wohl gesagt wo du bist?«

Überrascht öffnete Alicia den Mund. »Luke hat dir gesagt, du sollst reingehen, während ich hier ein Bad nehme?«

Blakes Finger glitten ihren Arm hinab und wirbelten ein wenig im Wasser herum. Die Seifenblasen verschwanden, und er konnte ihre Brüste sehen und auch deren Reaktion auf seine Nähe. Es verursachte eine ähnlich starke Reaktion bei ihm. Er beugte sich vor und küsste, eingehüllt vom Duft nach Orangen, die empfindliche Stelle an ihrem Hals.

»Er schien der Ansicht zu sein, es könne mich interessieren, dass du nackt bist. Er hatte recht.«

Seufzend legte sie ihren Kopf zur Seite. Blake stützte sich auf beiden Seiten der Wanne ab und glitt dann mit der Hand hinein. Er küsste ihren Halsansatz, dort, wo ihr Herz pochte. Dann knabberte er sich an ihrem Kiefer entlang. Er flüsterte ihr ins Ohr, was er mit ihr machen wollte und tauchte gleichzeitig seinen Arm ins Wasser und streichelte ihre Brust. Alicia zuckte zusammen, und ein Wasserschwall schwappte über den Rand der Wanne und spritzte Blake nass. Er beachtete das gar nicht, sondern konzentrierte sich nur auf die Lust, die auf Alicias Gesicht erblühte, als er seine Hand zwischen ihre Beine gleiten ließ.

»Blake«, seufzte sie.

Er verlagerte seine Position, und sie schloss zuckend die Augen. Er hörte solange nicht auf, bis Alicia erschöpft in der Wanne zusammengesackt war. Blake hatte sie die ganze Zeit lang beobachtet und gestaunt, wie sehr es ihn erregte, sie so in ihrer Lust aufgehen zu sehen. Er wollte es gleich noch einmal erleben.

Er stand auf, zog das durchnässte Hemd aus, kickte die Stiefel von sich und schälte sich aus seiner Hose. Alicia riss die Augen auf.

»Blake –«

»Beug dich einfach nach vorn. Ich werde hinter dir sitzen.«

Sie tat, wie ihr geheißen, und als er sich hinsetzte, schwappte das Wasser über und spritzte auf den Fußboden. Blake zog Alicia an seine Brust und umfasste ihre Brüste zärtlich mit den Händen. Obwohl seine Knie aus dem Wasser herausschauten, gab es auf der ganzen Welt keinen Ort, an dem er lieber gewesen wäre.

»Bist du sicher, dass du heute Abend nicht zurück aufs Schiff kommen willst?«

»Es ist ja nicht so, als ob ich nicht wollte«, erklärte Alicia. »Aber Sam hat sich die Mühe gemacht, das Zimmer für mich vorzubereiten.«

»Und?«

Sie holte tief Luft. »Und so albern es auch klingt, ich möchte ganz einfach in ihrer Nähe sein.« Sie drehte den Hals, um ihn ansehen zu können. »Ergibt das irgendeinen Sinn?«

»Das tut es, aber das bedeutet nicht, dass ich es nicht vermissen werde, dich in meinen Armen zu halten.«

Er senkte den Kopf und küsste sie. Seine Gedanken verflogen wie Asche im Wind, als ihr Mund voller Leidenschaft antwortete. Sein Körper war schon bereit gewesen, sich mit ihr zu vereinigen, als er ins Zimmer gekommen war. Jetzt ließ ihr Po, der sich an ihn presste, ihr Mund, der den seinen lustvoll quälte, ihm die Lust wie einen Blitzschlag durch die Lenden zucken.

»Du kannst bleiben«, flüsterte sie. Kühn ließ sie den Arm zwischen ihre Körper gleiten und nahm ihn in die Hand.

Blake packte sie an der Taille und drehte sie um, bis sie über ihm in der Grätsche saß. Ihre Brüste reichten jetzt aus dem Wasser, und er ergötzte sich an deren Fülle. Sie war am ganzen Körper rosig. Er spielte mit ihren Brustwarzen und raunte erfreut, als sie in seinen Fingern hart wurden.

Ihre Blicke begegneten sich, und er verspürte ein überwältigendes Gefühl des Besitzerstolzes, sie so zu sehen, den Blick in seinen versenkt, ihre Hände auf seinen Schultern. Ihr Lächeln war so süß und die Grübchen in ihren Wangen ganz reizend. Flüchtig bemerkte er die Narbe, nicht, weil sie ihren Liebreiz schmälerte, sondern weil sie ein Teil von ihr war.

Er beugte sich vor und saugte an ihr, spürte, wie sich ihr Körper vor Lust wand. Mit den Händen auf ihren Hüften, lenkte er sie auf seine Erektion und hielt den Atem an, bis er vollständig in ihr war. Er verharrte so lange in dieser Position, wie er nur konnte und genoss die Verbindung, genoss das Gefühl, dass sie zusammenpassten.

Als er sich zu bewegen begann und Alicia sich vorbeugte, um sein Stoßen zu ermöglichen, da schoss ihm nur noch ein klarer Gedanke durch den Kopf.

Wenn sie auf dem Schiff lebten, dann würde er eine größere Badewanne kaufen müssen.

»Sie ist zwar nicht die *Freedom*, aber sie kommt ihr schon ziemlich nahe«, sagte Luke und klopfte mit der Hand auf den frisch reparierten Mast.

Blake antwortete spöttisch: »Die *Blue Rose* wird deine *Freedom* jederzeit schlagen.«

»Weißt du«, antwortete Luke und lehnte sich lässig gegen die Reling, und die Sonne funkelte auf seinen Halsketten, »es ist ein gutes Schiff. Glaubst du nicht, du hättest einen passenderen Namen finden können?«

»So wie *Freedom*? Das ist auch nicht sonderlich originell«, erinnerte ihn Blake.

Luke zuckte die Achseln. »War nicht meine Wahl, sondern der Name, den Samantha ausgesucht hat. Außerdem ist es das beste Schiff, das wir haben.«

»Ihr habt mehr als eine Schaluppe in eurer Bucht. Weshalb ist das hier euer Favorit?«

Mit zusammengekniffenen Augen schaute Luke an den Strand und zu den beiden Frauen, die dort saßen, die Zehen im Sand vergraben. Blake kannte Samanthas und Lukes Geschichte nicht, aber er hatte in den vier Tagen, die sie in St. Kitts waren, erfahren, dass es nichts gab, was Luke nicht für seine Frau tun würde.

»Die *Freedom* ist Samanthas Schiff. Dort haben wir uns kennengelernt. Sie ist unser Flaggschiff, und es gibt kein anderes, das ihm gleichkommt.«

»Du hast es nicht gebaut?«, fragte Vincent.

»Nein«, antwortete Luke, und seine Augen leuchteten freundlich, »aber das macht es für uns nicht weniger wertvoll.«

»Steht es denn zum Verkauf?«, wollte Nate wissen.

Sie standen an der Reling – Nate, Vincent, Blake, Joe, Luke und Aidan. Es hatte vier Tage harter Arbeit und ihre gemeinsamen Anstrengungen erfordert, um die *Blue Rose* zu reparieren.

»Dafür gibt es in der ganzen Karibik nicht genügend Geld, Kumpel.«

»Nun, wir haben schließlich einen Laderaum voller Schätze«, meinte Vincent daraufhin nur.

Luke antwortete spöttisch: »Ich habe früher selbst ein ordentliches Stück vom Kuchen abbekommen.«

»Nicht einen wie diesen«, erwiderte Vincent. »Der übertrifft alle Schätze, die du je gefunden hast.«

Luke sah beleidigt aus. »Nur damit ihr es wisst, ich war der beste Pirat, den es je gab. Selbst«, fügte er mit einem dezidierten Blick auf Blake hinzu, »wenn einige von euch noch nie etwas von mir gehört haben.«

»Davon weiß ich nichts«, fügte Nate lässig hinzu. »Blake hier ist auch ein ziemlich ordentlicher Pirat.«

»Ich bin kein Pirat«, wehrte sich dieser.

»Was ist denn so schlimm daran, ein Pirat zu sein?«, fragte Luke. »Dafür muss man sich doch nicht schämen.«

Blake hatte Luke in den vergangenen paar Tagen kennengelernt und alles, was er bis dato gesehen hatte, hatte ihm nicht bloß gefallen, sondern es hatte ihm Respekt abverlangt. Dennoch wusste er, dass nicht alle Piraten so waren wie Luke, und dass das, was mit Alicias Eltern passiert war, ein Paradebeispiel für Piraten mit schlechter Gesinnung war. Aber er wollte seinen zukünftigen Schwager auch nicht kränken.

»Ich bin mir sicher, du warst ein guter Pirat«, sagte Blake.

»Sam Steele war besser«, warf Aidan ein.

Joe brüllte vor Lachen, sein Bauch wackelte, und seine blauen Augen glitzerten. »Da hast du aber mal recht, mein Junge.«

»Hat er nicht«, antwortete Luke und runzelte die Stirn. »Ich war auf jeden Fall genauso erfolgreich wie Steele.«

»Soweit ich weiß, wurde Steele nie gefangen und ins Gefängnis geworfen«, sagte Nate.

»Zur Hölle nochmal.« Luke drehte sich zu Joe um. »Gibt es noch irgendetwas, was du ihnen über mich noch nicht erzählt hast?«

»Nun, ich habe ihnen nichts darüber erzählt, wie du in den Hintern geschossen wurdest.«

Blake verschluckte sich fast. »Wurdest du das wirklich?«

»Oh, haltet den Mund, ihr alle zusammen.« Luke starrte Joe finster an, aber der große Mann grinste nur zurück.

»Morgen«, meinte Luke zu Blake. »Die *Freedom* gegen die *Blue Rose*. Wollen wir doch mal sehen, welches Schiff schneller ist.«

Blake grinste. »Passt mir gut. Was ist der Wetteinsatz?«

Luke dachte kurz darüber nach. »Falls du gewinnst, dann schuldest du mir nichts für das schicke neue Steuerrad, das wir dir eingebaut haben.«

Blake pfiff und schaute zu besagtem Ruder hinüber. Er war beeindruckt gewesen, als Luke ihm eines der typischen Stücke anbot, an denen man ein Bradley-Schiff erkennen konnte. Das Steuerruder war nicht so groß wie die meisten, aber es war aus Mahagoni gefertigt und so lange poliert, bis es glänzte. An Deck gab es sonst nichts, was so rötlich braun war, und doch passte es zur *Blue Rose*. Blake fühlte sich geehrt es zu besitzen, und er hatte seine Begeisterung deutlich zum Ausdruck gebracht.

»Das ist ein gepfefferter Wetteinsatz. Was, wenn ich verliere?«

»Dann kochst du für die Party morgen Abend das Fleisch, weil ich diesen verdammten Job hasse, und«, fügte Luke mit einem spöttischen Lächeln hinzu, »du vergisst, dass du je gehört hast, dass mir in den Hintern geschossen wurde.«

»Blake? Jemand möchte dich sprechen«, rief Nate am nächsten Morgen die Luke hinunter.

Bevor Blake etwas antworten konnte, kam der Saum eines blauen Kleides in Sicht. Sein Magen zog sich zusammen, etwas, woran er sich langsam gewöhnte, wenn er Alicia sah oder an sie dachte. Dass er in den letzten paar Tagen keine Gelegenheit gehabt hatte, intim mit ihr zu werden, hatte seine Wahrnehmung für sie bloß noch erhöht.

»Konntest du dich nicht mehr länger von mir fernhalten?«, fragte er und drehte sich zum Bett um, wo er sein Hemd liegengelassen hatte.

»In der Tat konnte ich das nicht«, antwortete Samantha.

Blake wirbelte herum, sein Gesicht brannte. Er zog eiligst sein Hemd an und fummelte an den Knöpfen herum. »Tut mir leid. Ich dachte, du wärst Alicia.«

Samantha lächelte. »Sie ist bei Aidan. Seit er weiß, dass sie Schmiedin ist, stellt er ihr ständig neue Fragen.«

»Er ist sehr intelligent und hat einen wachen Verstand.«

»Den hat er. Manchmal bekomme ich Kopfschmerzen von all seinen Fragen. Normalerweise geht es um Schiffe und das Segeln, denn Aidan ist unersättlich, wenn es um das Meer geht, aber seit Neuestem zeigt er ein ernstes Interesse an der Schmiedekunst.« Sie lächelte. »Ich bin mir sicher, wenn sie erst damit durch sind, wird Alicia der Schädel brummen.«

»Damit kommt sie schon klar«, versicherte Blake ihr.

»Da stimme ich dir zu. Denn schließlich ist sie ja eine Schmiedin.« Samantha schüttelte den Kopf. »Ich muss zugeben, es fällt mir schwer, mir meine kleine Schwester bei einer solchen Arbeit vorzustellen, aber es scheint ihr zu gefallen. Ihr Gesicht leuchtet auf, wenn sie davon spricht.«

»Sie war besorgt, weißt du, wie du darauf reagieren

würdest. Sie hatte Angst, du würdest weniger von ihr halten.«

Samantha runzelte die Stirn, ihr Blick wurde härter. »Natürlich würde ich das nicht tun. Und das nicht nur, weil sie meine Schwester ist, sondern weil man jemanden nur danach beurteilen sollte, wer dieser jemand in seinem Herzen ist.«

Blake lächelte. Entschlossenheit war offensichtlich ein Wesenszug der Familie Fine. »Ich wollte bloß, dass du weißt, deine Zustimmung bedeutet ihr viel.«

Blake ging zum Tisch und bot Samantha einen Stuhl an. Als sie saß, setzte er sich ebenfalls hin.

»Du weißt, dass du das Rennen heute verlieren wirst?«, fragte sie grinsend.

Blake lachte. »Du bist dir sehr sicher, was dein Schiff angeht, nicht wahr?«

»Und Luke.« Sie wurde wieder ernst. »Worüber ich mir nicht sicher bist, das bist du.«

»Ach ja?«

Samantha legte die Arme auf den Tisch und verschränkte die Finger. »Mir ist klar, dass dies aus meinem Munde merkwürdig klingt, aber als Alicias Schwester und die letzte Familienangehörige empfinde ich es als meine Pflicht, dich zu fragen, welche Absichten du mit ihr hast.«

Blake runzelte die Stirn. »Du weißt, ich habe sie gebeten, meine Frau zu werden.«

»Das weiß ich, aber ihr kennt einander erst kurze Zeit. Bist du dir deiner Gefühle auch sicher?«

Blake lehnte sich nach vorne und ahmte ihre Haltung nach. »Ich war mir noch nie so sicher. Ich nehme die Ehe nicht auf die leichte Schulter, Samantha. Ich habe noch nie eine andere Frau um ihre Hand gebeten, und ich habe es auch in Zukunft nicht vor.«

»Da bin ich froh. Ich will nicht, dass Alicia wehgetan wird, Blake.«

»Dann lass mich dir versichern, dass ich keinerlei Absicht habe, ihr wehzutun. Ich weiß, dass sie etwas Besonderes ist.«

»Besteht die Möglichkeit, dass ihr in St. Kitts leben werdet?«

Blake schüttelte den Kopf. »Mein Schiff ist mein Zuhause. An Land kann ich kein Freibeuter sein.«

»Das hatte ich befürchtet.« Sie biss sich auf die Lippe und atmete tief ein. »Kannst du mir versprechen, dass ihr oft zu Besuch kommen werdet? Ich könnte es nicht ertragen, sie nicht zu sehen, wo ich sie doch gerade erst wiederbekommen habe.«

Blake streckte seine Hand aus und drückte die Hand der Frau, die er stolz als Teil seiner Familie bezeichnen würde. »Natürlich werden wir das. So oft wir nur können.«

Samantha räusperte sich, dann drehte sie sich mit einem frechen Glitzern in den Augen zu Blake um.

»So sehr ich dein Versprechen auch zu schätzen weiß, es ändert nichts am Ausgang des Rennens heute. Mein Schiff ist das schnellste.«

Lachend stand Blake auf. »Und nur weil du meine Schwägerin werden wirst, bedeutet das nicht, dass ich dein Schiff gewinnen lasse.«

»Ich freue mich schon, nachher deine Kochkünste probieren zu können«, antwortete sie und lächelte.

»Und ich freue mich darauf, meine Rechnung nicht zu bezahlen«, konterte er.

Der Himmel war strahlend blau. Eine kräftige Brise wehte vom Meer herüber und trieb die Möwen vor sich her, die am Strand nach all dem suchten, was die Ebbe zurückgelassen hatte.

Alicia schützte ihre Augen gegen das grelle Sonnenlicht, das vom Wasser zurückgeworfen wurde, und betrachtete lächelnd die beiden Schiffe, die sich nebeneinander aufstellten.

»Sie sind wie eine Horde Kinder am Weihnachtsmorgen«, meinte sie und grinste ihre Schwester an.

Sam nickte und strich sich das Haar zur Seite, das der Wind ihr ins Gesicht geweht hatte. »Luke war heute Morgen schon vor Sonnenaufgang wach. Er und Aidan konnten nicht schnell genug aus dem Haus raus.«

»Und Joe?«

Sam lachte. »Er hat sich furchtbar aufgeregt, als er aufwachte und herausfand, dass die beiden anderen ohne ihn losgezogen waren. Er ist ohne Frühstück aus dem Haus gestürmt und hat es gerade noch geschafft, seine Stiefel anzuziehen.«

Urplötzlich quoll Alicia schier das Herz über, und sie umarmte Sam.

»Was ist denn? Was stimmt denn nicht?«

»Nichts.« Alicia wischte sich die Tränen aus dem Augenwinkel. »Ich bin bloß so glücklich. Wir haben eine wunderbare Familie. Es ist alles ein solches Wunder, nicht wahr?«

Sam drückte sie fester an sich. »Ich bin jeden Tag dankbar dafür. Ich werde dich vermissen, wenn du fort bist.«

»Wir werden euch oft besuchen. Oh, schau«, sagte sie und drückte Sams Hand. »Sie wollen gerade starten.«

Die Schiffe lagen parallel zueinander, die Segel hingen schlapp an den Masten herunter. Eine Kanone donnerte von der *Blue Rose* herüber, Qualm erfüllte die Luft, und Männer wuselten über die Decks. Weiße Segeltuchbahnen öffneten sich, und die Schiffe segelten los.

»Er führt, er führt!«, jubelte Alicia voller Stolz beim Anblick der *Blue Rose* an der Spitze.

»Es ist noch nicht vorbei.«

Sie verloren die Schiffe aus ihrem Blickfeld, als diese um eine kleine Insel segelten. Alicia und Sam warteten mit angehaltenem Atem, bis die gebauschten Segel wieder in Sicht kamen.

»Es ist unser Schiff!«, brüllte Sam, als sie die *Freedom* in Führung liegen sah. Sie hüpfte auf der Stelle auf und ab und jubelte für Luke.

Blake lag nicht weit dahinter. Alicias Schreie fielen in Sams Jubel ein und zogen die Aufmerksamkeit einiger Kinder auf sich, die am Strand mit dem streunenden Hund spielten. Die Kinder erkannten Lukes Schiff, als dieses näher zum Ufer kam und fielen in Sams Anfeuerungsrufe ›Schneller, Luke!‹ ein.

Am Ende war es knapp, aber die *Freedom* gewann mit einer halben Länge. Nachdem die Schiffe ankerten, rannte Aidan los, um bei seinen Freunden damit anzugeben, und Joe, Nate und Vincent begannen, den Verlauf des Rennens lautstark zu debattieren. Sam lief zu Luke und beglückwünschte ihn mit einem Kuss.

»Es war knapp«, meinte Alicia und schlang die Arme um Blake.

»Es hat Spaß gemacht«, rief Blake und verblüffte Alicia mit der Begeisterung, die in seiner Stimme mitschwang und aus seinen Augen leuchtete. Seit sie Blake kannte, hatte sie ihn noch nie so übermütig erlebt. Der Kapitän hatte recht – Blake brauchte mehr Spaß in seinem Leben.

Luke kam rüber und klopfte Blake auf den Rücken.

»Du hast da ein feines Schiff. Das Ruder gehört dir, Kumpel, mein Geschenk. Aber du wirst das Kochen übernehmen.«

»Habe ich vergessen zu erwähnen, dass ich einen Laderaum voller Schätze habe?«

Luke lachte und zog Sam näher zu sich heran. »Keine Chance, mein Lieber. Ich habe vor, mich hinzusetzen und den Rum zu genießen, während du dieses Schwein röstest.«

»Weil du gerade von der Party redest«, meinte Sam, »Alicia, wir sollten zurückgehen. Wir haben noch viel zu erledigen.«

Als sie gemeinsam zu Sams Haus zurückgingen, zählte sie die Arbeiten auf, die noch gemacht werden mussten.

»Sam, es ist doch nur ein kleines Fest. Du musst dir doch nicht solche Mühe machen.«

»Nun, es wäre nicht so klein, wenn du mir erlaubt hättest, mehr Leute einzuladen«, erinnerte sie Alicia, als sie auf den Weg traten, der sich zur Rückseite von Sams Haus schlängelte.

»Hier geht es um die Familie, darum, wieder zusammen zu sein. Wir brauchen nicht das ganze Dorf, um das zu feiern.«

Sam hielt an und drehte sich zu ihrer Schwester um. »Ich will doch bloß der ganzen Welt mitteilen, dass du da bist.«

Alicia lächelte und war von den Worten ihrer Schwester gerührt. »Es war schon ein ziemlich weiter Weg, nicht wahr?«

»Ja, das war es«, stimmte Sam zu und ging auf dem Pfad weiter. Die dicken roten und orangefarbenen Blumen, die den Weg säumten, erfüllten die feuchte Luft mit ihrem Duft. »Aber wenigstens können wir dankbar sein, dass es vor –«

Sam hielt abrupt inne, und Alicia rempelte sie aus Versehen an. »Was ist denn?«, fragte Alicia und trat neben ihre Schwester.

Ein Entermesser steckte in der Holztür. Daran hing ein zusammengerolltes Stück Pergament. Alicia schaute sich um, sah aber nichts außer Palmwedeln, Farnen und dem farbenprächtigen Blumenarrangement, das Sam gepflanzt hatte. Dennoch hatte sie ein merkwürdig kaltes Gefühl im Nacken, so als ob sie beobachtet würden.

»Sollen wir warten bis –«

»Nein, ich werde mich darum kümmern«, antwortete Sam.

Alicia sah zu, wie Sam das Papier mit ruhigen Händen losmachte.

Über Sams Schulter hinweg las Alicia die folgenden Worte.

Ihr habt Euch ein ziemlich angenehmes Leben aufgebaut, fast schon alltäglich. Für jemanden so Bemerkenswerten wie Euch muss es doch eine Weile gedauert haben, sich daran zu gewöhnen. Doch da seid Ihr nun, habt Euch sicher und gemütlich in St. Kitts niedergelassen, mit einer Familie, einem Geschäft und einer neu gefundenen Schwester. Und niemand ahnt etwas. Nun, beinahe niemand. Fühlt Ihr Euch immer noch so, als könnte Euch niemand wiedererkennen … Sam?

16

Sam zerknüllte das Papier in ihrer Hand. Sie riss das Entermesser heraus, packte Alicia am Handgelenk, stieß die Tür auf und knallte sie hinter sich zu. Sobald sie drinnen war, warf sie den Brief und das Messer auf den Tisch und begann über den am Vortag blank gescheuerten Fußboden auf und ab zu gehen.

Krächz. »Nicht die Tür zuschlagen. Nicht die Tür zuschlagen.«

»Wer würde so etwas tun?«, fragte Alicia und ignorierte den Papagei, der in seinem Käfig auf und ab hüpfte.

»Ich weiß es nicht!«

»Was meint er denn damit?«

»Das kann nicht sein. Das ist unmöglich«, murmelte Sam, die immer noch zwischen der Hintertür und dem Flur, der zum Wohnzimmer führte, hin und her marschierte.

»Was ist unmöglich?«

Sam hielt inne und stemmte sich die Hände in die Hüften. Ihr stählerner Blick fiel auf die Tür. »Verdammt. Das wird Luke ganz und gar nicht gefallen.«

»Was wird ihm nicht gefallen?«, wollte Alicia wissen. Sie stellte sich so vor Sam, dass diese stehen bleiben musste. »Worum geht es hier? Was wird Luke ganz und gar nicht gefallen?«

Sam zwinkerte, so als ob sie gerade erst bemerkte, dass sie nicht alleine war. Der harte Ausdruck in ihren Augen wurde weicher.

»Luke ist bei diesen Dingen ziemlich eigen. Er wird diese Kerbe in der Tür nicht mögen.«

Alicia schüttelte den Kopf und machte ein energisches Gesicht. Ihre Schwester war aufgebracht, und, obwohl sie es zu verbergen versuchte, hatte sie auch Angst. Aber Sam war nicht die einzige hartnäckige Frau in der Fine-Familie.

»Ich bin nicht so einfach gestrickt, Sam, dass ich nicht sehen würde, dass dich das hier aufgeregt hat.«

»Nun, natürlich hat es mich aufgeregt. Irgendjemand spielt mir einen üblen Streich.«

Alicia packte Sam an den Armen. »Wir haben viel verloren, Sam. Wir haben unsere Eltern verloren, unser Zuhause, und für eine Weile hatten wir einander verloren. Lass uns jetzt nicht vergeuden, was uns geschenkt wurde, indem wir einander anlügen.«

Sam sah ihren entschlossenen Blick und senkte dann den Kopf. »Ich hatte gehofft, du würdest es nie herausfinden.«

Alicia rutschte das Herz in die Hose. War Luke in Schwierigkeiten? Das lag nahe. Er war ein Pirat, oder jedenfalls war er mal einer gewesen. Gewiss hatte der Mann Feinde. Obwohl sie ihn mittlerweile mochte, verspürte Alicia plötzlich ein wenig Abneigung gegenüber ihrem Schwager, da es so schien, als ob sein früheres Leben Sam und die Menschen, die sie liebte, in Gefahr brachte.

»Was hat Luke gemacht?«, fragte Alicia.

Krächz. »Luke ist unschuldig. Luke ist unschuldig.«

Sam hob den Kopf und runzelte die Stirn. »Luke? Er hat gar nichts gemacht. Weshalb würdest du … oh«, schloss sie mit einem verständnisvollen Nicken. »Weil Luke ein berühmter Pirat war, denkst du, das hätte mit ihm zu tun.«

Jetzt war es an Alicia, verwirrt zu sein. »Hat es das denn nicht? Warum sonst würde euch denn jemanden bedrohen?«

»Als du in Port Royal warst«, begann Sam und betrachtete Alicia eindringlich, »hast du da jemals von einem Piraten mit Namen Sam Steele gehört?«

»Nein, ich habe die meiste Zeit in der Schmiedewerkstatt verbracht, ebenso wie mein Vat – ebenso wie Jacob. Er war kein Mann, der tratschte und Anna ebenfalls nicht. Warum? War Steele auch für das verantwortlich, was mit unseren Eltern passiert ist?«

Sam schüttelte den Kopf. »Nein, das ist unmöglich. Steele war zu der Zeit nicht in der Karibik. Er ist erst vier Jahre später aufgetaucht.«

Ein Knoten aus Furcht schien sich in Alicias Magen zu bilden und sie hoffte bei Gott, dass sie sich irrte. »Hat dir Steele auch weh getan?«

Sam lächelte traurig. »Ja, aber das war durch mein eigenes Handeln. Alicia, *ich* war Sam Steele, und vier Jahre lang bin ich unter einer Piratenflagge gesegelt, während ich Dervish gejagt habe.«

Alicias wollte etwas erwidern, doch kein Laut drang aus ihrem Mund, so fassungslos war sie über diese unerwartete Wende der Ereignisse. Zugegeben – sie hatte ihre

Schwester seit Jahren nicht gesehen, doch weder das Mädchen, an das sie sich erinnerte, noch die Frau, die sie in den vergangenen fünf Tagen kennengelernt hatte, schien ihr der Piraterie fähig zu sein.

»Und das«, sagte Sam und ging mit hängenden Schultern zum Tisch, wo sie sich auf den Stuhl plumpsen ließ, »ist es, was ich nie wollte, dass du es erfährst.«

Alicia gelang es schließlich, ihren Verstand wieder zu gebrauchen, und sie setzte sich auf den Stuhl, der ihrer Schwester am nächsten war und ergriff deren Hand. »Es tut mir leid. Ich weiß nicht, was ich sagen soll. Ich sehe dich an, so sesshaft und verheiratet, und ich denke an das Mädchen zurück, das lieber gesegelt ist, als mit mir zu spielen, und es scheint so unwahrscheinlich zu sein, dass du zwischen diesen beiden Leben ein Pirat warst. Du bist nicht so herzlos, Sam.«

»Nein, bin ich nicht, und Steele war es ebenfalls nicht. Steele war so ehrlich und gerecht, wie ich nur sein konnte. Ich habe versucht, so wenig wie möglich Schaden anzurichten, obwohl es nicht immer zu vermeiden war. Und obwohl ich einen ordentlichen Batzen an Kostbarkeiten angehäuft habe, so ging es mir doch niemals nur darum. Ich musste Steele sein, damit ich Dervish finden konnte. In der Minute, in der Dervish starb, da ist auch Steele gestorben.«

Als Alicia ihre Schwester ein wenig genauer betrachtete, konnte sie deren eisernen Willen und die Stärke ihrer Überzeugungen erkennen. Obwohl sie sich nicht vorstellen konnte, wie Sam eine Pistole handhabte und in einer Schlacht kämpfte, war es doch leicht zu akzeptieren, dass sie ein Schiff befehligt hatte. Sie war bestimmt gut darin gewesen.

»Aber du bist begnadigt worden, wo ist das Problem?«

»Nein, Alicia«, antwortete Sam und schüttelte den Kopf. »Luke wurde begnadigt. Mein Erfolg als Steele lag daran, dass niemand außer der Mannschaft wusste, dass Steele eine Frau war. Jedes Mal, wenn wir in einem Hafen anlegten, übernahm ein anderes Mannschaftsmitglied die Identität von Steele.«

»Also«, begann Alicia, die nun verstand, »gab es keinen Grund für dich, begnadigt zu werden.«

»Nein. In der Tat haben Luke und ich beschlossen, dass es besser wäre, Steele einfach so verschwinden zu lassen, damit die Leute annehmen, er wäre gestorben oder hätte die Karibik verlassen. Bis jetzt war das auch nie ein Problem.«

»Und du glaubst, wer auch immer dieses Entermesser in die Tür gerammt hat, hat die Wahrheit herausgefunden?«

Sam zuckte die Achseln. »Jedenfalls scheint es so zu sein. Ich verstehe es bloß nicht. Warum jetzt?«

Alicia grübelte darüber nach, doch nichts ergab einen Sinn. »Bist du sicher, dass es in dieser Nachricht darum geht? Er bezeichnet dich ja nicht direkt als Steele.«

»Nein, aber er nennt mich Sam. Du, Aidan, Joe und unser Vater seid die Einzigen, die mich je so genannt haben.«

Alicia biss sich auf die Lippe. »Glaubst du, es könnte ein Mitglied deiner alten Crew sein?«

»Vielleicht, aber was würden sie damit gewinnen? Außerdem, wie ich schon gesagt habe, ich war gerecht. Sie haben alle Profit daraus geschlagen, mit mir zu segeln. Falls sie zugäben, dass ich Steele bin und sie unter mir gesegelt sind, dann müssten sie sich ebenfalls der Piraterie schuldig bekennen.«

Alicia versuchte, all das zu begreifen, was sie gerade erfahren hatte. Gott, all diese Dinge, die in ihrer beider Leben passiert waren, seit sie England verließen. Und obwohl es nicht im Geringsten komisch war, kicherte Alicia.

»Was ist denn so lustig?«, fragte Sam.

»Wenn ich daran denke, dass ich Angst davor hatte, was du davon halten würdest, dass ich Schmiedin bin.«

Die Anspannung um Sams Mund löste sich, und ihr Blick war nun ohne Angst.

»Wir sind keine echten Stützen der anständigen Gesellschaft, nicht wahr?«

»Nein«, antwortete Alicia. »Eindeutig nicht. Aber«, fügte sie hinzu, ging zu Sam hinüber und nahm deren Hand, »dies hier ändert nichts für mich. Wenn man bedenkt, was du durchgemacht hast, wer wäre ich denn, wenn ich dich dafür verurteilen würde?«

Sams Blick wurde weich. »Danke, dass du mir nicht den Rücken zudrehst.«

»Oh Sam, wie könnte ich? Du bist meine Schwester.«

Der Klang der herannahenden Männer drang durch die Tür. Sam wischte sich die Augen ab und umklammerte Alicias Hand.

»Sag bitte kein Wort. Zu niemandem, nicht mal zu Blake.«

»Aber –«

»Niemandem!«, wiederholte Sam und Panik kroch in

ihre Stimme. »Wir haben unablässig daran gearbeitet, meine Identität geheim zu halten. Sollte die Wahrheit jemals herauskommen, könnte ich gehängt werden.«

Sam hatte recht, und sosehr Alicia auch die Vorstellung hasste, etwas vor Blake geheim zu halten, so würde sie es dennoch tun. Für Sam würde sie alles tun.

»Du hast mein Wort.«

Die Tür öffnete sich und herein strömten Stimmen und der Geruch frischer Luft. Die Männer lachten und redeten wild durcheinander. Unabhängig vom Ausgang des Rennens konnte man deutlich sehen, dass hinter all der Neckerei und den lauten, gegenseitigen Beleidigungen in Wahrheit freundschaftliche Zuneigung verborgen lag. Federnden Schrittes trat Blake zu Alicia hin und umarmte sie.

»Das ist vielleicht die lahmste Ausrede, die ich je gehört habe«, sagte Luke. »An Deck ausgerutscht. Ist dir nichts Besseres eingefallen?«

»Es war rutschig«, protestierte Vincent. »Sag's ihm, Nate.«

Nate hob abwehrend seine riesigen Handflächen. »Ich versuche Niederlagen mit Anstand zu ertragen, Vincent.«

»Ach, mach dir darüber keine Sorgen, Bürschlein«, meinte Joe und schlug Vincent so hart auf den Rücken, dass der Zwerg nach vorn stolperte. »Luke kann so etwas auch nicht besonders gut zugeben.«

»Das liegt daran, dass ich verdammt nochmal nie verliere«, antwortet Luke.

»Wie war denn das damals –«

»Aidan«, unterbrach Luke und kniff warnend die Augen zusammen.

Krächz. »Aidan hol Essen. Aidan hol Essen.«

Der Junge grinste und tanzte auf Zehenspitzen herum. »Richtig. Schon gut.« Er schlenderte zum Käfig und reichte dem Vogel etwas zum Knabbern.

»Es ist eine Schande, wie du dem Jungen beibringst zu lügen.«

»Man nennt das Diplomatie, Joe, und falls der Junge irgendwann mal heiraten möchte, ist es besser, er lernt diese Fähigkeit beizeiten. Nicht wahr, Liebes?« Luke hob Sam in die Höhe und küsste sie schmatzend, dann stellte er sie wieder auf ihre Füße. Sein Blick glitt über den Tisch. »Gab es ein Problem?« Er deutete auf das Entermesser.

Sam schaute erst zu Alicia, dann zu Luke. »Nein, wir haben es auf dem Boden gefunden. Kann ich oben einen Augenblick mit dir sprechen?«, fragte sie und schnappte sich das Messer und die Nachricht.

Luke betrachtete seine Frau, und Alicia erkannte an dem Zug um seinen Mund, dass er Sams Ausrede nicht glaubte. Nickend nahm er ihre Hand, und sie verschwanden durch die Türöffnung.

»Sonnenschein?«, fragte Blake, aber sie spürte, wie alle Augen im Zimmer auf ihr ruhten. »Ist alles in Ordnung?«

Blakes Hände lagen auf ihren Schultern, sein Blick war zärtlich. Sie zwang sich zu einem Lächeln und betete, dass es besser aussah, als es sich anfühlte.

»Ja, alles wie es sein sollte.« Die Worte waren zwar keine komplette Lüge, aber sie hinterließen nichtsdestotrotz einen bitteren Geschmack in Alicias Mund.

Dies sollte besser funktionieren, dachte Lewis später an jenem Nachmittag, als er sich gegen eine der Palmen lehnte, die den Markt säumten. Obwohl es ihn ermuntert hatte, wie schnell Samantha das Entermesser früher am Morgen aus der Tür gerissen hatte, so war das noch nicht genug. Er brauchte eine eindeutigere Bestätigung dafür, dass sie Steele war. Es durfte keinerlei Zweifel geben, nicht wenn er sie dazu bringen wollte, ihm ihr Vermögen auszuhändigen. Und Lewis hatte nicht die Absicht, zu versagen.

Er beobachtete den Jungen, den er dafür bezahlt hatte, eine Notiz in Samanthas Hand zu schieben, bevor er in der Menge verschwand. Sie hatte keine Chance, ihm zu folgen. Als sie den Zettel entfaltete und die Worte las, war der Junge schon verschwunden. Lewis beugte sich vor, die Hände zu Fäusten geballt. Er lächelte beim Anblick von Samanthas Bedrängnis, die sie nach der Hand ihres Ehemannes greifen ließ.

Luke nahm die Nachricht, las die Worte. Obwohl Lewis ihn nicht hören konnte, war er in der Lage, den Fluch auf den Lippen des Piraten zu lesen. Lukes Blick schweifte über die Menschenmenge, aber das beunruhigte Lewis nicht. Luke hatte keine Ahnung, nach wem er suchte, und Samantha war zu beschäftigt damit, ihren Ehemann weg vom Marktplatz zu zerren.

Aus sicherer Distanz folgte Lewis ihnen, während sie zurück zu ihrem Haus eilten. Er wurde langsamer, als sie sich ihrem Zuhause näherten und verschmolz mit einer kleinen Gruppe von Leuten, die auf dem Weg zum Strand war. Er wählte ein am Meer gelegenes Fleckchen, das nicht voller

Lärm und Menschen war und setzte sich in den Sand, um nachzudenken.

Es waren ein paar frustrierende Tage gewesen, als er sie beobachtete, wie sie das Schiff reparierten. Er hatte Blake ein paar Mal abgepasst, als dieser auf dem Weg zurück zum Haus war, aber jedes Mal, wenn er ihn nach der Beute fragte, wurde ihm gesagt, dass die Reparaturen zuerst kämen und Lewis auf sein Geld noch warten musste.

Er schlug mit der Faust in den Sand und wünschte sich, es wäre Blakes Gesicht. Ihm gebührte ein Anteil an der Beute, und die Tatsache, dass Blake mit dem Teilen absichtlich zuwartete, machte Lewis wütend! Besonders weil er den Schatz ständig bewachen ließ, weshalb Lewis sich seinen Anteil nicht einfach so holen konnte. Wenn er könnte, dann würde er dafür sorgen, dass Blake dafür und noch für ein paar andere Dinge bezahlte. Aber so sehr ihn sein früherer Kapitän auch erzürnte, musste Lewis sich dennoch daran erinnern, dass er nicht sein Hauptziel war.

Lewis beugte die Knie, grub die Fersen in den Sand und plante seinen nächsten Schritt, während ein paar Möwen niedrig über die schäumende Brandung flogen. Lukes fester Griff nach Samantha und die Art, wie er alle anfauchte, ihm aus dem Weg zu gehen, brachten klar zum Ausdruck, dass er sich um seine Frau sorgte. Und nur Leute mit Geheimnissen hatten auch Grund, deswegen in Sorge zu sein.

Sie war Steele, das wusste er. Ihre Reaktion war zu deutlich. Er konnte es nicht beweisen, jedenfalls nicht anhand der Veränderungen, die sie am Schiff seines Vaters vorgenommen hatte, aber das musste sie ja nicht wissen. Außerdem hatte er schließlich genügend Zeit gehabt, alles zu bedenken, als er auf Händen und Knien Blakes verdammtes Schiff geschrubbt hatte. Er hatte alle Möglichkeiten durchgearbeitet. Sie mochten zwar Piraten sein, dachte er, aber sie waren nicht die Einzigen, die skrupellos sein konnten.

Und sobald Blake ihm seinen Anteil an der Beute gegeben hatte, würden sie erst wirklich herausfinden, wie skrupellos Lewis Grant sein konnte.

»Du siehst müde aus«, sagte Sam. Sie reichte Alicia eine Tasse Tee und setzte sich neben sie auf die Couch.

»Vielen Dank«, antwortete Alicia und nahm die Tasse entgegen. »Das bin ich auch. Ich weiß nicht warum, aber plötzlich fühle ich mich so erschöpft.« Sie hatte bereits ihre Schuhe aufgeschnürt und schob jetzt ihre Füße unter sich, während sie am Tee nippte.

»Das tut mir leid.« Sam streichelte mitfühlend Alicias Arm. »Das Rennen und die Feier waren genügend Aufregung für einen Tag. Die Briefe haben da gewiss nicht geholfen.«

»Nein, aber es war beinahe ebenso nervig, dass die Männer mir während der Feier nicht von der Seite wichen. Ich fühlte mich, als ob ich nicht mehr frei atmen konnte, so sehr hat Joe an mir gehangen.«

Sam schüttelte den Kopf. »Und dann hat er auch noch seinen Rum über dich verschüttet.«

»Ich habe doch bloß geniest, Herrgott nochmal, und er ist zusammengezuckt, als ob eine Kanone abgefeuert würde. Er hat sich angestellt, als ob man mich angreifen würde.«

»Und Luke war auch nicht besser«, gab Sam zu und zog ebenfalls die Beine unter sich. »Ich glaube nicht, dass er den ganzen Abend auch nur einmal gelächelt hat.« Sam seufzte. »Was eigentlich eine Feier hätte sein sollen, wurde zu einem Alptraum. Die Art, wie Luke vor sich hin gestarrt hat und mich nicht mal die einfachsten Fragen beantworten lassen wollte. Es würde mich schon sehr überraschen, wenn irgendjemand jemals wieder einen Schritt in unsere Nähe macht.«

»Nun, ihr Verhalten hat gewiss dafür gesorgt, dass die Party nicht zu lange gedauert hat.«

Sam stöhnte. »Innerhalb von zwei Stunden ist es ihnen gelungen, jeden in die Flucht zu schlagen. Selbst bei der Menge, die Aidan und Joe verdrücken können, werden wir für eine Woche zu essen haben. Es wird verderben, bevor wir das alles aufessen können.«

Alicia trank ihren Tee aus. »Wir können Blakes Mannschaft etwas abgeben. Ich bin mir sicher, sie werden es zu schätzen wissen.«

»Hat er immer noch vor, morgen abzureisen?«

»Ich weiß nicht«, antwortete Alicia. Blake hatte früher am Abend bemerkt, dass irgendetwas nicht stimmte und hatte sie bei mehr als einer Gelegenheit gefragt, um was es sich handelte. Jedes Mal, wenn sie gelogen oder der Antwort ausgewichen war, nagte es an ihr, bis sie nichts mehr essen konnte, weil ihr Magen ganz verkrampft war. »Im Augenblick ist er verärgert. Er weiß, die Dinge sind nicht in Ordnung, und ich habe ihm den Grund dafür vorenthalten.«

Sam fand einen losen Faden am Ärmel ihres Kleides und

begann, diesen um ihren Finger zu wickeln. »So sehr ich es auch hasse, das zu sagen, aber vielleicht wäre es am besten, wenn du abreisen würdest. Dann müsste ich mir um dich keine Sorgen mehr machen.«

»Ich bin nicht diejenige, die in Gefahr ist, Sam.«

»Das wissen wir nicht. Und ich will dich nicht in Gefahr bringen, verletzt zu werden, nur weil ich etwas getan habe.«

Alicia stellte ihre Tasse auf den Beistelltisch und brauchte einen Moment lang, um ihre Gedanken und Gefühle zu ordnen. Blake hatte ihr mitgeteilt, dass er St. Kitts bald verlassen würde, aber sie waren zu beschäftigt, und zu viele Leute waren um sie herum gewesen, als dass sie richtig darüber sprechen konnten. Und die Wahrheit war, sie war noch nicht bereit, abzureisen.

»Sam«, begann Alicia mit zitternder Stimme. Sie wartete einen Moment, fing dann noch einmal an. »Ich bin noch nicht bereit dazu, Lebewohl zu sagen.« Ihre Augen brannten, als sie sich mit Tränen füllten. Ihr Herz schien ihr in der Brust entzweigerissen zu werden.

Ihre Schwester zog sie in die Arme und hielt sie fest. »Ich weiß, bei dem Gedanken wird mir auch ganz schlecht. Aber es wäre ja nicht für immer, Alicia. Wir müssen uns nur vornehmen, uns so oft wie möglich gegenseitig zu besuchen.«

»Liebes«, sagte Luke, trat ins Zimmer und lenkte ihre Aufmerksamkeit auf sich. Er lehnte sich in den Türrahmen und schien sich zum ersten Mal an diesem Abend zu entspannen. »Die Türen sind abgeschlossen und Aidan ist sofort eingeschlafen, nachdem ich die Lampe gelöscht habe.«

»Und Blake?«, fragte Alicia und stand auf.

Luke zögerte einen Augenblick. »Ist mit Nate und Vincent zum Schiff zurückgegangen. Er wünscht dir eine gute Nacht.«

Alicia schluckte die Enttäuschung hinunter. Wenn Blake etwas zu sagen hatte, dann würde er es selbst sagen. Es war nicht seine Art, durch jemand anderen zu sprechen.

»Ich weiß deine Lüge zu schätzen, Luke, aber ich kenne die Wahrheit. Er ist böse auf mich, und ich kann ihm das nicht einmal vorwerfen. An seiner Stelle wäre ich ebenfalls wütend.«

»Es tut mir leid, dich in eine solche Situation gebracht zu haben«, sagte Sam.

»Ich mache dir keine Vorwürfe, Sam. Wir müssen dieses Geheimnis bewahren, damit du in Sicherheit bist.«

»Ich weiß, aber ich möchte nicht, dass der Preis für meine Sicherheit dein Glück ist.«

Sam ging zu Luke, lehnte sich an ihn, und Alicia war bei ihrem Anblick ein wenig neidisch, hatte aber gleichzeitig auch Furcht. Sie musste die Dinge zwischen Blake und sich klären.

»Das wird nicht passieren. Morgen, wenn ich nicht mehr so müde bin und er ein wenig Zeit hatte, sich zu beruhigen, werden wir die Sache klären.«

»Er wird wissen wollen, was wir vor ihm verbergen«, warnte Luke.

»Ich werde mir was ausdenken.« Bevor sie das plötzliche Aufwallen ihrer Verzweiflung unter Kontrolle bringen konnte, strömten Alicia die Tränen über die Wangen, und wieder wurde sie von Sams Umarmung schier erdrückt.

»Weine doch nicht, Alicia«, bettelte Sam, und ihre Stimme klang traurig und belegt.

Alicia klammerte sich an sie, bis ihr die Augen brannten. Dann schluchzte sie und befreite sich aus der Umarmung. Sie konnte sich nicht daran erinnern, jemals so müde gewesen zu sein.

»Ich muss wohl erschöpfter sein, als mir bewusst war. Normalerweise bin ich nicht so gefühlsduselig.«

»Kann ich dir irgendetwas bringen?«, fragte Sam und Sorge sprach aus ihren Augen.

Alicia schüttelte den Kopf, wünschte ihnen eine gute Nacht und trottete die Treppe hinauf. In ihrem Schlafzimmer zog sie die Bettdecke zurück und kroch noch vollständig angezogen hinein. Ihre Gedanken wirbelten durcheinander. Sie schien keinen davon lange genug festhalten zu können, um ernsthaft darüber nachzudenken. Ihr Kopf drehte sich, jeder Teil ihres Körpers fühlte sich ausgelaugt, und sie taumelte in den Schlaf.

Langsam kam Alicia wieder zu Bewusstsein. Der Helligkeit hinter ihren geschlossenen Augenlidern nach zu urteilen, war es helllichter Tag. Sie versuchte die Beine zu bewegen, aber sie fühlte sich wie festgebunden. Sie trat einmal kräftig mit dem Fuß und machte sich frei, als ihr einfiel, dass sie sich wohl in ihrem Rock verwickelt hatte. Sie drehte sich auf die Seite und öffnete ein Auge. Durch die Vorhänge, die sie nicht zugezogen hatte, weil sie zu müde gewesen war, viel ein breiter Sonnenstrahl, und von draußen erklang der Gesang der Vögel, die in den Baumwipfeln zwitscherten.

Weder das Licht noch der Gesang waren ihr willkommen, und Alicia zog sich die Bettdecke über den Kopf. Wenn sie vorgab, es sei immer noch Nacht, dann müsste sie vielleicht nicht einem zornigen Blake gegenübertreten und wäre nicht gezwungen, ihn wieder anzulügen. Sie müsste sich auch nicht von Sam verabschieden.

Als die Luft zu heiß wurde und ihre Lungen nach frischem Sauerstoff verlangten, riss Alicia die Decke von sich. Ein verlockender Duft nach Essen drang von unten herauf. Alicia atmete tief ein, rümpfte beim Duft nach Bratwürstchen die Nase und sprang im selben Augenblick aus dem Bett, weil sich ihr der Magen umdrehte.

Krabbelnd streckte sie die Hand nach der Bettpfanne aus, ohne einen Augenblick zu verschwenden. Auf Händen und Füßen übergab sich Alicia so lange, bis ihr der Schweiß vom Gesicht lief, ihr die Hände zitterten und sie sich fühlte wie am ersten Tag auf Blakes Schiff. Als alles aus ihr heraus war, drehte sie sich zur Seite und rollte sich zu einer Kugel zusammen. Sie fiel wieder in den Schlaf zurück.

»Alicia«, rief Sam, klopfte leise an die Tür und weckte sie. »Frühstück ist fertig.«

Als Alicia den Mund öffnete, um zu antworten, musste sie ihn schnell wieder schließen, weil ihr wieder übel wurde. Sie antwortete auf die einzige Art, die sie noch konnte, nämlich mit einem Stöhnen. Die Tür wurde mit einem Knarren geöffnet.

»Alicia!«, rief Sam. Ihre Absätze klapperten, als sie durch den Raum eilte. Alicia spürte die kühle Handfläche ihrer Schwester auf der Stirn. »Geht es dir gut? Bist du verletzt?« Sie musste die Bettpfanne gesehen haben. »Oh, armes Ding. Kann ich dir irgendetwas bringen?«

»Hast du Ingwertee?«, krächzte Alicia, und ihr Magen verkrampfte sich schon wieder. Während sie sich übergab, rieb Sam ihr den Rücken, dann half sie ihr ins Bett. Sie stopfte eine leichte Decke um Alicia und trug die Bettpfanne hinaus.

»Ich bin gleich zurück«, erklärte sie, nachdem sie eine saubere Pfanne gebracht hatte. »Ruh dich nur aus.«

Alicia döste wieder und wurde von der Kühle eines feuchten Lappens geweckt, der ihr auf die Stirn gelegt wurde. Sie öffnete die Augen.

»Danke.«

Sam saß neben ihr, eine Tasse mit Tee in der Hand. »Es ist doch nicht etwa deine Sorge um mich, die dich so krank macht?«, fragte sie.

»Nein, ich bin mir nicht sicher, weshalb ich krank bin. Wir haben doch alle dasselbe gegessen. Ist sonst noch jemand krank?«

»Nicht dass ich wüsste. Joe hält draußen Wache. Aidan und Luke sind unterwegs und schauen nach unseren Schiffen.«

Alicia setzte sich auf, ordnete die weichen Kissen unter ihrem Rücken neu und sackte dann wieder in sie hinein. »Auf Blakes Schiff war mir auch schon schlecht, aber das lag an der Bewegung. Doch nachdem ich den Tee getrunken und mich an das Schwanken gewöhnt hatte, ging es mir gut.« Sie runzelte die Stirn. »Es fühlt sich zwar genauso an, aber weshalb sollte ich denn an Land seekrank werden? Das ergibt doch keinen Sinn.«

Sam reichte Alicia gerade den Tee, als ihr plötzlich die Hand zitterte. Alicia packte die Tasse schnell, bevor ihre Schwester den Tee verschüttete und ihr den Schoß verbrühte.

»Ich will dir ja nicht zu nahe treten oder dich beleidigen, aber könnte es sein, dass du schwanger bist?«, fragte Sam.

Wieder klapperte die Teetasse und Alicia bekam wie durch einen Schleier mit, wie Sam die Tasse wieder an sich nahm und sie auf den Nachtisch stellte.

»Alicia?« Sam legte ihr die Hand auf die Wange. »Ist das möglich?«

»Ich –« Alicia schluckte den Anflug von Panik hinunter und presste sich die Hand auf ihren nervösen Magen. Falls sie zugab, dass es möglich war, dann müsste sie gleichzeitig zugeben, dass sie mit Blake geschlafen hatte, obwohl sie nicht mit ihm verheiratet war. Ihr Gesicht und die Ohren wurden vor Scham feuerrot.

Sam kicherte. »Du liebst Blake, Alicia. Ich werde dich nicht dafür verurteilen. Außerdem habe ich dasselbe gemacht. Nur«, fügte sie schnell hinzu, »nicht mit Blake.«

Alicia grinste. »Das hoffe ich doch.«

Sam ergriff Alicias Hand und fragte: »Dann ist es also möglich? Du könntest schwanger sein?«

»Ich weiß nicht«, antwortete Alicia. »Anna ist gestorben, als ich noch ein junges Mädchen war und Jacob hat mir gewiss nichts erzählt. Außerdem, wir haben ja erst … ähm … nun ja … es ist ja noch nicht so lange her seit wir …« Beschämt schloss sie die Augen.

»Da ich es schon so lange versuche …« Sam hielt inne,

bis Alicia die Augen öffnete. »Ich hatte genügend Zeit, bei Freundinnen, die schon Kinder haben, alle möglichen Informationen zu dieser Sache zu sammeln. Es ist nicht ungewöhnlich, wenn einem übel wird, obwohl es meistens bis mittags vorbeizugehen scheint. Einige meiner Freundinnen haben mir erzählt, dass sie es schon wenige Tage nach der Empfängnis wussten, weil sie Veränderungen an ihren Körpern bemerkten. Zum Beispiel an ihren Brüsten, die empfindlich wurden. Und«, fügte sie mit einem Lächeln hinzu, »schwangere Frauen neigen dazu, sowohl ungewöhnlich müde als auch besonders empfindsam zu sein.«

Alicia spürte, wie ihr die Farbe aus dem Gesicht wich und wusste, dass sie ganz bleich geworden war. »Oh mein Gott! Es stimmt. Was soll ich denn jetzt machen? Ich kenne mich mit Babys überhaupt nicht aus.«

»Zuerst erzählst du es Blake«, antwortete Sam, und Alicia fühlte sich furchtbar, als sie die Traurigkeit in den Augen ihrer Schwester bemerkte.

Wieder drehte sich Alicia der Magen um, doch sie bezwang die Übelkeit. Was würde Blake sagen? Er war bereits böse auf sie. Sie waren erst so kurze Zeit zusammen, sie hatten noch gar keine Gelegenheit gehabt, das Thema Kinder zu besprechen. Sie wusste nicht, wie er darüber dachte.

»Hab keine Angst«, beruhigte Sam. »Er liebt dich. Er wird sich freuen.«

»Und du?«, fragte Alicia und nahm die Hand ihrer Schwester.

»Ich werde Tante sein, wie kann ich mich da denn nicht freuen? Aber«, fügte sie hinzu und wischte sich eine Träne aus dem Augenwinkel, »ich würde lügen, wenn ich behaupten würde, dass ich nicht grün vor Neid bin. Ich habe mir schon so lange ein Kind gewünscht, und es scheint so, als ob es wohl nie passieren wird und als ob ich die einzige Frau bin, die nicht schwanger werden kann.«

»Es tut mir leid, Sam.«

Sam zog die Nase hoch. »Das weiß ich, aber jetzt ist keine Zeit für Traurigkeit. Trink deinen Tee, und ich werde dir etwas trockenes Brot holen. Ich habe gehört, das beruhigt einen nervösen Magen. Danach gehe ich mit dir zum Strand, wenn du möchtest.« Sie jauchzte. »Ein Baby! Wie aufregend!«

Alicia wartete, bis Sam auf der Suche nach Brot nach unten gegangen war, bevor sie ihren Tränen freien Lauf ließ. Sie war nicht traurig, sie war in Panik. Sie wusste, wie man auf Stahl einhämmerte, wie man Eisen schmolz, aber sie hatte nicht die geringste Ahnung davon, wie man ein Baby zur Welt brachte oder was man danach mit ihm machen musste. Sam hingegen war ein Naturtalent. Sie kümmerte sich großartig um Aidan und hatte einen Mutterinstinkt, den man schon aus weiter Entfernung bemerkte.

Und Blake? Alicia grübelte darüber nach, während sie ihren Tee austrank. Sie kam zu dem Ergebnis, dass Sam recht hatte. Blake würde sich freuen. Die Art, wie er Erics Leichnam nach Hause gebracht hatte, den Schmerz, den er gespürt hatte, als Jacob ihn verstoßen hatte und die Reue, die er gezeigt hatte, als er den Brief seines Vaters gelesen hatte, all das sprach für ihn. Er war ein Mann, der seine Familie trotz allem sehr schätzte. Nein, dachte sie, und stellte ihre leere Teetasse beiseite, Blake würde wegen des Babys nicht böse sein.

Aber bevor sie ihm davon erzählte, wollte sie reinen Tisch mit ihm machen. Es gefiel ihr gar nicht, dass er gestern Abend so verärgert gewesen und ohne Gute Nacht zu sagen gegangen war. Obwohl sie nicht die Absicht hatte, Sams Geheimnis zu verraten, konnte sie ihm doch sagen, dass es ein Geheimnis gab, sie es aber nicht preisgeben dürfte. Auf diese Weise würde er wissen, dass sie nicht absichtlich etwas vor ihm geheim hielt, dass sie ihn liebte und ihn viel zu sehr schätzte, um so etwas zu tun.

Und mit diesem Entschluss und dem Gefühl, es tief in ihrem Herzen zu wissen, presste Alicia sich ihre zitternde Hand auf den Bauch. Sie würden wirklich ein Kind bekommen!

17

Sie saßen gerade am Tisch, als Luke hereinplatzte und eine Unruhe ausstrahlte, die so gar nicht zu ihm zu passen schien.

»Geht es dir gut?«, fragte er Sam, packte sie an den Armen und betrachtete sie eindringlich.

»Ja, weshalb? Was ist passiert? Ist etwas mit Aidan? Oder mit Joe?«

Alicias Herz begann zu pochen.

»Nicht dass ich wüsste«, antwortete er. »Ich habe das hier auf der *Freedom* gefunden.«

Er strich das Stück Papier glatt, das er in der Faust trug. Alicia, die neben Sam saß, las die Worte mit.

Ihr mögt vielleicht alle anderen getäuscht haben, als ihr es gestrichen habt, aber ich weiß, dies ist Steeles Schiff, genauso sicher wie ich weiß, dass Ihr, Samantha Bradley, Sam Steele wart. Ich hoffe, Euer Leben ist Euch wertvoll, denn falls Ihr vorhabt, es zu behalten, dann sollt Ihr wissen, was es Euch kosten wird. Ich will die Freedom – oder sollte ich sie lieber die Revenge nennen? – bis morgen Abend haben, voll beladen und vorbereitet, um in See zu stechen. Ihr müsst diese Tasche mit Dublonen füllen und am Steuerruder festbinden. Falls meine Bedingungen nicht erfüllt werden, dann wird die Marine von Eurem Aufenthaltsort und Eurer Identität in Kenntnis gesetzt. Für den Fall, dass ich es nicht nach Hause schaffe, habe ich Vorsorge getroffen. Mein Anwalt wird dann den Behörden dieselbe Nachricht überbringen. Ihr könnt Euch nicht länger verstecken, Sam. Eure Zeit ist abgelaufen. Ihr habt bis zum Sonnenuntergang des morgigen Tages Zeit.

»Oh, mein Gott«, stöhnte Sam und griff mit den Händen nach Luke. »Was sollen wir jetzt machen?«

Alicia war aufgesprungen. »Was meinst du damit? Du gibst ihm, was er verlangt, Sam. Das ist der einzige Ausweg.«

Lukes Blick brachte Alicia zum Schweigen. Der Zorn, den sie darin sah, ließ sie einen Schritt zurückweichen.

»Nein, ist es nicht. Ich muss mit Blake sprechen.«

»Wirst du es ihm erzählen?«, fragte Alicia und fühlte sich wegen der Erleichterung schuldig, die sie dabei empfand. Falls Luke es Blake sagte, dann würde sie ihn nicht länger anlügen müssen.

»Ich muss es, verdammt nochmal. Wer auch immer dies hier tut, es ist jemand von seinem Schiff.«

»Was?«, fragte Alicia und hielt sich vor Schreck an einem Stuhl fest. »Das kann nicht sein.«

»Dann erkläre du mir mal«, knurrte er, »weshalb uns bis jetzt noch niemand damit belästigt hat. Du und Blake seid hierhergekommen, und plötzlich ist Samanthas Leben in Gefahr. Ich glaube einfach nicht an solche Zufälle.«

Alicias Gedanken wirbelten durcheinander, weil es möglich war, dass Luke recht hatte.

»Es ist nicht ihre Schuld, Luke. Du kannst es weder ihr, noch Blake vorwerfen. Sie hätten mich niemals so verletzt.«

Luke wandte seine Aufmerksamkeit wieder Sam zu, aber Alicia konnte seinen Ärger über sie immer noch spüren. Er hing wie dicker Nebel in der Luft.

»Ich sage ja gar nicht, dass sie es absichtlich getan haben, Liebes, aber das ändert doch nichts daran. Falls Blake dieses Unglück über uns gebracht hat, dann soll er verdammt noch mal auch davon wissen.«

»Aber –«

»Bleib hier und schließ die Tür hinter mir ab. Ich bin bald zurück.«

Krächz. »Er ist bald zurück. Er ist bald zurück.«

Und bevor Alicia überhaupt daran denken konnte, lieber allein zu Blake zu gehen, was ihr leider zu spät eingefallen war, war Luke auch schon wieder aus dem Raum geschossen.

»Das ist nicht genug«, widersprach Lewis. »Ich verdiene mehr als das hier!«

Sie waren in Blakes Kabine, gemeinsam mit Nate und Vincent. Blake lehnte sich in seinem Stuhl zurück und verschränkte die Arme vor der Brust.

»Wir haben die Anteile ausgerechnet und was du da bekommen hast« – er deutete auf den kleinen Beutel, den Lewis in der Hand hielt –, »ist das, was dir zusteht.«

»Du betrügst mich um meinen Lohn!«, brauste Lewis auf, und Speichel flog ihm aus dem Mund.

Blake schluckte seinen Ärger runter. Er hatte die ganze Nacht lang über Alicia und das Geheimnis, das sie vor ihm verbarg, nachgedacht und hatte nur wenig Schlaf bekommen. Sein Schädel brummte und er wollte bloß noch Alicia holen und dann wieder in See stechen, dorthin, wo er hingehörte. Vielleicht würde sie ihm dann genügend vertrauen, um ihm zu sagen, was los war. Stattdessen war er hier, der Frühstücksduft lag in der Luft, und er musste das Gejammer eines Mannes ertragen, den er nie wiedersehen wollte. Sie hatten das alles schon mehrfach durchgesprochen, vier Mal, wenn er richtig gezählt hatte. Wenn es zu einem fünften Mal kommen sollte, dann würde er den verdammten Narren erschießen.

»Du kannst es nehmen oder auch nicht. Egal wie, du wirst nicht mehr bekommen.« Blake stand auf und benutzte seine Körpergröße absichtlich zur Einschüchterung, weil er hoffte, es würde der lästigen Diskussion ein Ende bereiten. »Ich warne dich, ich bin nicht in der Stimmung zu feilschen. Du hast zehn Sekunden, dein Geld zu nehmen und von meinem Schiff zu verschwinden, bevor ich dich eigenhändig über Bord schmeiße.«

Lewis' Blick verengte sich, bis seine Augen wie die einer Schlange aussahen. Seine Nasenlöcher bebten. »Du wirst dafür bezahlen«, schwor er. »Du wirst bloß nicht wissen, wie und wann.« Er drehte sich um und wollte gehen.

Blake sprang über den Tisch, packte Lewis hinten am

Hemd und schlug ihn zu Boden. »Wage es nie wieder, mir zu drohen, du kleiner Bastard«, knurrte er. »Hast du verstanden?«

Lewis' Antwort war ein quietschendes Geräusch und ein abgehacktes Nicken mit dem Kopf. So mühelos, wie Blake ihn zu Boden geworfen hatte, so mühelos riss er ihn auch wieder hoch und zog ihn die Treppe hinauf an Deck.

Beinahe wären sie mit Luke zusammengestoßen.

»Ich muss mit dir reden«, befahl Luke.

»Ich bin beschäftigt«, antwortete Blake und zerrte Lewis fast bis an die Reling.

»Mein Boot ist da drüben«, wimmerte Lewis und deutete auf die andere Seite des Schiffs.

»Lass ihn doch hinschwimmen«, meinte Vincent, als er und Nate ihre Positionen in der Nähe des Hauptmasts eingenommen hatten.

»Oder wir könnten es behalten«, schlug Nate vor. »Als Ersatz für unseren Ärger.«

Blake lächelte spöttisch und zog Lewis auf die Hafenseite. »Da. Kannst nicht behaupten, ich wäre nicht fair gewesen.« Dann schubste er Lewis von seinem Schiff.

Dem Aufplatschen folgte bald ein Fluchen und Wassertreten, als Lewis sich in sein Boot hangelte. Der Druck hinter Blakes Augen ließ nach, und er seufzte, lehnte sich an eine der Kanonen, atmete tief ein und tauschte so den Geruch nach Frühstück durch den Duft des Ozeans ein. *Viel besser*, dachte er. *Ein Problem gelöst, ein weiteres –*

»Bist du jetzt fertig, verdammt?«, brummte Luke.

Blake blinzelte. Das grelle Sonnenlicht, das von den Ketten an Lukes Hals reflektiert wurde, blendete ihn.

»Und wir dachten, *du* wärst heute morgen schlecht gelaunt«, lachte Vincent.

Luke fand den Kommentar überhaupt nicht lustig und drehte sich schnell zu Nate und Vincent um. »Das hier geht euch nichts an«, sagte er und starrte die Männer zornig an.

Blake fluchte und rieb sich den Brummschädel, denn dank Luke kamen die Kopfschmerzen mit aller Macht zurück.

»Falls du mir etwas zu sagen hast, dann sag es. Ich habe Arbeit, um die ich mich kümmern muss.«

»In deiner Kabine«, antworte Luke und ging auf die Lukentür zu.

»Verdammt, wir werden es nicht mitbekommen«, beschwerte sich Vincent.

Blake blickte Vincent finster an. Als Nate auf seinen Fersen wippte und grinste, schloss er diesen ebenfalls in seinen verärgerten Blick mit ein. Er stampfte Luke hinterher, holte ihn aber nicht mehr rechtzeitig ein. Luke verschwand unter Deck und ließ Blake keine Wahl, als ihm zu folgen.

»Schließ die Luke, das hier bleibt unter uns«, befahl Luke.

Blake warf ihm einen scharfen Blick zu. »Es ist mein verdammtes Schiff, und jeder glaubt hier, er könne mir Befehle erteilen«, knurrte er, als er die Luke mit einer Wucht zuschlug, dass das Frühstücksgeschirr klapperte, das er auf dem Tisch stehen gelassen hatte.

Da Luke stehen blieb, tat Blake es ebenso.

»Was ist denn so verdammt wichtig?«, wollte er wissen.

»Irgendjemand bedroht Samantha.«

Blake hätte nicht überraschter sein können. »Bedroht sie? Wie? Warum?«

»Bevor ich dir sage, warum, will ich wissen, ob du für deine Mannschaft Rechenschaft ablegen kannst? Weißt du, wer sie sind, wo sie gewesen sind, woher sie kommen?«

Blake zog fragend die Augenbraue hoch. »Ob ich weiß, wo sie jetzt sind? Mit Ausnahme von Nate und Vincent sind alle an Land. Ich habe ein paar Männer hier behalten, damit sie die Beute bewachen, aber der Rest ist wohl in der Stadt und gibt seinen Anteil aus. Warum?«

»Wie lange sind sie schon in deiner Mannschaft?«

Blake verschränkte die Arme. »Ich werde nichts mehr sagen, bis du mir nicht erklärst, worum es hier eigentlich geht.«

Luke bleckte die Zähne, strich sich mit der Hand über den Nacken und seufzte. »Samantha war früher ebenfalls ein Pirat.«

»Samantha war früher auch ein Pirat? Zur Hölle, ich bin also doch von Piraten umgeben.«

Luke starrte ihn an. »Darum geht es doch jetzt gar nicht! Irgendjemand hat es herausgefunden und droht damit, sie den Behörden zu melden. Da sie seit einem Jahr kein Schiff mehr auf See überfallen hat und niemand es wusste, bis du aufgetaucht bist …«

»Du denkst, es wäre ein Mitglied meiner Crew.« Blake schüttelte den Kopf. »Für diesen Zufall kann ich nichts, Luke, aber für meine Mannschaft lege ich die Hand ins Feuer. Ich habe diese Mannschaft nunmehr schon ein paar Jahre und sie hat sich als ehrlich und vertrauenswürdig erwiesen. Nun, mit Ausnahme von Lewis, der erst in Tortuga an Bord kam. Aber der kann es nicht gewesen sein. Wir wussten gar nicht, dass wir nach St. Kitts segeln würden, bis wir von Tortuga lossegelten und herausfanden, dass Alicia als blinder Passagier an Bord war. Niemand, einschließlich Lewis, hätte das vorhersehen können, um dann mit uns herzukommen und Samantha zu bedrohen.«

Luke schüttelte den Kopf, sein Zorn war der Sorge gewichen.

»Bist du sicher?«

»Das bin ich. Aber ich verstehe nicht, weshalb das ein Problem darstellt. Du wurdest doch begnadigt, warum sie dann nicht?«

Luke atmete tief ein. »Es war sicherer so für sie. Sie ist Sam Steele.«

Blake pfiff. »Sam ist berühmt-berüchtigt.«

Luke starrte Blake an. »Also hast du von Steele gehört?«

»Jeder hat von Steele gehört«, antwortete Blake.

»Richtig, von *ihr* hast du also schon gehört. Wie auch immer«, fuhr er mit einem Kopfschütteln fort, »irgendjemand hat es herausgefunden und verlangt ein riesiges Lösegeld für sein Schweigen.«

Plötzlich ergaben die Ereignisse des vergangenen Abends einen Sinn. »Das ist Alicias Geheimnis, der Grund, weshalb du und Joe die Frauen gestern Abend nicht aus den Augen gelassen habt?«

»Ja.«

Blake grübelte darüber nach, beschloss dann aber, dass er an Lukes Logik keinen Haken finden konnte. An dessen Stelle hätte er so etwas einem fast noch Fremden auch nicht erzählt. »Und ihr werdet darauf eingehen, nehme ich an?«

»Noch nicht.« Luke machte ein entschlossenes Gesicht. »Ich versuche einen Weg zu finden, es nicht tun zu müssen und gleichzeitig Sams Sicherheit zu gewährleisten.«

»Du könntest ihn töten.«

»Das könnte ich, aber er behauptet, Vorsorge getroffen zu haben, und dass im Falle seines Todes sein Anwalt die Informationen weitergeben wird. Wir könnten ihn umbringen und Samantha würde immer noch gehängt werden.«

Blake rieb sich die Augen. »Das wird kompliziert.«

»Du hast ja keine Ahnung«, seufzte Luke. »Kannst du etwas Zeit erübrigen? Ich würde gern zurück zum Haus gehen und ein paar Möglichkeiten besprechen.«

»Sicher.«

An Deck rief Blake Nate und Vincent zu sich. »Wir müssen noch etwas erledigen, bevor wir aufbrechen. Folgt uns.«

»Warte«, befahl Luke und hielt mitten im Schritt inne. »Sie werden nicht mitkommen.«

»Ich vertraue diesen Männern mit meinem Leben, Luke, ebenso wie dem von Alicia. Du brauchst Hilfe, und es gibt keine besseren als Nate und Vincent. Sie sind schon seit Jahren bei mir, und wenn sie nicht mitkommen, dann komme ich auch nicht mit.«

Luke blickte finster drein, gab aber schließlich nach, und die vier Männer ruderten zum Strand. Im Haus nahm Blake Alicia mit ins Wohnzimmer. Als sie allein waren, zog er sie in seine Arme. Er war erleichtert, als sie ebenfalls die Arme um ihn legte und ihn festhielt.

»Ich habe dich vermisst«, murmelte er ihr ins Haar. Er lächelte beim Duft von Orangen, der ihm in die Nase stieg. Sie war ihm bereits so vertraut.

»Blake, es tut mir leid.« Alicia lehnte sich ein wenig zurück und streichelte ihm mit ihrer weichen Hand über die Wange. »Ich wollte dich nicht anlügen, aber Sam hat mich darum gebeten, ein Geheimnis zu bewahren, und ich konnte ihr Vertrauen nicht missbrauchen.« Ihre Augen schimmerten vor Tränen, die Blakes Herz rührten. »Aber als ich es tat, fühlte ich mich, als ob ich stattdessen dein Vertrauen verraten würde.«

Er sah auf ihr schönes Gesicht hinunter und fand, er sei der glücklichste Mann der Welt. Dann beugte er sich zu ihr hinab und küsste sie zärtlich. Er schmeckte sie, spürte die Weichheit ihrer Lippen, die ihm nach dieser langen einsamen Nacht ohne sie noch viel süßer vorkamen. Dann knabberte er vorsichtig an der empfindlichen Haut hinter ihrem Ohr. Ihr Stöhnen war zwar leise, da nur für seine Ohren bestimmt, doch es schoss wie Feuer durch ihn hindurch.

»Entschuldigt, wenn ich euch unterbreche«, sagte Vincent, doch sein belustigter Tonfall strafte seine Worte Lügen. »Aber wir sind soweit.«

Blake wartete, bis Vincent gegangen war. »Ich liebe dich und glaube, dass es eine bewundernswerte Charaktereigenschaft ist, seine Schwester beschützen zu wollen. Du hast Samantha gerade erst wiedergefunden und ich weiß, dass es dir schwerfallen muss, zu sehen, wie sie bedroht wird. Ich verstehe, weshalb du es mir nicht erzählt hast.«

Alicia sank in seine Arme zurück. »Ich habe es gehasst, zu wissen, dass du böse auf mich bist. Ich –«

»Blake, Mann, bist du endlich fertig?«, rief Luke.

»Auf geht's.« Blake grinste, bevor er Alicia noch einmal küsste. »Sie warten auf uns.«

Alle nahmen ihre Sitzplätze am Tisch ein. Nur Luke konnte nicht aufhören, auf und ab zu laufen. Samantha stand am Kopf des Tisches, flankiert von Joe und Aidan. Sie begann zu sprechen, wurde jedoch augenblicklich von Luke unterbrochen.

»Bevor sie irgendetwas sagt«, brummte er, »will ich nur noch mal klarstellen, dass ihre Worte in diesem Raum bleiben müssen. Falls irgendjemand von euch da draußen ein Wort hiervon verlauten lässt, dann werde ich ihn jagen und umbringen.«

Krächz. »Luke wird euch umbringen. Luke wird euch umbringen.«

Lukes Misstrauen ärgerte Blake, und er starrte ihn finster an. Wenn er schon einem Piraten vertrauen konnte, was war dann bloß Lukes Problem?

»Luke«, sagte Samantha und schüttelte warnend den Kopf. Sie wandte sich Nate und Vincent zu und lächelte freundlich. Blake schüttelte spöttisch den Kopf als er sah, wie Vincent errötete und sich ein wenig aufrechter hinsetzte. Nate, der diese peinliche Vorführung seines Freundes bemerkte, rollte daraufhin mit den Augen.

»Ignoriert Luke, er ist im Moment nicht ganz auf dem Posten.«

Dann, ohne viel Aufhebens, begann sie mit ihrer Geschichte. Blake grinste, als er die von ihm erwarteten Reaktionen seiner Freunde sah. Vincent blinzelte nicht, sondern starrte Samantha bloß mit einer Mischung aus Ungläubigkeit und Ehrfurcht an, während Nate nur ein wenig nickte und seine Lippen zuckten, weil er ein Grinsen unterdrückte.

»Ich hab von dir gehört«, sagte Vincent, und seine Stimme klang vor lauter Ehrfurcht ganz belegt, so als ob er mit dem König reden würde. »Ich hätte mir nie träumen lassen, dass Steele eine Frau ist. Verdammt nochmal«, fügte er hinzu und lachte jetzt, »das ist vielleicht ein besonderes Vergnügen. Ich lerne Sam Steele kennen!«

Krächz. »Sam Steele. Sam Steele.«

Samantha errötete. Luke hörte auf herumzulaufen und zog fragend eine Augenbraue hoch.

»Entschuldigt ihn«, meinte Nate und warf Vincent einen ungläubigen Blick zu. »Er ist leicht erregbar.«

»Aber sie war doch die Beste«, erwiderte Vincent.

»Entschuldige mal bitte«, knurrte Luke. »Schließlich teilte sie sich ihren Rang mit dem Besten.« Er zwinkerte seiner Frau zu.

Krächz. »Luke war der Beste. Luke war der Beste.«

Blake fand die Diskussion ziemlich amüsant, bis Samantha die Briefe erwähnte, *drei Briefe*, und den Umstand, dass Alicia ebenfalls darin erwähnt wurde.

»Warum hast du mir das vorhin nicht gesagt?«, wollte er wissen und sah Alicia dabei an.

»Ich habe dir doch gesagt, es ist Sams Geheimnis, nicht meines.«

Zornig sprang er auf. »Es geht hier nicht mehr bloß um Samantha, wenn dein Leben auch in Gefahr ist.« Er drehte sich schnell zu Luke um. »Du sagtest, Samantha sei in Gefahr, aber du hast nicht erwähnt, dass Alicia es ebenfalls ist. Dafür würde ich dich am liebsten erschießen. Wie würde es dir gefallen, wenn man deine Frau bedroht und du nichts davon wüsstest? Ich kann Alicia nicht beschützen, wenn ich überhaupt nicht weiß, dass sie Schutz benötigt.«

Luke nickte. »Ich wäre auch wütend, Kumpel, aber sei dir gewiss, ich habe die beiden im Auge behalten, und sie waren in Sicherheit.«

Blake knirschte mit den Zähnen. »Du glaubst, eine abgeschlossene Tür würde eine Granate aufhalten? Du bist doch ein Pirat. Du solltest es eigentlich besser wissen.«

»Von meinem Standpunkt aus sind wir nicht so unterschiedlich, wie du vielleicht annimmst, aber wenn du ein Problem damit hast, dass wir Piraten waren«, er deutete auf die Tür, »dann steht es dir frei zu gehen.«

Blake rieb sich die Augen und seufzte schwer. »So habe ich es doch gar nicht gemeint. Ich habe doch bloß gemeint, dass eine abgeschlossene Tür niemanden abhalten wird, der vorhat, hineinzugelangen.«

»Falls er sie töten würde, würde er doch sein Lösegeld nicht bekommen, nicht wahr?«, schlussfolgerte Luke.

»Es gibt noch andere Möglichkeiten. Er hätte sich Alicia schnappen können. Ist es dir nie in den Sinn gekommen, dass er Sam zum Zahlen zwingen könnte, wenn er Alicia entführt?«

Samantha wurde blass. Blake drehte sich zu Alicia um und sah die gleiche Reaktion bei ihr.

»Ich glaube nicht, dass euer Erpresser so kühn ist«,

erklärte Nate. »Er hat das Entermesser in die Tür gesteckt, als niemand zuhause war. Dasselbe hat er mit dem Zettel auf dem Schiff gemacht, und er hat einen kleinen Jungen beauftragt, eine weitere Nachricht zu überbringen.«

»Nun, das Risiko will ich lieber nicht eingehen.« Blake streckte die Hand nach Alicia aus und zog sie auf die Füße. »Wir gehen.«

»Blake, das können wir nicht«, antwortete Alicia und zog ihre Hand zurück.

»Und ob wir das können«, widersprach er und griff wieder nach ihr. Er fasste ins Leere, weil sie einen Schritt aus seiner Reichweite heraus machte.

»Du hast recht. Samantha ist nicht die Einzige, die in Gefahr ist. Aber mir scheint es, als ob der Weg, unser aller Sicherheit zu gewährleisten, der ist, sich dieser Sache anzunehmen. Ich glaube nicht, dass Weglaufen eine Lösung für irgendetwas ist«, erklärte Nate.

Alle Augen wandten sich Nate zu. Er zuckte mit den Achseln. »Blake, wir können zwar von hier fortsegeln, aber wer garantiert uns denn, dass wir nicht verfolgt werden? Hast du wirklich vor, Alicia den ganzen Tag lang keine Minute mehr aus den Augen zu lassen?« Er beugte sich in seinem Stuhl nach vorn und sah Alicia an. »Würdest du das etwa wollen?«

»Nein«, antwortete Alicia. »Das würde ich hassen.«

Verdammt nochmal, dachte Blake, Nate hatte recht. Wenn sie das Problem jetzt nicht lösten, dann würden sie ständig auf der Hut sein müssen.

»Wirst du das Lösegeld bezahlen, Sam?«, fragte Aidan.

»Natürlich wird sie das«, antwortete Joe. »Oder etwa nicht?«

Samantha sah Luke an, und all ihre Gefühle lagen in ihrem Blick. »Er will das Schiff.«

Krächz. »Kann das Schiff nicht haben. Kann das Schiff nicht haben.«

»Nun, er kann es nicht haben«, erklärte Luke heftig. Luke stützte sich mit dem Fuß auf dem Stuhl ab. »Ich stimme Nate und meinem Papagei zu. Ich glaube nicht, dass das aufhört, wenn wir zahlen. Wir würden uns immer fragen, ob und wann er zurückkommt.«

»Also was hast du dann vor?«, fragte Vincent.

»Sam, wenn du ihn nicht bezahlst« – Alicia wurde sogar noch blasser –, »dann könntest du hängen.«

»Warum kann sie nicht um ihre Begnadigung bitten?«, fragte Vincent.

»Selbst wenn ihr die Marine vergeben würde, glaubst du denn, dass ihr auch alle anderen Piraten verzeihen, die Steele jemals ausgeplündert hat?«, fragte Luke. »Stell dir doch bloß mal vor, was die tun würden, wenn sie herausfinden, dass sie von einer Frau übertroffen wurden.«

Blake seufzte. »Ich verstehe, worauf du hinauswillst.«

»Jeder Mistkerl würde ihr nachstellen«, folgerte Joe.

Im Zimmer wurde es ganz still, weil alle darüber nachgrübelten, was am besten zu tun wäre. Luke marschierte wieder auf und ab, und Alicia machte Tee. Blake fand allerdings, sie alle bräuchten eher etwas deutlich Stärkeres.

»Der einzige Weg, das alles zu klären«, sagte Nate, lehnte sich in seinem Stuhl zurück und streckte seine langen

Beine unter dem Tisch aus, »wäre es, Steele wieder auftauchen zu lassen.«

Luke hielt inne und starrte Nate an, als ob diesem ein zusätzlicher Kopf gewachsen wäre.

»Du denkst, die beste Art, Sams Leben zu retten, ist es, das alles wieder zu riskieren? Bist du verrückt geworden?«

Alle murmelten wild durcheinander, doch sie stimmten Luke zu.

»Ich habe doch nie gesagt, dass es tatsächlich Samantha sein müsste«, rechtfertigte sich Nate.

Blakes Mund wurde vor Aufregung trocken. Da war dieser waghalsige Ausdruck auf Nates Gesicht, den er sonst nur während einer Schlacht hatte. Blake mochte diesen Ausdruck nicht, kein bisschen.

»Was schlägst du also vor?«

Nate schaute zu Blake rüber. Blake schüttelte den Kopf. Mach es nicht, dachte er. Mach es nicht.

»Falls Steele zurückkommt, herumsegelt und plündert, während Samantha mit ihrem Schiff hier bleibt, für alle sichtbar«, fügte er mit einem Zwinkern zu Samantha hinzu, »dann ist der Erpresser am Ende. Niemand würde ihm glauben, und Samantha wäre in Sicherheit.«

Vincent packte Nates Arm und sah wegen dieser Wende der Ereignisse ebenso begeistert aus, wie Blake sich fühlte.

»Das ist doch wohl nicht dein Ernst?«, fragte Vincent.

Nate zuckte die Achseln. »Warum nicht?«

»Was meinst du damit, warum nicht? Dann wird es dein Hals sein, der am Strick hängt, oder etwa nicht?«

»Nicht, wenn sie mich nicht kriegen. Außerdem könnte es Spaß machen.«

Vincent schlug Nate auf den Arm. »Das ist der dümmste Vorschlag, den du je gemacht hast, und lass dir gesagt sein, das heißt schon etwas.«

»Jungs«, unterbrach sie Luke. »Ihr könnt später darüber streiten.« Er drehte sich zu Samantha um. »Das könnte funktionieren. Wir haben ja noch eine Schaluppe, die wir ihm geben könnten.«

»Müsste es denn nicht die *Revenge*, ähm, die *Freedom* sein?«, fragte Joe.

»Niemand würde auch nur den Unterschied bemerken, denn wir haben sie ein bisschen verändert. Sie sieht gar nicht mehr wie die *Revenge* aus. Außerdem ist es ja nicht unüblich für Piraten, sich ein neues Schiff zu besorgen. Solange wir sie *Revenge* nennen und Nate behauptet, Steele zu sein, wird es schon klappen.«

»Es gibt da einen Haken an eurem Plan«, sagte Blake. »Falls diese Person uns kennt und weiß, dass wir hier sind, dann würde er doch auch wissen, dass Nate nicht Steele ist?«

»Wahrscheinlich, aber es ist wohl eher so wie ich gesagt habe. Sobald ich da draußen bin und unter Steeles Namen plündere und ein Schiff benutze, mit dem er gesegelt ist, wird es keinen Unterschied machen. Die Behörden werden seiner Behauptung nicht glauben, dass Samantha, eine Frau, der Pirat Steele ist, besonders wenn sie den Beweis dafür haben, dass Steele ganz woanders ist. Und«, fügte Nate hinzu und sah dabei für Blakes Geschmack viel zu zuversichtlich aus, »Luke und Samantha bauen Schiffe für die Marine. Die wird gewiss nichts tun um zu riskieren, dass sie die beiden Leute verliert, die ihnen helfen, Piraten zu fangen, indem sie die schnellsten Schiffe bauen. Jedenfalls nicht ohne felsenfeste Beweise.« Dann warf er Luke einen schiefen Blick zu. »Das Schiff, das du mir geben wirst, wird dein schnellstes sein, oder etwa nicht?«

Luke nickte und wandte sich Samantha zu. »Liebes, das wird schon klappen.«

Samantha sah angeschlagen aus. Sie schluckte heftig. »Ich kann dich nicht darum bitten, so etwas für mich zu tun, Nate.«

»Du bittest mich nicht. Ich biete es dir an.«

Alicia stellte ihren Tee ab. Blake bemerkte, dass in ihren Augen Tränen glänzten. »Was du vorschlägst, ist gefährlich. Ich habe in meinem Leben zwei Schlachten miterlebt und in beiden starben Männer. Ich will nicht« – sie unterdrückte ihr Schluchzen –, »ich will nicht, dass dir irgendetwas passiert.«

Nate stand auf, ging zu Alicia und umarmte sie. Blake sah zu und wusste, wie auch Alicia es zu wissen schien, dass Nates Entschluss bereits feststand.

»Ich werde vorsichtig sein. Außerdem haben Luke und Samantha es auch geschafft. Und Blake, Vincent und ich haben schon viele Schlachten überlebt.« Er löste sich ein wenig von Alicia und wischte ihr die Tränen weg. »Ich kann gut allein auf mich aufpassen.«

»Dann ist es abgemacht?«, fragte Luke.

»Es ist trotzdem wahnsinnig«, warf Joe ein.

»Wann willst du aufbrechen?«, fragte Vincent, und seine Stimme klang ungewöhnlich leise.

Als er den Schmerz in diesen Worten hörte und dasselbe Gefühl ihm schier das Herz sprengte, ging Blake zum Schrank hinüber, wo, wie er wusste, Luke seinen Rum aufbewahrte. Er nahm eine Flasche heraus, reichte sie Alicia, die gekommen war, um zu helfen. Er schnappte sich genügend Gläser für alle und verteilte sie. Alicia ging ihm nach und verteilte den Rum.

»Es tut mir leid«, hörte er sie sagen, »aber du bist noch zu jung.«

»Oh, gib ihm ein Schlückchen«, sagte Luke. »So jung ist er auch wieder nicht.«

Blake erkannte an ihrem scharfen Luftholen, dass sie es nur ungern tat. Blake unterdrückte ein Lachen, als er hörte, wie der winzige Schluck den Boden von Aidans Glas berührte.

»Auf den neuen Steele«, sagte Luke und hob sein Glas. »Du trittst in mächtige Fußstapfen«, fügte er hinzu und legte den Arm um seine Frau. »Streng dich an, damit du dem Namen gerecht wirst.«

Nate grinste. »Ich werde mein Bestes tun.«

»Was ist mit der Mannschaft?«, fragte Vincent. Er stand auf seinem Stuhl und hatte seinen Rum bereits ausgetrunken.

»Ich kenne da ein paar Männer, die bestimmt bereit wären, mir zu helfen. Ich werde mit ihnen reden«, antwortete Luke.

»Ich werde mitgehen«, bot Aidan an.

»Das wirst du ganz gewiss nicht«, erklärte Samantha mit strengem Blick.

Aidan machte ein entschlossenes Gesicht. »Du hast es versprochen.«

»Nein, habe ich nicht. Ich sagte, sobald du älter bist und die Schule beendet hast.«

»Ich bin dreizehn.« Er wandte sich mit bettelndem Blick Luke zu. »Du hast mich alles über Schiffe gelehrt, ich habe doch schon vier Jahre auf einem gelebt. Ich werde das schon packen.«

Luke raunte ihm zu: »Verdammt, Aidan, zieh mich da nicht mit rein. Du und Samantha habt eine Übereinkunft. Bis du sechzehn bist, bleibst du bei uns und beendest die Schule.«

Aidan schob seinen Stuhl vom Tisch weg. »An dem Tag, an dem ich sechzehn werde«, schwor er, »werdet ihr mich nicht mehr abhalten können.« Dann marschierte er brummend aus dem Zimmer.

Nate war der Erste, der die Anspannung durchbrach, die Aidans Weggang ausgelöst hatte. »Ich werde diese Männer umgehend benötigen.«

»Wir können das Schiff bis heute Abend abfahrbereit machen. Du kannst bei Dunkelheit lossegeln.«

Nate nickte. »Gut.« Schließlich schien er sich an Blake zu erinnern, und seine Aufregung wurde ein wenig gedämpft, als sich ihre Blicke begegneten.

»Ich muss meine Sachen von der *Blue Rose* holen.«

Vincent sprang von seinem Stuhl herunter. »Ich werde mit dir gehen.«

Blake nickte, küsste Alicia und hielt sie kurz fest. »Ich werde bald zurück sein.«

Dann folgte er Nate und Vincent schweren Herzens nach draußen.

18

Der Weg zur *Blue Rose* wurde in angestrengtem Schweigen zurückgelegt. Sie gingen nebeneinander her, wie sie es immer taten, und obwohl ihre Gewohnheiten noch dieselben waren, fühlte sich für Blake plötzlich alles anders an. Das ungezwungene Scherzen fehlte. Anstatt Nate mit der einen oder anderen Sache zu belästigen, marschierte Vincent mürrisch vor sich hin, und seine Schritte wirbelten dabei weitaus mehr Sand auf als notwendig. Nate behielt die Augen aufs Wasser gerichtet, und wie üblich war sich Blake über dessen Gedanken niemals ganz im Klaren.

Die Sonne strahlte vom Himmel, und da es auf Mittag zuging, war es am Strand laut vor Betriebsamkeit. Wenn es keine Kinder waren, die schrien und im Wasser plantschten, dann waren es Männer, die von den Decks ihrer Schiffe Befehle brüllten. Es kam Blake in den Sinn, dass derjenige, der Samantha erpresste, sich gut und gerne in all diesem Trubel versteckt haben konnte, ohne dass sie es wussten. Aber im Moment konnte er nicht die Energie aufbringen, sich damit zu beschäftigen. Nicht, wenn Nate zum letzten Mal auf die *Blue Rose* zurückkehrte.

Es gelang Vincent, so lange den Mund zu halten, bis sie

an Bord des Schiffes waren und Nate unter Deck gegangen war, um seine Sachen zusammenzusuchen. Dann ließ er eine Reihe von Flüchen los, ballte seine Hände zu Fäusten und marschierte schnurstracks von mittschiffs zum Bug, nur um alle paar Schritte kurz innezuhalten und gegen die Reling zu treten. Blake hielt sich zurück, sagte nichts dazu, weil er wusste, Vincents Verhalten war sowohl von Sorge als auch von Zorn geprägt.

Schließlich hielt er an, stützte die Arme auf eine Kanone und ließ den Kopf zwischen den Armen baumeln. »Hat er den Verstand verloren?«, fragte Vincent.

Blake lehnte sich an die Reling und seufzte. Während er zugesehen hatte, wie sein Freund seine Frustration und seine Sorge ausspuckte, war ihm ein Gedanke gekommen. Und der tat ihm ziemlich weh. Nate und Vincent waren fast ebenso seine Brüder wie Eric es gewesen war. Er wollte sie zwar auf keinen Fall verlieren, doch er liebte sie genug, um Nate und Vincent gehen zu lassen. An Erics Tod konnte man ihm die Schuld geben und daran konnte er nichts mehr ändern. Aber es gab da etwas, was er für Nate und Vincent tun konnte.

»Ich denke, du solltest mit ihm gehen.«

Vincents Kopf schoss in die Höhe, und sein Blick streifte Blake.

»Was?«

»Sag mir, dass es dir noch nicht in den Sinn gekommen ist.«

Vincent schob sich von der Kanone weg, drehte sich um und antwortete gefasst: »Natürlich ist es mir in den Sinn gekommen. Irgendjemand muss doch auf diesen großen

Lümmel aufpassen. Wer weiß denn, in welchen Schlamassel er sich sonst noch bringt?«

Blake konnte sich nicht an Worte erinnern, bei denen es ihm ebenso schwer gefallen war, sie auszusprechen. Sie wollten ihm ganz einfach nicht von den Lippen, doch er wusste, das war feige. Er wusste auch, dass Vincent sonst nicht gehen würde. So sehr Vincent Nate auch liebte, er würde das Gefühl haben, er ließe Blake im Stich, und Vincent war niemand, der einen Freund im Stich ließ.

Blake räusperte sich und ignorierte die Anspannung in seiner Brust.

»Geh mit ihm, Vincent. Er braucht einen Bootsmann.«

»Was ist mit dir?«

»Ich habe eine Mannschaft, mit der ich seit Jahren gesegelt bin. Ich sage ja nicht, dass irgendeiner von denen dich oder Nate ersetzen kann, aber wenigsten kenne ich sie. Nate wird auf einem Schiff voller Fremder sein.«

Vincent grinste. »Er wird gewiss einsam sein.«

Blake kicherte. »Ja, das wird Nate gewiss. Er hasst es, allein zu sein.«

Bei dieser Lüge wurde Vincents Gesicht ganz rot. »Ich werde meine Sachen holen.«

»Welche Sachen holen?«, fragte Nate. Irgendwie war er hochgekommen, ohne dass sie ihn bemerkt hatten. Er setzte seine ausgebeulte Tasche zu seinen Füßen ab.

»Ich werde mit dir gehen, du großer Dummkopf. Irgendjemand muss ja dafür sorgen, dass du deinen Verpflichtungen nachkommst.«

Bevor Nate noch irgendetwas erwidern konnte, war der Zwerg auch schon die Treppe hinuntergeflohen.

»Er kommt mit?«, fragte Nate.

Blake zuckte die Achseln. »Du brauchst einen Bootsmann.«

»Du etwa nicht?«

»Ich werde einen von der Crew auswählen. Außerdem habe ich ja noch Alicia.«

Nate zog die Augenbraue hoch. »Ich habe aber nicht die Absicht, Vincent zu küssen.«

»Du weißt, was ich meine. Wenn du Kapitän bist, dann brauchst du jemanden, der dir hilft, das Schiff zu führen. Jemanden, dem du vertraust. Wer wäre da besser als Vincent?«

Von unten hörte man, wie Vincent falsch vor sich hin sang. Er sang so schlecht, dass beinahe die Farbe von den Wänden abgeblättert wäre.

»Du schickst mich mit dem da fort?«, fragte Nate und deutete mit dem Daumen über seine Schulter.

Die Last hob sich von Blakes Brustkorb. »Ich kenne niemanden, der es mehr verdienen würde, mein Freund.«

Nate schüttelte den Kopf und lachte. »Ich muss dir danken, nehme ich mal an.« Er atmete tief durch. »Ich weiß das alles zu schätzen, was du für mich getan hast.«

»Bist du dir mit der ganzen Sache auch sicher?«, fragte Blake und blickte eindringlich in Nates grüne Augen. Er sah die Antwort bereits, bevor Nate sie mit Worten bestätigte.

»Ich habe noch nie etwas Eigenes besessen, Blake. Ich kann diese Gelegenheit nicht ausschlagen.«

Seine Antwort sagte mehr über Nates Vergangenheit aus, als Blake je erfahren hatte.

»Er wird dir ein gutes Schiff geben.«

»Ich weiß.« Nate lächelte breit. »Ich hoffe, es ist die grüne Schaluppe, die er dort hat. Ich habe ein Auge auf sie geworfen.«

»Du hast bereits eine Frau gefunden?«, fragte Vincent und stellte seine Tasche neben die von Nate. »Ich war doch bloß fünf Minuten weg.«

»Bist du sicher, dass du ihn nicht doch behalten willst?«

Blake wippte auf den Fersen hin und her. »Nein.«

»Verdammt«, murmelte Nate und schubste Vincent. »Falls du mir zu viel Kummer machst, verfüttere ich dich an die Haie.«

Er würde das hier vermissen, das wusste Blake. Ihre Zankerei und Diskussionen. In den letzten Jahren waren sie zusammengewachsen, und Blake wusste, es würde lange dauern, bis er aufhören konnte, die beiden zu vermissen, falls es ihm überhaupt je gelingen sollte.

»Hast du denn keinen Rum mehr, den wir trinken können, bevor wir gehen?«

»Den habe ich. Er ist in meiner Kabine.«

»Lasst ihn uns dort unten trinken, hier oben ist es zu heiß«, sagte Vincent und machte sich auf den Weg zur Luke.

»Das liegt bloß daran, dass du nur heiße Luft produzierst«, lachte Nate und folgte dem Zwerg.

Blake blieb einen Augenblick zurück und sah ihnen beim Weggehen zu. Er legte sich eine Hand auf den Kopf, die andere aufs Herz.

Er war sich nicht sicher, welcher Körperteil davon ihm mehr weh tat.

Es war nicht ganz einfach gewesen, aber Alicia war es gelungen, aus dem Haus zu schlüpfen, ohne dass jemand etwas bemerkte. Sie marschierte auf Zehenspitzen an Aidans Zimmer vorbei, wo sie hören konnte, wie Sam dabei war, vernünftig mit dem Jungen zu reden. Der mangelnden Resonanz auf Aidans Seite nach zu urteilen, war der Junge nicht in vernünftiger Stimmung. Im Wohnzimmer fand sie Joe im Sessel sitzend, die Hände ruhten auf seinem Bauch. Sein Schnarchen war laut genug, um das Geräusch zu verbergen, als sie aus der Hintertür schlüpfte.

Die Sonne war heiß und traf ihr Gesicht mit fast ebenso großer Hitze, wie es der Glühofen in der Schmiedewerkstatt tat. Sie schloss die Augen, stellte sich die Werkstatt und das Sortiment an Werkzeugen vor, den Geruch von Qualm und heißem Stahl. Es half ihr, zu wissen, dass sie zu etwas zurückkehren würde, was sie liebte. Sie verließ ja nicht nur Sam, sie fuhr nach Hause. Mit Blake.

Dennoch machte die Gewissheit, mit Blake zusammen zu sein, den Gedanken, Sam zu verlassen, nicht weniger herzzerreißend. Wer wusste schon, wann sie sich ein nächstes Mal wiedersehen würden? Es war ja nicht so, als ob sie bloß auf der anderen Seite der Insel lebten.

Wieder stiegen ihr diese verdammten Tränen in die Augen, und Alicia wischte sie ungeduldig fort. Mit Gewalt verdrängte sie diese Art von Gedanken, denn sie brachten nichts, sondern machten sie bloß weinerlich. Stattdessen betrachtete sie Sams Blumen, fiel auf die Knie und begann Unkraut zu jäten. Alicia arbeitete sich durch das Beet, riss Unkraut aus und war froh, etwas zu tun zu haben, um ihre Hände zu beschäftigen. Nur rumzusitzen wurde langsam langweilig, und da sie wusste, sie würde auf der Reise zurück nach Port Royal noch mehr als genug herumsitzen, genoss sie diese einfache Tätigkeit nun umso mehr.

Alicia arbeitete weiter vor sich hin, während ihre Gedanken zwischen Sam und Blake und der Gedenkfeier hin und her wirbelten, die sie für ihre Eltern abhalten wollte, sobald sie wieder in Port Royal waren. Deshalb überraschte es sie, als sie aufsah und feststellte, dass sie beinahe eine komplette Seite des Weges bearbeitet hatte. Obwohl ihre Knie langsam wund wurden und ihr der Schweiß den Nacken hinablief, fühlte sich Alicia zum ersten Mal seit Tagen nützlich.

Sie war nicht dafür geschaffen, den ganzen Tag nur herumzusitzen. Schicklich oder nicht, Alicia musste arbeiten, musste auf eine Art und Weise produktiv sein, wie sie es in einem Leben als Dame der Gesellschaft nie sein würde.

»Alicia?«, hörte sie Sam durch die offenen Fenster des Hauses rufen. Sie lächelte, als sie ein Klatschen und ein abrupt unterbrochenes Schnarchen hörte. »Joe! Wo ist Alicia? Oben ist sie nicht.«

»Ich bin draußen, Sam«, rief Alicia. Sie rappelte sich auf und wischte sich die Hände am Rock ab. Sie hob den Kopf, erlitt einen heftigen Schwindelanfall und taumelte. Kleine weiße Flecken tanzten vor ihren Augen. Sie streckte die Hand aus und versuchte, sich an irgendetwas festzuhalten.

»Alicia!«, schrie Sam und fing sie gerade noch rechtzeitig auf, bevor ihre Schwester das Gleichgewicht verlor. »Joe!«, brüllte sie, und augenblicklich eilten schwere Fußtritte nach draußen.

»Es geht mir gut«, sagte Alicia, die schon wieder klar sehen konnte. »Ich bin einfach zu schnell aufgestanden.«

»Bring sie rein, Joe. Ich werde ihr etwas zu trinken holen.«

Bevor Alicia einwenden konnte, dass sie sehr gut selbst laufen konnte, hatte Joe sie schon auf seine Arme gehoben und ins Wohnzimmer getragen. Er setzte sie so vorsichtig ab, als ob sie aus Porzellan wäre, und als er einen Schritt zurücktrat, war er es, der aussah, als ob er gleich in Ohnmacht fallen würde. Seine Augen schienen riesig, und seine normalerweise roten Wangen waren kreidebleich.

»Joe, es geht mir gut. Es war bloß die Hitze.«

»Und du solltest es besser wissen«, sagte Sam und trug ein Tablett mit drei hohen Gläsern mit süßem Tee darin hinein. Sie gab jeweils eines an Alicia und Joe und nahm sich selbst das dritte. Dann setzte sie sich neben ihre Schwester. »Trink«, befahl sie und trank selbst erst, nachdem Alicia tat, wie ihr geheißen wurde.

Sam hatte eine dicke Scheibe Zitrone in den Tee getan. Alicia trank das halbe Glas auf einmal aus. Sie seufzte, schloss die Augen und spürte, wie ihr Körper abkühlte.

»Alicia, du musst vorsichtiger sein.«

»Ich war doch nur draußen, Sam. Ich habe mich nicht so weit hinausgewagt, dass ich in Gefahr gewesen wäre.«

»Darüber rede ich gar nicht, obwohl du selbst das nicht hättest tun sollen, ohne dass Joe dich begleitet. Ich meine das Baby, Alicia.«

Joe verschluckte sich an seinem Tee. Er hustete und prustete, schlug sich mit seiner mächtigen Hand auf die Brust, während er keuchend nach Luft schnappte. Sam packte sein Glas, bevor er den Tee verschüttete. Joe wischte sich die feuchten Augen und sah Sam an.

»Welches Baby?«

Sam tätschelte Joes Wange.

»Alicia bekommt ein Kind.«

Alicia hätte nicht gedacht, dass Joe noch blasser werden konnte, doch sie hatte sich geirrt. »Heilige Muttergottes«, murmelte er.

»Sag es Blake bitte nicht, Joe. Ich hatte selbst noch nicht die Gelegenheit dazu, bei all der Aufregung heute Morgen.«

Joe schluckte heftig und schaute verlegen auf seine Stiefel. Als er den Kopf wieder hob, war Alicia überrascht zu sehen, dass er nicht nur seine alte Farbe wiedergewonnen hatte, sondern diese auch noch kräftiger geworden war. Sein Gesicht war so rot wie die Blumen, bei denen sie das Unkraut gejätet hatte.

»Blake hat nicht … hat er …« Er rieb sich die Hände übers Gesicht.

Sam erbarmte sich seiner. »Nein, Joe. Das würde Blake nicht tun.«

Alicia wurde klar, was er gefragt hatte, und sie streckte die Hand aus und nahm Joes Hand in ihre. »Blake hat mich zu nichts gezwungen. Und wir werden heiraten.«

Sein Kopf schoss in die Höhe. »Was ihr verdammt nochmal auch tun solltet, sonst werd ich ihm das Fell über die Ohren ziehen.«

»Wem das Fell über die Ohren ziehen?«, fragte Aidan vom Türeingang aus.

»Niemandem«, antwortete Sam und beendete die Diskussion mit einer wegwerfenden Geste.

Weil Sam immer noch Joe ansah, konnte sie den Ärger nicht sehen, der Aidan über das Gesicht huschte, doch Alicia bemerkte ihn. Und da sie wusste, dass der Junge immer noch enttäuscht war, weil er nicht auf Nates Schiff durfte, brachte sie es nicht übers Herz, ihn anzulügen. Er fühlte sich ja bereits so, als ob er wie ein kleines Kind behandelt würde – nicht dass Alicia mit Sams Entscheidung, ihn nicht auf Nates Schiff zu lassen, nicht einverstanden gewesen wäre –, doch sie wollte ihn nicht noch mehr kränken. Sie wusste von Sam, dass er als kleiner Bub auf der Plantage, von der sie geflohen waren, ausgepeitscht und verprügelt worden war. Er gehörte seitdem zu Sams und Lukes Familie und jetzt auch zu ihrer. Wenn Joe es wusste, dann sah Alicia keinen Grund, weshalb Aidan es nicht auch wissen sollte.

»Aidan«, rief sie, als er sich umdrehte, um zu gehen.

Er hielt inne, drehte sich um und verschränkte trotzig die Arme vor der Brust.

Weil sie sich erinnern konnte, genauso reagiert zu haben, als Anna ihr nicht erlauben wollte, in der Schmiedewerkstatt zu arbeiten, lächelte Alicia.

»Aidan, du darfst es niemandem sagen, nicht mal Luke.« Alicia drehte sich zu Sam um. »Hast du es Luke gesagt?«

Sam wurde rot und Alicia seufzte. Gütiger Gott, alle würden es wissen, bevor Blake davon erfuhr.

»Also gut«, begann Alicia erneut. »Erzähl es weder Nate, noch Vincent, noch Blake, jedenfalls nicht, bis ich die Gelegenheit habe, es ihm zu sagen.« Sie atmete tief ein. »Da du jetzt mein Bruder bist, nehme ich mal an, das bedeutet, du wirst Onkel werden.«

Er runzelte die Stirn, dann ließ er die Arme sinken. »Du bekommst ein Baby?«, fragte er.

»Das tue ich, ja.«

Es überraschte Alicia, dass Aidan als erste Reaktion auf ihre Nachricht hinüber zu Sam ging. Sein Gesichtsausdruck verlor jedes Anzeichen von Verärgerung. Wenn sie sich nicht irrte, lag nun bloß noch Mitgefühl darin. Er legte Sam den Arm um die Schulter, und sie lehnte sich an ihn. Alicia sah nun, ganz gleich was sonst zwischen Sam und Aidan vorfiel, zuerst kam die Liebe zueinander.

»Komm, mein Junge, lass uns nachsehen, ob Luke schon wieder zurück am Hafen ist. Vielleicht braucht er unsere Hilfe.«

»Ähm, herzlichen Glückwunsch«, sagte Aidan, dann rannte er Joe hinterher.

»Du hättest es ihm nicht erzählen müssen«, sagte Sam.

»Sam, ich weiß, er ist wie ein Sohn für dich, aber er wächst langsam zum Mann heran, und er will doch bloß wie einer behandelt werden.«

Sam seufzte. »Ich weiß. Und ich weiß auch, dass die Zeit kommen wird, ihn gehen zu lassen, aber ich bin noch nicht bereit dazu. Ich liebe ihn so sehr.«

»Und er liebt dich. Mir war bis jetzt gar nicht klar, wie sehr. Er war deinetwegen traurig.«

»Er ist ein wunderbarer Junge. Ich weiß, ich habe ihn nicht großgezogen. Er ist erst bei mir, seit er acht ist, aber ich bin so stolz auf ihn.« Ihre Augen wurden feucht. »Auch wenn er mich Sam nennt, wünscht sich ein Teil von mir, dass er mich Mutter nennen würde.«

Die Worte ihrer Schwester rührten Alicia, aber sie wusste nicht, was sie erwidern sollte. Sie konnte ihr nicht versprechen, dass es eines Tages passieren würde. Sie konnte bloß hoffen und beten, dass ihre Schwester schwanger wurde. Sam ging hinaus, um den Teekrug zu holen und ihre Gläser wiederaufzufüllen. Der Zeitspanne nach zu urteilen, die sie brauchte, um zurückzukommen und in Anbetracht der Nässe ihrer Wimpern, wusste Alicia, dass ihre Schwester ein paar Augenblicke für sich selbst gebraucht hatte.

»Sam, du wirst zu mir kommen, wenn ich das Baby bekomme, nicht wahr?«

Sam reichte ihr das Glas und setzte sich langsam. »Du willst zurück nach Port Royal, um dein Kind dort zu bekommen?«

»Dort lebe ich, Sam. Wo sonst sollte ich hingehen?«

»Du hast also mit Blake gesprochen. Hat er seine Meinung geändert?«

Alicias Magen verkrampfte sich und das hatte nichts mit dem Baby zu tun.

»Worüber denn?«

Sam biss sich auf die Lippen und schaute auf den Fußboden.

»Sam?«

»Vor dem Rennen bin ich zur *Blue Rose* gegangen und habe mit Blake geredet. Ich habe ihn gefragt, ob es irgendeine Möglichkeit gäbe, dass ihr hier leben würdet.«

Alicia beugte sich nach vorn.

»Und?«

Sam schöpfte tief Atem, dann hob sie ihren Blick. »Und er hat gesagt, er könne an Land kein Freibeuter sein und dass er hierherkommen würde, wann immer er könne, aber sein eigentliches Leben auf See läge.«

In Alicias Ohren begann es zu klingeln. Er konnte doch nicht die Absicht haben, wieder als Freibeuter zu leben. Was geschah dann mit der Schmiedewerkstatt?

»Er weiß, wie viel mir die Werkstatt bedeutet. Ich habe es ihm gesagt. Außerdem, wie kann er glauben, ich würde auf See leben, wo er doch weiß, dass ich dort beinahe einmal gestorben wäre und mir außerdem von den Wellen übel wird?«

»Alicia, du musst ihm von dem Baby erzählen, du musst ihm sagen, was du möchtest und erwartest. Du musst das machen, noch bevor du St. Kitts verlässt.«

Alicia nickte, doch ihr Herz pochte, und ihre Hände zitterten immer noch so heftig, dass sie sich nicht traute, das Glas in die Hand zu nehmen. Sie stimmte Sam zu, das war nicht das Problem. Das Problem war, dass sie tödliche Angst hatte, bereits zu wissen, was Blake wollte.

Und dass es nicht das war, was sie wollte.

Letztendlich hatte sie keine Gelegenheit, es ihm zu sagen. Alicia und Sam kamen gerade am Strand an – bewaffnet mit kleinen Pistolen, die sie unter ihren Kleidern versteckt hatten –, als das Boot mit Blake, Nate und Vincent anlegte.

Die Männer sprangen ins knöcheltiefe Wasser. Blake warf das Seil Nate zu und stapfte über den Sand.

»Was macht ihr denn hier? Wo sind Joe oder Luke?«, fragte er, und sein Blick jagte den Strand entlang.

»Luke und Joe machen Nates Schiff fertig. Es geht uns gut, Blake. Sam und ich sind bewaffnet.«

Blakes Blick strich über ihren Körper, und in ihrem Bauch schienen Schmetterlinge zu flattern. Als sich ihre Blicke trafen, sah sie den Funken des Verlangens in seinen dunklen Augen und lächelte. Er trat näher und strich ihr mit dem Daumen über die Unterlippe.

»Da bin ich aber neugierig, wo du die Waffe versteckt hast.«

»Das zeige ich dir später«, versprach sie und erntete ein hungriges Knurren, bevor er den Kopf neigte und ihr mit einem Kuss den Atem raubte.

»Kann ich auch einen bekommen?«, fragte Nate.

»Nein«, antworte Blake.

Nate zwinkerte Alicia zu. »Er hat Angst, falls du mich küssen würdest, dann würdest du bemerken, was du versäumst.«

»Vielleicht hat er mehr Angst davor, dass du eine Krankheit übertragen könntest?«, konterte Vincent.

Blake warf den Kopf in den Nacken und lachte. Sam und Alicia kicherten.

»Ich war nicht derjenige, der eine Krankheit hatte. Warst du das nicht?«, fragte Nate Vincent.

Vincent schnappte nach Luft. »Das war Henry!« Dann wandte er sein rot angelaufenes Gesicht zu den beiden Frauen und erklärte: »Henry war vor ein paar Jahren auf unserem Schiff. Er hatte diese Pusteln …«

»Samantha«, unterbrach ihn Nate und deutete mit

einem Kopfschütteln in Vincents Richtung. »Hat Luke schon ein Schiff ausgesucht?«

»Ja.« Die Hand zum Schutz vor der Sonne über die Augen gelegt, schaute Sam zum Hafen hinüber. »Und es sieht so aus, als ob er zurück ist. Er muss eine Mannschaft für dich gefunden haben.«

»Dann sollte ich wohl besser zu ihm hinübergehen«, antwortete Nate.

Vincent drehte sich zu den Frauen um. »Ich war das nicht, das war Henry. Ich hatte keine –«

»Geh!«, befahl Blake.

Der Zwerg schien hin- und hergerissen zwischen dem Wunsch, Nate zu folgen, dessen ausgreifende Schritte ihn schon ein ganzes Stück den weißen Sand entlanggetragen hatten, und dem Wunsch, zu bleiben und seine Ehre zu verteidigen.

»Ich gehe mit dir«, schlug Sam vor und warf Alicia einen vielsagenden Blick zu. »Ich bin gespannt darauf, wen Luke ausgesucht hat, um euch zu begleiten.«

Vincent nickte. Alicia packte Blakes Hand, bevor dieser ihnen folgen konnte.

»Blake.«

Er drehte sich zu ihr um und schenkte ihr seine volle Aufmerksamkeit. Er hatte wirklich wunderschöne Augen. Sie hoffte, ihr Kind würde seine dunklen Augen haben.

»Was ist denn?«

Sie schluckte. »Wir müssen miteinander reden.«

»In Ordnung«, antwortete er langsam und betrachtete sie jetzt eindringlicher.

»Wann hast du vor abzureisen?«, fragte sie.

»Ich dachte, wir könnten morgen Abend lossegeln. So kann Nate schon heute Abend in See stechen, und wenn wir dann morgen losziehen, wird das nicht so merkwürdig aussehen, als wenn beide Schiffe gleichzeitig ausliefen. Außerdem möchte ich morgen Abend bis zum Sonnenuntergang bleiben, nur um sicherzugehen, dass wir die Sache mit dieser Erpressung geklärt haben. Ich lege keinen Wert auf unerwartete Überraschungen.«

»Und wo werden wir hinfahren?«, fragte sie. Bevor sie offenbarte, was sie sich wünschte, musste sie seine Pläne kennen.

»Nach Port Royal.«

Alicia spürte, wie ihre Aufregung verschwand. Sie würden nach Hause zurückkehren!

»Ich nehme an, eine Woche dort sollte genügen.«

Es schnürte ihr beinahe den Hals zu. »Genügen?«

Blake nickte, nahm ihre Hand und ging los. »Nun, da ist der Gottesdienst für deine Eltern und die Grabsteine, die du machen wolltest. Dann müssen wir das Haus und die Werkstatt verkaufen.«

Falls er bemerkt hatte, dass ihr Schritt aus dem Takt geraten war, musste er wohl angenommen haben, dass sie im Sand gestolpert war.

»Die Werkstatt?«

»Mach dir keine Sorgen. Selbst wenn wir sie nicht sofort verkaufen können, können wir es den Anwälten überlassen, sich darum zu kümmern.«

»Und dann?«, fragte sie, obwohl sie die Antwort kannte. Sie lag wie ein Anker in ihrer Magengrube.

Er zog ihre Hand an seine Lippen und küsste sie. Diese Geste, so intim und liebevoll, umschlang ihr Herz und quetschte es zusammen. Schleier tanzten vor ihren Augen, und sie ging wie blind auf Lukes Schiffe zu.

»Und dann stechen wir wieder in See.« Er atmete tief ein, und sein Blick wandte sich dem Ozean zu. »Ich kann es gar nicht abwarten. Es scheint bereits eine Ewigkeit her zu sein, seit ich auf dem Wasser war.«

Er wandte sich ihr wieder zu, und dieses Mal wärmte es ihr nicht das Herz, in seine Augen zu schauen. Es brach es.

»Wolltest du darüber mit mir sprechen?«, fragte er.

»Ja«, antwortete sie ausdruckslos. »Nun weiß ich alles, was ich wissen muss.«

19

Der Rest des Tages war ein einziges hektisches Durcheinander. Während Luke Nate und Vincent ihre neue Mannschaft vorstellte, ging Blake um das neue Schiff herum und überprüfte dessen Machart und Takelage. Natürlich war das nicht notwendig, denn Luke und Samantha bauten Qualitätsschiffe, aber es beschäftigte seinen Verstand. Es hielt ihn davon ab, darüber nachzugrübeln, dass er sich in wenigen Stunden von seinen beiden besten Freunden verabschieden musste.

Samantha und Alicia hatten sich um den Proviant gekümmert. Sobald sich die Mannschaft vorgestellt hatte und die Verträge unterzeichnet waren, ließen sie die Vorräte, darunter Essen, Werkzeuge und Wasserfässer in den Laderaum transportieren. Luke hatte noch ein paar Fässer Rum spendiert und behauptet, keines seiner Schiffe dürfte trocken auslaufen.

Die Dämmerung begann, und aus dem Bullauge in Nates Kabine beobachtete Blake, wie die Sonne langsam im Meer versank. Er wünschte sich, er könnte sie wieder herauszerren, sie hoch an den Himmel werfen und dadurch noch ein paar zusätzliche Stunden herausschlagen. Der Stille am

Tisch hinter ihm nach zu urteilen war er nicht der Einzige, der so empfand.

Blake wandte sich den Personen zu, die sich in der Kabine versammelt hatten, um Lebewohl zu sagen. Luke saß neben Samantha, den Arm um sie gelegt, während ihr Kopf an seiner Schulter ruhte. Joe und Aidan saßen zu ihrer Linken, und während Joe aus seinem Becher trank – Luke hatte eine Flasche Rum mitgebracht –, ließ Aidan seinen Blick durch die Kajüte streifen. Beinahe so, als ob er sich vorstellte, es wäre seine eigene Kabine.

Alicia saß neben Vincent. Da beide Blake den Rücken zukehrten, konnte er ihre Gesichtsausdrücke nicht sehen, aber beide ließen die Köpfe hängen, so als ob sie plötzlich etwas sehr Interessantes in ihren Schößen entdeckt hätten. Blake ließ seinen Blick schweifen. Nate, der am Fuß der Treppe stand, begegnete seinem Blick. Kein Wort wurde gesprochen, doch Blake erkannte an dem leichten Nicken, das Nate ihm zuwarf, dass dieser verstand, was Blake gerade dachte. Und da Nates grüne Augen traurig wirkten, nahm Blake an, dass ein Teil von ihm dasselbe empfand.

»Das hier ist ja wie eine Totenwache, verdammt nochmal«, brummte Luke und griff nach seinem Becher.

Sein Kommentar brachte ihm einen Knuff in die Rippen vom Ellenbogen seiner Ehefrau ein.

»Was denn? Sie nehmen eines der besten Schiffe, das die Karibik je gesehen hat. Sie haben genügend Proviant und eine ordentliche Menge Rum«, fügte er mit einem Grinsen hinzu.

»Entschuldigt bitte meinen Ehemann«, sagte Samantha und stand auf. »Aber Luke hat recht. Ihr verdient einen besseren Abschied als diesen hier.« Sie hob ihren Becher. »Nate, Worte können überhaupt nicht ausdrücken, was das hier mir bedeutet. Du kennst mich erst seit einer Woche, und doch bist du bereit, Sam Steele zu werden, um mir das Leben zu retten.«

Sie wischte sich eine Träne weg, die ihr entwischt war, und Blake beobachtete verblüfft, dass diese kleine Geste Nate ungemütlich hin- und herrutschen ließ. Er grinste. Trotz der Stärke, die ein Mann besaß, war sie doch nichts im Vergleich zu der Macht, die in einer einzelnen Träne einer Frau lag.

»Auf Nate«, fuhr sie fort, »möge Gott mit dir, mit Vincent und deiner Mannschaft sein, und möge der Wind dich von Zeit zu Zeit hier vorbeitreiben, damit ich weiß, dass es euch gut geht.«

Sie alle hoben ihre Becher und tranken. Samantha ging um den Tisch herum, beugte sich vor und umarmte Vincent. Er wurde feuerrot. Als Nächstes ging sie zu Nate und stellte sich dieses Mal auf die Zehenspitzen.

»Vielen Dank«, hörte Blake sie flüstern, bevor sie Nate umarmte und ihn auf die Wange küsste.

Eine Reihe von Trinksprüchen und guten Wünschen folgte. Dann brachen Samantha, Luke, Joe und Aidan auf, die mit dem eigenen Boot an Bord gekommen waren.

»Seid vorsichtig.« Alicia umarmte Nate und gab ihm ebenfalls einen Kuss.

»Es tut mir leid, dich damit alleine zu lassen, sich um den da zu kümmern«, sagte Nate und deutete mit dem Kopf auf Blake.

Alicia lächelte, obwohl Blake sie mittlerweile gut genug

kannte, um zu wissen, dass sie sich dazu zwang. »Ich werde tun, was ich kann«, flüsterte sie. Als Nächstes umarmte sie Vincent und schluchzte laut, als sie sich dann aus der Umarmung löste. »Ich lass euch noch einen Augenblick alleine«, sagte sie und kletterte an Deck.

»Du solltest dich besser gut um sie kümmern«, warnte Nate, »sonst komme ich zurück und werde dich zur Strecke bringen.«

»Tu mir einfach einen Gefallen und greif mein Schiff nicht an, wenn du es siehst.«

»Hast du etwa Angst, gegen einen Piraten zu verlieren?«, neckte Nate, und seine Leichtfertigkeit linderte den Schmerz, der sich in Blakes Brust ausbreitete.

»Pirat oder nicht, die einzige Möglichkeit, dass ich verlieren könnte, wäre, wenn Vincent zu dem Zeitpunkt am Steuerruder ist«, konterte Blake.

»Gut zu wissen, dass du nicht vergessen hast, wer in dieser Paarung das Gehirn ist«, meinte Vincent.

Blake trank seinen Rum aus und nahm sich Zeit, seine Gedanken und Gefühle zu sammeln. Er wollte seinen Freunden das Lebewohl geben, das sie verdienten.

»Du wirst ein großartiger Steele sein, Nate.« Er legte seinem Freund die Hand auf die Schulter. »Tue, was du für mich getan hast, und du kannst unmöglich scheitern.«

»Du hast doch kein Problem damit, dass ich ein Pirat werde?«, fragte Nate.

»Ich lerne gerade, dass es die Sorte von Mann hinter der Flagge ist, die wirklich zählt. Und es gibt keinen besseren als dich.«

Nate schluckte und nickte.

»Und du«, sagte Blake und wandte sich Vincent zu. »Ich vertraue auf dich, dass du Nate davon abhältst, sich den Gedanken, ein berühmt-berüchtigter Pirat zu sein, zu Kopf steigen zu lassen.«

Vincent grinste. »Da kannst du dir sicher sein.«

»Wenn irgendjemandem dies gelingt, dann euch beiden. Daran habe ich keinerlei Zweifel.«

Dann trat Blake einen Schritt zurück, da es ihn schier umbrachte, sie zu verabschieden. »Falls ihr mich jemals braucht, dann hinterlasst mir eine Nachricht beim Kapitän in der *Dublone*. Ich werde oft genug in Tortuga Halt machen.«

»Pass auf Alicia auf«, sagte Nate.

»Das werde ich.«

Da nichts weiter gesagt werden musste, steuerte Blake aufs Oberdeck zu, und Nate und Vincent folgten ihm schweigend. Alicia umarmte sie noch einmal, während Blake sie bloß ansah und nickte. Sich umzudrehen und in sein eigenes Boot zu klettern, war eines der schwierigsten Dinge, die er je getan hatte.

Das Boot tanzte einen Moment lang auf den Wellen, als Blake sich hinter die Ruder setzte und Nate und Vincent an der Reling beobachtete. Vincents Körpergröße nach zu urteilen, hatte er bereits eine Kiste gefunden. Die Laternen waren angezündet und erlaubten Blake einen letzten Blick auf seine Freunde. Mit schwerem Herzen senkte er die Ruderblätter ins Wasser.

Eine Laterne mitten auf dem Tisch warf ein weiches Licht und lange Schatten in Blakes Kabine. Alicia blieb am Fuß der Leiter stehen und beobachtete ihn. Er hatte kein Wort gesagt, seit sie Nate und Vincent verlassen hatten. Als sie auf der *Blue Rose* angekommen waren, hatte er an Deck gestanden, im Mondlicht gebadet und schweigend zugesehen, wie die *Revenge* lossegelte. Er war dort geblieben, hatte sich nicht gerührt, bis die Laternen, die Nates Schiff markierten, in der Dunkelheit verschwunden waren. Sein Schweigen brach ihr schier das Herz.

Und morgen würde sie ihm weiteren Schmerz zufügen. Sie konnte nicht mit ihm gehen. Jacob hatte ihr einen Teil der Werkstatt hinterlassen. Es war immer sein Traum gewesen, dass seine Kinder sie einmal übernehmen würden und wenn Blake das nicht wollte, sie wollte es gewiss. Sie vermisste die Arbeit, vermisste das sichere Gefühl, zu wissen, wo sie hingehörte. In England gab es nichts, wohin sie zurückkehren konnte. Das Schiff ihres Vaters lag auf dem Meeresgrund, und obwohl Samantha in St. Kitts lebte, war Alicias Zuhause doch das kleine Haus, das ihr die Davidsons hinterlassen hatten. Und die Schmiedewerkstatt, der einzige Ort, wo Alicia sie selbst sein konnte.

Aber sie wusste, Blake gehörte zum Meer. Das jedenfalls hatte er ihr gesagt, und obwohl sie bei seinem Heiratsantrag noch geglaubt hatte, er hätte die Absicht, mit ihr nach Port Royal zu reisen, war sie doch töricht gewesen, anzunehmen, er würde mit ihr dauerhaft nach Hause zurückkehren. Wenn er auf der *Blue Rose* war, dann war er zuhause, ganz so wie sie es in ihrer Werkstatt war.

Alicia hatte sich bereits entschlossen, dass es besser wäre, wenn Sam und Luke sie nach Hause brächten, denn es wäre bloß eine Qual für sie, den endgültigen Abschied von Blake über mehrere Tage lang bis zur Ankunft in Port Royal hinauszuzögern.

Aber jetzt wollte sie noch nicht an den Abschied denken. Ihr blieb noch eine gemeinsame Nacht mit dem Mann, der ihr mittlerweile alles bedeutete, und sie hatte nicht die Absicht, auch nur einen Moment davon zu vergeuden. Sie verdrängte ihre traurigen Gedanken, zwang sich, nicht mehr an die Verzweiflung zu denken, die in ihrem Hinterkopf lauerte. Sie trat zu Blake, schlang ihre Arme um seine Taille und drückte ihre Wange an seinen Rücken. Er roch wie der Ozean. Dieser Duft gehörte zu ihm, genau wie sein dunkelbraunes Haar und sein bedächtiges Lächeln. Sie atmete tief ein und schloss die Augen.

»Versuchst du mich zu zerquetschen?«, fragte er.

Alicia wurde bewusst, dass sie sich an ihm festklammerte, und sie lockerte ihre Umarmung ein wenig.

»Entschuldige.«

Blake drehte sich in ihren Armen um und hob ihr Kinn sachte mit dem Finger an, sodass sie einander in die Augen blickten. »Muss es dir nicht. Es zeigt mir, dass du mich liebst.«

»Das tue ich.« Sie berührte sein Gesicht. Sein Stoppelbart kratzte in ihrer Handfläche. »Ich werde nie aufhören, dich zu lieben. Niemals.«

Er strich mit seinem Daumen über ihre Lippen. »Das will ich doch hoffen«, murmelte er. Dann sanken seine Hände zu ihrer Taille hinab, und er küsste sie.

Sein Kuss war bedächtig und schmeckte süß. Alicia versank in der Intensität des Kusses, bis sie nur noch den Geschmack von Blakes Lippen und das Gefühl seiner Hände wahrnahm, die über ihren Rücken strichen. Sie öffnete den Mund, lud ihn weiter ein. Statt einfach darauf einzugehen, knabberte er bloß sachte an ihren Lippen und neckte sie spielerisch. Er gab wenig und versprach gleichzeitig alles. Alicia verspürte das Flüstern seiner Verheißungen bis in ihre Seele.

Während Blakes Mund sie immer weiter reizte, ergriffen Alicias Hände sein Hemd. Sie packte es, zog es aus der Hose heraus und glitt mit ihren Händen über seinen erhitzten Körper. Als seine Lippen über ihren Hals wanderten, warf Alicia ihren Kopf zurück und vergrub ihre kurzen Fingernägel in seinem Bauch.

Er erbebte, dann schloss er seinen Mund und biss sie sanft an der Stelle, wo ihre Schulter in den Hals überging.

»Blake«, flüsterte sie. Blake löste sich gerade lange genug von Alicia, um ihr zu helfen, ihm das Hemd über den Kopf zu ziehen, dann setzte er seine Liebkosung dort fort, wo er aufgehört hatte. Alicias Kopf fühlte sich ganz schwer an, und sie bekam weiche Knie. Sie schloss die Augen, und als Blakes Zunge über ihr Ohr strich, wanderten Alicias Hände über seinen Rücken. Seine Muskeln bebten dort, wo sie ihn berührte, was überall dort war, wo sie hingelangen konnte. Seine Schultern waren breit und stark, sein Rücken glatt und warm. Dann ließ sie ihre Hände auf sein Hinterteil sinken.

Sie zog ihn näher zu sich heran und schnurrte wie eine Katze, als sie seine Erektion an ihren Bauch gepresst spürte. Rasch packte Blake sie um die Taille und setzte sie auf den Tisch.

Mit einem schelmischen Glitzern in den Augen machte er sich aus Alicias Umarmung los und sagte: »Du hast viel zu viele Kleider an, mein Sonnenschein.«

Am Fuß beginnend, zog er ihr einen Schuh nach dem anderen aus. Er nahm ihr rechtes Bein und streichelte ihr Fußgelenk, während er ihren Fuß an seinen flachen Bauch legte. Seine Hände waren stark und doch auch behutsam, und als sie sich ihr Bein hinaufarbeiteten, musste Alicia sich anstrengen, ihre Augen nicht vor Vergnügen zu schließen. Mit geschickten Fingern massierte er sich seinen Weg über ihr Knie hinweg, über ihren Schenkel, bis zum oberen Ende ihres Strumpfes. Er hielt einen Augenblick lang den Atem an, als er ihre nackte Haut spürte, dann atmete er langsam aus, bevor er ihr den Strumpf vorsichtig über das Bein hinabrollte. Dann warf er ihn sich über die Schulter, wo der Strumpf mit einem leisen Plumps im Schatten landete.

Kerzenlicht tanzte über Blakes nackte Brust, und heftiges Verlangen durchschoss Alicia. Sein dunkles Haar fiel ihm über die Schultern, und seine starken Hände lagen auf ihrem Körper, jedoch nicht dort, wo sie es gerne gehabt hätte. Ihre Brüste sehnten sich nach seiner Berührung, und ihr Blut pulsierte bereits überall. Sie richtete sich auf und versuchte, ihr Bein wieder unter Kontrolle zu bekommen. Blake hielt sie fest. Durch den Schleier seiner Haare hindurch konnte sie seinen heißhungrigen Blick sehen.

»Du gehst nirgendwohin«, flüsterte er. »Nicht für eine lange …«

Er machte sich gerade an ihrem anderen Strumpf zu schaffen, als seine Hände sich über etwas Kaltem und

Hartem schlossen. Was zum Teufel? Aber dann erinnerte er sich daran, dass sie zuvor gesagt hatte, sie trage eine Waffe am Körper und dass sie ihm später zeigen würde, wo sie diese versteckt hatte. Seine Hände folgten dem Ledergurt, der dort um ihren Oberschenkel gebunden war, wo ihre Haut weich wie Seide war. Sein Blut sackte ihm in den Unterlieb. Er begehrte sie. Er wollte ihr am liebsten das Kleid vom Leib reißen, wollte, dass sie vor lauter Verlangen weiche Knie bekäme und wollte sich dann so lange in ihrem weichen Körper vergraben, bis er sich verausgabt hatte.

Aber noch mehr als das wollte er in diesem Moment etwas anderes.

Er lockerte den Gurt ausreichend, um den Strumpf darunter zu lösen, dann machte er ihn wieder fest. Obwohl seine Lenden ihn anflehten, sich zu beeilen, nahm er sich die Zeit, ihr den Strumpf langsam auszuziehen. Er landete irgendwo neben dem anderen im Dunkeln. Er senkte ihr Bein ab und half ihr dann auf die Füße.

»Blake, die Pistole.«

»Ich weiß, Liebes. Lassen wir sie dort, wo sie ist.« Er konnte ein Grinsen nicht unterdrücken und drehte sie um, sodass sie ihm den Rücken zukehrte. Und wieder nahm er sich die Zeit, die Knöpfe an ihrem Rücken langsam aufzuknöpfen, obwohl ihn sein Verlangen schier bei lebendigem Leibe auffraß. Er küsste jeden Zentimeter ihrer Haut, der enthüllt wurde, und erkannte an dem dunklen Gurren in ihrem Hals, dass seine Entscheidung, es langsam angehen zu lassen, die richtige gewesen war.

Das Kleid glitt über ihren Körper, gefolgt von ihrer Unterwäsche. Als sie ganz nackt war – mit Ausnahme der kleinen Pistole, die an ihrem Oberschenkel festgebunden war –, drehte Blake sie wieder zu sich herum.

Sein Herz setzte aus, stotterte einen Moment, dann schlug es wie wahnsinnig in seiner Brust. Gütiger Gott, sie war traumhaft schön. Das Kerzenlicht spielte in ihrem Haar und tanzte wie die Hand eines Liebhabers über ihre Rundungen.

»Du bist atemberaubend schön«, sagte er und wusste, er hatte in seinem ganzen Leben noch nie wahrere Worte ausgesprochen.

»Ich habe eine Pistole ans Bein gebunden, Blake.«

Er lachte. »Ja, hast du, und ich hoffe, es ist bequem, denn du wirst sie nicht ausziehen. Jedenfalls nicht für eine ganze Weile.«

Alicia zog fragend die Augenbraue hoch. »Ich dachte, du wärst kein Pirat, mein lieber Freibeuter. Ist das nicht eher etwas, was ein Pirat machen würde?«

Blake lächelte spitzbübisch.

»Heute Abend, mein Sonnenschein, da bin ich ein Pirat.«

Dann riss er sie mit einem Schwung in seine Arme und legte sie auf sein Bett, wo er sein Wort hielt.

Sie nahm die Pistole bis zum Morgen nicht ab.

Als Alicia die Entscheidung getroffen hatte, noch eine letzte gemeinsame Nacht mit Blake zu verbringen, da hatte sie einen sehr wichtigen Umstand vergessen. Es bedeutete auch, noch einen letzten gemeinsamen Morgen zu haben. Und sie hatte ihre Morgenübelkeit völlig vergessen, die sich in dem Moment schnell und heftig ankündigte, als sie ihren Kopf von Blakes Brust anhob.

Krabbelnd riss Alicia die Bettdecke von sich, sprang aus dem Bett heraus und schaffte es gerade noch rechtzeitig, die Bettpfanne unter der Koje hervorzuziehen. Wenn sich ihr Magen nicht so schlimm verkrampft hätte, dann hätte sie sich sicher geschämt, dass Blake ihre Übelkeit miterlebte, doch wie es sich herausstellte, war sie ihm für seine Unterstützung dankbar, als sie fertig war und sich ihr Körper völlig kraftlos fühlte.

Er zog sie wieder zurück ins Bett, und sie konnte ihm seine Besorgnis ansehen.

»Wie kann ich dir helfen?«, fragte er.

»Ingwertee und vielleicht etwas trockenes Brot.«

Er nickte und ging zur Kombüse, während Alicia über eine plausible Erklärung für ihre Übelkeit nachdachte. Sie würde Blake nichts von dem Baby sagen. Wie könnte sie? Sie war sich sicher, das Baby wäre ein Mittel, Blake an Land zu halten, aber um welchen Preis? Er würde es hassen, in Port Royal zu leben, und sie wollte nicht, dass er sich ihr verpflichtet fühlte. Falls er bei ihr bleiben wollte, dann sollte es sein eigener Wunsch sein und nicht etwas, wozu er sich verpflichtet fühlte. Sie würde ihn nicht zu etwas zwingen, was er nicht wollte, so wie es Jacob versucht hatte.

Blake war schnell wieder zurück und setzte ein Tablett neben dem Bett ab. Er ging wieder, um sich um die Bettpfanne zu kümmern und kehrte alsbald mit der gereinigten Pfanne und einem Eimer mit Wasser zurück. Er tauchte einen Lappen hinein und wusch Alicias Gesicht damit ab.

Sie schloss ihre Augen aus zwei Gründen. Einer war, dass es sich wunderbar anfühlte, wenn er sich so liebevoll um sie kümmerte. Der andere Grund war, um den Schwall von Tränen zu verbergen, die ebenso schnell erschienen waren, wie zuvor die Übelkeit.

Als er mit ihrem Gesicht fertig war, legte er Kissen hinter ihren Rücken, sodass sie sich hinsetzten konnte. Er reichte ihr den Tee.

»Sollten wir einen Arzt rufen?«, fragte er und betrachtete sie eindringlich.

Sie war froh, dass die Tränen verschwunden waren und man die restliche Feuchtigkeit um ihre Augen herum auf ihre Übelkeit schieben konnte. »Nein. Ich nehme mal an, die Seekrankheit ist wieder zurück.«

Er runzelte die Stirn. »Wir sind wohl kaum in unruhigen Gewässern.«

»Nein, aber ich habe die ganze Woche bei Sam geschlafen. Ich nehme an, mein Körper hat sich wieder an ein Bett gewöhnt, das sich nicht bewegt.«

»Ich denke, das wäre möglich«, gab er zu, obwohl er nicht ganz überzeugt aussah.

Blake wich ihr nicht von der Seite, während Alicia ihren Tee austrank und das Brot aß. Er half ihr beim Anziehen, obwohl es ihrem Magen bis dahin wieder gut ging und sie sich viel besser fühlte. Dann ruderten sie ans Ufer, wobei sie beide wegen des kommenden Abends und der Zahlung des Lösegelds besorgt waren, das der Erpresser erwartete.

Sie hatten ihr Boot gerade festgemacht, als ein weiteres zum Strand und auf sie zuruderte. Es war voller Männer, die alle gleichzeitig etwas zu brüllen schienen. Einer von ihnen, der es nicht erwarten konnte, an Land zu gelangen, sprang aus dem Boot, verfing sich mit dem Fuß und landete kopfüber im Wasser. Die anderen ignorierten ihn, während sie ebenfalls an Land sprangen.

Blake, der neugierig war und herausfinden wollte, was da los war, legte den Arm um Alicia und ging gemeinsam mit ihr auf den Aufruhr zu. Es dauerte nicht lange, da hatte sich eine Menschenmenge gebildet. Blake blieb ein wenig im Hintergrund, jedoch nahe genug, um alles mithören zu können.

»Es ist Steele!«

»Er hat unsere Ladung gestohlen und dann unser Schiff in Stücke geschossen!«

»Wir hatten Glück, dass wir mit dem Leben davongekommen sind.«

Blakes Herz pochte. Nate leistete schnelle Arbeit.

»Steele ist tot«, rief eine Stimme aus der Menge.

Einer der Männer vom Boot wirbelte herum, seine Augen blitzen wild. »Er ist nicht tot! Er war es, und wir hatten Glück, dass wir das Langboot losbekamen, bevor uns seine Kanonen zerfetzten.«

Ein Raunen lief durch die Menge, und Blake sah mehr als einen Zuschauer, der besorgt in Richtung Meer blickte. Er wusste, was sie dachten. Falls Steele in der Nähe war, dann konnte er sehr wohl als nächstes Ziel St. Kitts angreifen. Es war perfekt. Letzten Endes würden bald alle an Land davon gehört haben, dass Steele in der Nähe war und wieder auf die Jagd ging.

Blake streichelte Alicias Rücken. Er hatte genug gehört. Die Männer waren keine Handelsmatrosen und hatten offensichtlich große Angst. Was auch immer Nate getan hatte, er war wohl äußerst überzeugend gewesen.

»Lass uns gehen und es Luke und Samantha erzählen«, sagte er. »Nate hat seinen Teil geleistet, jetzt muss sie sich bloß sehen lassen.«

Es war nichts weiter als ein unbestimmtes Gefühl, aber Blake hielt plötzlich inne und fragte sich, was seine Aufmerksamkeit erregt hatte. Sein Blick strich über die immer größer werdende Menschenmenge und wanderte von einem Mann zum nächsten, bis er auf ein Augenpaar traf, das er kannte.

Lewis. Er musste den Aufruhr gehört haben und gekommen sein, um zu sehen, was das ganze Theater sollte. Aber warum hatte er sich nicht sein Geld geschnappt und war mittlerweile fort?

»Blake.« Alicia stupste ihn an. »Lewis ist hier.«

Ja und er sah nicht im Geringsten zufriedener aus, als er es bei ihrer letzten Begegnung gewesen war, kurz bevor Blake Lewis über Bord gestoßen hatte.

»Ich weiß, Sonnenschein. Lass uns gehen.« Blake drehte sich um und ging in Richtung von Lukes Haus. Dabei war er sich sehr wohl bewusst, dass ihm Lewis' Blick unentwegt folgte. Er konnte den Blick des Mannes beinahe körperlich spüren, während er mit Alicia den Strand hinunterging.

Es war beinahe so, als ob der Mann noch nicht mit ihnen fertig wäre.

Sie fanden Luke und Samantha am Frühstückstisch sitzend bei Kaffee und Brötchen vor. Der Hefegeruch stieg Alicia in die Nase und erinnerte sie an die Zeit, als sie noch mit Jacob zusammen aus der Werkstatt gekommen und in ein Haus gegangen war, dass nach frisch gebackenem Brot duftete. Gütiger Gott, wie sie Jacob und Anna vermisste, dachte sie ein wenig wehmütig.

»Guten Morgen«, sagte Sam und begrüßte Alicia mit einer Umarmung, die deren Melancholie gleich vertrieb. Sam drückte Blakes Unterarm, ging an ihnen beiden vorbei und holte zwei Gedecke aus dem Schrank. Sie goss ihnen Kaffee ein und legte ihnen Brötchen auf die Teller.

»Wir haben Neuigkeiten«, sagte Alicia.

»Oh?«

»Nate war fleißig. Eine Bootsladung voller Männer kam ans Ufer und behauptete, dass sie überfallen worden seien und dass Sam Steele wieder zurück sei.«

Krächz. »Sam Steele. Sam Steele.«

Luke grinste. »Das hat ja nicht lange gedauert.«

»Nate hat seinen Teil erledigt.« Blakes Blick fiel auf Luke. »Jetzt seid ihr an der Reihe.«

Lewis ließ sich nicht täuschen. Er wusste haargenau, was Samantha und Luke vorhatten, als sie Hand in Hand zum Strand schlenderten, so als ob sie völlig sorgenfrei wären. Irgendwie war es ihnen gelungen, jemand anderen als Steele auftreten zu lassen, und während die Nachricht von Steeles Rückkehr überall am Hafen zu hören war, wusste Lewis, es handelte sich nur um eine List. Einen Trick, damit er klein beigab.

Nun denn, dachte er und benutzte seinen Hut, um sich Luft ins Gesicht zu wedeln, was ihn gleichzeitig schützen würde, sollte Samantha nach links schauen und ihn sehen. Sie würden sich noch wundern.

Lewis Grant hatte nicht die Absicht, klein beizugeben. Nicht, solange er nicht erhalten hatte, weshalb er hergekommen war. Nicht, solange er dort keinen Erfolg hatte, wo sein Vater gescheitert war. Und er wusste ganz genau, was er tun musste, um das zu bewerkstelligen.

»Alicia, hör auf zu rennen. Luke ist bei Samantha, und es ist erst Mittag. Sie sind vollkommen in Sicherheit.«

Alicia hielt an der Hintertür an, schnappte sich die Klinke und hielt sich daran fest. Sam und Luke hatten das Haus vor beinahe einer Stunde verlassen, damit sie von möglichst vielen Leuten gesehen wurden und somit jeglichen Verdacht zerstreuten, dass Samantha Steele sein könnte. Alicia hatte die meiste Zeit damit verbracht, um den Tisch herumzulaufen, zur Tür und wieder zurück, und ein paar Mal hinauf in ihr Gästezimmer zu eilen, um etwas zu holen, was sie gar nicht brauchte. Und ganz gleich, was Blake auch dachte, ihr Herumlaufen hatte nur wenig mit Sams und Lukes Sicherheit zu tun.

Sie waren beide Piraten gewesen. Wenn jemand gewiss wusste, wie er auf sich aufpassen musste, dann waren es Sam und Luke. Aber sie ließ Blake glauben, das wäre der Grund für ihre Ruhelosigkeit. Bis jetzt.

Sie presste sich die Hand auf ihren zuckenden Magen und drehte sich zu dem Mann um, den sie liebte. Blake saß am Tisch, einen Fuß auf dem gegenüberliegenden Knie abgestützt. Er hatte sich das Haar nach hinten gebunden, sodass ihre Augen sein ganzes Gesicht wahrnehmen konnten, von seinen kräftigen Schläfen bis zum Schatten seines Bartes.

»Ich muss dir etwas sagen«, sagte sie. Sie trat zu einem Stuhl hin und umklammerte dessen Lehne. Sein Blick folgte ihren Händen, dann begegnete er ihrem.

»Was denn?«

Alicia öffnete den Mund, aber, sie schickte ein stummes Stoßgebet gen Himmel, sie wollte die Worte nicht aussprechen. Sie ließ den Kopf hängen, hasste sich für ihre Feigheit, die sie daran hinderte, die Worte auszusprechen, aber sie wusste ganz einfach nicht, wie sie anfangen sollte.

»Alicia?« Sie hörte, wie sein Fuß zu Boden fiel, was sie zum Handeln trieb. Noch einmal sah sie ihm in die Augen.

»Blake, ich kann nicht mit dir fortgehen.«

Er hielt einen Augenblick inne, dann fragte er: »Brauchst du noch mehr Zeit mit Samantha? Ich könnte noch einen Tag oder so erübrigen, wenn ich müsste.«

Dass er bereit war, ihr mehr Zeit zu verschaffen, obwohl er baldmöglichst wieder auf See sein wollte, ließ Alicia die Tränen in die Augen steigen. Warum, fragte sie sich, mussten die Dinge bloß so kompliziert sein? Endlich hatte sie einen Mann gefunden, der sie liebte und der sie so behandelte, wie sie schon immer behandelt werden wollte, und doch gab es für sie beide keine Zukunft. Sie schloss die Augen, als ihr eine Träne entglitt.

»Mein Sonnenschein«, sagte Blake, und sein Stuhl kratzte über den Fußboden, als er aufstand.

Alicia schreckte zurück und wischte sich eilig die Tränen aus den Augen. »Bitte nicht, Blake«, bat sie. »Bitte komm nicht näher.« Wenn er sie jetzt berührte, dann würde sie das bisschen Mut auch noch verlieren, das sie hatte.

Krächz. »Bitte komm nicht näher. Bitte komm nicht näher.«

Blake runzelte die Stirn, die Augen verdunkelten sich. »Warum? Was stimmt denn nicht?«

»Ich kann nicht ... ich bin nicht so stark.«

»Wovon sprichst du? Du bist einer der stärksten Menschen, die ich kenne.« Er machte einen Schritt auf sie zu.

»Nein!« Alicia hob abwehrend die Hände. »Bitte nicht. Bleib dort drüben.«

Blake rieb sich die Stirn. »Warum?«

»Ich habe gerade ... Mir ist klar geworden ...« Sie holte tief Luft und stieß sie mit einem Mal wieder aus. »Ich gehöre nach Port Royal.«

Sein Stirnrunzeln wurde stärker, und er erstarrte. »Was sagst du da?«

»Ich habe dir erzählt, wie sehr ich die Werkstatt liebe, dass ich dorthin gehöre. Und jetzt hat sie uns dein Vater hinterlassen. Es war sein Traum, dass seine Kinder sie übernehmen.«

Blake holte scharf Luft und strich sich mit den Händen übers Gesicht. Dann ließ er sie sinken, und sie fielen schwer hinab und schlugen gegen seine Oberschenkel.

»Du weißt, weshalb ich Port Royal verlassen habe.«

»Das weiß ich, aber er hat dir vergeben. Er hat es in dem Brief geschrieben.«

Blake schüttelte den Kopf. »Das ändert nichts. Ich kann nicht wieder in dieses Haus und die Werkstatt spazieren, so als ob nichts passiert wäre, Alicia. Meinetwegen ist Eric nicht mehr dort. Ich spüre diese Schuld jetzt schon jeden Tag. Es wäre zehnmal mehr, wenn ich wieder in Port Royal wäre, umgeben von all den Erinnerungen.«

»Erics Tod war ein Unfall. Und wenn man irgendjemandem die Schuld geben sollte, dann Jacob. Er ist derjenige, der Eric mitgeschickt hat.«

»Es ändert nichts an den Tatsachen. Eric ist tot, sie alle sind es. Außerdem gehöre ich nicht dorthin. Daraus habe ich nie einen Hehl gemacht.«

»Nein«, stimmte sie zu und spürte, wie die Verzweiflung sie überkam und sich wie eine dichte Nebeldecke über sie legte. »Das hast du nicht.«

Sein Mund wurde schmal. »Warum hast du dann zugestimmt, mich zu heiraten, wenn du nicht bei mir sein möchtest?«

»Ich hatte nie geglaubt, dass du mit einer Ehefrau an Bord weiterhin als Freibeuter segeln möchtest. Erinnere dich an die Schlacht, die wir erlebt haben. Du hast vier Männer verloren. Hast du dir wirklich vorgestellt, wir würden ein Leben voll solcher Gefahren leben?«

»Ich kann mich um dich kümmern. Ich würde nie zulassen, dass dir etwas zustößt.«

»Nicht absichtlich. Aber manche Dinge liegen außerhalb deiner Kontrolle. Die Schlacht, während der mein Gedächtnis zurückkam, war schrecklich. Als es vorbei war und wieder Stille herrschte, da hatte ich nicht die geringste Ahnung, ob du noch lebst oder schon tot warst. In meinem Kopf sah ich die Nacht, als ich meine Familie verlor, doch in meinem Herzen malte ich mir dasselbe für dich aus. Ich kann nicht mit dieser Angst leben. Ich habe schon eine Familie auf See verloren, ich will nicht noch eine weitere dort verlieren.«

»Du hast aber keine Familie in Port Royal.«

»Ich habe Charles, und ich habe die Werkstatt.«

Er zuckte zusammen. »Und du sagst, du bist bereit, für eine Schmiedewerkstatt das aufzugeben, was wir beide haben?«

»Wie unterscheidet sich das von dem, was du tust? Liebst du dein Schiff mehr als mich?« Sie seufzte. »Als du mir den Heiratsantrag gemacht hast, da dachte ich, wir würden zurück nach Port Royal gehen und die Werkstatt gemeinsam führen.«

»Wie bist du denn auf diese Idee gekommen?« Jetzt war er es, der ärgerlich hin- und hermarschierte und Luftwirbel verursachte. »Das habe ich nicht ein einziges Mal gesagt.«

»Ich weiß. Ich habe es ja auch bloß angenommen.«

»Zur Hölle«, murmelte Blake und hielt nur lange genug inne, um ihr alle paar Sekunden einen verwirrten Blick zuzuwerfen.

Krächz. »Zur Hölle verdammt. Zur Hölle verdammt.«

Alicia wartete darauf, dass er noch etwas sagte, aber er grummelte bloß unverständlich vor sich hin, rieb sich die Augen und marschierte hin und her. Schließlich hielt er an, und als sich ihre Blicke trafen, sah sie, wie aufgewühlt er war.

»Ich musste diese Wahl schon einmal treffen, verdammt nochmal.«

»Ich weiß. Deshalb bitte ich dich ja auch nicht, sie nochmal zu treffen. Ich weiß, wohin dein Herz gehört, Blake, ebenso wie ich auch weiß, wo meines hingehört. Ich bitte dich nicht, bei mir zu bleiben, noch will ich dich mit irgendwelchen Machenschaften dazu zwingen.«

Seine Augen wurden zu schmalen Schlitzen, und sein abgehackter Atem erfüllte das Zimmer.

»Du lässt mich gehen?«, wiederholte er. »Nun, wie verdammt großzügig von dir.«

Krächz. »Verdammt großzügig. Verdammt großzügig.«

»Blake –«

»Nein.« Er trat einen Schritt zurück, weg von der Hand, die sie ihm entgegenstreckte. »Nicht.«

Er schob den Stuhl gegen den Tisch. »Du hast deinen Körper mit mir geteilt, hast mir deine Liebe gestanden und zugestimmt, meine Frau zu werden. Und doch gehst du von mir fort? Wenigstens war mein Vater mit seinen Forderungen offen heraus. Er hat mir nie eine Sache versprochen, während er die ganze Zeit lang etwas völlig anderes plante.«

Alicia stemmte sich empört die Hände in die Hüften: »Ob ich will, dass du bei mir bleibst? Ja! Aber ich will nicht, dass du mich deshalb irgendwann hasst. Ich habe Jacob jeden Tag am Strand stehen sehen, sah den Schmerz in seinen Augen und spürte seinen Kummer. Ich will das für keinen von uns. Ich möchte nicht der Grund dafür sein, weshalb du unglücklich bist und möchte nicht jeden Tag daran erinnert werden, dass ein Teil von dir die Entscheidung bedauert, dazubleiben.« Alicia presste sich ihre Hand aufs Herz. »Dafür liebe ich dich viel zu sehr.«

»Du liebst mich?«, spie er ihr entgegen. »Du hast zugestimmt, mich zu heiraten, und jetzt erzählst du mir, falls ich diese Ehe will, muss ich einen Teil meiner Seele aufgeben. Welche Art Liebe ist das denn?«

»Das tue ich doch gar nicht! Ich habe dir doch gesagt, dass du nicht wählen musst.«

»Den Teufel muss ich nicht!«, widersprach er. »Falls ich ein Leben mit dir gemeinsam möchte, dann muss es in Port Royal sein. Stimmt das etwa nicht?«

Alicia stotterte. Sie erklärte das alles nicht richtig. Sie tat es doch für ihn, konnte er das denn nicht sehen? Wie konnte er denn nicht erkennen, wie es sie schier umbrachte, ihn gehen zu lassen?

»Bei dir klingt es so, als ob es ein Teil einer ausgeklügelten Lüge sei, dich hinters Licht zu führen. Ich bin nicht mehr im Unrecht, anzunehmen, du würdest mit der Freibeuterei aufhören, wie du es bist, weil du angenommen hast, ich würde dich begleiten.«

»Das ändert nichts daran, was wir getan haben, nicht wahr?«, zischte er. »Ich habe dir wieder und wieder gesagt, dass du zu jung für mich bist. Ich habe versucht, mich von dir fernzuhalten, aber du hast solange gedrängelt, bis ich nachgegeben habe. Bis ich glaubte, wir hätten eine gemeinsame Zukunft. Wenn du mich doch bloß in Ruhe gelassen hättest, dann würden wir jetzt nicht in dem Schlamassel stecken!«

Alicia reckte trotzig ihr Kinn in die Luft. »Das bedauere ich nicht, nicht einen Moment lang. Was wir miteinander geteilt haben, bedeutet mir alles.«

Blake höhnte zurück: »Sicher. Es bedeutet dir so viel, dass du einfach weggehen kannst.«

»Ich will deine Frau sein, Blake. Mehr als alles andere.«

»Und ich habe dir geglaubt«, antwortete er heiser mit gequältem Blick. »Das war mein Fehler.«

Alicia schnappte nach Luft. Tränen stiegen ihr in die Augen.

»Spar sie dir«, warnte er mit erhobenem Zeigefinger. »Sie können den Schaden auch nicht wiedergutmachen.«

Plötzlich ging die Tür auf und Sam kam herein, gefolgt von Luke.

»Oh«, sagte Sam und hielt jäh inne. »Wir warten einfach draußen.«

Sie drehte sich um und wollte Luke am Arm packen, doch Blake war schneller.

»Bemühe dich nicht«, sagte Blake, und der Blick, mit dem er Alicia ansah, schien ihr regelrecht wie eine Ohrfeige ins Gesicht zu schlagen. »Wir sind sowieso fertig.« Er drehte sich zu Luke um. »Wann soll ich bei dir auf dem Schiff sein?«

Luke schaute von Alicia zu Blake. »Ich will vor dem Erpresser dort sein. Komm früh.«

Blake nickte. »Das werde ich.«

»Und komm bewaffnet«, fügte Luke hinzu.

Blake nickte. »Das hatte ich vor.«

Und ohne einen weiteren Blick oder ein Wort zu Alicia trat Blake aus der Tür und aus ihrem Leben.

20

Der Abend konnte für Blake gar nicht schnell genug kommen. Jetzt, wo Nate und Vincent fort waren und seine Mannschaft die letzten Stunden an Land verbrachte, war die *Blue Rose* den ganzen Tag über schrecklich still gewesen. Blake hatte viel zu viel Zeit gehabt, um nachzudenken, und zu viele Erinnerungen verfolgten ihn. Er konnte keinen Schritt auf dem Schiff machen, ohne Alicia vor sich zu sehen. Er hatte ihre Stimme im Atmen des Windes gehört, der zwischen den Masten herumwirbelte, und als er sich über die Reling gebeugt hatte, da roch er nicht das Meer, sondern den Duft von Orangen.

Jeder Atemzug tat ihm weh. Es war ein Schmerz, den er erst einmal zuvor empfunden hatte, als er Erics Leichnam nach Hause trug.

Jetzt hatte er wieder jemanden verloren, den er liebte. Er war sich so sicher gewesen, endlich jemanden gefunden zu haben, der ihn verstand, der seine Bindung zum Meer verstand.

Was er nicht erwartet hatte, war, eine Frau zu finden, bei der er sich komplett fühlte, die sich dann aber von ihm abwandte und ihm damit das Herz herausriss.

»Sieh doch, wer ich bin, verdammt nochmal«, stieß er hervor und schlug mit der Hand gegen die Seitenwand seines Schiffs. Die Möwe, die auf der Reling neben Blake hockte, sträubte das Gefieder und flüchtete. Blake beobachtete, wie der Vogel über die sanft gekräuselte Bucht glitt, so als ob ihn nichts auf der Welt kümmern würde.

Weil er keinen Moment mehr so allein dastehen konnte und es beinahe Zeit war, aufzubrechen, suchte Blake seine Waffen zusammen, kletterte ins Boot und ruderte ans Ufer. Joe, Aidan und Luke warteten dort schon auf ihn.

»Ich sehe, du bist vorbereitet«, bemerkte Luke und nickte in Richtung der Pistole und des Schwertes, die Blake trug.

Blake konnte sich ein Grinsen nicht verkneifen, angesichts des Waffenarsenals von Luke. Sein Schwert baumelte von seiner Hüfte, er hatte sich zwei Pistolen in die Schärpe gesteckt und trug in jeder Hand eine Muskete. Luke strich sich mit der Zunge über die Lippen und amüsierte sich offensichtlich prächtig.

»Es ist schon 'ne Weile her, Kumpel. Ich freue mich schon darauf. Eigentlich hättest du gar nicht zu kommen brauchen.«

Blake schüttelte den Kopf. »Ich möchte aber dabei sein. Hierbei geht es nicht bloß um Samantha. Er hat auch Alicia bedroht.«

»Na schön! Joe und Aidan werden uns hinrudern. Auf diese Weise werden keine Boote längsseits festgebunden sein, die ihn verscheuchen könnten.«

»Und wenn er uns jetzt schon beobachtet?«, fragte Joe.

Luke zuckte die Achseln. »Ich vertraue darauf, dass er gierig genug ist, nichtsdestotrotz aufzutauchen.«

Blake half, das Langboot aufs Meer zu schieben und lachte leise, als er das zusätzliche Waffenlager sah, das darin lag.

»Wie werden wir zurückkommen?«

»Ich werde eine Laterne am Bug anzünden, wenn wir fertig sind. Joe wird uns dann holen kommen.«

Die Kahnfahrt hinüber war schnell vorbei, und schon bald stieß das Boot an die Längsseite der *Freedom*. Luke ging als Erster, und die Ketten um seinen Hals klirrten, als er ausstieg und an Bord seines Schiffs kletterte. Blake war direkt hinter ihm. Joe und Aidan halfen ihnen, die zusätzlichen Waffen an Deck zu bringen.

»Bist du sicher, dass ich nicht doch bleiben soll? Aidan kann das Boot zurückbringen.«

Aidan starrte Joe wütend an.

»Danke, Joe, aber so ist es schon in Ordnung.«

»Dann passt gut auf euch auf. Wir wissen nicht, wer das ist oder wie weit er gehen wird, um das zu kriegen, was er will.«

»Dann werde ich euch sagen, wie weit ich gehen werde«, sagte eine Stimme vom Achterdeck her. Die Luke schlug auf, und vier riesige schwarze Männer, alle mit Pistolen bewaffnet, traten an Deck. Luke wirbelte im selben Moment herum wie Blake, die Waffen erhoben und bereit zum Kampf. Blakes Blick schoss zu dem Mann hinüber, der leichtfüßig über das Achterdeck schlenderte. Als er erkannte, um wen es sich handelte, drehte sich ihm der Kopf.

»Lewis?«

»Hast du mich vermisst?«, fragte Lewis und stellte sich selbstgefällig neben seine Männer, die, so weit Blake es sehen konnte, so bullig waren, dass man nicht einmal ihre Hälse erkennen konnte.

Luke bewegte weder seinen Kopf noch seine Waffe.

»Blake, wer ist das?«

Lewis sprach, bevor Blake antworten konnte. »Erlaubt mir, mich vorzustellen. Mein Name ist Lewis Grant. Ich glaube, Eure reizende Frau kannte meinen Vater, Oliver Grant. Tatsächlich«, fügte er mit einem Lachen hinzu, als Luke knurrte, »glaube ich, die beiden kannten einander ziemlich gut.«

Von diesem Augenblick an passierte alles in nur wenigen Augenblicken.

Luke und Blake spannten ihre Pistolen. Joe stürzte sich auf die Waffen zu seinen Füßen. Aidan schrie eine Warnung.

Ein Schuss zerriss die Luft.

»Aidan!«, brüllte Joe.

Luke wirbelte herum. Blake rutschte der Magen in die Kniekehle. Luke ließ seine Waffe fallen und rannte zu dem Jungen, der reglos und leichenblass an Deck lag. Blut befleckte seine Schulter.

»Sohn«, rief Luke und legte die Hand auf die unverletzte Schulter. »Aidan!«, brüllte er.

Aidan öffnete die Augen. Luke atmete ebenso heftig aus wie Joe. Er presste die Hände auf die Wangen des Jungen, verweilte einen Augenblick dort, dann wandte er sich der Schulter zu. Er band seine Schärpe los, und die Pistolen fielen aufs Deck.

»Alles kommt wieder in Ordnung, Sohn«, versprach Luke.

»Tretet zurück von ihm, Bradley«, befahl Lewis.

»Er ist verletzt«, antwortete Luke und rührte sich nicht von Aidans Seite.

Blake sah, wie Lewis einem der Männer zunickte, mit denen er gekommen war. Der Mann hob seine Muskete. Blake rannte zu Luke und riss diesen hoch.

»Was zum Teufel soll das? Lass mich los, Mann!«, befahl Luke und schubste Blake fort.

Blake hielt Lukes Arm weiter fest, zog ihn näher zu sich heran und flüsterte. »Er hat Samantha bedroht, Luke. Falls uns etwas zustößt, wer hält sie dann davon ab, als Nächstes deine Frau und Alicia zu töten?«

Luke presste die Lippen zusammen, aber er nickte und hörte auf, sich zu wehren. Blake ließ ihn los. Luke drehte sich zu Joe um und schob die Schärpe mit der Stiefelspitze näher zu ihm hin.

»Drück es weiter auf die Wunde, Joe.«

»Aye«, stimmte Joe zu.

»Sagt mir, Bradley. Habt Ihr auch so viel Sorge gezeigt, als Euch mein Vater sterbend zu Füßen lag?«, fragte Lewis. Unbewaffnet, mit Ausnahme der Gruppe von Männern, die ihm den Rücken deckten, schlenderte Lewis lässig auf Luke zu. Als sie sich gegenüberstanden, hielt er an. »Soll ich Euch dieselbe Gnade erweisen, wie Ihr sie ihm erwiesen habt?«

»Er hat all das verdient, was mit ihm passiert ist«, knurrte Luke.

Blake stockte der Atem. Was zur Hölle machte Luke da?

Sie konnten es sich nicht leisten, etwas Dummes zu tun, verdammt nochmal.

Aber Lewis lachte bloß. »Ihr habt Glück, dass ich Euch zustimme, Bradley. Dennoch«, sagte er, bückte sich und hob Lukes Waffen vom Deck auf, »nehme ich an, sollte es die Pflicht eines Sohnes sein, den Tod seines Vaters zu rächen.«

»Ich habe ihn nicht getötet.«

»Noch habt Ihr ihn betrauert, da bin ich mir sicher.«

Blake zuckte zusammen. Sag es bloß nicht, bat er lautlos. Bitte sag es nicht.

Luke lachte verächtlich. »Ich habe an seinem Grab vor Freude getanzt.«

»Wie ich es mir gedacht hatte«, antwortete Lewis und wandte sich von Luke ab.

Blake hatte die Luft angehalten und atmete nun hörbar aus. Aber er war ein wenig vorschnell. Lewis wirbelte herum, benutzte Lukes eigene Pistole und schlug diesem fest mit der Waffe ins Gesicht.

Der Schlag warf Lukes Kopf nach hinten. Er taumelte, die eine Hand auf der Wange, während er mit der anderen versuchte, sich abzustützen. Blake streckte die Hand nach Luke aus, doch er ließ diese wieder sinken, als ihm Lewis' eiskalter Blick begegnete. Luke fiel auf die Knie.

Lewis warf seinen Männern einen Blick zu, dann deutet er mit dem Kopf auf Blake. Blake verstand und rührte sich nicht mehr. Falls er es täte, dann würde Lewis nicht zögern, ihn ebenfalls zu verletzen. Genauer gesagt, einer seiner Männer würde es tun. Blake würde das nicht riskieren. Er wusste, dass sie in Schwierigkeiten waren und dass es nur noch schlimmer werden würde, sobald Lewis klar wurde, dass sie kein Gold mitgebracht hatten.

Sie hatten gehofft, früh genug anzukommen, den Erpresser zu überwältigen und ihm genügend Angst oder Schmerz zuzufügen, dass er wieder dahin zurückging, wo er hergekommen war. Da Nate sich als Steele ausgab, gab es keine Gefahr mehr für Samanthas Freiheit. Mit ihrem Kommen an diesem Abend wollten sie vielmehr Stellung beziehen und denjenigen wissen lassen, wer auch immer es war, dass Luke und Samantha und mit ihnen auch Blake und Alicia sich nicht einschüchtern lassen würden, wenn sie bedroht wurden. Sie waren auf einen Kampf vorbereitet gewesen, aber sie hatten nicht erwartet, dass es hierbei um mehr ging, als um bloße Habgier. Sie hatten ganz gewiss nicht geplant, so überrascht zu werden. Von dem Moment an, als sie an Deck geklettert waren, waren sie im Nachteil gewesen. Und da Luke und Aidan verletzt waren, wurde der Nachteil auch noch in alarmierender Weise größer.

»Ich bin versucht, Euch jetzt zu erschießen«, sagte Lewis zu Luke, »aber das würde den Rest meiner Pläne zunichte machen.« Er kniete sich nieder und zwang Lukes Kopf hoch, indem er ihm die Pistole unters Kinn presste. »Und ich habe solch wunderbare Pläne. Pläne, die Eure reizende Frau miteinschließen.«

Luke murmelte Flüche. Lewis grinste und stand auf. Dann fletschte er die Zähne, holte mit dem Fuß aus und trat Luke fest in die Rippen.

Luke brach auf dem Deck zusammen.

»Heilige Muttergottes«, fluchte Joe.

Blake hielt den Mund, obwohl sich seine Hand fester

um die Pistole legte. Er wagte dennoch nicht, sie zu benutzen, nicht, wenn er bloß einen Schuss hatte.

Lewis lachte, und das Geräusch jagte Blake einen Schauer über den Rücken. Als ob er es spürte, baute Lewis sich nun direkt vor Blake auf. Lewis' Blick strotzte vor Arroganz, als er seinen früheren Kapitän anstarrte.

»Hast mich unterschätzt, nicht wahr? Dachtest wohl, ich wäre nichts weiter als ein nutzloser Deckhelfer. Nun, falls ich dir bis jetzt noch nicht bewiesen habe, dass du unrecht hattest, dann lass mich dir eins versichern. Bevor die Nacht vorüber ist, wirst du es wissen.« Als er lachte, entblößte er seine mickrigen Zähne, und Blake musste seine ganze Selbstbeherrschung aufbringen, um sich nicht einfach auf ihn zu stürzen. Nur der Gedanke an das, was vor ihnen lag, daran, wozu Lewis mit den vier Männer hinter ihm fähig wäre, ließ Blake schweigen und wie angewurzelt an Deck verharren.

»Hast du nichts zu sagen, Blake?« Lewis schnalzte mit der Zunge. »Du enttäuschst mich. Ich dachte, nach all den Schikanen, die du auf deinem Schiff veranstaltet hast, da würdest du doch wenigstens etwas erwidern. Aber so selbstsicher bist du dann wohl doch nicht mehr, oder irre ich mich?« Er beugte sich nach vorn und kniff die Augen zusammen. »Du schuldest mir etwas. Und ich werde nirgendwohin gehen, bis ich nicht *alles* eingesammelt habe, was mir zusteht.«

Lewis trat einen Schritt zurück und atmete tief ein. Seine Hände kamen auf Lukes Pistolen zur Ruhe, die er sich in den Hosenbund stopfte.

»Also«, sagte er. »Wo ist mein Gold?«

»Sam, hör auf rumzurennen. Mir wird davon ganz schwindelig.«

Ihre Schwester hielt lange genug inne, um Alicia einen kurzen Blick zuzuwerfen. »Nun, wenn du endlich das Essen probieren würdest, das ich für dich hergerichtet habe, dann hättest du gar keine Zeit mehr, mir beim Herumrennen zuzuschauen.«

Alicia seufzte und sah auf die Melone, die Orangen und Äpfel hinunter, die ihre Schwester für sie kleingeschnitten hatte. Alles war hübsch arrangiert und farbenfroh, dennoch hatte Alicia keinen Appetit. Sie stellte den Teller auf den Beistelltisch.

»Ich habe keinen Hunger.«

»Alicia, du hast schon kein Abendbrot gegessen. Du musst dem Baby doch etwas zu essen geben.«

Weil sie wusste, dass Sam recht hatte, nahm Alicia einen Apfelschnitz und biss hinein. Sam nickte zustimmend, dann ging sie ans Fenster und zog den Vorhang zurück.

»Es ist zu dunkel, um irgendetwas sehen zu können.« Sie drehte sich zu Alicia um. »Was glaubst du, wie es gerade läuft?«

»Ich wünschte, ich wüsste es.« Alicia aß ihre Frucht zu Ende und ging dann ans Fenster, nahm Sam den Vorhang ab und zog ihn weiter auf. Wegen der Dunkelheit konnte sie nur ihr eigenes Spiegelbild und das der Kerzen sehen, die Sam im ganzen Wohnzimmer angezündet hatte.

»Ich dachte, Sam Steele wäre mittlerweile Vergangenheit für mich und dass die ganze Sache mir nicht mehr weh tun könnte«, sagte Sam.

Das Leid in der Stimme ihrer Schwester rührte Alicia. Sam war doch sonst immer so stark, so selbstsicher.

Alicia ließ den Vorhang wieder in seine ursprüngliche Position zurückgleiten und nahm Sams Hand. »Es wird bald vorbei sein. Dann musst du dir keine Sorgen mehr machen. Luke und Blake werden sich um alles kümmern. Und da Nate jetzt Steele ist, ist für dich alles vorbei.«

Sam schüttelte den Kopf, und irgendetwas in ihrem Blick führte dazu, dass sich Alicias Magen verkrampfte.

»Ich weiß nicht, Alicia. Ich habe ein ganz schlechtes Gefühl. Genau hier«, sagte sie und presste sich eine Faust aufs Herz.

»Es geht ihnen gut«, wiederholte Alicia, um sich und Sam gleicher Maßen Mut zu machen.

Lewis schnappte nach Luft und blähte dabei seine Nasenflügel auf. »Was meinst du damit, ihr habt mir kein Gold mitgebracht?«

Obwohl Blake seinen Blick fest auf Lewis gerichtet hielt, konnte er aus den Augenwinkeln Luke erkennen. Luke kämpfte sich auf die Füße, und obwohl er schwankte und fluchte, gelang es ihm, stehenzubleiben. Blake konnte bloß hoffen, dass sie alle ebenso viel Glück haben würden, bis die ganze Sache vorbei wäre.

»Es ist nicht hier«, antwortete Blake und spielte auf Zeit. Falls sie es heil aus diesem ganzen Schlamassel schaffen wollten, dann brauchte Blake einfach mehr Zeit, um nachzudenken. »Es ist auf meinem Schiff.«

»Wirklich?«, fragte Lewis mit zuckersüßer Stimme, der Blake jedoch nicht traute. »Soll ich hier ganz einfach warten, bis du es geholt hast?« Lachend drehte er sich zu seinen Männern um und nickte kurz. Einer von ihnen schlenderte vorwärts.

»Zeig diesem Mann, was passiert, wenn man mich anlügt.«

Blake machte sich zwar auf den Schlag gefasst, doch die Faust, die sein Gesicht traf, fühlte sich an wie die Druckwelle einer Kanone. Sein Kopf dröhnte, und ein heftiger Schmerz raste ihm über die Wange. Einen Moment lang schien das Schiff zu schwanken.

»Ich bin es leid, deinen Lügen zuzuhören. Du wirst mir das Gold zeigen, weswegen ich gekommen bin, sonst wirst nicht nur du es bereuen, sondern auch deine heißgeliebte Alicia.«

Die Nacht war schnell hereingebrochen und obwohl die Laternen nicht angezündet worden waren, spendete der riesige Mond genügend Licht, damit Blake sehen konnte, dass der Mann nicht log. Das Problem war, Blake hatte keine Idee. Er sah zu Joe hinüber. Der presste immer noch eine Faust voll Schärpenstoff auf Aidans Schulter. Die Augen des Jungen waren geschlossen, und Blake war sich nicht sicher, ob er sich bloß ausruhte oder ob er bewusstlos war.

»Er ruht sich aus«, bestätigte Joe, ohne gefragt worden zu sein. Doch sein Gesicht war angespannt und darin las Blake die Dringlichkeit. Aidan brauchte einen Arzt.

»Ich würde mir keine Mühe geben, die Blutung zu stoppen, denn keiner von euch wird dieses Schiff lebend verlassen.«

Blake lief es eiskalt den Rücken hinunter, während ihm

Schweißperlen auf der Oberlippe standen. Es musste ganz einfach einen Ausweg geben. Sie konnten Lewis doch nicht auf Alicia und Samantha losgehen lassen. Trotz ihres Streits zuvor liebte Blake Alicia und er würde seinen letzten Atemzug dafür opfern, sie zu beschützen. Er sah zu Luke hin. Der ehemalige Pirat hatte ein Blutgerinnsel an der Schläfe, sein Gesicht war abgehärmt, und er konnte kaum aufrecht stehen. Er sah nicht aus, als ob er einen weiteren Kampf durchstehen würde.

»Wir werden es holen, was auch immer du willst«, sagte Blake und richtete seine Aufmerksamkeit wieder auf Lewis.

Lewis grinste. »Oh, ich werde bekommen, was ich will, weshalb ich hergekommen bin und was ich verdiene. Diese Absicht hatte ich schon immer. Dein Fehler ist, Blake, zu glauben, dass ich dich lebend brauche, um es zu bekommen.«

»Wir wissen, wo es ist«, sagte Luke.

Lewis drehte sich zu Luke um. »Ebenso wie Eure Frau es weiß, da bin ich mir sicher.«

Luke fletschte die Zähne. »Ich werde dich eher umbringen, bevor ich dich zu ihr lasse.«

»Ihr werdet keine Wahl haben«, antwortete Lewis. Er gab vor zu gähnen. »Das hier wird langsam langweilig. Du und du«, sagte er und deutete auf die beiden größten Männer, »bleibt hier. Tut euch keinen Zwang an, ihnen wehzutun, aber lasst sie am Leben. Ich möchte ihre letzten Augenblicke gerne miterleben. Ich kann mir keine bessere Art vorstellen, den Tag zu beenden. Ihr zwei«, sagte er zu den verbliebenen Männern, »kommt mit mir.«

Blake dachte nicht nach. Er handelte rein instinktiv und stürzte sich auf Lewis. Blake landete auf dem Rücken seines Feindes, Lewis grunzte, und gemeinsam fielen sie aufs Schiffsdeck. Blake spürte, wie seine Hände über das Holz kratzen. Er zog den Arm zurück und donnerte Lewis seine Faust in die Seite. Den Mann aufjaulen zu hören, spornte Blake nur noch an. Jetzt würden sie sehen, wie hart im Nehmen dieser kleine Mistkerl wirklich war. Wieder ballte er seine Faust.

Bevor er ihn treffen konnte, wurde Blake grob weggerissen. Ein kräftiger Arm legte sich um seinen Hals und drosselte seinen Atem, bis er bloß noch nach Luft schnappte. Luke, der Blakes Angriff gefolgt sein musste, wurde ebenfalls von einem Klotz von einem Mann festgehalten.

Lewis rappelte sich auf, wollte Blake mit seinen Blicken schier erdolchen.

»Dafür wirst du bezahlen, du Hurensohn.«

Blake wehrte sich. Er wusste, was kommen würde, aber er würde sich nicht kampflos ergeben. Er hieb seine Ellenbogen nach hinten, wand sich und schubste, aber der Druck um seinen Hals verstärkte sich bloß noch mehr. Er sah weiße Sternchen und spürte eine Angst, wie er sie noch nie gekannt hatte. Alicia war in Gefahr, und er konnte nichts dagegen unternehmen.

Mit brennenden Lungen drehte sich Blake zu Luke um. Der Pirat beobachtete Blake, doch dieser erkannte an der Art, wie Luke sich am Arm seines Fängers festklammerte, dass er gerade dieselbe Schlacht verlor wie Blake. Nebel kroch heran, während Blake krampfhaft versuchte, bei Bewusstsein zu bleiben. Als er sah, dass Lewis und zwei

Männer über die Reling kletterten, versuchte er zu schießen. Doch erst als Blake spürte, wie er ohnmächtig wurde, erst als er sah, wie Luke schlaff zusammensackte, da erst lernte Blake wahre Verzweiflung kennen.

Alicia, dachte er.

Dann wurde alles um ihn herum schwarz.

21

»Warum ist Joe noch nicht zurückgekommen? Er und Aidan sollten mittlerweile schon lange zurück sein.«

Alicia machte sich nicht die Mühe, zu antworten, weil sie es bereits schon dreimal getan hatte. Aber mit jeder Minute, die verstrich, wuchs auch ihre Besorgnis immer weiter an. Sam hatte recht. Joe und Aidan hätten schon vor einer Weile zurückgekommen sein müssen. Sam hatte Joe ausdrücklich gebeten, nicht dort zu bleiben und zuzusehen, damit sie sich nicht auch noch um die beiden Sorgen machen mussten.

Sie drehte ihren Kopf zum offenen Fenster hin und betete, sie würde ihre Ankunft bald hören. Doch das einzige Geräusch, das mit der feuchten Luft hineindrang, war das Aneinanderreiben der Palmwedel. Selbst die nachtaktiven Tiere waren unnatürlich still.

»Ich gebe ihnen noch ein paar Minuten, aber wenn sie dann noch nicht zurück sind, werde ich zum Strand hinuntergehen. Ich kann diese Warterei nicht mehr länger ertragen.«

Alicia stand von der Couch auf, wo sie auf Wunsch ihrer Schwester sitzen geblieben war. Sam wandte sich daraufhin von der Tür ab, die sie beobachtet hatte, so als ob sie Luke mit der Kraft ihres Willens dazu zwingen wollte, einzutreten.

»Denk nicht einmal daran, Alicia. Du wirst hierbleiben.«

»Ich bin ebenfalls hieran beteiligt. Und ich werde mitgehen. Du bist nicht die Einzige in unserer Familie, die selbst auf sich aufpassen kann.«

Die beiden Schwestern starrten sich an. Keine war bereit nachzugeben, doch ihr Starren wurde kurz darauf durch das Geräusch von Stiefeln, die über den Kies gingen, unterbrochen.

»Sie sind zurück!«, rief Sam. Sie rannte zur Tür. Alicia war direkt hinter ihr. Sam riss die Tür auf, schnappte nach Luft und taumelte einen Schritt zurück.

Krächz. »Mann im Haus. Mann im Haus.«

Alicia trat an Sam vorbei, und ihr sank das Herz. Es war Lewis.

»Du!«, sagte Sam und packte Alicia am Arm. Ihr Griff war wie Eisen.

Alicia schüttelte den Kopf. »Du kennst Lewis?«

Sams Augen weiteten sich, und sie wurde mit einem Schlag leichenblass. »Er ist der Sohn von Oliver Grant.«

»Was?«, stieß Alicia hervor.

»Darf ich«, sagte Lewis und trat ins Zimmer.

Sam hastete zurück und zog Alicia mit sich. Hinter Lewis kamen zwei der größten Männer, die Alicia je gesehen hatte. Als der Letzte von ihnen im Raum war, schloss er die Tür hinter sich.

»Verschließe sie«, befahl Lewis.

Das Geräusch des Türschlosses, das versperrt wurde, ließ Alicias Magen vor Angst einen Purzelbaum schlagen.

»Eigentlich muss ich dir danken, Alicia, dass du mich hierhergeführt hast. Bis du auf die Plantage kamst, hatte ich nie die Absicht gehabt, Samantha zu verfolgen.«

Sams Blick flog zu ihrer Schwester, und sie ließ deren Arm los. »Du bist zur Plantage gegangen? Wann?«

»Ich – nachdem ich Jacobs Brief fand. Er erwähnte, du wärst vielleicht auf der Plantage gewesen. Ich habe Lewis dort aber nicht gesehen, Sam«, antwortete Alicia und versuchte den Grund für Lewis Anwesenheit zu begreifen. »Das würde ich dir doch nicht antun.«

»Ach, aber das hast du. Ich habe gehört, wie du mit dieser fetten Fanny geredet hast, habe gehört, wie du erwähnt hast, du seist auf der Suche nach deiner Schwester. Zuerst hat es mich nicht weiter gekümmert. Weißt, Samantha«, sagte er und wandte seine Aufmerksamkeit Sam zu, »für eine Weile habe ich dich sogar bewundert. Du hast es geschafft, meinem Vater zu entkommen. Du warst das Einzige, an dem dieser Mistkerl gescheitert ist. Es bewies, dass ich nicht der einzige Misserfolg in unserer Familie war.«

Einen Augenblick lang spannte sich sein Kiefer an. »Er hat Tagebücher über dich geführt, Massen von Tagebüchern über sein Verlangen, dich wiederzufinden, damit du für die Demütigung zahlst, die du ihm zugefügt hast. Hätte er gewusst, dass du Steele bist, dann wäre es ihm auch gelungen. Er hätte dir die Regierung, die Marine und jede Menge Juristen und Söldner auf den Hals gehetzt. Aber er wusste es nicht. Und ich ebenfalls nicht, bis« – sein Blick fiel auf Alicia – »bis du ins Spiel kamst.«

»Aber, aber, ich wusste es doch selbst nicht, bis Sam es mir erzählt hat.«

»Das war der Schlüssel«, antwortete Lewis und hob belehrend den Zeigefinger. »Sam. Niemand hatte bemerkt, dass der Zeitpunkt ihrer Flucht ziemlich genau mit dem Zeitpunkt zusammentraf, an dem Sam Steele erstmals gesichtet wurde. Und auch ich hätte es nicht bemerkt, wenn du nicht erwähnt hättest, dass du sie Sam nennst. Ich fing an, die Bruchstücke zusammenzusetzen. Gleicher Name, gleiche Schaluppe. Von da an war es eigentlich ein Leichtes, dir zu folgen.«

»Du bist derjenige, der mich die ganze Zeit bedroht hat«, sagte Sam.

Alicias Herz hämmerte. Lewis war derjenige, der den Dolch in die Tür gesteckt hatte, der Sam Angst eingejagt hatte? Lewis hatte sie verfolgt, und die ganze Zeit hatte sie ihn direkt zu ihrer Schwester geführt? Sie hatte dieses Übel über Sam gebracht, über sie alle gebracht.

»Du fragst dich vielleicht, wie. Nun, lass es mich dir erzählen. Aber zuerst, wollen wir nicht ins Wohnzimmer gehen, wo es etwas gemütlicher ist?«

Er ging voran, überzeugt, dass man ihm gehorchen würde. Alicia beobachtete seinen arroganten Schritt und wollte sich am liebsten übergeben.

»Ich wusste es nicht, Sam. Ich schwöre es.«

Sam war immer noch kreidebleich, aber sie nahm die Hand ihrer Schwester, und diese Geste tröstete Alicia ein wenig. Sie setzten sich nebeneinander auf die Couch. Lewis saß ihnen gegenüber. Seine Männer blieben in der Diele stehen und blockierten jeglichen Ausgang.

»Nachdem ich erfahren habe, dass du eine Überfahrt nach Tortuga organisiert hattest, war es ganz einfach, selbst dorthin zu reisen und dort auf dich zu warten. Ich bin dir direkt zu der kleinen Bretterbude gefolgt, wo du die Nacht verbracht hast, dort bei dem Riesen.« Er grinste. »Zum Glück lässt er sein Fenster offen. Als er dich ermuntert hat, dich auf Blakes Schiff zu verstecken, bin ich ebenfalls dorthin gegangen, um mir eine Anstellung zu verschaffen. Der Zwerg hatte gerade die Aufsicht über das Schiff, und er hat mich engagiert. Und jetzt weißt du es«, antwortete Lewis. Er lehnte sich zurück und kreuzte lässig die Beine.

»Blake wird dich umbringen, wenn er das herausfindet«, warnte Alicia. Ihre Stimme klang völlig überzeugend. Blake würde es nicht tolerieren, derart ausgenutzt zu werden.

»Oh, habe ich vergessen, diesen Teil zu erwähnen?« Er schnalzte mit der Zunge. »Ich habe Blake auf dem Schiff zurückgelassen. Man, sagen wir mal, kümmert sich gerade intensiv um ihn.«

Alicia sprang auf. Angst schnürte ihr den Hals zusammen. Während sie hier faul herumgesessen hatten, waren Blake und die anderen verletzt worden? Oder schlimmer?

»Was hast du mit Blake gemacht?«

Lewis betrachtete scheinbar nachdenklich seine Fingernägel und zuckte die Achseln. »Ihm eine Lektion erteilt, die er nie vergessen wird. Aber mach dir keine Sorgen, ich habe den Befehl gegeben, ihn nicht umzubringen, bis ich wieder zurück bin.«

»Was ist mit Luke?«

Lewis schaute Sam an und kicherte. »Er ist in ziemlich genau derselben Situation wie Blake. Obwohl ich zugeben muss, es geht ihnen noch deutlich besser als Aidan. Wahrscheinlich ist der mittlerweile verblutet.«

Mit einem Aufheulen stürzte sich Sam auf Lewis. Sie landete auf dessen Schoß, wo sie mit ihren Fäusten auf ihn einzudreschen begann.

»Du Bastard! Ich werde dich umbringen!«, tobte sie.

»Geh runter von mir!« Lewis schubste sie weg, gerade als seine Männer ihm zur Hilfe eilen wollten. Sam fiel zu Boden, doch sofort rappelte sie sich wieder auf. Sie starrte Lewis an, die Hände zu Fäusten geballt und das Gesicht rot vor Wut.

Lewis stand ebenfalls. Er gab seinen Männern ein Zeichen, bevor diese Samantha packen konnten. Sie traten beiseite. Dann strich er sich das Hemd glatt und atmete tief ein.

»Ich sehe jetzt, weshalb mein Vater dir quer durch die Karibik gefolgt ist. Bist du im Bett ebenfalls so ungestüm?«

Der Schlag kam schnell und hallte im Zimmer wider. »Du bist genauso ein Mistkerl wie dein Vater«, spie Sam aus.

Lewis packte sie, riss sie an sich. »Willst du sehen, wie sehr wir uns ähneln?«, fragte er und rieb seinen Unterleib an ihrem.

»Lass mich los!«, brüllte Sam und wehrte sich heftig.

Alicia wollte ihr zur Hilfe eilen, jedoch trat ihr einer der Riesen in den Weg. Ohne ein Anzeichen von Mitgefühl in seinen Augen, die schwarz wie Ebenholz waren, starrte er sie nieder. Alicia hielt sich nicht damit auf, sich zu fragen, ob ihr Handeln klug war. Sie hatte etliche Jahre in der Werkstatt gearbeitet und war ziemlich stark geworden. Jetzt hatte sie die Absicht, diese Muskeln zu benutzen.

Sie ging mit erhobener Hand auf ihn los. Wie erwartet, packte er sie mit Leichtigkeit, bevor sie sein Gesicht treffen konnte. Sie versuchte es mit ihrem anderen Arm und legte noch mehr Kraft in ihren Schlag. Er packte diesen ebenso und riss sie dann heftig zu sich heran. Alicia lächelte zuvorkommend.

Dann rammte sie ihm mit voller Kraft das Knie zwischen die Beine. Sein Blick wurde scheel. Er krümmte sich und wand sich vor Schmerzen auf dem Fußboden herum. Alicia sah sich wie wild um und erblickte den anderen Mann, der sich auf sie stürzen wollte. Doch sie sah auch eine Waffe. Sie warf die Früchte aus der Schale, riss das hölzerne Gefäß an sich und schlug es dem zu Boden gegangenen Mann auf den Hinterkopf.

»Alicia!« brüllte Sam, aber es war zu spät. Der andere Mann packte sie an den Haaren und zog sie daran in die Höhe. Alicia schnappte nach Luft, als ihr ganzer Kopf wie von Nadelstichen zerstochen zu werden schien. Ihr Blick trübte sich und zwang sie, sich die Tränen wegzuzwinkern.

»Lass sie los!«, befahl Sam.

Lewis lachte. »Du bist nicht diejenige, die hier Befehle gibt, Samantha. Nun bring mich dorthin, wo du dein Gold versteckst. Und denk gar nicht daran, mich anzulügen, oder du wirst dasselbe Schicksal erleiden wie dein Ehemann.«

Alicia sah, wie Sams Kinn einen Augenblick lang zitterte, bevor sie sich wieder im Griff hatte.

»Wenn Luke dir nichts gegeben hat, was lässt dich dann glauben, ich werde es tun?«

Er lachte gackernd. »Wenn du möchtest, dass deine Schwester am Leben bleibt, dann wirst du tun, was dir gesagt wird.«

Alicia hatte es zuvor noch nicht bemerkt, aber der Mann, der sie festhielt, zog plötzlich eine Pistole. Er spannte sie mit dem Daumen und presste den kalten Lauf an Alicias Schläfe. Alicia konnte bloß noch an ihr ungeborenes Kind denken. Das Kind, das sie vielleicht niemals in Armen halten würde, falls Lewis dem Mann befahl, abzudrücken.

»Sam, hol das Geld«, sagte sie.

Die Blicke der Schwestern trafen sich, und Sam nickte. »Ich werde es tun.«

»So ist es besser«, sagte Lewis. Er ließ Sam los, die aus seiner Reichweite krabbelte. »Aber versuch bloß nichts Dummes. Falls mir irgendetwas zustößt, kannst du deiner Schwester Lebewohl sagen.«

»Es ist oben«, sagte Sam.

Lewis deutete mit seiner Pistole. »Geh voran –«

»Alicia!«, brüllte Blake von der Eingangstür her. Sie wackelte in ihrem Rahmen, als er versuchte, sie gewaltsam zu öffnen. »Alicia!«

Lewis riss die Augen weit auf. »Lass sie nicht los!«, befahl er dem Mann, der sie festhielt. Wieder packte er Sam. »Bring mich zum Gold!«, blaffte er. Er schubste Sam in Richtung Treppe.

Bevor sie das Zimmer durchqueren konnten, explodierte

das Vorderfenster, und Luke krachte durch das Glas hinein. Er rollte sich auf dem Fußboden ab. Lewis fluchte und versuchte sich und Sam in einer Ecke in Deckung zu bringen. Luke sprang auf die Füße und zog gleichzeitig seine Pistolen. Beide zielten auf Lewis.

Alicias Ohren klingelten noch immer von dem Getöse, als die Vordertür mit einem Krachen aufschlug und Blake in die Küche donnerte. Sein linkes Auge war bereits zugeschwollen und seine Lippe hatte einen Riss. Auf seiner Wange war eine Schnittwunde, und eine getrocknete Blutspur reichte von dort bis zu seinem Kinn. Oh Gott, was war bloß mit ihm geschehen?

»Liebes«, sagte Luke und zog Alicias Aufmerksamkeit wieder auf Sam. »Erinnerst du dich an das erste Mal, als wir gemeinsam ein Handelsschiff gekapert haben? Erinnerst du dich, was mit dem Kapitän des anderen Schiffes passiert ist?«

Sam nickte, und bevor Alicia begriff, worüber sie überhaupt redeten, warf Sam sich plötzlich mit ihrem ganzen Gewicht zur Seite. Es riss sowohl sie als auch Lewis von den Füßen. Lewis ließ seine Waffe sinken, als sie auseinanderstolperten und er versuchte, sein Gleichgewicht zu halten.

»Luke, nein!«, brüllte Alicia, aber ihr Schrei verlor sich, als Luke abdrückte. Der Schuss hallte durch das Wohnzimmer. Alicia blieb schier das Herz stehen, bis ihr klar wurde, dass Sam nicht verletzt war.

Lewis fiel hin und bewegte sich nicht mehr. Der Mann hinter Alicia spannte sich an. Dennoch wankte die Pistole an ihrer Schläfe nicht.

»Lass sie los«, befahl Blake, während Sam sich schon in Lukes Arme stürzte. »Das hier geht dich nichts an.«

»Man hat mir Gold versprochen«, antwortete der Mann.

»Willst du etwa wie deine Freunde enden?«, fragte Blake und deutete auf den Mann, der sich nicht mehr bewegt hatte, seit Alicia ihn mit der Schüssel niedergeschlagen hatte.

»Ich will mein Gold.«

»Wir sind zu zweit«, sagte Luke und trat neben Blake. Da Luke zwei Pistolen mitgebracht hatte, zielte jeder von ihnen mit einer schussbereiten Waffe. »Und du kannst uns nicht beide gleichzeitig mit nur einem Schuss erschießen.«

Der Lauf der Waffe presste sich fester gegen Alicias Schläfe. »Ich muss doch bloß sie töten.«

»Wenn du sie tötest, wirst du zwei Kugeln in deinem Schädel haben, noch bevor sie auf den Fußboden fällt.«

»Das Risiko gehe ich ein.«

Nun, er vielleicht, doch nicht so Alicia. Sams Beispiel folgend, warf sich Alicia zur Seite. Bloß war dieser Mann hier viel stärker als Lewis, und es gelang ihm, stehenzubleiben, als sie herumwirbelten. Aber dann stolperten sie über einen Stuhl und fielen darüber. Alicia landete hart auf ihrer Schulter. Als sie wieder zu Atem kam, bemerkte sie, dass sie dort gelandet waren, wo Lewis lag. Und was viel wichtiger war, in Reichweite seiner Pistole.

Der Mann wurde von ihr runtergezogen, und Alicia sah, dass Blake und Luke sich bei diesem Versuch ganz schön anstrengen mussten. Beide waren erschöpft, und der Mann wusste das. Er riss sich los, drehte sich um und schlug Luke mit einem einzigen Schlag nieder.

Aus der Ferne hörte Alicia, wie Sam nach Luke brüllte, doch sie konzentrierte sich auf Blake. Sie glitt nach hinten, bis ihre ausgestreckte Hand sich über der Pistole schloss.

»Bleib zurück!«, brüllte sie, als Blake sich vor einer Faust duckte.

Der Mann wirbelte herum, und Blake sprang aus dem Weg. Alicia hatte schon viele Pistolen abgefeuert und wusste zu zielen. Ein einziger Schuss durchschlug das Herz des Mannes, und er fiel zu Boden.

»Luke«, wimmerte Sam. Sie kniete neben ihrem Ehemann, half ihm auf die Knie, dann wischte sie ihm das Blut vom Mund.

Tränen stiegen Alicia in die Augen, als Luke nichts erwiderte, sondern einfach die Arme um seine Frau legte und sie festhielt. Er schloss die Augen und küsste sie aufs Haar.

»Geht es dir gut?«, fragte Blake Alicia.

Sie blinzelte und wandte ihren Blick von Sam und Luke und der Liebe, die die beiden umgab, ab. Sie sah zu Blake auf. Sein Blick war wachsam, kein Anzeichen für seine Gefühle war zu erkennen. Obwohl sie sich danach sehnte, in den Arm genommen und festgehalten zu werden, hielt sie sich zurück.

»Besser als dir, wette ich.«

Er lächelte und streckte ihr die Hand entgegen. Ihr Herz machte einen kleinen Hüpfer, und sie legte ihre Hand in seine und ließ sich von ihm auf die Füße helfen. Wärme machte sich in ihrem Innern breit und brachte ihr zu Bewusstsein, dass er hier war und sie beide noch am Leben waren.

»Alicia«, sagte er mit sanfter Stimme. Mit seiner anderen Hand streichelte er ihre Wange. Das leichte Zittern war unmissverständlich. »Bist du sicher, dass du nicht verletzt bist?«

Sie konnte nicht aufhören, zu zittern. Es kostete sie ihre ganze Kraft, sich nicht bei ihm anzulehnen. Gott, sie hatte solche Angst gehabt. Sie schluckte den Kloß in ihrem Hals hinunter.

»Es geht mir gut, wirklich.«

Er nickte, ließ die Hände sinken und trat einen Schritt zurück.

»Oh mein Gott, Luke!«, schrie Sam und zog damit die Aufmerksamkeit aller auf sich. »Wo ist Aidan? Lewis sagte –«

»Es geht ihm gut, Liebes. Er wurde in die Schulter geschossen, aber Joe hat ihn zum Arzt gebracht.«

»Geschossen?«, fragte Sam mit tränenerstickter Stimme. »Ich will ihn sehen.«

»Ich nehme an, sie werden bald wieder hier sein.«

»Was ist auf dem Schiff passiert?«, fragte Alicia.

»Lewis war vor uns dort, und er war nicht besonders froh zu hören, dass wir kein Gold mitgebracht hatten.«

»Lewis hat euch das angetan?«, fragte Sam und betrachtete die Wunden von Blake und Luke.

»Bitte, Liebes, beleidige mich nicht auch noch. Ich habe schon genug Schmerzen. Er hatte diese zwei Kerle –« Luke deutete auf die beiden Männer am Boden – »und noch zwei weitere.« Sein Blick verdunkelte sich. »Aidan hätte niemals verletzt werden dürfen.«

»Es ist nicht deine Schuld«, sagte Sam.

»Doch«, antwortete Alicia, »es ist meine.«

»Bitte nicht«, sagte Sam und stand auf. »Du konntest doch nicht wissen, dass Lewis dir gefolgt ist oder was er geplant hatte. Du hast nach mir gesucht und mich gefunden, das ist alles, was zählt«, sagte Sam und nahm Alicia in die Arme.

Als Alicia nicht zu ihm hinsah, schlich Blake nach draußen und lehnte sich an die Hauswand. Er brauchte eine Stütze. Auf dem Schiff war es schlimm gewesen, und als er an Deck zu sich gekommen war, schien alles verloren zu sein. Er hatte zu Luke herübergesehen und wirklich geglaubt, der Mann wäre bewusstlos, doch dann hatte der ehemalige Pirat langsam ein Auge geöffnet. Blake wusste nun, Luke gab bloß vor, schlimmer verletzt zu sein, als er es tatsächlich war, und da hatte Blake sich dazu entschlossen, es ihm gleichzutun.

Es waren qualvolle Augenblicke gewesen, bis Luke Augenkontakt zu Joe herstellen konnte. Und irgendwie hatten sie den Angriff ohne Worte miteinander abgesprochen. Joe hatte ihn begonnen. Schreiend und fluchend hatte er behauptet, sie hätten Aidan umgebracht. Beide Aufpasser waren daraufhin auf Joe losgegangen, und in diesem Moment waren Blake und Luke aufgesprungen und hatten den Kampf aufgenommen. Zu dritt waren sie erfolgreich gewesen, doch auch Joe hatte einige Verletzungen davongetragen, bis es ihnen gelang, Lewis' Männer zu töten, bevor diese noch mehr Unheil anrichten konnten.

Während Joe sich um Aidan kümmerte, waren Blake und Luke gemeinsam zum Haus geeilt. Als er rannte, bis ihm die Lungen brannten, hatte Blake sich alle möglichen schrecklichen Dinge vorgestellt und sie alle hatten zum Inhalt gehabt, dass Alicia in einer Blutlache lag.

Jetzt, da er den Geruch von Angst und Blut immer noch wahrnahm, schnappte Blake zitternd nach Luft. Er atmete immer wieder tief ein, bis er spürte, dass sein Herz wieder normal schlug. Durch die offene Tür hörte er Alicias Stimme und ließ sich von dieser einhüllen. Sie lebte und war in Sicherheit.

»Wo ist Blake?«, hörte er Luke fragen.

»Ich bin hier draußen«, wollte er sagen. Er wollte ins Zimmer gehen, Alicia in die Arme nehmen und nie wieder loslassen. Es brachte ihn beinahe um, dass er es nicht tun konnte. Aber falls er es täte, was dann? Es würde den Schmerz, sie zu verlieren, bloß verlängern. Sie hatten sich Lebewohl gesagt, und nichts hatte sich geändert. Alicia wollte kein Leben auf See verbringen, und er wollte genau das tun. Diese Wahrheit versetzte ihm jedesmal, wenn er darüber nachdachte, einen Stich, aber Alicia hatte recht. Auf dem Schiff zu bleiben, wäre ihr gegenüber nicht fair, und an Land zu bleiben, würde Blake unglücklich machen. Es war besser, einfach fortzugehen.

Ganz gleich wie sehr es schmerzte.

»Er ist gegangen«, antwortete Alicia, und in ihrer Stimme hörte Blake dieselbe Verzweiflung, die ihm selbst schier das Herz zerriss.

»Was sollen wir mit diesen Männern hier machen?«, fragte Samantha.

Es folgte ein Moment des Schweigens, dann hörte man Lukes Stimme sagen: »Wenn Joe zurückkommt, werden wir sie aufs Meer bringen. Falls Lewis einen Brief über Samantha hinterlassen hat, dann ist es das Letzte, was wir brauchen, dass er auf der gleichen Insel stirbt, auf der sie lebt. Auch wenn Nate als Steele übernommen hat, würde es möglicherweise zu viele Fragen und Verdächtigungen wecken.«

In der Dunkelheit neben dem Haus nickte Blake zustimmend zu Lukes Logik. Weil er wusste, dass Alicia in guten Händen war, warf Blake noch einen letzten Blick auf das Haus zurück und ging dann fort.

22

Alicia trat an Deck und wurde von der vollen Wucht der Sonne und ihren Spiegelungen auf dem Meer geblendet. Sie blinzelte, ließ den Blick sinken und ging vor bis zum Bug. Obwohl sie Sam und Luke hinter sich reden hörte und Joe und Aidan im schmalen Schatten des Rettungsbootes sitzen sah, tief in eine Partie Schach versunken, ignorierte sie sie alle. Sie wollte ganz einfach nur ihre aufgewühlten Gedanken in den Wellenbewegungen des Wassers verlieren.

Doch sie hätte ihre Schwester besser kennen müssen. Sobald Alicia sich mit ihrem Becher voll Ingwertee am Fuß des Bugspriets niedergelassen hatte, hörte sie schon das Tappen von Sams Schuhen herannahen.

»Du hast ja nicht sehr lange gebraucht«, sagte Alicia und zwang sich zu einem Lächeln.

Sams Lippen zuckten und sie ließ sich an der Reling nieder. »Ich warte schon seit Tagen darauf, mit dir zu reden, aber da du unter Deck geblieben bist, nahm ich an, du brauchtest einfach etwas Zeit für dich allein.«

Alicia nickte und trank einen großen Schluck Tee, während sie darum kämpfte, ihre Gefühle im Zaum zu halten. Sie hatte genug geweint, seitdem sie St. Kitts vor drei

Tagen verlassen hatten, und obwohl ihr Verstand wusste, dass sie ihr Leben wieder in den Griff bekommen und aufhören musste, Trübsal zu blasen, so brauchte ihr Herz doch viel länger, um das zu begreifen.

»Brauchte ich.« Sie holte tief Luft und atmete die feuchte, salzige Seeluft ein. Nach Tagen unter Deck, wo sie nur nasses Holz gerochen hatte, schien ihr die Frische des offenen Meeres umso willkommener zu sein.

»Und jetzt?«, fragte ihre Schwester, und ihre Augen blickten sorgenvoll.

»Es geht mir gut, Sam.« Sie presste sich die Hand auf den Bauch. »Es muss mir doch gut gehen, nicht wahr?«

Ihr Herz verkrampfte sich schmerzhaft, und Alicia wandte sich dem Wasser zu. Blake zu verlieren war schon schmerzlich genug, aber wie würde es sein, in das Gesicht seines Kindes zu schauen und dort jeden Tag dessen Vater zu sehen und zu wissen, dass sie ihn verloren hatte? Sie unterdrückte ein Schluchzen, das ihr in die Kehle stieg und hoffte, die Nässe in ihren Augen auf die gleißende Sonne schieben zu können.

»Es wird nicht einfach werden.«

»Es wird mir gut gehen, Sam. *Uns* wird es gut gehen. Ich habe ein Zuhause und einen Beruf. Ich werde schwerlich Entbehrungen leiden.«

Sam runzelte die Stirn. »Das habe ich nicht gemeint, und das weißt du.«

»Ich weiß, aber es ist zu spät, nicht wahr? Ich bin ledig und erwarte ein Kind. Ich mache mir keinerlei Illusionen darüber, wie man es aufnehmen wird, wenn erst bekannt wird, dass ich schwanger bin.«

Und das war die Wahrheit. Sie hatte tagelang an nichts anderes gedacht. Aber sie machte sich keine Sorgen um sich selbst, sondern nur um ihr Kind. Man würde das Kind verhöhnen und weniger wertschätzen, bloß weil es keinen Vater hatte.

»Es wird furchtbar werden. Ich denke wirklich, du hättest besser bei uns bleiben sollen. Wir hätten lügen und allen sagen können, dass du verwitwet bist. Niemand in St. Kitts hätte etwas anderes wissen können.«

»Wenn ich Port Royal hätte verlassen wollen, dann wäre ich mit Blake gegangen. Ich schäme mich nicht für sein Kind, und ich werde es mit allem, was ich habe, beschützen.«

Sam beugte sich nach vorn und nahm Alicias freie Hand. »Ich sage ja nicht, dass du dich schämen sollst. Das Baby ist ein Geschenk, ein besonders kostbares. Ich weiß, es wurde in Liebe gezeugt, Alicia, und ich will, dass du weißt, ich werde alles in meiner Macht Stehende tun, um dir zu helfen. Was auch immer du brauchst, du musst nur darum bitten.«

»Wirst du zurückkommen, wenn es an der Zeit ist? Ich weiß, du kannst es mir nicht erleichtern, aber ich kann mir ganz einfach nicht vorstellen, mein Kind ohne dich auf die Welt zu bringen. Wenigstens für die erste Zeit jemanden bei mir zu haben, der mich unterstützt, wird mir Kraft geben.«

Sams Augen füllten sich mit Tränen, worauf Alicia ebenfalls die Tränen in die Augen stiegen.

»Natürlich werde ich das. Wir werden dich erst mal wieder in Port Royal ankommen lassen und dann werde ich zur Geburt zurückkommen. Du brauchst mich nicht, um dir Stärke zu verleihen – davon hast du selbst genug. Aber du wirst nicht alleine sein, wenn es geboren wird.« Sie drückte Alicias Hand. »Das verspreche ich dir.«

Alicia wischte sich eine Träne weg, die ihr über die Wange lief und biss solange die Zähne zusammen, bis sie sicher war, dass sie sprechen konnte. Sie setzte ihre Tasse ab und nahm ihre Schwester in den Arm.

»Danke, Sam. Mehr muss ich gar nicht wissen.«

Nach Hause zu kommen war mit nichts anderem zu vergleichen, dachte Alicia. Es war Balsam für ihre Seele, und sie fühlte die heilende Wirkung, sobald sie die Schmiedewerkstatt bloß erblickte. Als ob die Freude hinter dem Vorhang des Verlustes hervorkommen würde, hinter dem sie sich versteckt hatte, rannte Alicia das letzte Stück, bis sie die Tür erreichte. Dort hielt sie an, legte ihre Hand auf das Türblatt und hätte geschworen, dass dieses atmete. Zuhause.

Das Hämmern, das durch die dicke Tür gedämpft wurde, klapperte in ihren Ohren, als sie sie aufstieß. Vertraute Klänge und Gerüche hüllten Alicia ein, bis sie warme Tränen auf ihren Wangen spürte. Die Kohlen im Schmiedeofen glühten blutrot, und der Qualm des Feuers stieg ihr in die Nase. Mit dem Rücken zur Tür, hämmerte Charles auf ein Schwert und fuhr mit der Arbeit fort, ohne mitzubekommen, dass Alicia zurückgekehrt war.

Mit einem Jauchzer der Freude rannte sie auf ihn zu. Charles hielt inne, sein Arm stockte mitten in der Bewegung über seinem Kopf, und er drehte sich um. Als er sie sah, warf er den Hammer weg, breitete die Arme aus und drückte Alicia fest an sich, als diese sich in seine Arme stürzte.

Er wirbelte sie im Kreis herum, sodass ihre Füße den Boden nicht mehr berührten. Dann setzte er sie ab und trat einen Schritt zurück, damit er sie ansehen konnte. »Du meine Güte, es tut gut, dich zu sehen«, sagte er mit einem Grinsen und zog sie dann für eine weitere Umarmung an sich.

Alicia schloss die Augen und drückte ihn ebenfalls an sich. Er roch nach Rauch und Stahl, und Alicia wusste, spätestens morgen Abend würde sie ebenfalls so riechen. Bei dem Gedanken lächelte sie.

»Oh«, sagte Charles und sah über Alicias Schulter. Er trat einen Schritt zurück. »Ich habe Euch nicht gesehen.«

Alicia drehte sich um. Sam, Luke, Joe und Aidan standen in der Tür und sahen zu. Nun, die Erwachsenen betrachteten Charles und fragten sich offensichtlich, ob sie ihm Alicia anvertrauen konnten, wenn sie wieder wegfuhren. Aidans Augen waren überall gleichzeitig. Sie sprangen vom Feuer hin zu den Werkzeugen hinüber zur Anordnung der fertigen Waffen, die aufgereiht auf dem Tisch lagen.

»Sieh sie dir ruhig an, Aidan. Ich werde dir später alles erklären, was du wissen möchtest.«

Sein Lächeln war so hell in dem ansonsten dämmerigen Raum, und er ging auf direktem Weg zu den fertigen Schwertern. Er wurde schnell gesund und, obwohl er seinen verletzten Arm immer noch verbunden in einer Armschlinge trug, strichen die Finger seiner anderen Hand über die aufwändig gestalteten Griffe.

»Charles, dies hier ist meine Familie.«

Er warf Alicia einen erstaunten Blick zu. »Du hast sie tatsächlich gefunden?«

»Es schmerzt mich, Charles, dass du so wenig Vertrauen in mich hast«, antwortete sie und versuchte gekränkt zu wirken, doch sie konnte sich ein Grinsen nicht verkneifen.

Charles kratzte sich den Kopf. »Es schien ein solch gewaltiges Unterfangen zu sein und die Chance, sie tatsächlich zu finden ...«

»Möchtest du sie kennenlernen?«

Er tätschelte ihr die Wange, und seine Augen blitzen vor Freude. »Liebend gern.«

Dann stellte Alicia sie einander vor und fühlte sich dabei wie ein kleines Mädchen, das sich mit einem neuen Kleid brüstete.

Alicia schob den Eimer beiseite und stöhnte. Mit dem Ärmel ihres Nachthemdes wischte sie sich den Schweiß von der Stirn und rollte sich auf dem Fußboden zusammen. Die Wolle war kühl unter ihrer heißen Wange, und sie holte einmal tief Luft, dann noch einmal, als sich ihr Magen zu entkrampfen begann. Sie hatte keine Ahnung, wie lange diese Anflüge von Morgenübelkeit sie noch quälen würden, aber sie betete, es würde nicht die vollen neun Monate anhalten, denn es war Charles gegenüber nicht fair, ihn jeden Morgen die Werkstatt alleine betreiben zu lassen. Aber so wie es jetzt war, war sie einfach zu geschafft, um sich auch nur bewegen zu können.

Sie fing gerade an, ein wenig zu dösen, als sie es drei Mal scharf an der Tür klopfen hörte.

»Jetzt nicht«, murmelte Alicia und warf ihren Arm über die Augen.

Sie erkannte dieses Klopfen wieder. Dreimaliges regelmäßiges Pochen konnte bloß von einer Person stammen. Tante Margaret. Stöhnend richtete Alicia sich auf. Da sie erst am Vorabend kurz vor dem Essen in Port Royal angekommen waren, hatte sie gehofft, ihre Tante hätte noch nichts von ihrer Rückkehr erfahren. Wieder drei Schläge. Verdammt.

Alicia rappelte sich auf und presste sich die Hand auf den Magen, als dieser zu rebellieren drohte. Ein paarmal tief durchzuatmen half gegen die Übelkeit. Alicia nahm ihren Morgenrock vom Fuß des Bettes und schlüpfte hinein, dann tapste sie barfuß zur Tür.

Ihre Tante schien nicht sehr glücklich zu sein, sie zu sehen.

Sie stürmte an Alicia vorbei und marschierte in die Küche.

»Ich hoffe, du hast eine Erklärung für das, was du getan hast. Du bist ohne ein Wort abgereist, ohne eine Anstandsdame. Ich musste es von dem Mann erfahren, der in der Schmiedewerkstatt arbeitet.«

Alicia schloss die Tür. »Sein Name ist Charles, und wenn er dir gesagt hat, dass ich abgereist war, dann hat er dir doch wohl auch gesagt weshalb.«

Ihre Tante kniff den Mund zusammen. »Sei nicht so begriffsstutzig, Alicia, das steht dir nicht. Du hast hier eine Familie. Du musstest ganz gewiss nicht mutterseelenallein losmarschieren, nur um ein paar Fremde zu finden. Weißt du überhaupt, was das für mich bedeutet hat? Ich musste mir unzählige Entschuldigungen für deine Abwesenheit einfallen lassen.«

Alicia runzelte die Stirn. »Warum hast du den Leuten denn nicht die Wahrheit gesagt?«

»Welche Wahrheit?«, stieß ihre Tante hervor. »Dass die Liebe, die meine Schwester dir all die Jahre gezeigt hat, nicht genug war? Dass ich dir nicht genügt habe, dass du woanders nach etwas Besserem suchen musstest?«

Seufzend setzte sich Alicia an den Tisch. Sie war wirklich nicht in der Stimmung für diesen Streit. Das einzig Gute dabei war, obwohl sie es zuerst gar nicht so empfunden hatte, dass Sam darauf bestanden hatte, auf ihrem Schiff zu schlafen. Es war wohl besser, zu warten, bis Tante Margaret Zeit hatte sich abzuregen, bevor Alicia ihr ihre Schwester vorstellte.

»Tante Margaret, das hier hatte weder mit dir noch mit Jacob oder Anna etwas zu tun. Du hast recht, sie liebten mich wie ihr leibliches Kind, und ich liebe sie auch bis zum heutigen Tag, aber das sagt mir nichts über meine Vergangenheit. Hier ging es doch nur darum, dass ich wissen wollte, wo ich hergekommen bin, was passiert ist und ob ich wirklich noch eine Familie habe.«

Die Wangen ihrer Tante wurden feuerrot. »Du hast mich.«

»Und ich schätze dich«, antwortete Alicia und versuchte geduldig zu bleiben, »aber ich musste etwas über meine Vergangenheit wissen, und jetzt weiß ich es. Mein Gedächtnis ist zurückgekehrt.«

»Aha!«, erwiderte ihre Tante, setzte sich geziert hin und strich sich mit den Händen ihren Rock glatt.

»Tante Margaret, ich habe eine Schwester und einen Schwager, einen alten Freund meiner Familie und einen neuen Bruder. Sie leben in St. Kitts und sind derzeit sogar hier. Nun ja, sie übernachten auf ihrem Schiff, aber du kannst sie später kennenlernen, wenn du möchtest.«

Ihre Tante rückte sich ihren Hut ein wenig zurecht. »Was ist dein Schwager von Beruf?«

»Er baut Schiffe. Zusammen mit meiner Schwester.«

Die ältere Frau sah aus, als ob sie sich im nächsten Augenblick übergeben würde. Offensichtlich hatte sie die Hoffnung gehegt, Alicias Schwester könnte dieser beibringen, wie sich eine anständige Dame benimmt. Wenn ihre Tante auch noch erfuhr, dass Sam ein Pirat gewesen war, dass sie Hosen zur Arbeit trug und fluchte, wenn sie verärgert war … Alicia kicherte, doch sie versteckte ihre Belustigung schnell hinter einem Husten, als ihre Tante verärgert die Augenbrauen zusammenzog.

»Wie sind denn dann eure Pläne? Wirst du in St. Kitts bleiben?«

Alicia war sich nicht sicher, ob es Hoffnung oder Furcht war, die in der Stimme ihrer Tante mitschwang.

»Ich bleibe. Nichts hat sich verändert, Tante Margaret. Charles und ich werden die Werkstatt betreiben, und ich werde weiter hier leben.«

»Und deine Schwester?«, fragte sie.

»Wird eine Weile hier blieben und dann zurück nach Hause fahren. Sie wird wiederkommen wenn –«

Verdammt, dachte Alicia. Sie hatte noch nicht einmal Charles etwas von dem Baby erzählt und doch nahm sie an, da ihre Tante da war, konnte sie es ebenso gut gleich hinter sich bringen. Alicia richtete sich auf und stürzte sich einfach hinein.

»Tante Margaret, da gibt es etwas, was ich dir sagen muss.«

Die ältere Frau seufzte. »Ich habe beinahe Angst, danach zu fragen.«

»Ich habe auch Blake gefunden, nun ja, Daniel.«

»Erwähne diesen Namen nicht in diesem Haus!«, spie ihre Tante aus und sprang auf. »Als er ging, hat er Anna das Herz gebrochen. Ich lasse nicht zu, dass sein Name in ihrem Haus ausgesprochen wird!«

Alicia sprang ebenfalls auf. Obwohl ihre Beziehung vorbei war, liebte sie Blake immer noch, und dies war jetzt *ihr* Haus. Sie würde seinen Namen aussprechen, wann immer sie es wollte.

»Anna liebte Blake, Tante Margaret, und was mit Eric passiert ist, war nicht Blakes Schuld. Es war ein Unfall, und es tut ihm leid.«

»Es ist zu spät für armselige Entschuldigungen! Sie wurde vor Kummer krank und starb, weil sie ihre Söhne verloren hat, und ich werde ihm das nie verzeihen!«

»Er ist dein Neffe.«

Die Tante wurde wütend und erwiderte: »Nein, ist er nicht, jedenfalls nicht mehr.«

»Nun, das ist bedauerlich, denn er ist der Vater des Kindes, das ich erwarte.«

Tante Margaret schwanden die Sinne. Alicia packte sie am Arm, führte sie zu einem Stuhl und half ihr, sich zu setzen. Da ihre Tante dazu außerstande zu sein schien, übernahm Alicia das Reden.

»Ich erwarte Blakes Kind und habe vor, das Kind großzuziehen und gleichzeitig in der Schmiede zu arbeiten, und das sowohl vor als auch nach der Geburt.«

Der Mund ihrer Tante bewegte sich, aber sie brauchte mehr als einen Anlauf, bevor Worte herauskamen.

»Wo ist er?«

»Blake? Ich weiß es nicht. Das ist auch nicht wichtig, denn er wird nicht zurückkommen.«

»Nun denn«, antwortete die Tante und fasste sich mit unglaublicher Geschwindigkeit, »wir werden schnell handeln. Du wirst bei mir leben, und sobald man dir die Schwangerschaft ansieht, wirst du so lange drinnen und außer Sichtweite bleiben, bis das Kind geboren ist. Ich werde allen sagen, du wärst eine Weile zu deiner Schwester gereist. Dann, sobald das Baby kommt, werden wir jemanden finden, der es nimmt, und niemand wird es merken.«

Alicia schnappte nach Luft. »Ich werde mich nicht verstecken, und ich werde dieses Kind auch nicht fortgeben.«

»Es hat keinen Vater, und du hast keinen Ehemann.«

»Da irrst du dich. Mein Baby hat einen Vater, einen ganz wundervollen. Und ich werde dafür sorgen, dass das Kind dies auch erfährt, wenn es älter wird.«

»Dieser Mann, den du für so anständig hältst, hat mit dir geschlafen und dich dann im Stich gelassen, und du wirst diesen Umstand jeden Tag öffentlich zu Schau stellen?« Ihre Tante sah gequält aus. »Ich bin über Daniels Verhalten nicht überrascht, da es nicht das erste Mal ist, dass er sich selbstsüchtig verhalten hat. Aber du«, stieß sie hervor und sah Alicia über ihre lange Nase hinweg an, »du hast dieser Familie Schande gemacht, und ich bin wirklich empört darüber.«

»Deine Gefühle kann ich nicht ändern, aber ich schäme mich nicht. Dieses Kind wird Blakes Namen tragen, und es wird geliebt werden. Wenn du das nicht akzeptieren kannst, dann steht es dir frei, zu gehen.«

Ihre Tante hatte in Alicias Augen noch nie so feindselig ausgesehen. »Hast du überhaupt eine Vorstellung, wie schwer es für dich wird, unverheiratet und schwanger zu sein? Alle werden denken, dass du eine – eine Hure bist«, sprudelte sie hervor.

Das Wort kam nicht unerwartet, aber es kränkte Alicia trotzdem. Und weil sie wusste, es war das erste von vielen Malen, wo sie es hören würde, entschloss sie sich, dieser Beleidigung sofort entgegenzutreten.

»Dann soll es eben so sein. Aber du vergisst, dass ich bereits früher harte Zeiten durchlebt habe. Dies ist nicht die erste Prüfung, die ich durchstehen musste, und ich bin sicher, es wird auch nicht die letzte sein. Genau wie ich mir ebenfalls sicher bin, dass ich es überstehen werde. Es hat mich noch nie gekümmert, was die Leute von mir denken.«

»Ja«, höhnte ihre Tante. »Dessen bin ich mir schmerzlich bewusst.«

»Ich habe Jacob und Anna geliebt, und sie haben mir ein wunderbares Leben beschert. Ich werde ihnen dafür für immer dankbar sein, und ihr Enkelkind wird erfahren, von welch wunderbaren Menschen es abstammt.«

»Wage es ja nicht, dich und Blake, oder Daniel, oder wie auch immer er sich sonst noch nennt, in einen Topf mit

Anna zu werfen! Sie wäre entsetzt zu wissen, dass du unverheiratet und schwanger bist.«

Da sie keinen Grund dafür sah, noch länger zu streiten, ging Alicia zur Tür und öffnete sie. Das fröhliche Zwitschern der Vögel draußen lieferte einen scharfen Kontrast zu dem Sturm der Gefühle, der drinnen tobte.

»Bitte geh. Und komme solange nicht wieder, bis du sowohl mich als auch mein Kind in deinem Herzen akzeptieren kannst.«

Tante Margaret zog beleidigt an Alicia vorbei und hielt ihren Kopf dabei unnatürlich aufrecht. Sie trat nach draußen, dann drehte sie sich nochmals zu Alicia um und sagte: »Du hast dich verändert und zwar nicht zu deinem Vorteil.«

»Nein, habe ich nicht. Du warst ganz einfach noch nie in der Lage, mich als die Person wahrzunehmen, die ich wirklich bin.«

Und da nichts mehr dazu zu sagen war, schloss Alicia die Tür.

23

»Ich dachte mir schon, dass ich dich hier finden würde«, sagte Sam, als sie zwischen den Grabsteinen hindurchging. Sie setzte sich neben Alicia ins Gras und legte ihr Bouquet aus weißen Blumen auf den Hügel neben einen anderen Blumenstrauß aus zarten blauen Blüten.

Alicia sah von der Inschrift auf dem aufwändigen Kreuz, das sie selbst geschmiedet hatte und das die Namen von Jacob und Anna Davidson trug, zu ihrer Schwester herüber.

»Du kanntest sie doch gar nicht.«

»Das bedeutet doch nicht, dass ich ihnen keine Blumen bringen kann. Außerdem haben sie sich so wunderbar um dich gekümmert, da dachte ich, es wäre eine Art, mich bei ihnen zu bedanken.«

»Ich denke immer wieder über das nach, was Tante Margaret gesagt hat, dass sie enttäuscht von mir wären. Ich kann diesen Gedanken nicht ertragen. Ich habe sie geliebt und zu wissen, dass sie nicht meine leiblichen Eltern waren, ändert nichts daran.«

Sam streichelte Alicia den Rücken. »Natürlich tut es das nicht«, antwortete sie.

Tränen der Scham stiegen Alicia in die Augen. Das Gras, das die Gräber schon lange überwuchs, verschwamm zu einem grünen Teppich. »Ich sehe sie ständig in meiner Vorstellung, Sam, und jedes Mal sind sie so bestürzt, dass sie mich nicht mal anschauen können.«

»Aus deinen Worten sprichst nicht du, sondern deine Tante, und sie irrt sich. Ich sage ja gar nicht, dass sie zuerst nicht einen Augenblick lang enttäuscht gewesen wären, aber sie haben dich gefunden, eine vollkommen Fremde, und haben dich in ihre Herzen und ihr Heim aufgenommen. Sie haben dich wie ihr eigenes Kind geliebt. Das klingt nicht nach Menschen, die dir in einer Zeit den Rücken zukehren würden, wo du sie am dringendsten brauchst.«

Sam hatte recht, und die Wahrheit ihrer Worte verringerte die Last, die Alicia auf dem Herzen lag seit dem Tag, als ihre Tante diese hasserfüllten Dinge zu ihr gesagt hatte. Jacob und Anna hätten ihr Enkelkind ebenso geliebt, wie sie sie geliebt hatten, nämlich bedingungslos.

Alicia atmete tief ein und wischte sich die nassen Wangen ab. »Danke, Sam. Ich musste mich wieder daran erinnern.«

»Dafür sind Schwestern ja da«, antwortete sie.

»Habe ich dir eigentlich gesagt«, fragte Alicia und sah ihrer Schwester in die Augen, »wie dankbar ich bin, dass ich dich wiedergefunden habe?«

Sam lächelte. »Ich glaube, du hast es mir jeden Tag gesagt, seitdem du in St. Kitts angekommen bist.«

»Es ist alles so außergewöhnlich, nicht wahr? Was mit uns passiert ist, wie wir uns wiedergefunden haben?«

»Es wird eine interessante Gutenachtgeschichte für dein Kind werden.«

»Das wird es sicher.«

Alicia berührte die Schnitzereien liebevoll und stand dann auf. Schweigend gingen sie und Sam auf den gewundenen Wegen aus dem Friedhof heraus. Obwohl es gar nicht ihr Ziel war, war Alicia dennoch nicht überrascht, als sie plötzlich hinter ihrem Haus auf einem kleinen Hügel standen und auf ein einfaches weißes Kreuz hinabsahen.

»Ich habe mich schon immer gefragt, wer hier wohl begraben liegt, aber Jacob hat dann bloß gesagt, es wäre eine verlorene Seele und dass man sich selbst an verlorene Seelen erinnern müsse. Irgendwie muss ein Teil von mir es gewusst haben, denn ich bin ziemlich oft hierher gekommen.« Alicia lächelte. »Ich habe ihr schon Blumen gebracht, bevor ich wusste, wer sie war.«

»Jetzt ist sie nicht mehr verloren, Alicia, und Vater ebenfalls nicht. Wenn ich für die Geburt zurückkomme, werde ich ihnen Grabsteine setzen lassen, und wir werden eine ordentliche Feierstunde für sie abhalten. Sie wird nicht länger ein namenloses Kreuz sein.«

Alicia nickte. Sam wollte ein schönes Grabkreuz aus Holz machen und die Namen ihrer Eltern und ein Abbild der *Destiny*, dem Schiff ihres Vaters, einschnitzen.

Wieder füllten sich ihre Augen mit Tränen. Zwischen den Anflügen von Übelkeit, den Tränen, die nie zu versiegen schienen und dem Umstand, dass Sam an diesem Tag abreisen würde, fühlte Alicia sich schon ganz erschöpft, und es war erst später Vormittag.

»Bist du sicher, dass du nicht noch ein paar Tage bleiben kannst?«

Sam ließ den Kopf sinken, dann sah sie ihre Schwester an.

»Du weißt, ich würde nichts lieber tun, aber ich werde zurück sein, wenn das Baby kommt.«

Alicias Herz zog sich schmerzhaft zusammen. »Bis dahin muss noch so viel Zeit verstreichen.«

»Das tut sie auch, aber ich muss wieder zurück. Ich wünschte, ich könnte dich davor beschützen, was auf dich zukommt, aber das kann ich nicht. Das Einzige, was ich tun kann, ist, dich daran zu erinnern, den Kopf hochzuhalten. Worte können dir nicht weh tun.«

»Sie tun Luke weh.«

Sams Lächeln war gequält. »Er hat mir erzählt, dass er bei dir war, um mit dir zu reden.«

»Er hat mir Einiges zum Nachdenken gegeben, darüber, was mein Kind aushalten muss, wenn es aufwächst.«

»Es wird nicht einfach werden, für keinen von euch.«

Alicia seufzte, streckte die Hand aus und zupfte ein paar Grashalme aus der Erde. Zerstreut spielte sie mit ihnen herum. »Ich weiß, und es von Luke zu hören, hat alles bloß noch schlimmer gemacht. Es ist eine Sache, zu glauben, ich weiß was passieren wird, aber ein ganz andere, es von jemandem zu hören, der es erlebt hat.«

»Man wird euch beiden üble Schimpfwörter hinterherrufen, die Leute werden dir aus dem Weg gehen, und dein Kind wird es ebenso schwer haben.« Sam presste ihre Hand auf die von Alicia. »Ich hasse es, zu wissen, dass du hier alleine sein wirst, dies alles durchstehen musst und ich nichts tun kann, um dir zu helfen.« Sie hielt inne und drückte Alicia aufmunternd die Hand. »Aber Luke hat es überlebt und sieh, was für ein Mann er geworden ist.« Stolz schwang in Sams Worten mit und ließ Alicia lächeln.

»Er ist ein guter Mann. Ich mag ihn.«

Sams Augen funkelten. »Genau wie ich. Und ich weiß, er hat dir gesagt, das Beste, was du tun kannst ist, dieses Kind so zu lieben, wie die Davidsons dich geliebt haben, ganz und gar und ohne Einschränkung.«

»Das ist leicht. Das tue ich ja bereits.«

»Mehr kannst du nicht tun. Bedauerlicherweise können wir nicht ändern, was andere Leute sagen oder denken. Lukes Gefühle wegen seiner Abstammung stammen nicht von den Stadtmenschen, sie kommen von seinem Stiefvater.«

»Ich habe nicht die Absicht, jemand anderen zu heiraten.«

»Du bist noch jung, das wird sich ändern.«

»Falls Luke irgendetwas zustoßen würde, könntest du ihn einfach so ersetzen?«

Sam schmunzelte. »Nein, natürlich nicht.«

»Ich wünschte, Blake wäre hier«, sagte Alicia. Nicht nur weil es ihr Leben einfacher machen würde, sondern weil sie wünschte, sie könnte diese Erfahrung mit dem Mann teilen, den sie liebte.

»Du wirst die Werkstatt haben und Charles und musst ein Kinderzimmer vorbereiten. Außerdem wird Aidan dich mit seinen Fragen auf Trab halten.«

»Ich glaube, er ist immer noch geschockt, dass du zugestimmt hast, ihn hierbleiben zu lassen.«

»Es war nicht meine Idee, aber er fragte, und Luke überzeugte mich davon, dass es eine gute Erfahrung für Aidan wäre, ein paar Monate hierzubleiben und eine nützliche Fähigkeit zu erlernen.« Sam seufzte. »Es scheint noch gar nicht so lange her zu sein, da ließ Aidan mich versprechen, er könne immer bei mir bleiben, und jetzt ist er es, der am liebsten loslassen möchte.«

»Das liegt daran, dass er sich deiner Liebe sicher genug ist, um zu wissen, du wirst immer da sein, wenn er zurückkommt.«

»Oh.« Sam nickte, und Tränen schimmerten in ihren Augen. »Daran muss ich mich in den nächsten paar Monaten immer erinnern, wenn ich mir wünsche, er wäre zuhause. Aber«, sagte sie und lächelte, »ich fühle mich besser, wenn ich weiß, dass du nicht allein sein wirst. Wenn er wieder gesund ist, wirst du weniger arbeiten müssen.« Sie sah Alicia fragend an. »Du wirst doch weniger arbeiten?«

Alicia lächelte lieb und Sam seufzte.

»Das habe ich mir schon gedacht.«

Die ersten paar Wochen nach Sams Abreise vergingen wie im Schneckentempo. Da sie wusste, ihre Tante würde ihren Zustand wohl kaum herumposaunen, hatte Alicia sich entschlossen, es Charles nicht zu sagen. Sie hatte auch Aidan davon überzeugt, es ebenfalls nicht zu tun. Wenn Charles wusste, dass sie schwanger war, dann würde er mit ihr streiten, weil sie sich entschieden hatte, zu arbeiten. Aber gerade die Arbeit half Alicia, sich von ihren Gedanken abzulenken.

Ihre Tage waren lang, und sie wollte so viel Zeit in der

Werkstatt verbringen wie nur möglich, da sie wusste, die Tage, wo sie dies noch konnte, waren begrenzt. Unter ihrer und Charles Anleitung lernte Aidan schnell und zeigte ein angeborenes Talent für die Arbeit. Er schien die Werkstatt ebenso zu genießen wie die Abende, die er mit Charles ältestem Sohn Jack verbrachte.

Alicias liebste Zeit des Tages war die, wenn Aidan von seinem Besuch bei Jack zurück war und die letzte Stunde vor dem Zubettgehen damit verbrachte, Alicia mit den vielen Abenteuergeschichten von Sam Steele zu erfreuen. Einige brachten sie zum Lachen, viele ließen sie aber auch vor Schreck zusammenzucken. Gütiger Gott, was ihre Schwester alles durchgestanden hatte!

Als Alicias Leben immer mehr zur Routine wurde, begann die Zeit schneller zu vergehen, und es dauerte nicht mehr lange und Alicias Kleider passten nicht mehr richtig, und ihr Bauch begann ebenso zu wachsen, wie es ihre Brüste getan hatten. Sie würde es nicht mehr länger verbergen können.

Alicia strich sich über den Bauch, und ihr wurde ganz warm. In wenigen Monaten würde sie ein Kind im Arm halten. Sie war sich nicht sicher, wie Charles die Neuigkeit aufnehmen würde, aber sie war dennoch aufgeregt.

Sie ging zügig, die Morgenluft zwirbelte ihre dünnen Härchen im Nacken. Anders als an den meisten Morgen, an denen sie hinaus aufs Meer schaute und sich fragte, wo Blake wohl war, konzentrierte sich Alicia an diesem Tag völlig darauf, wie Charles' Reaktion wohl sein würde. Sie konnte bloß hoffen, dass er sie, nachdem die erste Enttäuschung verflogen war, nicht anders behandeln würde als zuvor. Sie konnte den Gedanken nicht ertragen, seine Zuneigung zu verlieren.

Sie kam im selben Augenblick an der Tür an wie Charles. Er runzelte fragend die Stirn.

»Du bist aber ziemlich früh dran, es dämmert doch gerade erst«, betonte er, als er ihr die Tür aufhielt.

»Ich möchte gern früh loslegen.« Alicia trat in die Werkstatt und ging sofort zu den Fenstern und stieß sie auf. Ein leichtes Lüftchen wehte in den Raum und wirbelte ein wenig Staub vom Fußboden auf, und das blasse Licht der Morgenröte war gerade hell genug, um die Laternen unnötig zu machen.

»Wo ist Aidan heute früh?«

Alicia drehte sich vom Fenster weg und lächelte. »Unterwegs zu deinem Jungen. Er sagte, er müsste Jack etwas erzählen. Wenn man bedenkt, wie schnell er gefrühstückt hat, würde ich sagen, es war wohl ziemlich wichtig.«

Charles schüttelte den Kopf. »Diese zwei ziehen sich offensichtlich so an, wie Pferdemist die Fliegen anzieht.«

Alicia lachte.

»Also gut«, sagte er und lehnte sich gegen die Werkbank, die Arme vor der Brust verschränkt. »Was ist los?«

»Weshalb denkst du, es wäre irgendetwas los?«, fragte sie zurück.

»Da du nicht als Erstes das Feuer angefacht oder dir einen Hammer geschnappt hast, würde ich sagen, du hast Neuigkeiten. Außerdem«, fuhr er fort und betrachtete sie eindringlich, »leuchtest du heute Morgen wie eine Goldmünze.«

»Du hast recht, ich muss dir etwas sagen.«

Als sie keine Anstalten machte, das auch zu tun, fragte er: »Und du wirst mir diese Neuigkeit auch mitteilen?«

Um sich Mut zu machen, holte sie tief Luft und sagte: »Ich erwarte ein Baby.«

Charles fiel der Unterkiefer herunter. Er starrte sie an, völlig verblüfft, und bevor er wusste, wie ihm geschah, erzählte Alicia ihm auch den Rest. Wie sie Blake getroffen hatte, wie sie gehofft hatten, zu heiraten, wie am Ende ihre Träume sie doch getrennt hatten. Und dass sie in vier Monaten Mutter werden würde.

»Alicia«, sagte Charles und fuhr sich mit den Händen übers Gesicht, dann blickte er sie über seine geschwärzten Fingerspitzen hinweg an. »Lieber Gott, weißt du überhaupt, wie schwer das alles für dich werden wird?«

Sie reckte energisch ihr Kinn in die Höhe. »Das weiß ich, aber die Alternative ist unvorstellbar. Meine Tante will mich verstecken und dann das Baby weggeben, als ob es nichts weiter wäre, als ein gebrauchtes Kleidungsstück. Ich liebe dieses Kind«, sagte sie und legte schützend die Hand über ihre leichte Wölbung. »Und es ist alles, was mir von Blake geblieben ist.«

»Daniel«, sagte Charles und schüttelte den Kopf. »Ich kann nicht glauben, dass du ihn gefunden hast. Und dann auch noch sein Kind zu bekommen …«

»Ich bin kein Idiot, Charles. Ich weiß, der Weg, der vor mir liegt, wird hart werden.«

»Es wird mehr als hart werden, Alicia.« Er stieß sich von der Werkbank ab. »Die Geschäfte gingen schlechter, als dein Vater starb, zwar nicht bedeutsam, aber genug, um es zu bemerken. Nun, du weißt, ich halte dich für eine gute Schmiedin, aber einige Leute finden nicht, dass eine Frau diese Werkstatt führen sollte. Es war in Ordnung, als es bloß ein Vater war, der seiner Tochter nachgab, aber eine Frau, die Männerarbeit leistet, wird missbilligt, Alicia. Und jetzt.« Er schnaubte kurz und wedelte mit der Hand. »Sie werden diese Werkstatt niemals unterstützen, wenn eine schwangere, unverheiratete Frau hier das Ruder in der Hand hat.«

»Dann tun wir so, als ob es deine Werkstatt ist. Wir erzählen allen, ich hätte sie dir verkauft.«

»Und du wirst hier wegbleiben? Denn selbst wenn ich sie *besitze*, werden sie mir keine Aufträge bringen, weil du hier bist. Und was wirst du tun, wenn das Baby da ist? Wer soll sich um einen –«

»Sage es bloß nicht! Wage ja nicht zu sagen, dass dieses Kind ein Bastard sein wird!«

Wieder strich Charles sich mit den Händen übers Gesicht. »Die Wahrheit zu ignorieren, ändert nichts daran.«

Alicia schnappte nach Luft. Charles verzog das Gesicht.

»Es tut mir leid«, sagte er. Er ging zu ihr, und seine Augen füllten sich mit Bedauern. »Du hast mich aus heiterem Himmel damit überfallen, Alicia. Von allen Geständnissen, die du heute Morgen hättest machen können, war dies hier das letzte, was ich aus deinem Munde erwartet hätte.«

»Ich will dieses Baby, Charles. Ich werde einen Weg finden, das zu überleben, was kommen wird. Falls mein Leben zu schwierig wird, kann ich dir die Werkstatt wirklich verkaufen und nach St. Kitts ziehen. Das möchte ich zwar nicht, aber ich habe immer noch die Möglichkeit dazu.«

Er nahm ihre Hände. »Du möchtest nicht in St. Kitts leben. Falls du es wolltest, dann hättest du zusammengepackt und wärst mit deiner Schwester gegangen.«

Tränen brannten ihr in den Augen. »Dies ist mein Zuhause. Meine Mutter ist hier begraben und ebenso die Davidsons. Ich liebe diese Werkstatt.« Sie schniefte und drückte seine Hände. »Und selbst wenn ich sie nicht besitzen kann, so möchte ich doch vorbeigehen und sie sehen können und von den Erinnerungen umgeben sein, die ich im Herzen trage. Ich muss wissen, ob du mich unterstützen wirst, Charles. Nicht mit Geld, das kann ich selbst. Ich meine, ob du auf meiner Seite stehst. Ich muss wissen, dass hier jemand ist, mit dem ich reden kann und der mich nicht hasst.«

Er nickte und breitete die Arme aus. Alicia trat hinein und spürte, wie die Last ihrer Entscheidung leichter wurde. Es würde nicht leicht werden. Sie wusste das. Es war schon als Inhaberin einer Firma schwierig gewesen. Sie konnte sich die Unannehmlichkeiten nur vorstellen, die auf sie zukommen würden, wenn ihre Schwangerschaft offensichtlich wurde. Aber mit Charles an ihrer Seite wusste sie wenigsten, dass sie es schaffen konnte.

»Vielen Dank«, schluchzte sie.

»Du hast einen ziemlich schwierigen Weg gewählt, Alicia. Aber wenn du die Werkstatt weiterbetreiben willst, dann werde ich verdammt nochmal alles –«

Seine Worte gingen im Lärm unter, als Kanonenfeuer über Port Royal ertönte.

24

»Land in Sicht!«

»Endlich«, murmelte Blake und zog sein Fernglas heraus, durch das er die unverwechselbaren Umrisse von Tortuga sah. Die Insel schien ungewöhnlich belebt zu sein, wenn man die Vielzahl der Schiffe als Indikator nehmen konnte, die vor dem einzigen Hafenzugang ankerten. Blake schob das Fernglas zusammen, korrigierte sein Steuerruder ein wenig und nahm direkten Kurs auf die Küste.

Seit sie St. Kitts verlassen hatten, waren sie zwar ein paar Mal an Land gegangen, aber immer nur so kurz wie möglich, da Blake so schnell wie er konnte wieder zurück auf See wollte. Während der vergangenen Monate hatte er seine Mannschaft hart rangenommen, und ihre vollen Taschen waren der beste Beweis dafür.

Leider hatte das Meer nicht mehr dieselbe Anziehungskraft auf ihn wie früher. Sein Schiff, das Einzige, was ihn sonst immer zur Ruhe gebracht hatte, war zu einer endlosen Ansammlung von Erinnerungen geworden, die immer gerade den ungeeignetsten Moment auswählten, um an der Oberfläche aufzutauchen.

Er wäre beinahe erschossen worden, als ihn die Pistole

eines Feindes urplötzlich daran erinnerte, dass Alicia sich solch eine Waffe an den Oberschenkel gebunden hatte, und Blake hatte einen Moment zu lange gezögert, da ihm das Bild von Alicias bloß mit der kleinen Pistole bekleidetem Körper schier die Sinne verwirrte. Gerade noch rechtzeitig, damit er zur Seite springen und einen Schuss abfeuern konnte, um nicht umgebracht zu werden, war er wieder zur Besinnung gekommen, doch es war verdammt knapp gewesen.

Ein anderes Mal waren sie in Nassau an Land gegangen. Er hatte eine Frau erblickt, deren Gang ihn an Alicia erinnerte, obwohl sein Verstand genau wusste, dass diese in Port Royal war. In seiner Aufregung war er der Dame hinterhergerannt, nur um von ihrem Sonnenschirm eins übergezogen zu bekommen, als er sie am Arm packte und zu sich herumdrehte.

Das war schon vor Wochen passiert, und seither war er nicht an Land gegangen. Er hatte bis zur völligen Erschöpfung geschuftet, aber selbst das war manchmal nicht genug gewesen. Das Bett erinnerte ihn an Alicia, und es gab Zeiten, wo er sie sogar in seinen Träumen roch.

Und dann waren da noch Nate und Vincent, oder vielmehr deren Abwesenheit. Das Schiff war so still. Wer hätte geahnt, dachte Blake, als er den Befehl gab, die Segel zu trimmen, dass er Vincents Genörgel oder Nates ständige Sticheleien vermissen würde? Doch das tat er. Er hatte sich nicht selten umgedreht, um Nate eine Frage zu stellen, nur um festzustellen, dass ihm nichts als Luft gegenüberstand. Niemand pfiff falsch vor sich hin, und keiner neckte den anderen freundschaftlich. Nichts war so, wie es früher gewesen war, und obwohl Blake gewusst hatte, dass es so sein würde, als er seinen Freunden Lebewohl gesagt hatte, war ihm doch nicht klar gewesen, wie sehr ihm die Veränderungen weh tun würden.

»Lasst den Anker fallen!«, rief er.

»Kapitän? Wie lange werden wir bleiben?«, fragte sein neuer Bootsmann vom Hauptdeck herüber. Der Rest der Mannschaft hielt bei ihrer jeweiligen Tätigkeit inne und lauschte interessiert.

Blake entschied, wenn ihn die See schon nicht von Alicia ablenken konnte, dann würde er dem Land eine Chance geben. »Vier Tage, in Ordnung?«

Es war die längste Zeitspanne, die sie irgendwo Halt gemacht hatten, seit sie St. Kitts verlassen hatten, und alle jubelten. Sie erledigten den Rest ihrer Aufgaben in Rekordzeit, und schon bald durchzog das Langboot das Meer auf dem Weg ans Ufer.

Blake machte sich schnurstracks auf den Weg zur *Dublone.* Da er sich ohnehin besinnungslos trinken würde, konnte er das ebenso gut mit einem Freund zusammen erledigen.

Die *Dublone* war voller Menschen und pulsierte vor Leben. Singen, Lachen, Pfeifen und Fluchen durchmischten sich. Dicke Kerzen flackerten auf wackeligen Tischen, und der Geruch von Rum und Schweiß hing in der Luft. Blake warf einen schnellen Blick durch den Raum, sah denjenigen, nach dem er Ausschau hielt und kämpfte sich durch die Leiber hindurch, die bereits von zu viel Schnaps schwankten. Ein paar Frauen versuchten ihn abzufangen, legten ihm den Arm um die Schultern. Andere waren frecher und kniffen ihm in den Hintern. Blake kümmerte sich um keine von ihnen und ging weiter auf sein Ziel zu, wo er sich seinem Freund gegenüber auf einen Stuhl setzte.

»Blake!«, brüllte der Kapitän. Er grinste, schnappte sich ein vorbeikommendes Barmädchen und bestellte noch zwei Drinks. Die Frau sah Blake an, ließ den Blick sinken und beugte sich zu ihm vor. Es war ein Wunder, dass ihr Busen nicht auf den Tisch fiel und die Kerzen auslöschte.

»Kann ich dir sonst noch was bringen?«, fragte sie schnurrend.

Blake schüttelte den Kopf, und sie zog einen Schmollmund und drehte sich um. Das Lachen des Kapitäns brachte den Tisch zum Erbeben.

»Den Trick musst du mir wirklich mal beibringen«, sagte er, und seine Augen funkelten belustigt.

»Ich habe dir doch gesagt, es ist ein Fluch.«

»Nun denn, wenn es ein Fluch ist, dann hätte ich den gewiss auch gerne!« Er nahm einen Schluck von seinem Drink. »Hab dich eine Weile nicht gesehen. Warst beschäftigt, nicht war?«, fragte er mit einem Augenzwinkern, sodass Blake genau wusste, worauf er eigentlich anspielte.

»Ist es eine neue Idee von dir, Leuten zu raten, sich als blinder Passagier auf meinem Schiff zu verstecken?«

»Nur den hübschen.«

Das Barmädchen trat hinter Blake, beugte sich über ihn und stellte seinen Becher auf den Tisch. Ihre Brust strich dabei an seinem Gesicht vorbei. Blake wich aus, erntete dafür aber nur ein verstimmtes Aufseufzen der Frau und ein enttäuschtes Kopfschütteln vom Kapitän.

»Jetzt siehst du es, Blake. Deshalb hab ich's getan. Du

brauchst einfach etwas Spaß. Du könntest mit ihr nach oben gehen, deine Sorgen vergessen.«

»Ich bin nicht interessiert«, murmelte Blake in seinen Becher hinein.

»Aha, aber an Alicia warst du interessiert?«

Blake nahm noch einen Schluck. Der Bauch des Kapitäns hüpfte vor Lachen. Er hätte wissen müssen, dass der Mann über Alicia sprechen wollte, und Blake fragte sich, ob dass nicht der wirkliche Grund gewesen war, weshalb er ihn letzten Endes überhaupt aufgesucht hatte.

»Ich wusste es!« Der Kapitän schien sehr zufrieden mit sich zu sein. »Und ich hatte auch mit St. Kitts recht, dass sie Samantha dort finden würde.«

Blake runzelte die Stirn. »Woher hättest du das wissen sollen?«

Der Kapitän grinste. »Sie waren hier, Samantha und Luke. Vor ein paar Monaten.«

»Mit Alicia?«

»Nein. Ich hatte angenommen, Alicia wäre bei dir.«

Blake kniff die Lippen zusammen. »Nein. Sie ist wieder in Port Royal und betreibt ihre Schmiedewerkstatt.«

Der Kapitän lachte laut auf. »Falls die immer noch steht.«

»Natürlich tut sie das. Weshalb sollte sie nicht mehr stehen?«

»Hast du es denn nicht gehört?«

Angst machte sich in Blake breit, und er beugte sich nach vorn. »Was gehört?«

»Port Royal wurde vor ungefähr einem Monat überfallen und in Brand gesteckt.«

Blakes Mund wurde staubtrocken. »Wie schlimm war es?«

Der Kapitän zuckte die Achseln. »Du weißt doch, wie es ist. Einige behaupten, es wäre kaum etwas übrig, und andere sagen, die Anwohner hätten sich heftig zur Wehr gesetzt.«

Blake erinnerte sich an den Ausdruck auf Alicias Gesicht, nachdem sie ihr Gedächtnis wiedergefunden hatte, daran, wie bleich und verzweifelt sie gewesen war. Er erinnerte sich, dass sie in Sams Haus beinahe verletzt worden wäre. Jetzt stellte er sie sich in der Werkstatt vor, wie sie sich gegen Piraten verteidigte, während die Stadt um sie herum angegriffen wurde. Hatte ihre Werkstatt überlebt? War sie verletzt worden? Blake sprang auf.

»Wo willst du hin? Du hast noch nicht mal ausgetrunken.«

Aber Blake antwortete nicht. Er war zu sehr damit beschäftigt, zur Tür zu rennen.

Auf den ersten Blick sah alles genauso schlimm aus, wie er es sich auf der schier endlos erscheinenden Überfahrt ausgemalt hatte. Es gab einige skelettartige Überreste von Häusern und Geschäften, die den Angriff nicht überstanden hatten, doch sie schienen auf die Straßen nahe am Wasser begrenzt zu sein.

Als Blake sich der Schmiede näherte, schienen die Schäden um einiges geringer zu werden. Weniger Wände waren schwarz angesengt, weniger Fenster zugenagelt.

Als er dann um die Ecke bog und die Werkstatt sah, erblickte er das Schild, das, schon so lange er sich erinnern konnte, über der Tür gehangen hatte. Er stolperte über einen Stein, dann hielt er inne. Es war dort. Es war immer noch dort.

Der Druck um sein Herz herum ließ nach, und Blake lehnte sich kurz am nächstgelegenen Geschäft an, um wieder zu Atem zu kommen. Die Werkstatt war in Ordnung, was ihm Grund gab zu glauben, dass es auch Alicia gut ging. Er könnte jetzt gehen, dachte er.

Nur dass es nicht so einfach war. Jetzt, wo er hier war, wollte er sie unbedingt sehen. Er wusste nicht, was er sagen würde. Er wusste bloß, dass er sie sehen musste.

Er öffnete die Tür zur Werkstatt und wurde von einem Schwall Erinnerungen schier überrollt. Er sah seinen Vater in der Glut stochern, sah ihn sich umdrehen, als er seine Söhne hineinkommen hörte. Sein Vater hätte alles stehen und liegen gelassen und den Söhnen seine ungeteilte Aufmerksamkeit geschenkt. Seine Hände waren sanft gewesen und seine Stimme ebenfalls, wenn er sie erinnerte, rechtzeitig zum Abendessen zuhause zu sein, damit ihre Mutter sich keine Sorgen machte. Blake schloss die Augen. Warum war ihm, bevor er weggelaufen war, um zur See zu fahren, nie bewusst gewesen, dass alles, was sein Vater jemals für ihn und Eric getan hatte, nur aus Liebe geschehen war?

»Daniel?«

Blake blinzelte seine Erinnerungen, die Schuldgefühle und seine heftige Reue fort. Er konzentrierte sich auf den Mann vor sich.

»Charles. Es tut gut, dich zu sehen.« Blake trat einen Schritt vor und schüttelte dem Mann die Hand.

»Ich hätte nicht gedacht, dass du hier jemals wieder einen Fuß hineinsetzen würdest«, sagte er und beäugte Blake vorsichtig.

»Ich ebenfalls nicht«, gab Blake zu. Er sah sich in dem Raum um, sah, dass er genauso aussah, wie er sich an ihn erinnerte, und zum ersten Mal seit Monaten atmete er zufrieden aus. Nach Hause zu kommen war gar nicht so schlecht.

»Ich hörte von dem Piratenangriff. Scheint aber nicht, als ob die Werkstatt betroffen gewesen wäre.«

»Wir hatten Glück. Die Stadt hat sich gewehrt und ein paar der Mistkerle geschnappt, bevor sie uns zu nahe kamen, aber ich glaube, sie waren neu in dem Job. Ein Haufen Grünschnäbel, die dachten, sie könnten schnell reich werden.«

»Hat offensichtlich nicht funktioniert.«

»Nein, die Marine hat sie ziemlich schnell eingesperrt. Sie kühlen sich im Gefängnis die Gemüter ab, während sie darauf warten, gehängt zu werden.«

»Alicia wurde doch nicht verletzt?«

Charles Blick wurde undurchdringlich. »Bist du deshalb hergekommen? Bist du ihretwegen gekommen?«

Blake zuckte zusammen. »Ich habe von dem Angriff gehört und wollte mich vergewissern, dass es ihr gut geht.«

»Das tut es. Heißt das, dass du schnurstracks wieder aufbrichst?«

Blake rieb sich die Augen. »Ich weiß nicht.«

»Ich verstehe«, antwortete Charles. Er kniff den Mund zusammen. »Nun, lass dir von mir versichern, es geht ihr gut. Es wäre am besten, wenn du nun einfach gehen würdest.«

»Ich würde sie lieber selbst sehen.«

Charles packte ein Schwert und hieb es prüfend hin und her. Da Blake unbewaffnet war, beäugte er sein Tun vorsichtig.

»Du hast ihr weh getan, Daniel.« Charles hielt inne und verzog das Gesicht. »Zur Hölle, ich weiß nicht mal mehr, wie ich dich nennen soll. Sie nennt dich Blake, aber ich kenne dich nur als Daniel.«

»Ich heiße jetzt Blake, und sie war nicht die Einzige, die bei dem verletzt wurde, was zwischen uns passiert ist.«

Charles schnaubte höhnisch. »Vielleicht nicht, aber sie ist diejenige, die dafür zahlen wird, nicht wahr?«

Nach seinen unbedachten Worten riss Charles die Augen auf und verstummte abrupt. Mit einem stummen Fluch drehte er sich um und nahm seine Arbeit wieder auf.

Blake rutschte das Herz in die Hose. »Was verheimlichst du mir?«

Charles hantierte geschäftig im Raum herum, doch Blake wusste, er versuchte bloß, beschäftigt zu erscheinen. Blake überlegte, was der Mann mit seinen Worten angedeutet hatte. Sofern Alicia nicht jedem gesagt hatte, dass sie miteinander geschlafen hatten, was er einfach nicht glaubte, dann gab es keinen Grund, weshalb Alicia für das bezahlen sollte, was sie gemeinsam getan hatten. Es sei denn …

»Wo ist sie?«, fragte Blake. Stille folgte, und Blakes Nerven lagen blank. »Wo?«, fragte er nochmals befehlsartig.

Charles drehte sich um, das Schwert in der Hand, und bevor Blake sich auch nur rühren konnte, presste er ihm die Schwertspitze an die Kehle.

»Wenn du ihr wieder das Herz brichst, werde ich dich höchstpersönlich zur Strecke bringen. Sie ist eine gute Frau mit einem großen Herzen, und sie hat es nicht, damit man es ihr bricht.«

Blake rührte sich nicht, aber seine Augen bohrten sich in die von Charles.

»Ich werde nicht weggehen, bis ich sie gesehen habe, und da sie nicht hier ist, ist sie wohl zuhause. Ich werde ganz einfach dort nach ihr suchen.«

Charles seufzte schwer und ließ die Waffe sinken. Blake nickte und drehte sich zur Tür um.

»Tue ihr einen Gefallen, Daniel«, rief Charles ihm hinterher, »und gehe nicht zu ihr, wenn du nicht die Absicht hast, zu bleiben.«

Ohne sich auch nur die Mühe einer Antwort zu machen, verließ Blake die Schmiede.

Alicia strich mit dem Finger über die Namen ihrer Eltern auf dem Grabstein. Obwohl es nur ein Grabhügel war, da der Leichnam ihres Vaters auf See verloren gegangen war, gab es doch wenigstens zwei Grabsteine. Das Leben ihres Vaters würde nicht vergessen werden.

»Du hast wunderbare Arbeit geleistet, Sam.« Alicia rappelte sich auf und nahm dabei Sams Hilfe dankbar an. Obwohl man ihr die Schwangerschaft zunächst nicht angesehen hatte, hatte sich das mittlerweile geändert, und ihr Leib wölbte sich jetzt deutlich.

»Es hat mir Spaß gemacht. Genauso viel Spaß wie es mir gemacht hat, die Wiege zu bauen.«

Alicia lächelte. »Sie ist hübsch.«

Sam strich Alicia über den Bauch. »Wie war es?«, fragte sie.

Alicia zuckte die Achseln. »Wie erwartet. Obwohl die Frau von Charles ein Geschenk des Himmels war. Sie hat all meine Fragen beantwortet und hat mir Kleider und Decken für das Baby geschenkt. Sie hat mir gesagt, wo ich diesen Schaukelstuhl bekommen würde, den ich im Kinderzimmer habe, und sie hat auch zugestimmt, auf das Baby aufzupassen, während ich mit Charles arbeite.«

»Wird Aidan dir auch nicht zu viel?«

»Er ist wunderbar, Sam. Wir haben uns endlich richtig kennengelernt. Ich werde ihn vermissen, wenn er wieder mit dir wegfährt.«

»Du kannst immer noch mit uns nach St. Kitts kommen.«

»Dies hier ist mein Zuhause. Ich will hier ebenso wenig fort, wie du nicht von St. Kitts weg möchtest.«

»Ich weiß.« Sam lächelte traurig. »Aber ich kann mir überhaupt nicht vorstellen, nicht hier zu sein und dein Kind aufwachsen zu sehen.«

»Zum Glück baust du ja schnelle Schiffe«, antwortete Alicia und nahm Sams Hand. »Da kannst du schneller hierherkommen.«

»Und ich habe die Absicht, euch oft besuchen zu kommen«, sagte Sam.

Alicia lehnte sich auf die Schulter ihrer Schwester und erwiderte: »Das hoffe ich doch.«

Dann, ohne Vorwarnung, zitterte Alicia. Es war wie am Tag von Jacobs Beerdigung, als sie das eindringliche Starren eines Fremden gespürt hatte. Gewiss, das war Blake gewesen. Alicia schnappte nach Luft und wirbelte herum.

Da war er. Ihre Knie zitterten, während ihre Augen seine Anwesenheit wahrnahmen. Sein Haar war lang und offen und umrahmte ein Gesicht, das sich in ihr Gedächtnis gemeißelt hatte. Nur schimmerten seine Augen in ihrer Erinnerung nicht wie die glühenden Kohlen in ihrer Werkstatt. In ihrer Vorstellung starrte er sie nicht so wütend an. Nie zuvor hatte er in ihren Augen so sehr wie ein Pirat ausgesehen. Obwohl sie wusste, dass es zu spät war, legte sie sich schützend die Hände vor den Leib.

Blake konnte seinen Augen nicht trauen. Als er zum Haus gerannt war, hatte er sich immer wieder versichert, dass es nicht sein konnte. Alicia konnte nicht sein Kind erwarten. Und als er ankam, hatte sie ihm zunächst den Rücken zugekehrt und sie sah genauso aus, wie er sich an sie erinnerte. Doch als sie sich umdrehte und er die Wölbung ihres Bauches sehen konnte, wusste er, sie würde das Kind bald bekommen und fühlte sich, als ob ihm jemand in die Brust geschossen hätte. Er eilte auf sie zu und warf Samantha einen schnellen Blick zu, als diese versuchte, sich schützend vor ihre Schwester zu stellen. Alicia hielt sie mit der Hand zurück.

»Du wolltest mir das vorenthalten?«, fragte er, als er seine Stimme wiedergefunden hatte.

»Ja.«

Die Tatsache, dass sie kein Zögern, keine Reue zeigte, brachte Blake wieder zur Besinnung. Er hatte ein Recht es zu wissen, verdammt! Er machte zwei Schritte auf sie zu und knirschte mit den Zähnen, als sie das Kinn hob und ihn herausfordernd ansah. Er bemerkte kaum, dass Samantha sich davonstahl.

»Warum?«

»Du weißt warum, Blake. Ich kann nicht auf See leben und wollte dich nicht zwingen, deinen Traum aufzugeben. Ich wollte gewiss nicht den Rest meines Lebens damit verbringen, dir zuzusehen, wie du sehnsüchtig aufs Meer starrst, so wie es dein Vater tat.«

Sein Blick fiel wieder auf ihren Bauch, den sie weiterhin mit ihren Händen schützte. »Und deshalb hast du mir die Entscheidung einfach abgenommen?«

»Ja. Ich hatte keinen Zweifel daran, wenn du wüsstest, ich erwarte dein Kind, würdest du das Richtige tun und mich heiraten. Aber ich wollte dich niemals nur aus Pflichtgefühl an meiner Seite haben, Blake. Deshalb habe ich dir in St. Kitts nichts gesagt.«

In seiner Stirn machte sich ein stechender Schmerz bemerkbar, und er presste die Hand auf die Stelle.

»Sollte unser Kind jemals etwas von mir erfahren oder wolltest du das auch geheim halten?«

Sie verschränkte die Arme über ihrem gewölbten Leib, den Blake am liebsten berühren wollte.

»Das Kind sollte deinen Namen bekommen, Blake.«

»Und was wäre mit mir? Wie kannst du nur daran denken, meinem Kind meinen Namen zu geben und mir im selben Augenblick die Gelegenheit verweigern, es kennenzulernen?«

In Alicias Augen glitzerten Tränen. »Glaubst du etwa, ich hätte diese Entscheidung leichtfertig getroffen?«

»Woher soll ich das wissen?«, knurrte Blake. »Du

hast dir ja nie die Mühe gemacht, es mit mir zu besprechen.«

»Dann lass mich dir eins versichern«, antwortete sie. »Es war verdammt nochmal das Schwierigste, was ich jemals tun musste. Ich hatte nicht die Absicht, dich anzulügen, aber wann hätte ich es dir sagen sollen? Als du mich angebrüllt hast, weil ich nicht die Ehefrau eines Freibeuters werden wollte? Als du mir vorgeworfen hast, dich zu manipulieren? Bitte sage mir, Blake, wann hätte ich dir denn sagen sollen, dass ich schwanger bin?«

Er rieb sich die Stirn, da ihm ein unaufhörliches Pochen es schwer machte, klar zu denken.

»Ich hatte ein Recht, es zu erfahren.«

Sie atmete heftig aus. »Ja, hattest du. Aber ich hatte auch ein Recht, mein Herz zu beschützen. Mir war es lieber, zu wissen, dass du glücklich und zufrieden auf See bist, anstatt unglücklich hier bei mir.«

Blake höhnte verächtlich. »Glücklich? Soweit würde ich nicht gerade gehen.«

Plötzlich zuckte Alicia zusammen und hielt sich den Bauch. Augenblicklich war Blake an ihrer Seite.

»Was ist denn?«

»Er streckt sich und das tut weh. Hier, fühl mal. Ich glaube, das ist sein Fuß.«

Sie ergriff seine Hand und legte sie sich auf den Bauch, genau dort, wo eine kleine Beule entstanden war. Blake strich verwundert darüber, dann verschwand die Beule wieder. Für einen Moment lang hielt er den Atem an.

»Weiß du, ob es ein Junge ist?« Sein Herz bebte schon allein bei dem Gedanken.

»Man kann es vorher nicht wissen, aber ich nenne das Baby lieber einen er, anstatt ein es.«

»Wann werden wir es wissen?«

Alicia lächelte, und er hatte in seinem ganzen Leben noch nie etwas so Schönes gesehen.

»In einem Monat etwa.«

Blakes Kopf fühlte sich plötzlich ganz leicht an. »Ich glaube, ich muss mich hinsetzen.« Da er sich daran erinnerte, dass sie auf einem Friedhof waren, ging Blake ein wenig von dem Grabhügel weg und war erleichtert, als Alicia ihm folgte. Er half ihr, sich hinzusetzen, bevor er sich selber setzte.

»Warum bist du hier, Blake?«

»Ich habe von dem Angriff gehört.«

»Nun, wie du siehst, geht es mir gut.«

»Und ich habe eine Entscheidung getroffen wegen meiner Hälfte der Schmiedewerkstatt.«

Sie betrachtete ihn wachsam. »Ich habe kein Geld, um dir deinen Anteil auszuzahlen.«

»Ich will kein Geld. Ich verkaufe meinen Anteil nicht. Ich behalte ihn.«

»Warum? Du hasst sie.«

Er schüttelte den Kopf. »Nein, tue ich nicht. Das wurde mir klar, als ich fort war. Als der Kapitän mir sagte, Port Royal wäre angegriffen worden, da musste ich kommen. Ich musste ganz einfach sehen, ob es dir gut geht. Aber was mir bis zu dem Moment nicht klar war, bis ich ankam und diese schwere Tür öffnete, war, dass ein Teil von mir sich auch um die Werkstatt Sorgen gemacht hatte.«

Er zuckte mit den Schultern. »Ich dachte, ich würde nur

darüber nachgrübeln, dass Eric und mein Vater tot sind, doch als ich in die Werkstatt kam, da war es, als ob sie dort wären. Es sind so viele schöne Erinnerungen mit der Werkstatt verbunden, Alicia, und obwohl ich weder meinen Vater noch Eric wieder lebendig machen kann, so kann ich sie durch meine Anwesenheit hier doch ehren.

Du hast nach deiner Vergangenheit gesucht, Alicia. Du musstest wissen, woher du kamst und wer du warst. Vielleicht musste ich aus demselben Grund fortgehen, um herauszufinden, wer ich war. Ich kenne die Antwort jetzt. Diese Werkstatt ist nicht bloß meine Vergangenheit, sie ist mein Vermächtnis.«

Alicia musste sich die Tränen wegblinzeln. Wenn Jacob seinen Sohn doch jetzt nur sehen könnte.

»Du liebst das Meer, Blake.«

Seine Augen schienen sich an ihr festzusaugen. »Das tue ich, aber das Meer allein kann mich nicht glücklich machen. Das habe ich in den vergangenen Monaten gelernt. Du warst fort, Nate und Vincent waren fort. Ich liebe die See, Alicia, aber mir ist klar geworden, ich liebe die Werkstatt ebenfalls. Und mehr als alles auf der Welt liebe ich dich.«

Ihr Herz machte einen Sprung, und Alicia musste sich zügeln, um nicht in die Luft zu springen. Sie hatte an Blakes Liebe nie gezweifelt, und sie hatte seine Augen gesehen, als er das Baby gespürt hatte. Aber es würde mehr als das brauchen, um ein gemeinsames Leben hinzubekommen.

»Hier zu leben wird dich nicht glücklich machen, Blake.«

»Doch, das wird es.«

»Was ist mit deinem Schiff?«

»Man braucht immer Kaufleute, die Vorräte transportieren. Falls du zustimmst, würde ich das gern von Zeit zu Zeit machen, nicht öfter als einmal im Monat, und wir werden die Werkstatt den Rest der Zeit gemeinsam betreiben. Was denkst du?«

»Ich denke …« Alicia schluchzte auf. »Ich denke, das klingt fantastisch.«

Blake lächelte und legte die Arme behutsam um sie. Er spürte Alicias Mund, der auf ihn wartete, und küsste sie ausgiebig und intensiv. Später würde es genügend Zeit für Zärtlichkeiten geben, jetzt konnte er einfach nicht genug von ihr bekommen. Er küsste sie begierig und entlockte ihrer Kehle ein leises Stöhnen. Ihre Hände vergruben sich in seinem Haar, und er biss ihr spielerisch in die Lippen. Seine Zunge strich zärtlich über ihre, und er wusste, er würde sie nie wieder loslassen. Außer Atem ergriff er schließlich ihre Hände. Verdammt sei sein Stolz, aber das war es, was er wollte, und er würde sie sogar um Vergebung bitte, wenn er das müsste.

»Mein Herz hast du bereits, Alicia. Nimm bitte auch meinen Namen und werde meine Frau.«

Tränen strömten ihr über das Gesicht, und aus der Nähe hörte er ein Schniefen – offensichtlich war Samantha nicht so weit weggegangen, wie er gedacht hatte.

Alicia Herz war noch nie zuvor so glücklich gewesen, und als ob das Baby das auch spürte, begann es sich ziemlich heftig zu bewegen, so als ob es ihr ebenfalls seine Wünsche mitteilen wollte. Zum Glück waren es dieselben wie ihre.

»Bist du sicher? Machst du das auch nicht bloß aus irgendeiner Art von Pflichtgefühl heraus?«

Er runzelte die Stirn. »Seitdem du weg warst, ging es mir furchtbar. Zugegeben, es hat eine Weile gedauert, bis ich das herausfand, aber ich wusste schon, bevor ich dich sah, dass es mehr braucht, als ein Schiff und das Meer, um mich glücklich zu machen. Eine Zeit lang hat es das, aber nicht mehr, nachdem ich dich traf. Ich brauche *dich*, Alicia.«

Sein Blick wurde ganz weich, als er ihren Bauch betrachtete. Wenn sie ihn nicht schon geliebt hätte, dann wäre es nun um sie geschehen gewesen.

»Ich brauche euch beide.«

Alicia legte ihre Hände auf Blakes stoppelige Wangen. Als er sie ansah, waren seine braunen Augen ganz feucht vor Rührung. Sie sah keinen Grund, ihn noch länger auf die Folter zu spannen.

»Wenn es ein Junge ist, dann denke ich, sollten wir ihn Daniel Edward Jacob nennen.«

Er ließ den Kopf sinken, und als er ihn wieder anhob, musste sie ihm eine Träne von der Wange wischen.

»Und wenn es ein Mädchen ist?«

»Helen Anna Samantha. Ist das in Ordnung für dich, Sam?«, fragte sie, da sie ganz genau wusste, dass ihre Schwester jedes Wort gehört hatte.

Sam nickte, wischte sich die Augen ab und verschwand dieses Mal im Haus.

»Ist das auch für dich in Ordnung?«, fragte sie ihren zukünftigen Ehemann.

Blake zog sie in seine Arme, gab ihr einen Kuss auf die Stirn und hielt sie fest. Er würde sie nie wieder loslassen.

»Was auch immer du möchtest, mein Sonnenschein«, antwortete er. »Aber da gibt es etwas, was du doch wissen solltest, bevor wir heiraten.«

»Und das wäre?«

Er grinste. »Ich glaube, im Grunde bin ich doch ein kleiner Pirat.«

Sie warf den Kopf in den Nacken und lachte. »Ich würde es auch auf gar keinen Fall anders haben wollen.«